À propos de l'auteur

Nora Roberts est l'un des auteurs les plus lus dans le monde, avec plus de 400 millions de livres vendus dans 34 pays. Elle a su comme nulle autre apporter au roman féminin une dimension nouvelle ; elle fascine par ses multiples facettes et s'appuie sur une extraordinaire vivacité d'écriture pour captiver ses lecteurs.

Nora Roberts

L'honneur du Highlander

Nora Roberts

L'honneur du Highlander

Traduction française de
SAINT-FOLQUIN
MARIE-CLAUDE CORTIAL

HARLEQUIN

Titres originaux :

PARTIE 1 : REBELLION
PARTIE 2 : IN FROM THE COLD

Ces romans ont déjà été publiés en 2017.

HARPERCOLLINS FRANCE
83-85, boulevard Vincent-Auriol, 75646 PARIS CEDEX 13
Service Lectrices — Tél. : 01 45 82 47 47

www.harlequin.fr

ISBN 978-2-2804-3158-3

SERENA LA REBELLE

Prologue

Forêt de Glenroe, en Ecosse, 1735.

Ils arrivèrent à la nuit tombée. Dans l'air froid de novembre, les cheminées du village jetaient d'épaisses volutes de fumée. A l'abri de leurs chaumières, les paysans se pressaient autour des feux de tourbe. La neige fondue avait gelé dans la soirée, si fort que le sol durci renvoyait à tous les échos le martèlement sourd de la galopade lointaine sous les arbres dénudés. Epouvantés par ce roulement de tonnerre, les animaux nocturnes s'enfuyaient dans le sous-bois, ou se pétrifiaient sur les branches et dans les buissons.

Serena MacGregor, une fillette de huit ans, serra plus fort son petit frère contre sa hanche et s'approcha d'une fenetre pour assister au retour des chasseurs. Quel bonheur ! Ils rentraient plus tôt que prévu, puisque leur retour n'était prévu que le lendemain.

Le nez collé à la vitre, elle attendait avec impatience que se profile au tournant du chemin la haute silhouette de son père, qui galopait toujours en tête. Si seulement elle avait la chance d'être un garçon, elle ferait partie de la petite troupe, comme son frère Coll qui participait à ces chevauchées depuis l'âge de sept ans. Il en avait maintenant quatorze, et Serena se flattait de tirer à l'arc aussi bien que lui. Il n'allait pas manquer de lui rebattre les oreilles du récit de ses exploits alors qu'elle, en qualité de fille de la maison, se trouvait réduite aux travaux d'aiguille. Quelle injustice !

Le bébé se mit à vagir. Serena le berça dans ses bras sans quitter des yeux le chemin où allaient apparaître les cavaliers.

— Tais-toi, Malcolm, cesse de pleurer, papa est de retour, murmura-t-elle doucement.

Leur père allait être content. De la cuisine, du pain frais et de la venaison exhalaient des odeurs appétissantes. Brossés et cirés, le parquet et les tables brillaient de propreté tandis que le linge, lavé et repassé, avait été rangé dans les coffres, avec des sachets de lavande sauvage. Serena, aidée de Gwen, sa jeune sœur, s'était consacrée tout le jour à chasser la poussière et les toiles d'araignées.

Le manoir de granite, aux toits d'ardoise bleue, symbolisait la puissance du chef de la famille, Ian MacGregor, seigneur de toute la région. Sa femme, Fiona, la mère de Coll, l'aîné, de Serena, de Malcolm et de Gwen, se faisait un devoir d'y faire régner une propreté pointilleuse.

Sans qu'elle sût pour quelle raison, Serena se sentait inquiète. Elle enveloppa ses épaules et le bébé d'un grand châle, puis ouvrit la porte pour accueillir son père.

La nuit glacée était calme, le vent ne soufflait pas. De l'extérieur, on entendait plus nettement encore le galop des chevaux. Un inconnu cria un ordre indistinct. Aussitôt, tremblante, la fillette fit demi-tour pour rejoindre sa mère, qui l'appelait.

— Rentre, Serena, tout de suite.

Fiona MacGregor, le visage pâle et tendu, se hâtait de descendre l'escalier. Ses cheveux d'un roux éclatant, de la même nuance que ceux de Serena, étaient tirés en arrière et retenus par une résille. Contrairement à son habitude chaque fois que son époux revenait, elle ne les tapotait pas de la main pour s'assurer de leur ordonnancement.

— Pour l'amour de Dieu, dépêche-toi de rentrer, Serena ! Monte avec le bébé rejoindre ta sœur, et reste avec eux.

— Mais, maman, ils arrivent...

— Ce n'est pas ton père.

Comme les cavaliers apparaissaient au détour du chemin, Serena reconnut, non pas les plaids écossais des MacGregor, mais l'uniforme rouge des dragons anglais. Bien qu'elle n'eût que huit ans, elle savait quelle menace représentait leur présence.

— Qu'est-ce qu'ils veulent ? Nous n'avons rien fait.

— Ce n'est pas une raison. Ils haïssent ce que nous sommes, plus que ce que nous faisons.

Fiona MacGregor barricada la porte, sans se dissimuler combien cette précaution était vaine.

Petite et mince, elle ne manquait pas d'énergie. Dans sa jeunesse, son père lui avait laissé la bride sur le cou, et son mari lui vouait une adoration sans bornes. Mais elle savait se faire respecter.

— Monte dans la chambre d'enfants, et attends avec Gwen et Malcolm que je vous dise de descendre. Surtout, ne bougez pas !

On entendit soudain des cris, cris de triomphe et cris de désespoir. La nuit s'éclairait. Tout près du manoir, une chaumière brûlait. Le cœur battant à se rompre, Fiona se demanda si elle devait regretter, ou se féliciter, que son mari fût absent.

Les grands yeux verts de Serena brillaient, des larmes perlaient à ses paupières.

— Maman, je veux rester avec toi. Papa ne voudrait pas que je t'abandonne.

— Il voudrait que tu m'obéisses. Va t'occuper de Gwen et de Malcolm.

Tout près de la porte, il se fit un vacarme d'éperons entrechoqués et de clameurs. Le bébé se remit à pleurer. Serena, qui s'était décidée à grimper l'escalier, fit une pause sur le palier pour observer ce qui se passait en bas. La porte venait de s'ouvrir brutalement, et sa mère faisait face à une demi-douzaine de soldats anglais. Leur chef se découvrit pour la saluer avec une ironique arrogance.

— Serena ?

C'était Gwen, sa petite sœur, âgée de six ans, qui l'appelait d'en haut. Serena lui mit le bébé dans les bras.

— Rentre dans la chambre et ferme bien la porte. Tâche qu'il se tienne tranquille.

Elle tira de la poche de son tablier un bonbon au miel.

— Je te le donne. Ne faites pas de bruit !

Chargée de son précieux fardeau, Gwen s'enferma avec Malcolm dans la chambre d'enfants tandis que Serena s'accroupissait sur le palier, pour tout entendre et tout voir.

— Fiona MacGregor ? demanda l'Anglais aux galons dorés.

Fiona rejeta les épaules en arrière et soutint le regard du soudard. Elle ne songeait qu'à protéger la vie de ses enfants. Puisqu'elle ne pouvait se battre, son seul recours résidait dans l'affirmation de sa dignité, de sa noblesse.

— Je suis lady MacGregor. De quel droit faites-vous intrusion dans ma demeure ?

— Du droit des officiers du roi d'Angleterre et d'Ecosse. Je suis le capitaine Standish, à votre service, madame.

Il ôta ses gants en la fixant dans les yeux, sans doute pour l'impressionner.

— Puis-je savoir où se trouve votre mari… lady MacGregor ?

— Lord MacGregor est à la chasse, avec ses hommes.

Sur un signe de Standish, trois militaires se mirent à fouiller la maison. On entendit le bruit d'une table renversée. La bouche sèche, Fiona se tenait sur la défensive. Ce misérable allait peut-être donner l'ordre d'incendier le manoir, comme il l'avait fait pour la ferme toute proche.

Ni son rang ni celui de son mari ne mettaient Fiona

à l'abri de ce genre d'exaction. Il ne lui restait qu'à faire face, à répondre à l'insolence par l'insolence, sans perdre son sang-froid.

— Comme vous pouvez le constater, il n'y a que des femmes et des enfants dans ma maison. Si vous voulez rencontrer mon mari et les hommes de son clan, vous avez mal choisi votre moment. Ou peut-être l'avez-vous bien choisi, courageux comme vous êtes ?

Standish la gifla, si fort qu'elle fit plusieurs pas en arrière.

— Mon père vous tuera ! s'exclama Serena.

Dévalant l'escalier en trombe, elle se précipita sur le capitaine et lui mordit la main jusqu'au sang.

— Cette petite garce me le paiera ! éructa-t-il en levant le poing.

En un éclair, Fiona s'interposa.

— Un soldat du roi George frapperait une petite fille ? Les Anglais sont-ils des lâches ?

Standish haletait. Il ne pouvait donner à ses soldats le spectacle d'une telle humiliation. Malgré les conseils de modération donnés par la cour de Londres, il considérait l'Ecosse comme un terrain de chasse. De toute façon, il se trouvait trop loin de la capitale pour que l'écho de ses brutalités y parvienne.

— Emmenez cette sale gamine là-haut et enfermez-la à double tour, ordonna-t-il à un dragon.

Sans un mot, l'homme se saisit de Serena et la porta dans l'escalier, se protégeant tant bien que mal de ses dents et de ses ongles. Tout en se débattant, elle injuriait les soldats et appelait sa mère à l'aide.

— Vous avez mis au monde une véritable panthère, madame, dit Standish en s'enveloppant la main d'un mouchoir.

— Elle n'a pas l'habitude de voir un homme frapper une femme, monsieur.

Le visage pâle et tendu, Standish écumait intérieurement.

A aucun prix, il ne devait perdre la face en présence de ses subordonnés. Il ne gagnerait pas leur estime en tirant vengeance d'une petite fille, mais il y avait sa mère... Il l'enveloppa du regard avec un sourire cruel. Oui, avec la mère, il en allait tout autrement.

— Votre mari est suspecté de complicité d'assassinat sur la personne du capitaine Porteous.

— Ce capitaine que vous avez condamné à mort pour avoir tiré sans sommation sur une foule sans défense ?

Standish caressa nerveusement la garde de son épée. Sa réputation de férocité lui assurait l'obéissance aveugle des soldats. Il n'avait pas le droit de se montrer faible devant une femme, et surtout pas devant une Ecossaise, si noble fût-elle.

— Le capitaine Porteous a été accusé, et injustement condamné, pour avoir ouvert le feu sur une bande de manifestants lors d'une exécution publique. Mais il a été gracié par le roi. Des inconnus se sont saisis de lui et l'ont pendu de la plus ignominieuse façon, madame.

— Ce capitaine ne m'inspire aucune sympathie. Néanmoins, je peux vous assurer que personne de ma famille n'a pris part à cet attentat.

— Si vous mentez, votre mari sera traité comme un assassin, lady MacGregor, et personne ne sera plus là pour assurer votre protection.

— Je n'ai rien de plus à vous dire.

Standish s'avança vers elle.

— C'est dommage pour vous, madame. Pour vous faire réfléchir, je vais vous montrer ce qui peut arriver aux jolies femmes sans protection...

A l'étage, Serena martelait la porte de ses petits poings. Derrière elle, en larmes, Gwen serrait Malcolm dans ses bras. Il n'y avait pas de lumière dans la chambre, qu'éclairaient seulement les rayons de la lune et les lueurs de l'incendie. Dehors, on entendait des cris et des lamentations. Mais la fillette ne pensait qu'à sa mère, seule et sans défense dans le salon, entourée de soldats anglais.

Quand la porte finit par céder, Serena se précipita en bas. Elle entendit le cliquetis des éperons, vit les habits rouges qui quittaient en hâte la maison. Et puis, elle aperçut sa mère, dévêtue, humiliée, souillée, sanglotant à genoux sous la masse de ses cheveux défaits.

— Maman !

Serena MacGregor posa une main hésitante sur l'épaule nue et froide de sa mère. Elle l'avait déjà vue pleurer, mais jamais comme ce jour-là, de larmes silencieuses et désespérées. Comme sa maman avait froid, Serena l'enveloppa d'une couverture.

Les soldats s'éloignaient. Accroupie près de sa mère, la serrant dans ses bras, la petite fille n'avait qu'une vague idée du crime qui venait de se commettre. Dès cet instant, pourtant, elle connut la haine, la fureur, et la soif de vengeance.

1

Londres, 1745.

Dans l'élégante salle à manger de sa résidence londonienne, Brigham Langston, quatrième comte d'Ashburn, lisait avec attention la lettre qu'il attendait depuis si longtemps. Ses sourcils se fronçaient sur ses yeux gris, ses lèvres pleines restaient closes. Il analysait avec soin chacun des termes de cette missive qui allait sans doute infléchir le cours de son existence, et celui de l'histoire.

— Bon sang, Brig, j'en ai assez d'attendre ! Que dit-elle, cette lettre ?

Coll MacGregor, l'Ecossais qui depuis quatre ans accompagnait Brigham dans ses voyages en France et en Italie, manifestait son impatience habituelle. Sous ses cheveux roux, ses yeux lançaient des éclairs, pendant qu'il arpentait la pièce d'un pas nerveux.

Pour toute réponse, Brigham se contenta de lever une main fine et racée, dont une manchette de dentelle serrait le poignet. Les écarts et les excès de son compagnon lui étaient familiers, il les accueillait même souvent avec plaisir ; pour cette fois, cependant, l'enjeu était trop important. Il fallait qu'il relise encore cette lettre, pour bien se pénétrer de son contenu.

— Va-t'en au diable, Brigham, je suis au courant !

C'est lui qui t'écrit, c'est le prince ! J'ai le droit de savoir, moi aussi !

Contenant sa propre émotion, Brigham leva sur son ami un regard impassible. Coll s'agitait comme un lion en cage, et ses allées et venues faisaient vibrer le service de porcelaine.

— Tu as le droit de savoir, bien sûr. Il n'empêche que c'est à moi que cette lettre est adressée.

— Parce que les courriers secrets des princes connaissent mieux le haut et puissant seigneur d'Ashburn, un Anglais, que les MacGregor, des Ecossais de pure souche !

Coll se laissa tomber sur un siège en grommelant. Ses yeux verts brillaient de rage et d'impatience. Brigham, lui, continua paisiblement sa lecture.

— Ne me pousse pas à bout ! gronda Coll. Tu me rendras fou !

— C'est déjà fait, observa le comte en se versant du café.

Sa main ne tremblait pas, alors que la lettre qu'il venait de déposer près de sa soucoupe constituait une arme de guerre bien plus dangereuse que l'épée ou le pistolet.

— C'est bien le prince Charles qui nous envoie un message, confirma-t-il.

— Et alors, que dit-il ?

Sur un signe de Brigham, Coll bondit sur le document et entreprit d'en découvrir le contenu. Comme il ne lisait pas le français aussi couramment que son ami, l'opération se révéla laborieuse.

Pendant que son compagnon, les sourcils contractés et le visage rouge d'excitation, déchiffrait la lettre, Brigham parcourut le petit salon d'un regard plein de nostalgie. La tapisserie avait été choisie par sa grand-mère, dont il se rappelait l'accent écossais et le légendaire entêtement. Elle aimait beaucoup cette nuance de bleu qui lui rappelait, disait-elle, les *lochs*, les grands lacs de son pays natal. Le mobilier, d'un extrême raffinement, tout en dorures et en courbes délicates, avait été choisi par elle. Depuis sa mort, personne ne s'était avisé de toucher aux figurines de porcelaine de Meissen, qu'elle collectionnait avec prédilection.

Quand il n'était encore qu'un petit garçon, Brigham pouvait admirer ces porcelaines, sans avoir le droit d'y toucher. Il eut un sourire en se souvenant du désir puéril qui le brûlait jadis de caresser le galbe de la gardeuse de moutons, avec ses longs cheveux roux et son visage délicat, qui faisait la gloire de la collection.

Au-dessus de la cheminée, un portrait en pied représentait cette grand-mère vénérée, Mary MacDonald, qui était devenue lady Ashburn. Elle devait avoir vingt-cinq ans, l'âge actuel de Brigham, au moment où le peintre avait fixé ses traits. Grande et svelte, elle avait un visage mince, dont les traits fins s'entouraient d'une abondante chevelure d'un noir d'ébène. A la façon dont elle relevait avec fierté le menton, on comprenait qu'elle n'était faite ni pour la contrainte ni pour la compromission.

Son petit-fils lui ressemblait d'étonnante façon : il avait les cheveux de la même nuance, les mêmes yeux gris, le visage aussi délicatement modelé. Au masculin, ses traits étaient ceux de la jeune femme du tableau. Le front élevé, les pommettes hautes, les lèvres charnues et fermes, son élégance forçait l'admiration.

Mais Brigham n'avait pas seulement hérité de sa grand-mère ses qualités physiques. Comme elle, il était un adversaire passionné de toute injustice.

Alors, il pensa à la lettre, aux décisions qu'il devait prendre. Du regard, il consulta l'image de son aïeule.

« Tu me dirais de partir, pensa-t-il. Pendant toute mon enfance, tu m'as appris combien la cause des Stuarts est juste. J'ai foi en elle. Si tu étais encore de ce monde, tu partirais sans doute toi-même. Comment ne pas être fidèle à ton idéal ? »

— Notre heure est venue ! s'écria Coll en reposant la lettre.

Sa voix, son regard exprimaient l'enthousiasme et la détermination. De quelques mois le cadet de Brigham, il attendait depuis sa tendre enfance l'annonce de cette reconquête du pouvoir par le prince Charles-Edouard Stuart.

— Tu devrais apprendre à lire entre les lignes, mon cher, dit Brigham en se levant. Le prince attend l'appui des Français, mais il commence à comprendre que leur roi est plus prodigue de bonnes paroles que d'aide efficace.

Le front barré d'un pli soucieux, il écarta les rideaux pour observer les parterres et les massifs de son parc. Au printemps, quand les fleurs le rempliraient de parfums et de couleurs vives, il ne serait sans doute pas là pour en admirer la splendeur.

— Quand nous l'avons rencontré à Versailles, le roi Louis XV a pourtant manifesté beaucoup d'intérêt pour notre cause, objecta Coll. Il déteste l'usurpateur, ce gros George, presque autant que nous-mêmes !

— Il va sans doute le combattre de son côté — ce qui ne signifie pas qu'il soit prêt à mettre son argent et ses soldats au service de notre cause. Notre gentil prince compte affréter une frégate et un quatre-mâts pour débarquer en Ecosse. Il passe enfin à l'action, sans attendre l'aide des Français, et je crois qu'il a raison. Mais la partie n'est pas gagnée.

— C'est là que nous intervenons !

Brigham laissa retomber la tenture et demanda :

— Trouvera-t-il en Ecosse tout le soutien nécessaire ?

— J'ai confiance, répondit Coll avec une juvénile impétuosité. Tous les clans se soulèveront pour soutenir leur prince légitime et se battront comme un seul homme, à son service !

Comme il quittait son siège, son sourire s'estompa. Il comprenait l'inquiétude de son ami. En combattant avec les Ecossais, le comte d'Ashburn ne risquait pas seulement sa vie. Il pouvait perdre son titre, ses biens, ses terres.

— Ecoute, Brig, je vais te faire une proposition. Tu me confies ta lettre, je rentre au pays et j'annonce la nouvelle à tous les clans. Toi, tu restes à Londres.

— Je suis donc si inutile que cela ? demanda Brigham en soulevant un sourcil ironique.

— Ne dis pas de sottises ! Je suis le premier à savoir de quoi tu es capable au combat. Je n'oublie pas que tu m'as sauvé plus d'une fois la vie en Italie, et en France aussi !

Coll parlait fort, en faisant de grands gestes, et l'émotion augmentait cet accent écossais dont il était si fier.

— Tu radotes, Coll, c'est mauvais signe, lui fit remarquer son ami.

— Et après chaque combat, tu te glisses dans la peau du comte d'Ashburn en un clin d'œil !

— Mon cher, je *suis* le comte d'Ashburn.

Coll MacGregor sourit à cette réflexion.

Côte à côte, les deux amis offraient un vif contraste.

Autant la stature de Brigham Langston était fine et élancée, autant celle de Coll était musculeuse et puissante. A l'élégance raffinée, aux manières aristocratiques du premier s'opposait la rusticité presque brutale de Coll. L'expérience avait enseigné à celui-ci que, sous le satin et les dentelles dont se parait son ami, battait le cœur d'un rude lutteur et d'un joyeux compagnon.

— Quand nous avons été attaqués par des bandits aux portes de Calais, rappela-t-il, ce n'est pas le comte d'Ashburn qui les a mis en fuite à coups d'épée et de pied. Le mauvais drôle qui a réussi à me faire rouler sous la table dans une taverne de Rome à force de chianti — moi, un Ecossais ! — n'avait rien d'un comte. C'était un démon !

— Mais si, je m'en souviens très bien.

Coll dut reconnaître sa défaite. A ce jeu, il était perdant d'avance.

— Parlons sérieusement, Brigham. Ta place est à Londres. La bonne société s'attend à te rencontrer dans les réunions mondaines, dans les clubs. On ne comprendrait pas que tu t'exiles chez les sauvages du Nord ! Et puis, à Londres, tu garderais plus facilement tes contacts secrets avec la France. Mais…

— Mais ?

— Si je dois me battre, j'aime autant t'avoir avec moi. Alors, tu viens ?

Brigham sourit au portrait de sa grand-mère, puis à Coll, à qui il tendit la main.

— Bien sûr.

Trois jours plus tard, par un matin de janvier triste et brumeux, les deux amis quittaient Londres. La voiture de Brigham les conduirait jusqu'aux limites de l'Ecosse, et ils finiraient le trajet à cheval.

Pour éviter à ses relations mondaines de se poser trop de questions, Brigham avait officiellement annoncé qu'il se rendait en Ecosse pour inspecter un domaine hérité de ses grands-parents. Seuls quelques amis intimes, qui déniaient comme lui au roi George le droit de régner, avaient été mis dans le secret. Il leur laissait en garde son hôtel londonien et Ashburn Manor, son château du Kent. L'intendant s'occuperait de la gestion des domestiques.

Tous savaient que l'absence de Brigham pouvait durer plusieurs mois. Pour ne pas donner l'éveil, il n'emportait avec lui que ses biens les plus précieux et les plus faciles à transporter, de l'or et des bijoux. Avec un serrement de cœur, il dut laisser sur place le portrait de son aïeule ; néanmoins, il avait joint à sa fortune, dans le coffre dissimulé sous un siège de son carrosse de voyage, la petite bergère de porcelaine, sortie de sa vitrine. Il rougissait lui-même de ce sentimentalisme.

Le carrosse avançait avec une lenteur désespérante. Les routes mal entretenues et les bourrasques de neige obligeaient souvent le cocher à descendre de son siège pour mener l'attelage à la bride.

Accoutumé à traiter en philosophe les difficultés de l'existence, Brigham, qui ne pouvait galoper à son aise, se réfugia dans l'évocation du passé, les bottes posées sur le siège où Coll sommeillait. Quelques mois plus tôt, ils fréquentaient ensemble à Versailles la cour brillante et superficielle de Louis XV. Le jeune homme se souvenait avec émotion des fêtes au luxe inouï, des femmes ravissantes prêtes à tous les abandons, de la fréquentation des beaux esprits. Il avait même rencontré Voltaire, le nouvel historiographe du roi, dans le salon de Mme de Pompadour. Comme l'Angleterre était à la mode, cette cour avait accueilli avec faveur un jeune aristocrate anglais, qui ne manquait ni d'argent, ni de charme, ni d'ironie, qualité essentielle des gens à la mode.

Mais Brigham s'était vite lassé de cette atmosphère de fastes et de facilité. Comme à tous les Langston, avides d'action guerrière et politique, l'oisiveté lui pesait. Depuis trois générations, ceux de sa famille militaient pour le retour au trône des Stuarts, seuls rois légitimes. Brigham brûlait de les imiter, d'autant que sa grand-mère lui avait souvent raconté l'échec de la rébellion de 1715, ainsi que les proscriptions et les exécutions qui l'avaient précédée et suivie.

Quelle n'avait pas été sa joie quand le fils du prétendant, le prince Charles-Edouard, était arrivé à Versailles. Brigham lui avait juré fidélité, et proposé son aide. Il le faisait avec d'autant plus d'enthousiasme que le prince, si séduisant et si plein de noblesse que ses partisans le nommaient le « Gentil Prince », possédait toutes les qualités dont son père était si fâcheusement dépourvu : le courage physique, l'esprit d'entreprise et une forte personnalité.

Cette entrevue était restée secrète. Si la cour du roi George, l'usurpateur obèse qui déshonorait le trône d'Angleterre, en avait été informée, Brigham, tout lord Ashburn qu'il fût, aurait risqué la condamnation à mort. Bientôt, c'est à visage découvert qu'il allait combattre pour la juste cause.

Ce n'est pas tant le charme et la prestance du prince qui poussaient le jeune aristocrate anglais à courir un aussi grand risque. C'étaient son dynamisme, son ambition juvénile, sa volonté de reconquérir un trône qui lui appartenait. Brigham approuvait cette ambition et partageait cet amour de la justice.

Enfin, le carrosse parvint à la frontière de l'Ecosse. Le chemin était néanmoins encore long jusqu'aux Highlands, les hautes terres, lieu de leur destination. Le soir, les deux amis et leur escorte trouvèrent refuge dans une auberge de village où quelques pièces d'or leur valurent un accueil chaleureux. Repus et bien au chaud, Coll et Brigham s'offrirent une récréation en jouant aux dés et en buvant de la bière tandis que le vent faisait rage au-dehors. Pendant quelques heures, ils allaient jouir en paix des charmes d'une amitié partagée.

— Que le diable te patafiole, Brig ! s'exclama Coll. Ce soir, tu as une chance de…

— En effet, ça m'en a tout l'air, répondit paisiblement son adversaire en contemplant avec satisfaction un brelan de six. Tu préfères les cartes ?

— Tais-toi et joue, la chance doit tourner !

Coll jeta quelques pièces sur la table et sourit avec confiance. Les dés roulèrent et, au vu du résultat, il sembla en effet que la chance tournait. Mais quand l'Ecossais lança les dés à son tour, il n'obtint qu'un résultat dérisoire.

— Décidément, tu ne perdras jamais ! gémit-il. Cela

me rappelle ta partie contre le duc de Choiseul, à Paris, quand l'enjeu n'était autre que les faveurs de cette petite danseuse !

— Avec ou sans dés, observa Brigham en se versant de la bière, j'avais partie gagnée. Cette fille, elle ne voulait... danser qu'avec moi.

Coll éclata d'un rire tonitruant et frappa du poing sur la table.

— La chance t'abandonnera bien un jour.

Et puis, il se tut, soudain sérieux.

— J'ai tort, excuse-moi. Dans les mois qui viennent, tu en auras fichtrement besoin.

Brigham leva les yeux pour s'assurer qu'ils étaient bien seuls, toutes portes closes.

— C'est Charles qui prend le plus de risques. Il joue son va-tout.

— Il n'a que des qualités ! s'écria Coll avec impétuosité. Voilà bien l'homme de la situation. Son père ne possède aucune ambition, il se voit toujours battu d'avance. Je bois à Charles-Edouard, le gentil prince ! ajouta-t-il en levant bien haut sa chope.

— Ses beaux yeux et ses belles paroles ne suffiront pas à lui donner la victoire..., remarqua Brigham.

Les sourcils roux de son ami écossais se froncèrent d'indignation.

— Tu comptes sans les MacGregor !

— Des hommes de ton clan, je ne connais que toi, mon cher. Tu es peut-être le seul civilisé, après tout ! Je me demande sur quels spécimens je vais tomber. Avec les Ecossais, on ne sait jamais...

Coll rit complaisamment et reprit une rasade de bière.

— En tout cas, je ne suis pas mécontent de retrouver ma famille. Rome et Paris ne manquent pas de charme, mais rien ne vaut l'Ecosse. J'ai hâte de rentrer à la maison. Mon père et ma mère ne m'ont pas vu depuis plus d'un an. Il paraît que Malcolm, mon cadet, a beaucoup gagné en taille — sinon en sagesse. Tout mon portrait quand j'avais dix ans. Il ira loin ! Un vrai diable !

Coll but derechef en s'esclaffant.

— Par contre, lui glissa Brigham, ta sœur aurait la figure d'un ange, paraît-il.

— Qui te l'a dit ?

— Toi-même, après le chianti de Rome !

— C'est vrai, Gwen est un ange de douceur, d'humeur toujours égale, et savante ! Elle se passionne pour la médecine — à 16 ans ! C'est la plus douce et la plus jolie des filles du clan.

— J'ai hâte de lui présenter mes respects.

— C'est une gamine, ne l'oublie pas ! N'oublie pas non plus que je suis le plus terrible des chaperons !

Coll roula des yeux féroces, mais rieurs. La tendresse avec laquelle il parlait de sa petite sœur avait quelque chose d'émouvant. La détente dont ils jouissaient, leur état de semi-ébriété permettaient toutes les indiscrétions, et toutes les confidences.

— Tu ne parles jamais de ton autre sœur, dit Brigham en se laissant aller contre le dossier de son siège. Ne me dis pas qu'elle est affreuse.

— Non, bien sûr, puisqu'elle a les mêmes cheveux que moi, répondit Coll en ébouriffant sa chevelure d'un roux flamboyant. C'est la plus vieille des deux. Serena. Quel prénom ridicule pour une tigresse qui ne rentre jamais ses griffes ! Elle m'en a fait voir ! Les cicatrices que j'ai sur le cou et dans le dos, c'est la marque de ses ongles. Ses coups de poing n'ont pas laissé de traces, heureusement — et pourtant, j'en ai pris ! Elle a une gauche redoutable. Ma mère m'a écrit que les galants commencent à tourner autour d'elle.

— Elle ne manque donc pas de séduction ?

— Serena MacGregor est un beau parti, fit observer Coll

avec cynisme. Mais elle n'est pas faite pour le mariage : quelques prétendants se sont sauvés en courant, le nez écrasé et les oreilles en compote.

— Elle doit pourtant avoir… comment dire ? un point faible.

De nouveau, Coll s'esclaffa et s'abreuva généreusement.

— Un point faible ? Figure-toi que le jour où j'ai osé lui tirer les cheveux, elle a décroché la vieille claymore de mon grand-père…

— La claymore ?

— C'est une ancienne épée à deux tranchants, qu'on tient à deux mains et qui fait presque deux mètres. Elle m'a poursuivi jusque dans les bois en faisant tournoyer au-dessus de sa tête cet engin du Moyen Age.

Les yeux pleins d'admiration rétrospective, Coll se tut un moment.

— Mon père finira bien par la marier à quelqu'un du clan, reprit-il. La vie de ce malheureux sera un enfer.

Brigham se représentait la pauvre fille : des cheveux rouges, un corps de lutteur, de gros bras et un regard méchant.

— C'est une amazone, alors ?

— Oui, mais on peut compter sur elle.

Sous l'effet conjugué de l'alcool et de l'émotion, le regard de Coll s'embua.

— Je t'ai raconté ce qui est arrivé à ma mère, il y a dix ans ?

— Oui, n'en parlons plus.

— Quand ces ordures de dragons ont fini par quitter la maison, après l'avoir déshonorée, Serena s'est occupée d'elle. Ce n'était alors qu'une petite fille. Pourtant, elle l'a soignée et l'a mise au lit. Elle a veillé sur elle et sur les enfants toute la nuit, jusqu'à notre retour. Et puis, elle nous a tout raconté, sans pleurer.

Brigham posa la main sur celle de son ami.

— Le temps de la vengeance est passé, Coll. Pour ce qui est de la justice...

— Le temps de la justice viendra, répondit l'Ecossais d'un ton sombre. Néanmoins, j'ai soif aussi de vengeance.

Avec entêtement, il relança les dés.

Le lendemain matin, ils partirent à cheval. La voiture et son escorte allaient les suivre, et n'arriveraient que le lendemain soir au manoir de Glenroe, berceau des MacGregor.

Brigham était enchanté de découvrir enfin le pays dont sa grand-mère lui avait tant parlé jadis. Pays sauvage et rude, au relief tourmenté, où des rochers escarpés jaillissaient de landes désolées. On traversait des rivières, des cascades se terminaient en torrents écumeux. Ailleurs, d'énormes rocs comme jetés au hasard parsemaient les collines. C'était un paysage irréel, une contrée de légendes et de contes de fées. En guise de cheminée, un trou perçait le toit des rares chaumières.

Le vent qui faisait rage soulevait des nuages de neige et les aveuglait tandis que le froid humide transperçait les lourds manteaux de voyage. Dans ces conditions, Brigham se contentait de suivre Coll, qui connaissait les lieux. Des cavernes s'ouvraient dans le flanc des promontoires. En été, elles servaient de refuge aux bergers. Des lacs à demi gelés leur offraient leurs eaux d'un bleu noir et opaque, inquiétant.

Les deux amis menaient leurs montures au galop à chaque occasion favorable. Néanmoins, il leur fallait souvent traverser des amas de neige qui les ralentissaient. Coll évitait avec soin les fortins construits par les Anglais, ainsi que les rares habitations. Comme il l'avait expliqué à Brigham, la légendaire hospitalité écossaise avait son revers : il fallait la payer de confidences sur le but du voyage, l'histoire de la famille, et par des nouvelles détaillées du vaste monde. Les visiteurs étant rares dans les Highlands, on appréciait avec gourmandise les nouvelles qu'eux seuls pouvaient apporter.

Coll choisissait donc de passer par les routes les plus isolées et les collines les plus escarpées, pour ne pas ébruiter la nouvelle de leur arrivée à Glenroe. Pourtant, il fallut bien s'arrêter pour déjeuner et laisser reposer les chevaux. Ils trouvèrent ainsi une taverne perdue en rase campagne. Des poules caquetaient sur le sol poussiéreux, l'odeur de la fumée se mêlait aux remugles des repas précédents, à dominance de poisson. La présence du quatrième comte d'Ashburn dans cette masure avait quelque chose d'incongru, mais nécessité fait loi : transis, les deux jeunes gens mouraient de faim.

Quand Brigham, une fois à l'intérieur, enleva son lourd manteau pour le mettre à sécher, toutes les conversations s'arrêtèrent, et tous les regards se braquèrent sur lui. Loin des fastes de Londres, il ne portait qu'un costume très simple — culotte de cheval brune et chemise de batiste blanche sous une jaquette unie. Mais le tout était à l'évidence fait sur mesure. Des boutons d'argent décoraient sa jaquette, ses bottes poussiéreuses avaient été taillées dans le cuir le plus fin et un catogan retenait son abondante chevelure noire. Et puis, surtout, il portait aux doigts des bijoux inconnus dans cette contrée misérable : une chevalière avec son sceau héraldique et une grosse émeraude montée en solitaire.

Avec son bonnet et son kilt aux couleurs du clan MacGregor, Coll, par contre, ne se faisait pas remarquer. De plus, il avait tout naturellement commandé le repas en gaélique.

— On peut dire que tu ne passes pas inaperçu, murmura-t-il avec un sourire railleur.

— En effet, répondit Brigham. Je féliciterai mon tailleur et mon bottier.

— Ils ne sont pas seuls en cause. Même en haillons, tu aurais toujours l'air d'un aristocrate distingué ! Buvons. Ah ! cette bière est infecte ! Ce soir, tu goûteras au whisky des MacGregor, c'est autre chose !

Pressé de partir, il jeta quelques pièces sur la table.

— Dépêchons-nous, Brig, les chevaux finiront de se reposer à Glenroe. Nous devons éviter les territoires des Campbell. La route n'en sera que plus longue.

Comme les deux amis remettaient leurs manteaux de voyage, trois hommes sortirent en silence de la pièce. Par la porte ouverte, un grand souffle d'air pur pénétra dans la taverne enfumée.

Coll ne parvenait pas à dissimuler son excitation. Si près du but, il bouillait d'impatience et forçait le train des chevaux. Comme eux, il sentait l'écurie — ou plutôt le manoir de son enfance, avec sa forêt profonde pleine d'animaux sauvages. Ce soir, Glenroe serait en fête, on chanterait les vieilles chansons, et le whisky coulerait à flots ! Londres et ses conventions mondaines étaient bien loin.

Dans cette contrée au dur climat, le vent avait tordu les arbres. Seuls les genévriers tenaient bon, accrochés aux rocailles. De temps en temps, le chemin longeait un torrent tumultueux et, quand on en quittait la berge, le silence absolu semblait irréel, oppressant. Le ciel s'était dégagé. Dans l'azur éclatant, très haut, un aigle royal planait, presque immobile.

— Brig, garde-toi à droite ! hurla soudain Coll en tirant son épée.

Brigham l'imita. Deux cavaliers surgis de derrière les rochers les attaquaient. Ils montaient des chevaux petits et trapus, à la robe laineuse, typiquement écossais. L'éclat de leurs épées faisait un vif contraste avec leurs tartans ternis par l'usure et la crasse. En un éclair, Brigham reconnut deux des clients de la taverne.

Coll n'eut pas le temps de venir à la rescousse, car deux autres bandits l'attaquaient à son tour. La lande déserte retentit bientôt du fracas des fers entrechoqués, du martèlement sourd des sabots sur le sol glacé, des halètements, des invectives et des jurons de Coll et de leurs adversaires.

Seul Brigham restait silencieux. En cavalier consommé, il commandait de ses genoux et de ses éperons seuls les voltes, les avancées et les dérobades de son grand étalon. Une dague dans la main gauche, son épée dans la droite, il esquivait les assauts de ses assaillants. Ceux-ci l'avaient sans doute bien mal jugé. Ses mains fines et ses poignets minces étaient durs et souples comme l'acier. Svelte et élancé, son corps de danseur recélait une force insoupçonnable. Quant à ses yeux, au regard si nonchalant d'ordinaire, ils brillaient comme ceux d'un loup assoiffé de carnage.

Par un mouvement tournant, il contraignait les deux bandits à se gêner mutuellement. Quand, à dessein, il découvrit un peu sa garde, son adversaire le plus proche tenta une estocade. L'épée du misérable, détournée par la dague, vola en l'air tandis que celle de Brigham lui transperçait le cœur. Le sang jaillit avec violence.

Ivre de rage, son complice précipita aveuglément son petit cheval contre celui de Brigham. Un instant déséquilibré, celui-ci sentit une lame lui brûler l'épaule, puis un flot de sang tiède ruisseler le long de son bras. Sans se déconcerter, il éperonna vivement son étalon pour lui faire exécuter une ruade avant. Le gros poney fit alors un écart, acculant son maître au rocher. Par une demi-volte, Brigham prit l'homme en défaut et lui transperça la gorge. Sans s'attarder à le regarder tomber, il courut au secours de Coll.

Constatant que ce dernier n'avait plus qu'un seul adversaire, Brigham reprit son souffle. Soudain, les sabots du cheval de Coll glissèrent sur une dalle de pierre. Tout près de démonter, Coll releva sa garde pour se rétablir, et l'épée du dernier assaillant lui transperça le flanc gauche. Mais quand il vit Brigham fondre sur lui, le bandit ne songea pas à poursuivre son avantage. Piquant des deux, il s'enfuit au galop dans les dédales de la montagne.

— Coll ! Tu es blessé ! C'est grave ?

Avant de répondre, Coll débita un chapelet de jurons. Il ressentait au côté une brûlure intense, le vertige le prenait.

— Ces ordures de Campbell ! Il faudrait tous les pendre !

— Je vais te soigner.

— Pas le temps. Ce chacal peut aller chercher du renfort.

Coll glissa un mouchoir sous sa chemise pour colmater sa plaie. Quand il sortit sa main de sous ses vêtements, elle ne tremblait pas. En revanche, son gant était poisseux de sang.

— Je survivrai, assura-t-il. On sera à Glenroe pour le dîner. Les yeux encore brillants de l'ardeur du combat, il reprit les rênes et lança son cheval au galop.

Ils chevauchèrent longtemps, sans désemparer. Brigham, qui craignait une nouvelle embuscade, surveillait les alentours, et gardait un œil sur Coll. Le puissant Ecossais était blême, mais il ne ralentissait pas pour autant l'allure. Brigham dut insister pour faire une pause — les chevaux devaient souffler un peu —, dont il profita pour panser sommairement la plaie de Coll, qui saignait encore.

Cette blessure semblait profonde. L'hémorragie affaiblissait lentement le jeune MacGregor. Pourtant, il fallait se rendre à l'évidence : Coll avait hâte de rejoindre sa famille, et Brigham ne pouvait demander assistance à personne dans cette contrée désolée et inconnue. Il sortit de sa poche un flacon et l'offrit à son ami blessé. La chaleur de l'alcool redonna quelques couleurs à Coll, que Brigham dut aider à se remettre en selle.

Bientôt, les collines désertes firent place à une forêt de haute futaie, où les ombres s'allongeaient. Il ferait bientôt nuit. A l'odeur balsamique des pins se mêlait celle de la fumée du bois brûlé, signe que les deux cavaliers approchaient d'un village. De temps en temps, un lièvre détalait sur leur passage. Seuls les épineux portaient encore quelques baies.

Brigham sentait que ses forces abandonnaient Coll. Il le contraignit à faire une nouvelle pause, pour boire encore. La fièvre commençait à se déclarer, sa respiration devenait courte, et son élocution s'en ressentait.

— Cette forêt, je la connais comme ma poche, affirma-t-il d'une voix râpeuse. J'y ai chassé, j'y ai promené ma première bonne amie. Donne-m'en encore un coup.

Il but et soupira.

— Il faut que je sois en forme pour les batailles… euh… Jamais je n'aurais dû quitter la maison. Pourquoi suis-je parti si loin ? Tu peux me le dire ?

— Pour revenir ici en héros ! répondit Brigham en refermant la bouteille.

Son compagnon éclata d'un rire qui finit en quinte de toux bruyante.

— Tu parles ! Les MacGregor sont des héros depuis des siècles, depuis que Dieu a donné cette terre à notre clan ! Tu n'es qu'un comte, après tout, ajouta-t-il avec suffisance, alors que le sang qui coule dans mes veines est un sang royal !

— Pour l'instant, ton sang royal se répand sur l'herbe, remarqua Brigham sans se formaliser. Dépêchons-nous d'arriver pendant qu'il t'en reste un peu !

Ils terminèrent le trajet au petit galop, l'allure la plus reposante pour un cavalier.

Dès qu'ils atteignirent l'entrée du village, Brigham mit les chevaux au pas. Le premier gamin qu'ils aperçurent remonta la rue en hurlant pour annoncer la grande nouvelle. Des modestes maisons, certaines en pierre et de bois, mais la plupart en torchis, tous les habitants sortirent bientôt en poussant des vivats. Maîtrisant sa douleur, Coll parvint à faire bonne figure, et à saluer la foule. En haut de la montée, il arrêta son cheval, les yeux mouillés de larmes.

Sur le ciel rougeoyant se découpait la silhouette de son manoir natal.

Des lampes éclairaient de l'intérieur les fenêtres. Plusieurs cheminées laissaient échapper des volutes de fumée. Aux derniers rayons du soleil couchant, les toits d'ardoise prenaient des reflets de pourpre et d'argent.

Brigham fut frappé d'admiration. Avec ses lourdes tours rondes et les tourelles qui dominaient les quatre étages, l'ancien château fort avait fière allure. Bien sûr, cette demeure d'un autre âge ignorait la symétrie des constructions classiques ou la légèreté des constructions modernes; néanmoins, elle témoignait de la pérennité d'une tradition ancestrale.

La foule s'était massée derrière les cavaliers, toute bruissante de rumeurs joyeuses. Dans un chenil proche du château, une meute hurlait. Une jeune fille surgit soudain d'une dépendance et se mit à courir, un panier vide à la main.

Brigham la trouva fascinante.

Enveloppée dans un plaid, elle courait en riant. De sa main libre, elle soulevait le devant de sa robe, découvrant sans vergogne ses jupons et de jolies jambes, longues et minces. Dans la course, son châle tomba sur ses épaules, libérant une abondante chevelure rousse, d'un roux intense et doré, de la nuance même du coucher de soleil.

Sa peau d'albâtre rosissait d'émotion. Dans son visage aux traits fins, sa bouche pourpre aux lèvres pleines s'ouvrait sur des dents éclatantes. Brigham eut un choc en s'avisant alors que cette jeune fille était le sosie de la bergère de porcelaine du petit salon, l'idole de ses rêves d'enfant.

— Coll !

Sans se soucier de l'excitation des chevaux, qui s'ébrouaient d'impatience, la jeune fille saisit la bride que Coll retenait à grand-peine et leva vers lui son visage radieux. Brigham sentit sa bouche se dessécher.

— De toute la journée je n'ai pu tenir en place ! s'écria-t-elle. C'était comme un pressentiment ! Tu aurais dû nous envoyer une lettre pour t'annoncer, voyons... Tu ne sais plus écrire, ou tu dormais tout le temps ?

Sa voix était musicale, un peu rauque, et dans sa bouche l'accent écossais avait quelque chose d'adorable.

— Toujours aussi aimable, sœurette, déclara Coll.

Il aurait voulu se pencher pour l'embrasser, mais il s'en sentit incapable. Tout son corps se paralysait. A cause du vertige, le visage de sa sœur dansait devant ses yeux.

— Un peu de tenue, reprit-il avec effort, c'est la moindre des choses. Je te présente mon meilleur ami, Brigham Langston, comte d'Ashburn. Brig, voici ma sœur... Serena.

Brigham songea que Coll avait bien noirci le tableau en décrivant Serena. Quelle surprise !

— Mademoiselle MacGregor, dit-il en se découvrant courtoisement.

Mais elle ne lui accorda pas un regard.

— Coll, tu es souffrant ? Tu es blessé ?

Au moment même où elle lui prenait le bras, son frère tomba soudain sur le sol. Il avait perdu connaissance.

— Mon Dieu, qu'est-ce qu'il a ?

Elle écarta le manteau et découvrit le pansement de fortune, tout sanglant.

— La plaie s'est rouverte, indiqua Brigham en venant s'agenouiller près d'elle. Il faut le porter chez vous.

Comme il se penchait pour saisir le corps inanimé,

Serena le bouscula en le fusillant du regard. Ses yeux lançaient des éclairs de haine.

— Ne touchez pas à mon frère, cochon d'Anglais !

Elle souleva le buste de Coll et étancha le sang avec le tissu de son plaid.

— Espèce de lâche ! Coll revient à demi mort et vous vous pavanez sans une égratignure, votre belle épée bien au chaud dans son fourreau !

Brigham songea alors que si Coll avait sous-estimé la beauté de sa sœur, il n'avait pas moins sous-estimé son mauvais caractère…

— Soignons-le d'abord, dit-il sans élever la voix. Les explications attendront.

— Gardez-les pour vos crapules d'Anglais ! Rentrez à Londres, et tout de suite !

Sans un mot, Brigham souleva dans ses bras le blessé, qui était beaucoup plus lourd que lui. Aussitôt, Serena bondit et le frappa à l'épaule.

— N'y touchez pas, *Sassenach* ! Je vous interdis de toucher à ce qui m'appartient !

Quel était ce mot étrange ? Une injure, nécessairement. Toujours impassible, Brigham dévisagea la jeune fille sans broncher, jusqu'à faire monter le rouge au front de cette imprécatrice.

— Soyez sûre que je n'ai pas l'intention de vous offenser, mademoiselle. Voulez-vous être assez bonne pour vous occuper des chevaux ?

Alors, son grand manteau bleu flottant autour de lui, Brigham prit le chemin du manoir, Coll dans ses bras.

Serena, elle, se rappela la nuit tragique. Depuis dix ans, pas un seul Anglais n'avait franchi ce seuil… D'une main, elle saisit les rênes des deux chevaux et rattrapa Brigham, en maudissant sa présence.

2

La servante qui ouvrit la porte à Brigham poussa un cri de terreur en apercevant son fardeau et disparut aussitôt.

— Milady ! Lady MacGregor ! Venez vite ! Quel malheur !

Quelques instants plus tard, apparut une femme au visage jeune malgré ses quelques cheveux gris. Ses manches étaient relevées sur des bras minces tout couverts de farine.

— Mon Coll ! Il est...

— Il n'est que blessé, madame, indiqua aussitôt Brigham, mais assez gravement, je le crains.

D'un geste instinctif, lady MacGregor caressa d'une main longue et fine le visage de son fils.

— Pouvez-vous le porter au premier étage ? Suivez-moi. Marie ! Suzanne ! Faites chauffer de l'eau ! Apportez du linge propre ! Gwen !

Quelques secondes plus tard, un peu essoufflé, Brigham déposait Coll sur un grand lit à baldaquin. Une jeune fille aux traits délicats entra sur les talons de sa mère.

— Grâce à Dieu il n'est que blessé, Gwen !

Plus petite et plus frêle que sa mère et que sa sœur, la jeune fille prit la direction des opérations, sans s'attarder en lamentations inutiles.

— Molly, allume toutes les lampes ! Va en chercher d'autres ! Il me faut le maximum de lumière.

Le drap blanc rougissait déjà de sang.

— Il a une forte fièvre, constata Gwen en posant la

main sur le front de son frère. Vous voulez bien m'aider à le déshabiller, monsieur ?

Brigham s'exécuta. Alors qu'il craignait que cette très jeune fille ne s'évanouisse en apercevant la plaie béante, la gravité de la blessure sembla au contraire renforcer son calme et sa concentration. Coll se mit à marmonner et à s'agiter lorsque son ami et sa sœur manipulèrent son corps inerte.

— Maintenez-le, et gardez ce tampon en place, dit Gwen, qui venait de poser sur le flanc de son frère un linge humide et chaud.

Pendant que lady MacGregor tenait la tête de son fils entre ses mains, Gwen remplit une coupe de sirop — qui dégageait l'odeur caractéristique du pavot. En forçant ses lèvres, elle en fit boire à Coll.

Sans tressaillir, elle entreprit ensuite de refermer la plaie et de coudre à gestes précis les deux bords de la peau. Si aguerri qu'il fût, Brigham ne put s'empêcher de frissonner à ce spectacle.

— Il a perdu trop de sang, et il faut faire tomber la fièvre, indiqua Gwen. Mary, baignez-lui le visage et le torse avec de l'eau froide.

La servante vint prendre la place de sa maîtresse, qui se redressa en rejetant en arrière sa chevelure défaite.

— Il ne faut pas que mon fils meure, murmura-t-elle. Je vous remercie de nous l'avoir ramené, monsieur. Que s'est-il passé ?

— Quatre bandits nous ont attaqués à quelque distance d'ici, expliqua Brigham. Coll a reconnu le tartan des Campbell.

— Je vois, dit lady MacGregor en pinçant les lèvres, mais sans élever la voix. Je vous dois des excuses, monsieur. Nous aurions dû vous offrir un siège, et des rafraîchissements. Je suis la mère de Coll, Fiona MacGregor.

— Je me flatte d'être le meilleur ami de votre fils. Brigham Langston.

— Coll ne parle que de vous dans ses lettres. Vous êtes le comte d'Ashburn, naturellement. Molly, prenez le manteau de sa seigneurie et apportez-lui de quoi boire.

— C'est un Anglais ! intervint la voix rauque de Serena, qui venait d'apparaître dans l'embrasure de la porte.

Elle avait quitté son plaid et ne portait plus qu'une simple robe d'intérieur en laine bleue.

— Je sais, Serena. Otez votre manteau, milord. Après ce voyage épuisant, vous avez sans doute bien besoin d'un repas chaud, et d'un bon sommeil.

Molly s'empara du lourd manteau de voyage.

— Mais vous saignez ! s'écria Fiona. Vous êtes blessé, vous aussi ?

— Ce n'est rien, assura Brigham.

— Une égratignure, renchérit Serena, qui fit un mouvement pour venir au chevet de son frère.

Mais le regard impérieux de Fiona la cloua sur place.

— Ma fille, accompagne notre hôte en bas, et soigne sa blessure.

— Plutôt soigner un rat malade ! rétorqua l'insolente Serena.

Le regard de sa mère se durcit encore. Elle tremblait de colère.

— C'est un ordre, ma fille ! Dans notre clan, un hôte est une personne sacrée, ne l'oublie pas. Tu vas lui faire un pansement, et lui apporter le dîner qui convient à une personne de son rang.

— Ce n'est pas indispensable, lady MacGregor ! protesta Brigham.

— Je devrais m'occuper de tout cela moi-même, excusez-moi, milord. Mais Coll est dans un tel état... Je dois rester à son chevet. Serena !

— Puisque c'est un ordre, je vous obéirai, maman.

La jeune fille se tourna vers Brigham et lui fit une révérence trop profonde pour ne pas être insultante.

— Lord Ashburn, si votre seigneurie veut bien me suivre... Je suis votre servante.

Elle le précéda jusqu'au rez-de-chaussée en prenant soin de le faire passer par l'escalier de service. Brigham n'y prit pas garde, trop occupé qu'il était à observer le balancement des hanches de son guide...

La vaste cuisine embaumait de l'odeur des gâteaux frais et des épices. Dans un grand chaudron accroché à la crémaillère, de la venaison mijotait.

— Veuillez accepter ce siège, milord, déclara Serena en offrant un simple tabouret à Brigham.

Celui-ci accepta de s'asseoir sur ce meuble inconfortable, sans aucun commentaire. Serena lui ôta alors sa jaquette, et se mit en devoir d'arracher la manche de sa chemise, déjà toute déchirée et souillée de son sang.

— J'espère que la vue du sang ne vous fait pas défaillir, mademoiselle MacGregor, remarqua-t-il avec ironie.

— Quand vous verrez dans quel état j'ai mis votre jolie chemise de batiste, c'est vous qui risquez de vous trouver mal, lord Ashburn !

Elle alla chercher de l'eau chaude et des linges propres. Bien que l'homme qu'elle soignait fût anglais, Serena regretta son insolence en découvrant l'étendue et la profondeur de l'estafilade. L'épaule et l'avant-bras entaillés sur une trentaine de centimètres, l'ami de Coll avait de toute évidence rouvert sa blessure en le transportant jusqu'à sa chambre.

Sous ses mains, Serena trouva une peau chaude et souple, à travers laquelle elle devina des muscles déliés et forts. Contrairement à son attente, cet élégant aristocrate n'exhalait pas toutes les fragrances délicates des parfums d'Orient. Il sentait le cheval, la sueur et le sang. Alors, sans y réfléchir, elle mit plus de douceur dans ses propres gestes.

Serrant un peu les dents, Brigham pouvait contempler de

tout près le visage de son infirmière improvisée. Le visage d'un ange et l'âme d'une harpie — mais d'une harpie qui aurait senti bon la lavande. Que de contrastes dans la sœur de Coll ! Alors que sa bouche sensuelle appelait le baiser, ses yeux pleins de rage en auraient fait fuir plus d'un. Brigham eût aimé passer la main dans cette chevelure flamboyante. Seulement, il se souvenait des propos de Coll. A chaque jour suffit sa blessure ! songea-t-il. Il voulait éviter à son nez et à ses oreilles toute espèce d'agression.

En femme sûre de ses gestes, Serena s'activait en silence. Après avoir nettoyé l'estafilade, elle entreprit de l'enduire d'une pommade aromatique préparée par Gwen, et qui faisait merveille. Une odeur de forêt et de fleurs les enveloppa, une odeur si enchanteresse que Serena en oubliait que le sang qui tachait ses doigts était celui d'un Anglais.

Elle alla chercher un pansement. L'instant d'après, comme elle se penchait sur Brigham, leurs visages furent tout proches, presque à se toucher. Serena sentit sur ses lèvres le souffle tiède du lord qu'elle détestait tant, et elle s'étonna que son cœur batte plus vite. En même temps, elle remarqua que les yeux gris du blessé, fixés sur son visage, prenaient une nuance plus sombre. Sur ses lèvres bien dessinées, un semblant de sourire donnait de la douceur à son visage altier d'aristocrate.

Serena crut alors sentir sur sa chevelure la caresse de doigts précautionneux mais, naturellement, ce n'était qu'une illusion. Pendant une seconde ou deux, elle eut comme une absence. Fascinée, elle restait dans l'expectative. Mais de quoi ?

— Je ne vais pas mourir, docteur ? murmura-t-il d'une voix qui s'éteignait.

Aussitôt, Serena identifia l'ironie des Anglais, leur suffisance. Le charme était rompu. Elle sourit férocement à son patient et serra le pansement avec tant d'énergie qu'il ne put retenir une grimace.

— Pardon, votre seigneurie, dit-elle en battant des cils, je vous ai fait mal ?

Bien qu'il eût envie d'étrangler la jeune fille, Brigham se contenta de sourire benoîtement.

— Ce n'est rien. Ne cherchez pas à me ménager, mademoiselle.

— Faites-moi confiance, milord…

Une fois sa tâche terminée, Serena se leva pour ranger son matériel et s'attarda à examiner le contenu de la cuvette où de l'eau se mêlait au sang de Brigham.

— Je n'aurais jamais cru que le sang des Anglais fût si pâle, murmura-t-elle avec effronterie. Le sang des Ecossais, lui, est bien rouge !

Les traits du jeune homme se durcirent.

— Des Ecossais, j'en ai tué deux cet après-midi, rétorqua-t-il d'un ton âpre. Leur sang ne m'a pas paru plus rouge que le mien.

— Les Campbell n'ont que du sang de blaireau. Vous avez débarrassé l'Ecosse de deux vermines, c'est bien. Mais ne comptez pas sur mes compliments.

— Vous me piquez au vif, mademoiselle. Je ne vis que pour vous être agréable !

Mécontente d'elle-même, plus que de l'ironique repartie de ce lord anglais, Serena, bien qu'elle sût que sa mère aurait utilisé la porcelaine la plus fine, se saisit d'une simple écuelle de bois pour servir son hôte. Elle la remplit de ragoût et la posa sur la table assez brutalement pour la faire déborder. Avec une chope de bière, elle compléta cette collation de deux minces galettes d'avoine, regrettant en secret qu'elles ne fussent pas rassises.

— Voilà votre dîner. Dieu veuille qu'il n'étouffe pas votre seigneurie !

Lentement, Brigham quitta son tabouret et développa sa haute taille. Serena se rappela soudain que cet Anglais si mince et si élégant avait eu la force de porter son frère, qui pesait bien cent kilos, depuis l'entrée du domaine jusqu'au premier étage du château.

— Vous avez un caractère de chien, mademoiselle MacGregor, déclara-t-il placidement. Coll m'en avait prévenu.

Sans se démonter, Serena serra ses deux poings sur ses hanches et défia l'ennemi.

— Tant mieux pour vous, monsieur. Cela vous évitera de me chercher noise.

Habitué qu'il était à l'offensive en cas de conflit, Brigham s'avança vers la jeune fille. Elle redressa le menton dans un geste de défi.

— Si vous avez l'intention de me poursuivre dans les bois en faisant tournoyer la claymore de votre grand-père, pensez-y à deux fois.

Serena dut s'empêcher de sourire. Etrange comme en présence de cet Anglais, elle passait de la fureur à la bonne humeur avec une facilité déconcertante.

— Vous courez si vite que cela, *Sassenach* ?

— Que signifie ce mot bizarre ?

— C'est ainsi que nous autres Ecossais appelons les Anglais. En gaélique, cela signifie quelque chose comme « intrus ».

— Eh bien, sachez que je cours assez vite pour vous rattraper — et pour vous punir à l'occasion.

Brigham sourit, et s'empara de la main droite de Serena, ou plutôt de son poing, qu'il baisa avec une extrême courtoisie.

— Mademoiselle MacGregor, dit-il, la délicatesse de vos soins et la chaleur de votre hospitalité me sont allées droit au cœur…

Tandis que Brigham ne se départait pas de son sourire, à l'évidence trop heureux de rester maître du terrain, Serena quitta la pièce en trombe, frottant avec fureur sur sa robe les phalanges que cet insolent venait d'effleurer de ses lèvres.

Aussitôt après ce dîner sommaire, Brigham se retira dans sa chambre, laissant les MacGregor à leurs préoccupations. Coll n'avait pas menti. Fiona, sa mère, ne manquait ni de beauté ni d'énergie. Quant à Gwen, sa sœur cadette, elle cachait sous une apparence timide et réservée un cœur et des nerfs d'acier. Bien peu d'hommes auraient été capables de coudre avec tant de sang-froid les bords d'une plaie aussi impressionnante que celle de Coll.

Et puis, il y avait Serena... Sans doute avait-elle de bonnes raisons pour détester les Anglais. Pourtant, c'est à tort qu'elle les haïssait tous sans distinction. Brigham avait coutume de juger les hommes en tant que tels, sans tenir compte de leur nationalité.

Mais fallait-il pour autant ne juger les femmes que sur leur apparence physique ? Lorsque Serena s'était précipitée à la rencontre de Coll, la bouche rieuse, les cheveux fous, Brigham avait eu — pourquoi le nier ? — comme un coup de foudre. Néanmoins, il savait maîtriser ses impulsions les plus vives. Ni le charme trompeur d'un regard ni le spectacle d'une jambe bien faite ne pouvaient faire perdre la tête à un comte d'Ashburn. Or il venait en Ecosse pour se battre, non pour se préoccuper des caprices d'une gamine quelque peu hystérique.

L'histoire de sa famille mettait Brigham à l'abri de ce genre de contingence. Son grand-père avait été craint et respecté ; son père, trop tôt disparu, avait perpétué la tradition. Avec le bénéfice de quelques privilèges, porter le nom des Langston impliquait surtout de lourdes responsabilités. S'il les avait oubliées, Brigham aurait pu se laisser aller aux délices frelatées de la cour de Versailles. Au lieu de quoi, il jouait son va-tout en venant dans la lointaine Ecosse combattre pour une juste cause.

Au diable les bols de bois, les tabourets bancals et les Ecossaises rancunières !

On frappa à la porte, qui s'ouvrit sur la soubrette. Eperdue, comme frappée d'amnésie, elle s'attarda en révérences maladroites. La pauvre fille avait à l'évidence oublié sa leçon.

— Excusez-moi, monsieur... lord Ashburn.

Après ce balbutiement, elle resta coite. Brigham dut venir à son secours.

— Je n'ai rien à vous pardonner, ma chère, remarqua-t-il avec humour. De quoi s'agit-il ?

Elle leva rapidement les yeux, puis les abaissa.

— Mon maître vient de rentrer, votre seigneurie. Plairait-il à votre seigneurie de le rejoindre en bas ?

— Certainement. Dites-lui que je descends sans tarder.

Une fois seul, Brigham revêtit en hâte l'unique tenue de secours qu'il avait emportée avec lui. Les autres se trouvaient dans les coffres de son carrosse, qui n'arriverait sans doute que le lendemain.

Il s'engagea dans le grand escalier, tout de noir vêtu, avec une jaquette à parements d'argent. Une dentelle blanche ornait ses poignets et son col. A Paris ou à Londres, il aurait porté une perruque poudrée mais, dans ces Highlands sauvages, il pouvait se contenter, pour son plus grand plaisir, de tirer en arrière sa chevelure aile de corbeau, réunie sur la nuque en catogan.

Lord MacGregor attendait dans la salle à manger d'apparat, le dos tourné vers le feu, une coupe de porto à la main. Aussi grand que son fils Coll, et plus corpulent encore que lui, il avait les mêmes cheveux roux, très longs, qui lui tombaient sur les épaules. Sa barbe abondante lui donnait des allures de patriarche. Au-dessus de son kilt aux couleurs du clan, il portait un pourpoint de cuir très fin. Sur son épaule, un fermoir d'argent représentait une tête de lion.

— Lord Ashburn, soyez le bienvenu dans la demeure de Ian MacGregor, déclara-t-il d'une voix rocailleuse.

— Votre hospitalité m'honore, milord, répondit Brigham en acceptant un verre de porto. Puis-je vous demander des nouvelles de Coll ?

— Il reprend des forces mais Gwen, ma fille cadette, pense que cette nuit risque d'être pénible.

L'Ecossais se tut un moment, les yeux pensivement baissés sur sa coupe d'étain.

— Dans ses lettres, Coll nous a parlé de vous comme d'un ami, reprit-il. Je vous remercie de nous l'avoir ramené.

— Nous sommes amis depuis cinq ans. En fait, de tous mes amis, Coll est le plus intime, et le plus fidèle.

— Buvons à sa santé. On m'a dit que votre grand-mère appartenait au clan MacDonald.

— En effet. Elle est née dans l'île de Skye.

Le visage de Ian MacGregor, rougi et tanné par les intempéries, s'épanouit.

— Vous êtes donc deux fois le bienvenu, monsieur. Puis-je vous inviter à boire à la santé de Charles, notre vrai roi ?

Les yeux fixés sur ceux de son hôte, Brigham leva son verre.

— Je bois au roi, au succès de son entreprise, et à la déchéance du gros George II !

— Que Dieu vous entende ! acquiesça Ian MacGregor en vidant sa coupe sans y laisser une goutte. Maintenant, racontez-moi ce qui est arrivé à mon fils.

Brigham narra l'embuscade et décrivit les assaillants. Penché vers lui, son interlocuteur ne perdait pas un mot de son récit.

— Les Campbell, bien sûr ! éructa-t-il en frappant du

poing la table, assez fort pour faire sauter en l'air les plats d'étain qui la chargeaient. Ces chacals !

— Coll les a reconnus, et dans les mêmes termes, confirma Brigham d'une voix égale. Il m'a parlé des querelles qui opposent vos clans. Je ne vois que deux hypothèses : ou bien nous n'avons eu affaire qu'à de simples détrousseurs de grand chemin, ou bien les Campbell savent que les Jacobites se préparent à l'action.

— Et comment ! tonna Ian MacGregor. Quatre contre deux, quels lâches, et quels imbéciles ! On m'a dit que vous étiez blessé, vous aussi ?

— Une simple égratignure.

Brigham haussa les épaules. Ce geste, il l'avait appris à la cour de France, où il venait d'être inventé.

— Si le cheval de Coll ne s'était pas dérobé, jamais votre fils n'aurait relevé sa garde. A l'épée, il n'a pas son pareil.

Le père de Coll se rengorgea. Il n'estimait rien tant chez un homme que les vertus guerrières. Il sourit de toutes ses dents.

— Il en dit autant de vous. Près de Calais, vous avez fait merveille, si je ne me trompe ?

— Une amusette, sans plus.

— C'est vous qui le dites... Bien, j'aurais aimé en entendre davantage sur vos aventures en France, mais j'ai des préoccupations plus pressantes. Je sais que vous avez vu le prince : parlez-moi de lui, et de ses projets.

Brigham et Ian MacGregor restèrent trois bonnes heures à discuter, s'informant mutuellement de la situation. Hommes de guerre, animés tous deux du même idéal, ils voyaient leur volonté d'agir effacer la différence d'âge. L'un voulait se battre pour préserver un mode de vie, une tradition ancestrale ; l'autre ne songeait qu'à rétablir dans son pays une dynastie légitime.

Quand ils se séparèrent — Ian pour aller prendre des nouvelles de son fils, Brigham pour dissiper à l'écurie les vapeurs de l'alcool et bouchonner son étalon —, ils avaient pris tous deux la mesure l'un de l'autre, et la décision qui s'imposait : ils combattraient ensemble.

Lorsque Brigham rejoignit le manoir, tout était silencieux. Dans les cheminées, les feux couvaient. Au-dehors, dans la forêt voisine, le vent hurlait. Fugitivement, le jeune aristocrate anglais éprouva la nostalgie de Londres.

Près de la porte, afin qu'il puisse retrouver le chemin de sa chambre, on avait pris soin de lui laisser une bougie allumée. Il s'en saisit, bien qu'il fût trop excité pour avoir l'envie de dormir.

La famille MacGregor, qu'il brûlait depuis si longtemps de connaître, ne comprenait vraiment que des personnages d'exception, depuis la jeune et experte Gwen jusqu'à son père, le chef incontesté du clan. Dans l'adversité, aucun de ses membres ne se laissait aller au désespoir ou à la pleurnicherie. Ainsi au spectacle de Coll si grièvement blessé, personne ne s'était lamenté ; tous avaient au contraire agi avec calme et efficacité. Avec de tels partisans, le prince Charles pouvait espérer l'impossible.

Dans le corridor de l'étage, Brigham dépassa sa porte pour se rendre dans la chambre de Coll. Les rideaux du lit à baldaquin étant ouverts, on pouvait apercevoir le blessé assoupi sous ses couvertures. A son chevet, éclairée par une bougie, Serena lisait un gros livre.

Pour cette fois, la jeune fille ne semblait pas usurper son prénom. Calme et grave, elle baissait les yeux sur le volume qui l'occupait. Elle portait une robe de chambre d'un vert profond en harmonie avec ses cheveux longs et roux, qui ruisselaient sur ses épaules. Fermé haut sur sa gorge, ce vêtement lui donnait l'air d'une madone.

Brigham était entré si silencieusement qu'elle ne semblait pas s'être aperçue de sa présence. Comme Coll grommelait, elle lui prit le pouls.

— Comment va-t-il ?

Serena sursauta, avant de reprendre bien vite contenance. Le visage impassible, elle referma le livre sur son giron et se redressa sur son siège.

— Il a encore beaucoup de fièvre. Gwen espère qu'elle sera tombée demain matin.

Brigham vint se poster au pied du lit. Un grand feu réchauffait la pièce. A l'odeur du bois brûlé, se mêlaient les odeurs tenaces des onguents et du pavot.

— Coll m'avait fait le plus vif éloge de votre sœur et de ses dons de guérisseuse, déclara-t-il. Je l'ai vue à l'œuvre tout à l'heure : peu de médecins seraient capables de suturer une plaie avec autant d'habileté, et de sang-froid.

Partagée entre son aversion à l'égard de l'Anglais et le plaisir de lui entendre proférer des compliments si flatteurs pour l'orgueil familial, Serena lissa sa robe et garda un moment le silence.

— Gwen a un don, c'est certain, reconnut-elle, et elle déborde de dévouement. Elle voulait veiller Coll toute la nuit. Il a fallu que je la mette à la porte de force.

— A la porte ? Je vois que vous ne tyrannisez pas seulement les étrangers, mademoiselle MacGregor. Ne vous insurgez pas ! ajouta Brigham en levant la main pour inciter la jeune fille au silence. Vous pourriez réveiller Coll et toute la maisonnée, ma chère amie…

— Je ne suis pas votre « chère amie » !

— Soyez sûre que je ne le regrette pas. Ce n'était qu'une façon de parler.

Coll s'agita, et Brigham vint poser la main sur le front brûlant du blessé tandis que Serena se levait pour rafraîchir le visage de son frère avec un linge humide.

— Il n'a pas repris conscience ? demanda Brigham.

— Deux ou trois fois, mais il délirait. Il vous a demandé, eut l'honnêteté de préciser Serena. Vous pouvez nous laisser, maintenant, il est tard. Votre lit est prêt.

— Et le vôtre ?

— De quel droit…

— Personne n'a-t-il eu le courage de vous contraindre à aller dormir ?

— Je ne fais que ce qui me plaît ! répondit Serena d'un ton sec en se rasseyant, les mains croisées dans son giron. Vous gâchez de la bougie, lord Ashburn…

— Vous avez raison.

D'un souffle, Brigham éteignit sa bougie et ajouta :

— Une seule suffit.

L'atmosphère de la chambre, simplement éclairée par les lueurs de l'âtre et par la chandelle qui brillait au chevet de Coll, se trouva soudain modifiée, plus intime.

— Ne tombez pas dans l'escalier en cherchant votre chemin dans le noir, déclara Serena.

— Je vois très bien dans le noir, rassurez-vous. De toute façon, je n'ai pas sommeil.

Brigham s'approcha lentement de la jeune fille et sans façon, ramassa le livre qu'elle lisait avant son arrivée.

— Macbeth ?

— Cela vous étonne ? Les belles dames de Londres ne savent-elles pas lire ?

— Pas toutes, répondit-il avec un sourire sarcastique. Vous avez des lectures bien sinistres. Quelle ténébreuse histoire !

Serena eut une moue fataliste.

— C'est celle du pouvoir par le meurtre. La vie est trop souvent sinistre, milord — les Anglais sont là pour nous le rappeler tous les jours.

— Puis-je vous rappeler que Macbeth était écossais ? « Une histoire racontée par un fou, pleine de vacarme et de fureur, et qui ne signifie rien »… Partagez-vous cette conception pessimiste de la vie ?

— Pas tout à fait. Je crois qu'elle ne vaut que par ce que nous en faisons.

Brigham s'appuya à une table, le livre toujours en main. Le sérieux et la sincérité de cette jeune fille l'impressionnaient.

— Ainsi donc, vous ne considérez pas Macbeth comme un criminel ?

Bien que Serena répugnât à poursuivre cette conversation, ce fut plus fort qu'elle.

— Pourquoi le ferais-je ? s'étonna-t-elle. Il n'a fait que prendre ce qu'il estimait lui appartenir.

— Et ses méthodes ?

— La cruauté convient aux rois. S'il veut reprendre son trône, le prince Charles devra faire verser plus de sang que Macbeth.

Quelque peu déconcerté, Brigham referma le livre.

— En effet, acquiesça-t-il, mais il agira en toute loyauté. La guerre a sa noblesse, la traîtrise est méprisable.

Serena leva sur lui des yeux qui brillaient d'une lueur étrange.

— Un coup d'épée donné dans le dos est aussi mortel qu'un autre. Si j'étais un homme, je me battrais pour vaincre, et par tous les moyens.

— Que faites-vous de l'honneur ?

— C'est la victoire qui confère l'honneur, et le garantit, milord. Naguère, les MacGregor ont été pourchassés comme des bêtes malfaisantes. Pour chaque membre de notre clan abattu par eux, les Campbell recevaient une bonne prime, en bon argent anglais. Des femmes ont été violées, puis égorgées, des bébés au sein massacrés. Quand on a subi le sort des fauves, on devient fauve soi-même, lord Ashburn.

— Les temps ont changé, Serena…

— C'est vous qui le dites ! Voilà seulement quelques heures, on a voulu tuer mon frère.

Dans un élan qu'il ne contrôlait pas, Brigham étreignit les mains de la jeune fille.

— Dans quelques mois, dit-il, des flots de sang vont

couler, Serena. Seulement, ils couleront pour l'équité, non pour la vengeance.

— Vous vous contenterez peut-être de la justice, milord. Pas moi. Il me faut aussi la vengeance.

Non sans émotion, Brigham se souvint que Coll lui avait tenu le même langage, un peu plus tôt dans la journée.

Comme s'il voulait ajouter un commentaire, le blessé se mit à geindre et à s'agiter. Brigham pesa sur ses épaules pour l'empêcher de bouger.

— Il ne faut pas que sa blessure saigne de nouveau, murmura-t-il.

— Tenez-le bien, je vais lui faire boire de sa potion.

Presque allongée contre son frère, lui parlant doucement à l'oreille, Serena entreprit de desserrer les lèvres de Coll pour y faire couler du sirop de pavot. Elle ne cessait de proférer de tendres menaces, puis des implorations. Quant au malade, malgré la fièvre qui le dévorait, il frissonnait.

Serena ne songeait plus à chasser Brigham de la pièce. Aussi ne s'étonna-t-elle pas quand, pour se mettre à l'aise, il enleva son élégante jaquette et ses manchettes de dentelle. A eux deux, ils entreprirent sans s'être concertés de baigner d'eau fraîche le visage et le torse de Coll. Brigham lui tint la mâchoire ouverte pour lui donner une autre des potions préparées par Gwen.

Quand le blessé eut recouvré son calme, ils le veillèrent ensemble, silencieusement.

Pendant la crise qui avait agité son frère, Serena s'était surtout exprimée en gaélique. Par son sang-froid, elle avait forcé l'admiration de Brigham. Cette jeune fille si violente et si brutale quelques heures plus tôt s'était métamorphosée en un ange de douceur. Pleine d'attentions, la voix tendre et caressante, elle agissait en infirmière compétente et aguerrie.

Comme les crises revenaient par intervalles, ils durent

multiplier les soins et, à cette occasion, Brigham s'étonna de manifester lui-même autant de savoir-faire.

Serena appréciait cette aide. Anglais ou pas, ce lord sans la présence duquel elle eût été contrainte de demander de l'aide à Fiona ou à Gwen, tenait effectivement plus que tout à sauver son frère. Aussi, le temps de quelques heures dramatiques, acceptait-elle d'oublier ses rancœurs ancestrales.

Parfois, leurs mains s'effleuraient, sur le linge humide ou sur le torse de Coll. Ces contacts anodins ne les troublaient pas, cependant. Le grand seigneur anglais et l'Ecossaise hostile avaient conclu une sorte de trêve tacite.

Après bien des alertes, au moment où les premières lueurs de l'aube commencèrent à faire pâlir celle de la bougie, la fièvre tomba soudain. Serena, qui était restée si calme dans les pires instants, dut prendre sur elle pour ne pas pleurer.

— Il ne tremble plus, indiqua-t-elle d'une voix entrecoupée. Je crois qu'il est sauvé. Il semblerait que les potions de Gwen aient fait merveille, comme d'habitude.

— Avec tout le pavot qu'il a ingurgité, il devrait dormir longtemps ! acquiesça Brigham en se redressant pour assouplir ses muscles endoloris.

Le feu entretenu par ses soins toute la nuit durant continuait à surchauffer la pièce. Dans l'échancrure de sa chemise, qu'il avait délacée pour se mettre à l'aise, Serena entrevit ses pectoraux. La jeune fille s'efforça de n'y pas prendre garde. Au bord des larmes, épuisée, elle s'essuya le front et alla s'appuyer à la fenêtre.

— Le jour se lève, murmura-t-elle.

L'attention de Brigham, concentrée toute la nuit sur Coll, s'attacha soudain à la silhouette de Serena, que les premiers rayons du soleil levant découpaient à contre-jour. Moulée dans sa robe de chambre, elle avait le port d'une reine. Dans son visage pâli par la veille, ses yeux verts et brillants cernés de fatigue semblaient plus grands encore.

Comme elle se retournait, le regard de Brigham posé sur elle fit frissonner Serena. A son tour, elle avait la fièvre. Elle se sentait si démunie, si faible… Se tournant résolument vers Coll, elle rompit ce contact magnétique.

— Je n'ai plus besoin de vous, merci.

Ainsi congédié, Brigham gagna la porte et esquissa une révérence ironique, que Serena ne vit pas.

Quand il l'entendit pleurer, cependant, il revint aussitôt vers elle.

— Pourquoi verser des larmes, Serena ? Votre frère est sauvé.

D'un geste maladroit, la jeune fille s'essuya les joues, de ses deux poings.

— C'est la réaction. J'ai cru qu'il allait mourir — et je ne m'en aperçois que maintenant qu'il est sauvé. Et j'ai oublié mon mouchoir, ajouta-t-elle pitoyablement.

— Tenez, voici le mien.

— Merci.

Comme l'aurait fait une enfant, elle s'essuya les yeux avec force, et ne rendit à Brigham le mouchoir de dentelle que lorsqu'il fut tout froissé et trempé de larmes.

— Vous vous sentez mieux ? demanda-t-il. Votre chagrin est-il passé ?

Serena exhala un profond soupir.

— Oui. Laissez-moi seule. Allez-vous-en.

Avec témérité, Brigham la prit par les épaules pour la contraindre à lui faire face. Il avait tant envie de retrouver son regard !

— Où voulez-vous que j'aille ? Au lit… ou au diable ?

Contrairement à toute attente, les lèvres de Serena s'incurvèrent en un sourire.

— Allez où votre cœur vous appelle, milord.

Ces lèvres, Brigham voulait les caresser, les mordre. Ce

désir éclata en lui comme une révélation en même temps qu'un rayon de soleil faisait flamboyer la chevelure de Serena. Aussi surpris de son audace qu'elle devait l'être, il lui saisit la nuque.

— Non, murmura-t-elle, étonnée de la timidité de son refus.

Elle leva la main, comme pour le repousser, et Brigham s'en saisit. Un moment, un long moment, ils restèrent ainsi immobiles, paume contre paume, tandis que le soleil brillait davantage.

— Vous frémissez, Serena. Pourquoi ?

— De colère. Je ne vous ai pas autorisé à porter la main sur moi.

Brigham la serra de plus près, et baisa tendrement la main qu'il tenait dans la sienne.

— Je ne demande jamais d'autorisation, je n'en ai pas besoin.

Il inclina la tête vers celle de Serena qui, prise de vertige, ne vit plus que son visage, puis que ses yeux. Comme dans un rêve, elle baissa les paupières, entrouvrit les lèvres…

— Serena ? appela alors une voix familière.

On frappait à la porte.

Pourpre de confusion, Serena fit un écart en arrière. Sa petite sœur entra aussitôt dans la chambre.

— Tu t'es levée trop tôt, Gwen, tu n'as dormi que quelques heures.

— Et toi pas du tout. Comment va Coll ?

— Sa fièvre est tombée.

— Dieu merci !

Dans sa robe de chambre bleue, avec ses cheveux blonds et ses traits délicats, Gwen avait bien, selon la description de son frère, « la figure d'un ange ».

— Il va dormir longtemps, assura-t-elle, penchée sur Coll. Le plus dur est passé.

Comme elle se redressait pour sourire à sa sœur, elle

aperçut Brigham, qui remettait sa jaquette, près de la fenêtre.

— Lord Ashburn ! Vous n'avez pas dormi non plus ? Alors que vous êtes blessé, vous aussi. Il vous faut du repos ! dit-elle en fronçant comiquement ses sourcils d'adolescente.

— Il n'a presque rien, affirma Serena, non sans humeur.

Côte à côte, les jeunes filles étaient pareilles à deux anges — sauf que Serena incarnait plutôt l'ange de la vengeance.

— Votre sollicitude me va droit au cœur, répondit Brigham en s'inclinant, sans préciser à laquelle des sœurs il s'adressait. Puisque ma présence est désormais inutile, permettez-moi de me retirer. Je suis votre serviteur.

Quand il eut fermé la porte, Gwen eut un sourire admiratif.

— Quel bel homme ! lança-t-elle d'une voix enthousiaste.

Serena, qui faisait mine de se préoccuper des faux plis de sa robe de chambre, eut une moue de dépit.

— Je te l'accorde... Il n'est pas mal, pour un Anglais.

— Il a voulu passer la nuit au chevet de Coll. Quelle gentillesse de sa part !

Sur sa nuque, Serena ressentait encore, comme une brûlure, le contact impérieux des doigts de Brigham. A la réflexion, la gentillesse n'était pas la qualité première de cet insolent...

3

Brigham ne s'éveilla qu'à 2 heures. Le mouvement qu'il fit pour s'étirer lui rappela sa blessure, sans qu'il ne ressente pourtant aucune souffrance. Décidément, les deux sœurs de Coll avaient des dons thérapeutiques !

Comme il ne pouvait, à cette heure avancée de la journée, se promener en robe de chambre, il lui fallut bien remettre les vêtements de la veille — ce qu'il faisait pour la première fois de sa vie. Et sans l'aide d'un valet ! La jaquette qu'il portait en arrivant à Glenroe, déchirée à l'épaule et tachée de sang, se trouvait hors d'usage, et la dentelle de son habit avait perdu de sa fraîcheur. De plus, une barbe drue commençait de bleuir son menton. Par bonheur, le fidèle Parkins n'était pas là pour mesurer l'étendue de la catastrophe et pour en condamner le responsable.

Ce valet, attaché au service personnel des comtes d'Ashburn depuis deux générations, devait se morfondre à Londres en compagnie de Beeton, l'antique majordome. Parfaitement au courant des desseins de son maître, Parkins voulait l'accompagner en Ecosse, quels que fussent les dangers encourus. Il avait fallu toute l'autorité de Brigham pour le contraindre à prendre quelque repos.

Le jeune homme inclina le miroir et entreprit de se raser. Il se lança un défi : il ferait aussi bien que Parkins, et sans se couper ! A sa manière, Parkins était un homme du monde, bien plus raffiné que beaucoup de grands seigneurs. Néanmoins, le service du prince appelait d'autres compétences. Sur un champ de bataille, un guerrier n'a que faire de raffinement.

Non sans difficulté, Brigham parvint à se donner une allure correcte, avant de descendre pour rejoindre la salle à manger. Là, il fut accueilli par Fiona MacGregor, un tablier protégeant sa robe de laine.

— Avez-vous bien dormi, lord Ashburn ? Vous devez être affamé !

Avec un naturel charmant, elle lui prit le bras pour le mener dans un petit salon où la table était déjà dressée.

— Me ferez-vous le plaisir de déjeuner dans cette pièce ? interrogea-t-elle. Elle est mieux chauffée et plus intime que la salle à manger.

— Vous me comblez, madame.

— Molly, allez prévenir la cuisinière et tâchez de vous rendre utile. Préférez-vous rester seul, milord, ou désirez-vous que je vous tienne compagnie ?

— J'ai toujours eu un faible pour la compagnie des jolies femmes, milady, rétorqua galamment Brigham en avançant un siège à son hôtesse.

Malgré le tablier qu'elle avait oublié d'enlever, Fiona MacGregor s'assit en souriant, avec une grâce souveraine.

— Coll nous l'avait bien dit, monsieur, vous êtes un charmeur. Hier soir, je n'ai pas eu le temps de vous témoigner ma gratitude. Permettez-moi de remédier aujourd'hui à cette négligence. En sauvant Coll, vous avez préservé l'honneur et l'avenir de notre famille. Notre dette à votre égard est infinie.

— J'ai surtout secouru Coll parce qu'il est un autre moi-même, précisa Brigham. J'aurais préféré vous le ramener en meilleur état, madame.

— Il va se remettre, c'est l'essentiel, affirma Fiona.

Dans un geste d'une charmante spontanéité, elle pressa par-dessus la table la main de son compagnon et, en silence, attendit que Molly ait fini de verser le café dans les tasses de porcelaine fine. De toute évidence, la maîtresse de maison était fière d'exhiber son plus beau service. Brigham songea avec humour au bol de bois que lui avait présenté Serena, la veille.

— Coll vous a réclamé dès son réveil, reprit-elle. Il serait heureux de vous voir après votre déjeuner.

— Bien sûr. Comment va-t-il ?

— Il se lamente, c'est bon signe, répondit Fiona avec un sourire attendri. Il ressemble tant à son père ! Impatient, impulsif, mais tellement adorable !

Comme il est d'usage entre gens de bonne compagnie, la conversation roula ensuite sur des sujets futiles tandis que Brigham se rassasiait d'un copieux repas. Avec la traditionnelle bouillie d'avoine, Molly, qui ne quittait pas le lord des yeux, lui offrit du jambon, du poisson grillé, des œufs pochés et toute une collection de confitures. Elle lui proposa du whisky, mais Brigham préféra s'en tenir au café. A part soi, il songea qu'il n'aurait trouvé repas aussi succulent à Londres.

D'autant que l'accent écossais de Fiona le ravissait, ainsi que toute sa conversation, spirituelle et légère. A aucun moment elle n'évoqua les raisons de la présence de Brigham en Ecosse.

— Hier soir, j'ai vu que votre veste et votre manteau étaient dans un triste état, milord. Si vous voulez bien me les confier, je les ferai réparer. Chez nous, il n'y a pas de grand couturier. On doit faire avec ce que l'on a.

Brigham la regarda pensivement. Bien sûr, son élégance allait pâtir de sa présence dans les Highlands… Un instant, il faillit regretter l'indispensable Parkins.

Comme Fiona se levait en faisant bruire sa robe, il repoussa son siège.

— Puis-je prendre congé, lord Ashburn ? J'ai beaucoup à faire en attendant le retour de mon mari, qui ne rentrera que ce soir. Le retour du prince Charles donne à ses partisans autant de soucis que d'espoirs. Ian est allé répandre la bonne nouvelle.

Elle sortit, laissant Brigham un peu ébahi. Jamais il n'aurait imaginé qu'une femme puisse se préparer à la guerre avec tant de sang-froid.

Au premier étage du château, Coll, tout pâle et les yeux cernés, menait grand tapage.

— Jamais je ne boirai de cette eau de vaisselle !

Serena leva le poing sur lui.

— Tu boiras ce délicieux potage jusqu'à la dernière goutte, sinon gare ! Gwen l'a fait spécialement pour toi !

— Je ne veux pas le savoir ! Au nom de Dieu, c'est de la pisse d'âne !

— Jure tant que tu veux, mais bois en vitesse !

— Bonjour, les enfants, lança Brigham, dont l'entrée était passée inaperçue.

— Brig, mon sauveur, te voilà enfin ! s'écria Coll d'une voix enrouée. Jette-moi cette garce dehors, et apporte-moi de la viande ! De la viande et du whisky !

Brigham vint à son chevet, et examina d'un œil critique le bol fumant.

— Je n'en voudrais pas non plus, affirma-t-il avec le plus grand sérieux.

Coll se laissa retomber sur ses oreillers, épuisé mais heureux de ce soutien inopiné.

— Il faut avoir un petit pois dans la tête pour imposer ce brouet infect à un homme de qualité, geignit-il.

— Moi, j'ai eu droit à du jambon. Quatre belles tranches, indiqua complaisamment Brigham.

— Du jambon ? Mon rêve !

— Bien tendre et cuit à point. Mes compliments à votre cuisinière, mademoiselle MacGregor.

Serena ne sembla pas apprécier le compliment.

— Il n'a besoin que de potage, et il n'aura rien d'autre, murmura-t-elle entre ses dents.

Tout en arrangeant nonchalamment ses manchettes de dentelle, Brigham prit place au bord du lit.

— Après cela, je n'ai rien d'autre à ajouter. A toi de jouer, Coll.

— Attrape-la et jette-la dans l'escalier avec son poison !

— Désolé, mon cher, mais je n'oserais frapper cette femme ni avec une fleur ni avec une botte.

— Poltron ! s'écria Coll. Serena, va au diable avec ta potion magique !

— D'accord, répondit la jeune fille avec froideur. Je vais jeter cet excellent potage dans l'évier. Je dirai à Gwen qu'elle a eu tort de te recoudre, tort de te soigner, tort de te préparer à manger. Compte sur moi ! Tu as dit « eau de vaisselle » et « pisse d'âne », n'est-ce pas ? Ce sera répété !

Le bol à la main, elle se leva dignement. Avant qu'elle ait pu faire deux pas, son frère la rappelait.

— Enfer et damnation ! Donne-moi vite cette eau chaude, qu'on en finisse !

Serena se rassit, un demi-sourire aux lèvres.

— Bien joué ! murmura Brigham.

Elle feignit de ne l'avoir pas entendu et présenta à Coll une cuillère pleine.

— Ouvre ton large bec, mon petit.

— Je suis assez grand pour manger tout seul, s'insurgea Coll. Laisse-moi tranquille !

— Pour salir ta jolie chemise de nuit toute propre ? Je t'ai déjà changé une fois, mon garçon, cela suffit. Mange et tais-toi. On ne parle pas la bouche pleine.

— La bouche pleine de…

Coll ne put achever, étouffé qu'il était par la cuillère. Brigham se leva en souriant pour prendre congé.

— A plus tard, mon vieux, je te laisse en de bonnes mains.

— Par pitié, Brig, ne m'abandonne pas ! implora Coll en lui agrippant le poignet. Cette furie n'attend que ton départ pour me tarabuster, me ratatiner, me réduire en miettes ! C'est une Gorgone, une ennemie de la plus noble moitié du genre humain !

— Une ennemie du sexe fort ? Je refuse de le croire, déclara Brigham avec humour.

Il eut la satisfaction de voir rougir les joues de Serena.

— Reste un peu, Brig, supplia de nouveau Coll. Je n'ai même pas eu le temps de te remercier. Il paraît que tu es blessé, toi aussi ?

— Une simple égratignure. Ta sœur m'a bien soigné.

— Gwen ? Ah ! Celle-là, quel ange de douceur.

— Elle t'avait sur les bras. C'est Serena qui m'a fait un pansement.

— Quoi, cette brute ?

La jeune fille se rappela aussitôt au souvenir de son frère.

— Je vais te faire avaler la cuillère, Coll MacGregor, menaça-t-elle.

— Essaie un peu ! Malgré ma plaie, je serais encore bien capable de te mettre sur mes genoux pour te flanquer une bonne fessée.

Avant de répondre, Serena prit soin de lui essuyer délicatement les commissures des lèvres.

— La dernière fois que tu as essayé, tu as marché comme un canard pendant huit jours, ne l'oublie pas.

Désarmé, Coll ne put que sourire à cette évocation.

— C'est vrai. Brig, ma sœur est une mégère. Elle m'a donné un grand coup de botte en plein dans les…

— Tais-toi ! s'écria Serena en rougissant.

— Disons : dans l'avenir de notre race.

— En cas de conflit avec Mlle MacGregor, je tâcherai

de m'en souvenir, et d'esquiver, annonça Brigham le plus sérieusement du monde.

— Une autre fois, reprit Coll d'une voix qui devenait pâteuse, elle m'a assommé avec une bouteille. J'en ai vu trente-six chandelles… On dirait que ça me reprend…

Epuisé, il ferma les yeux. Mais il n'avait pas dit son dernier mot.

— Espèce d'Amazone sanguinaire ! lança-t-il. Tu feras fuir tous les prétendants ! Comme c'est dommage… la plus jolie fille de Glenroe, condamnée à la solitude par son caractère de chien… Rien à voir avec ta jolie blonde de Paris, Brig. Une vraie petite chatte, celle-là !

Sans raison, Serena fusilla l'Anglais du regard. Impassible et souriant, il continua de jouer avec les boutons d'argent de son habit.

— Tu m'as tué avec ta mixture…, balbutia Coll, qui sombrait dans le sommeil.

— Espèce de mufle ! Tu en auras d'autre à ton réveil.

— Rena, je t'adore…

Il ronflait déjà.

— La prochaine fois, dit Serena en arrangeant ses oreillers, c'est maman qui lui donnera sa bouillie. Avec elle, il n'y aura pas de discussion.

— Je crois qu'il a besoin de se disputer pour restaurer ses forces, avança Brigham. C'est dans sa nature.

— Merci, je le savais. C'était fait exprès.

Serena rassembla son matériel pour gagner la porte. Brigham n'eut qu'à lever la main pour l'immobiliser.

— Avez-vous bien dormi ? demanda-t-il.

— Que vous importe ? Excusez-moi, lord Ashburn, j'ai du travail.

Au lieu de s'effacer, il continua à lui barrer le chemin.

— Après que j'ai passé la nuit avec une femme, elle m'appelle ordinairement par mon prénom.

Comme il s'y attendait, une lueur homicide brilla dans les yeux de Serena.

— Ne vous méprenez pas, milord. Avec moi, vous n'avez pas affaire à une petite Parisienne dépravée, à une petite chatte aux boucles blondes ni à une traînée d'Anglaise ! Je n'ai pas à prononcer votre prénom... lord Ashburn !

— J'aime beaucoup le vôtre, répondit Brigham sans se formaliser. Serena... Et vos yeux. Je n'en ai jamais vu d'aussi beaux.

Serena en fut décontenancée. Assez rude avec les garçons pour éviter toute flatterie, elle se trouvait pour cette fois désarmée.

— Laissez-moi passer, murmura-t-elle.

De l'index, il lui souleva le menton. Elle utilisa le plateau qu'elle tenait comme un bouclier dérisoire.

— Je voudrais savoir... Ce matin, si Gwen n'était pas entrée, m'auriez-vous donné vos lèvres ? Je me rappelle cet instant magique... Le soleil mettait de l'or dans vos cheveux, la fatigue attendrissait vos yeux...

— Otez-vous de mon chemin !

Serena brandit le plateau, comme pour le jeter, et, instinctivement, Brigham le saisit. Alors que la jeune fille, débarrassée de son fardeau, gagnait la porte à grands pas, il la suivit, le plateau bien en équilibre pour ne pas faire tomber le bol et la cuillère. Le fracas d'une cavalcade dans le couloir les pétrifia tous deux.

Quelques secondes plus tard, la porte s'ouvrit à la volée sur un gamin aux cheveux rouges.

— Malcolm ! lança Serena. Tu vas réveiller ton frère !

— Il dort ? J'aurais voulu qu'il me raconte...

Contrairement aux autres mâles de la famille, le benjamin avait des traits fins et une silhouette gracile. Ses grands yeux verts étaient semblables à ceux de Serena.

— Il dort. Regarde-le, sans faire de bruit. Et va te laver. Tu as de la paille dans les cheveux.

Malcolm sourit de toutes ses dents, parmi lesquelles manquait une incisive.

— La jument met bas dans un jour ou deux. Je l'ai pansée.

— Inutile de le préciser. Cela se sent.

Les bottes de son petit frère portaient en effet encore des traces du fumier de l'écurie. Serena songea qu'elle devrait nettoyer l'escalier avant que sa mère ne constate les dégâts. Elle s'apprêtait à tancer son petit frère, mais elle se ravisa en constatant qu'il ne l'écoutait pas.

Malcolm n'avait d'yeux que pour Brigham, qu'il toisait de toute sa petite taille.

— Alors, c'est vous, le cochon d'Anglais ?

— Malcolm ! s'exclama Serena.

Sans cesser de soutenir le regard de son agresseur, Brigham passa le plateau à la jeune fille.

— Je suis anglais, c'est vrai, mais j'ai du sang écossais, jeune homme.

Mortifiée, Serena regardait ailleurs, droit devant elle.

— Je vous prie de pardonner son insolence à mon frère, milord.

Brigham lui lança un coup d'œil ironique. A l'évidence, ce n'était pas le jeune Malcolm qui avait inventé cette insulte.

— Ce n'est rien. Néanmoins, je crains que nous n'ayons pas encore été présentés.

— Lord Ashburn, je vous présente Malcolm MacGregor, mon frère, dit Serena, toute raide d'humiliation.

— Monsieur MacGregor, je suis honoré et ravi de faire votre connaissance, assura Brigham en s'inclinant comme il l'aurait fait devant un duc à la cour de Versailles.

Naïvement fier de cet hommage, le garçonnet se rengorgea.

— Vous savez, crut-il bon de préciser, sans doute pour se faire pardonner, tout le monde ne vous déteste pas, ici. Mon père vous aime bien, et ma mère aussi. Ne parlons pas de Gwen, ce n'est qu'une fille, elle est bien trop timide pour vous le dire en face.

— J'en suis très heureux, monsieur MacGregor, répondit Brigham avec un fin sourire.

— Vous pouvez m'appeler Malcolm. Coll nous a écrit que vos chevaux sont les plus beaux de votre pays. Cela m'incite personnellement à vous trouver sympathique, monsieur.

D'un geste qu'il ne put retenir, Brigham se départit de son allure cérémonieuse et ajouta au désordre de la chevelure rouge de son interlocuteur en l'ébouriffant.

— Va te laver, Malcolm ! ordonna Serena d'un ton impérieux, avant de sortir avec précipitation.

— Va te laver ! C'est tout ce qu'elle sait dire, confia tristement Malcolm, resté seul avec Brigham. Ah, les femmes ! Je ne suis pas fâché qu'il y ait un homme de plus à la maison !

Deux heures plus tard, l'arrivée du carrosse de Brigham fit sensation dans le village. Personne, dans les Highlands, n'en avait vu de pareil. D'un noir d'ébène avec des parements d'argent, la caisse était suspendue sur des ressorts d'acier. En arrivant à Glenroe, le cocher et son palefrenier, tout de noir vêtus, s'étaient figés sur leur siège lorsqu'ils avaient pris conscience de leur importance. L'escorte, composée d'une douzaine de fringants cavaliers, défilait comme à la parade.

Bientôt, le cortège s'arrêta sous les yeux médusés des paysans et des domestiques du château. Brigham sortit sur le perron. Le cocher et le palefrenier restèrent immobiles, les yeux fixés sur la ligne d'horizon — en l'occurrence les fenêtres de la cuisine.

— Merci d'arriver si tôt… je vous attendais hier, lança Brigham, pince-sans-rire.

Le cocher souleva son chapeau en souriant, habitué qu'il était à cette plaisanterie traditionnelle.

— Je savais pas qu'en Ecosse y avait pas de routes, votre seigneurie.

— Ne le répète surtout pas ici, Wiggins. Jem, tu t'occupes des malles !

Le palefrenier sauta de son siège.

— Londres est bien loin d'ici, milord, remarqua-t-il avec impertinence, en domestique familier de la maison d'Ashburn, que ses parents servaient depuis trois générations.

— Mettez les chevaux à l'écurie, et…

Brigham se tut. La porte du carrosse supposé vide venait en effet de s'ouvrir, pour livrer passage à un personnage fluet et digne, impeccable et compassé comme un pair d'Angleterre le jour du couronnement.

— Parkins !

— Votre seigneurie !

Parkins s'inclina jusqu'à terre, puis releva les yeux sur son maître.

— Milord ! Votre tenue… Quelle horreur ! Ces manchettes…

Mi-amusé, mi-consterné, Brigham songea que son valet s'intéressait plus à son costume qu'à lui-même.

— Il y a tout le nécessaire dans mes malles. Ne vous avais-je pas ordonné de rester à Londres ?

— Un valet sans son maître est comme un corps sans âme, milord. Je vous trouve dans un état… C'est la divine Providence qui m'a conduit vers vous.

— Elle a bon dos, Parkins. Comment êtes-vous arrivé jusqu'ici ?

— Par la diligence, milord. J'ai rejoint le carrosse de votre seigneurie au moment où vous êtes parti à cheval.

Parkins carra ses maigres épaules et se guinda de toute sa petite taille.

— J'ai contrevenu à vos ordres, milord, mais je sais

où le devoir m'appelle. Ma place est aux côtés de mon maître. Jamais je ne rentrerai à Londres sans lui.

— Mais à quoi allez-vous servir ? Nous ne sommes pas à la fête !

— Je suis resté au service du défunt lord Ashburn, Dieu ait son âme, pendant quinze ans, et au vôtre depuis cinq. Un congédiement me tuerait, monseigneur, et je dois...

— C'est le froid qui va vous tuer si vous restez là, Parkins. Toujours est-il que vous avez gagné. Suivez-moi.

Tout gonflé d'importance et de satisfaction, le valet emboîta le pas à Brigham pour gagner l'entrée du château.

— Je vais inspecter les appartements de votre seigneurie et faire déballer vos malles immédiatement. Je dis bien immédiatement ! Cette tenue de soirée toute froissée me révolte ! Nous allons nous changer, et tout de suite !

— Nous ne sommes pas à Londres, Parkins. Il faut que j'aille aux écuries surveiller mes chevaux.

Brigham enfila son manteau de voyage et redescendit les marches.

— Au fait, Parkins, bienvenue en Ecosse !

— Merci, milord.

Fait rarissime, les lèvres pâles de Parkins esquissèrent alors un sourire.

A l'écurie, Jem régnait déjà en maître, et ne se privait pas de jacasser. Brigham fit une halte à la porte, sans manifester sa présence. Tout en pansant les chevaux, avec l'aide de Malcolm, son palefrenier pérorait.

— MacGregor, tu es un gars à la redresse, et je m'y connais ! Tu saisis le topo : l'écurie de lord Ashburn c'est la plus belle de Londres, autant dire de toute l'Angleterre, et le chef de cette écurie, c'est moi !

— Vous voulez bien examiner la jument, monsieur Jem ? Elle doit bientôt pouliner.

— Attends qu'on ait fini de brosser mes bibiches, fiston, et je m'en occupe. Ton poulain, je te le sors en un rien de temps, les doigts dans le nez !

Si Brigham faisait confiance à son palefrenier pour s'occuper de ses chevaux, ses écarts de langage pouvaient avoir une fâcheuse influence sur le vocabulaire du benjamin des MacGregor. Et sans se l'avouer, Brigham craignait la réaction de Serena.

— Jem !

Comme pris en faute, le jeune homme se retourna pour apercevoir son maître, dont la silhouette se détachait dans un rayon de soleil hivernal.

— A votre service, milord. J'ai bientôt fini.

Brigham vint examiner ses quatre chevaux, impeccablement pansés.

— Ils sont magnifiques, lord Ashburn, déclara Malcolm. Vous savez, j'ai appris à conduire, je me débrouille bien.

— Je n'en doute pas. Un de ces jours, tu pourras me faire une démonstration ?

Le jeune garçon s'épanouit comme une fleur au soleil, et Brigham sut qu'en cet instant il avait gagné son cœur.

— Sûr ! A vrai dire, je ne saurais pas conduire à quatre chevaux, mais nous avons un tilbury… En fait, maman ne m'autorise qu'une petite voiture à poney, précisa Malcolm avec dépit.

— Nous attellerons le tilbury. En nous voyant à deux, elle n'osera rien dire. Jem, n'oublie pas la jument de M. MacGregor.

— Je suis sous les ordres, milord, répondit Jem en piaffant par un curieux effet de mimétisme.

Malcolm rit de bon cœur et prit Brigham par la main.

— Vous nous accompagnez, monsieur ? Betsy vaut la peine d'être vue.

— Rien ne me fera plus plaisir.

En entendant des pas, la jument vint passer la tête à

la porte de sa stalle pour se faire caresser. Sur son pelage rouan, les trois couleurs faisaient des marques bien nettes. Le col élevé, elle ne manquait pas d'allure.

— Viens, ma belle, murmura Brigham.

Pendant qu'il lui frottait le dos, l'animal garda les oreilles bien droites et la bouche immobile.

— Si elle ne bouge pas les oreilles, c'est qu'elle vous aime bien, décréta Malcolm. Vous savez, les chevaux sont meilleurs juges que les hommes — et surtout que les femmes !

Brigham opina en silence, tout en se gardant bien de rire.

Jem fit son entrée dans la stalle et se mit à examiner la jument, depuis les dents jusqu'à la panse distendue, qu'il palpa en expert. Enfin, il rendit son diagnostic.

— C'est pour demain au plus tôt. Le poulain est très grand, sans doute un étalon. Je s'rai là pour l'aider, puisque je dors à côté.

— Moi aussi, je voudrais bien dormir dans l'écurie, se lamenta Malcolm, mais chaque fois que j'essaie, Serena vient m'expulser. C'est pas juste !

— Ne t'inquiète pas, dit Brigham, Jem s'occupe de tout.

— Mais il m'avertira au bon moment ?

Sur un signe d'assentiment de son maître, le palefrenier se frotta les mains.

— Bien sûr, patron. Et si c'est de nuit, j'lancerai l'appel du loup solitaire. C'est comme ça.

Jem rejeta la tête, avança les lèvres et poussa un effroyable glapissement, qui fit hennir et s'ébrouer tous les chevaux, à l'exception de la placide Betsy.

— Tâche de trouver autre chose, suggéra Brigham. Il y a des chasseurs dans cette maison ! Malcolm, puis-je vous demander de conduire Jem jusqu'à la cuisine ? Il doit avoir faim.

— Excusez-moi, j'aurais dû y penser plus tôt, répondit le

plus jeune des MacGregor en prenant un air d'importance. Je vais donner des ordres. Au revoir, milord.

— Tu peux m'appeler Brig.

Il lui tendit la main, que Malcolm serra cérémonieusement, avant de se diriger vers l'arrière du château.

— Voilà un p'tit gaillard à la redresse, commenta Jem. Il ira loin, si vous voulez mon avis.

— Je le crois aussi. Mais souviens-toi qu'il est encore bien jeune et impressionnable…

Comme Jem roulait des yeux, Brigham dut préciser sa pensée.

— S'il commence à jurer comme un palefrenier de Londres, sa sœur est bien capable de me couper les oreilles. Evitons cela.

— Promis juré, milord ! A partir de maintenant, y a pas d'gentleman plus poli que moi. On va leur montrer qu'on sait s'tenir, à ces sauvages d'Ecossais !

Et il partit en courant tandis que Brigham fermait les yeux et se caressait pensivement le lobe de l'oreille.

Brigham ne se résolvait pas à quitter la vaste écurie. Tout homme du monde qu'il fût, il aimait la compagnie des chevaux. Dans sa jeunesse, il avait d'ailleurs partagé la même passion que Malcolm pour l'équitation et l'élevage. Les lads et les cochers de son père ne s'étaient pas contentés de lui apprendre les jurons les plus choisis ; ils lui avaient transmis leur savoir-faire. Ainsi Brigham aurait-il pu remplacer le postillon ou le cocher d'un attelage à six chevaux, ou encore soigner le tendon meurtri d'un trotteur. Quant aux poulinages, il ne pouvait faire le compte de ceux auxquels il avait assisté.

Adolescent, le jeune Brigham Langston entendait même se consacrer à l'élevage. Mais le décès prématuré de son père, en lui apportant le titre de comte d'Ashburn, avait ruiné ses projets.

Cette réflexion nostalgique fut bientôt oblitérée par une autre préoccupation. Serena. Dans la pénombre de l'écurie, l'image lumineuse de la jeune fille était venue s'imposer à lui. Il l'évoquait avec tant de force qu'il ne s'étonna guère de la voir soudain apparaître sur le seuil...

Serena se trouvait troublée, inquiète.

Ce matin, son sommeil trop bref avait été agité de rêves qu'elle préférait oublier — des rêves dans lesquels l'Anglais jouait un trop grand rôle. Des sentiments confus et contradictoires l'obsédaient, la distrayant de ses tâches routinières. Endormie ou éveillée, Serena ne cessait de revivre l'instant où Brigham l'avait tenue dans ses bras.

Pourquoi ne s'était-elle pas défendue ? Seul l'épuisement pouvait expliquer cet inexcusable relâchement. En possession de ses moyens ordinaires, jamais elle n'aurait permis à ce lord insolent de lui tenir la nuque, de lui imposer de si près son regard dominateur.

Comme ses yeux brillaient ! Et comme leur éclat s'était ensuite assombri ! Serena avait senti ses jambes se dérober, sa tête tourner dans un vertige proche de l'ivresse, tel celui qu'elle avait éprouvé à douze ans en buvant du porto pour la première fois de sa vie. Sous son épaisse chevelure, une brûlure irritait encore la peau tendre de sa nuque, comme un stigmate de la passion.

Pouvait-elle alléguer d'autres excuses que la fatigue ? Non, bien sûr. Brigham l'avait surprise en plein désarroi, épuisée par les émotions, le manque de sommeil et de nourriture. A présent, reposée et sustentée, Serena recouvrait ses forces, elle était redevenue elle-même. Le haut et puissant seigneur d'Ashburn n'avait qu'à bien se tenir ! Désormais, elle saurait repousser ses avances.

Néanmoins, elle chassa de son esprit ces rêvasseries

vagabondes pour se consacrer à l'objet de sa venue dans l'écurie.

— Malcolm ! Sors de là ! Je sais que tu te caches dans le noir ! Fainéant ! Vaurien ! J'ai encore dû rentrer du bois à ta place ! Sors de là, que je t'accroche au gibet !

Elle sursauta en voyant sortir de l'ombre la haute silhouette de Brigham, qui souriait.

— Vous devrez procéder à l'exécution plus tard, mademoiselle MacGregor. Malcolm est sorti. Je l'ai envoyé dans la cuisine avec mon palefrenier.

— Vous avez osé… Malcolm n'est pas à votre service, milord !

Elle relevait le menton, dans un geste de défi et de colère. Ainsi dressée, Brigham la trouva ravissante, et observa combien les couleurs sombres de son plaid seyaient à son teint pâle et à ses cheveux flamboyants.

— Mademoiselle MacGregor, expliqua-t-il benoîtement, il se trouve que votre frère honore de son amitié Jem, mon palefrenier. Ils partagent la même passion pour l'équitation et l'élevage.

Toute à la tendresse que lui inspirait Malcolm, Serena adoucit le ton.

— Ce gamin passe son temps dans l'écurie. Presque tous les soirs, il en oublie d'aller se coucher et je suis alors contrainte de venir le dénicher dans la paille. Mais au fait, reprit-elle en fronçant les sourcils, s'il vous importune, dites-le-moi, j'y mettrai bon ordre.

— Pas du tout. Nous sommes devenus une paire d'amis.

« Encore une conquête ! » songea Serena en pinçant les lèvres tandis que Brigham s'approchait de la porte.

— Vous manquez de sommeil, Serena, remarqua-t-il alors qu'il passait tout près d'elle. Je le vois à vos pupilles dilatées.

Surprise par la peur inhabituelle qui l'étreignait, la

jeune fille dut prendre sur elle-même pour ne pas se sauver en courant.

— Mes yeux se portent bien, milord, merci. Nous autres Ecossaises dormons moins que les poupées de Londres. A propos, je ne me souviens pas de vous avoir autorisé à utiliser mon prénom !

— Je ne peux m'en empêcher, hélas, il me plaît tant ! J'ai entendu Coll vous appeler Rena. Ce n'est pas mal non plus.

Dans la bouche de Brigham, le diminutif prenait une sonorité différente, plus intime... Sans répondre à ce trait, Serena se contenta de lever les yeux au ciel et d'observer les chevaux que Jem venait de panser. Il s'agissait de quatre magnifiques alezans.

— Je parie que votre équipage a séduit mon frère. A son âge, on est tellement impressionnable.

— Sa sœur ne l'est guère, il me semble.

— Rien en vous ne saurait m'impressionner, milord ! rétorqua Serena, un éclair de défi dans le regard.

— Vous n'êtes pas fatiguée de mépriser tout ce qui vient d'Angleterre ?

— Non, c'est ma raison de vivre !

Serena sentait la fatigue l'envahir — la fatigue et d'autres sensations, indéfinissables. En réaction, elle laissa libre cours à sa colère et leva sur Brigham des yeux étincelants.

— Pour moi, vous ne représentez rien, lord Ashburn, rien qu'un aristocrate anglais qui ne songe qu'à satisfaire ses caprices, comme ils le font tous. Connaissez-vous mon pays, ses clans, leur sens de l'honneur ? Savez-vous les persécutions, les humiliations que les Anglais nous ont infligées ? Les crimes qu'ils ont commis ?

— Plus que vous ne croyez, assura Brigham sans perdre son calme.

— Vous vous prélassez dans votre hôtel de Londres ou votre manoir du Kent en discourant de réformes, de politique et de dynastie. Ici, nous devons chaque jour livrer combat pour survivre. Les femmes vivent dans la terreur, elles passent leur temps à attendre leur père ou leur mari, qui peut-être ne rentrera pas. Elles souffrent de ne pouvoir combattre, d'être condamnées à la passivité !

— Dieu et la nature ont voulu que vous fussiez une femme. Ce n'est quand même pas ma faute.

Serena voulut s'élancer hors de l'écurie, mais Brigham la retint par le bras. Le châle de la jeune fille tomba alors sur ses épaules, livrant aux rayons du soleil la splendeur de sa chevelure. La fureur colorait ses joues.

— Vous êtes une femme, Serena, et j'ai l'audace de vous préférer telle, poursuivit Brigham. Répondez sincèrement : est-ce que vous me méprisez, moi aussi ?

Ils restèrent quelques instants comme paralysés. Dans les yeux de Brigham, Serena pouvait lire de la détermination, mais aussi une sorte d'angoisse.

— Oui ! répondit-elle dans un souffle, tout en espérant ne pas mentir.

— Parce que je suis anglais ?

— Cela me suffit pour vous haïr.

— Eh bien, c'est une mauvaise raison. A présent, je vais vous en donner une bonne.

Sous la menace, Serena se débattit comme une chatte enragée et tenta de griffer le visage de Brigham. Plus rapide, celui-ci lui saisit les poignets, d'une seule main.

Fugitivement, il songea qu'il commettait une folie. Mais au moment où leurs lèvres se rencontrèrent, la jeune fille abandonna toute résistance, soudain attentive. Il sentit qu'elle retenait sa respiration. Parfumée, délicieuse et fraîche, consentante, sa bouche s'entrouvrait. Alors, il lui lâcha les poignets pour la presser contre son corps tendu, éprouva sur son torse le contact de ses seins aux pointes durcies.

Derrière eux, les chevaux soufflaient et claquaient du sabot. Comme des étincelles, des grains de poussière dansaient dans un rayon de soleil.

Serena se sentait défaillir. Tout son être se dissolvait, des lueurs aveuglantes éclataient dans ses yeux clos. C'était donc cela, un baiser : un déferlement de chaleur et de pulsions, un transport de tous les sens, un océan de délices.

Non sans effroi, elle s'entendit gémir de bonheur. Les mains agrippées au bras de Brigham, elle le retenait contre elle, plutôt que de le repousser.

Respirait-elle encore ? Sans doute, puisqu'elle s'enivrait de son odeur d'homme, qu'elle s'abreuvait du parfum de sa bouche exigeante. Et puis, son cœur battait à grands coups, comme il ne l'avait jamais fait. Elle aurait voulu que cet instant durât toujours.

Dans un élan, elle leva les mains et les plongea dans les cheveux de Brigham pour approfondir leur baiser.

Des ruisseaux de feu couraient dans les veines de Brigham. Quand elle lui mordilla la lèvre, il crut devenir fou. La bouche de Serena se rouvrit, pour exiger davantage. Brigham tenta de la combler. En cet instant, c'est la jeune fille qui prenait l'initiative.

Haletant comme un homme qui se noie, il dut reprendre sa respiration.

— Serena, où avez-vous appris…

Le regard éperdu de Serena le fit taire.

La honte lui mettait le feu aux joues. Elle s'était laissé vaincre, et de cette défaite elle avait joui. Quel déshonneur !

— Lâchez-moi !

D'un geste hésitant, la tête vide, Brigham tenta de caresser la joue tendre et brûlante de Serena, mais elle se rejeta vivement en arrière. Le charme était rompu. Un instant plus tôt, elle l'enlaçait, elle exaltait son désir avec autant de science que la plus rouée des courtisanes. Et maintenant, Brigham ne voyait plus devant lui qu'une jeune fille innocente, et outragée.

Il aurait voulu mourir sur place. Parcouru d'un frisson glacé, il songea à Coll, trop faible en ce moment pour défendre l'honneur de sa sœur. Comme un soudard, Brigham venait de prendre du plaisir avec la fille de son hôte, comme un de ses valets aurait pu le faire avec une fille de ferme, dans l'écurie.

Il fit deux pas en arrière.

— Ma conduite est inqualifiable, mademoiselle MacGregor, dit-il d'une voix étranglée. Je vous supplie de me pardonner. Vous n'avez que trop raison de me haïr.

Serena ne cilla pas. Ses yeux exprimaient en effet toute la haine du monde.

— Si j'étais un homme, déclara-t-elle, je vous tuerais.

Ivre de remords, Brigham sortit le premier.

4

Le lendemain matin, tandis qu'elle battait de la crème pour faire du beurre, Serena songeait avec délectation aux mille et un tourments qu'elle pourrait infliger à Brigham. Un coup d'épée dans le cœur ? Trop rapide, trop propre. Un poignard, plutôt, avec sa pointe pour percer et sa lame pour découper, pour assassiner à petit feu cette vermine d'Anglais ; il mourrait par morceaux, lacéré, écorché vif.

A la voir, personne n'aurait pu deviner la noirceur de ses fantasmes homicides. Dans la tiédeur douillette de la cuisine, elle offrait l'image d'une sage et souriante jeune fille, tout occupée à baratter du beurre. De temps en temps, quand une idée plus cruelle que les autres lui venait à l'esprit, le battement du piston de bois dans la jarre se faisait plus rapide et plus violent. Une dépense d'énergie qui accélérait de toute façon son travail.

Il n'avait pas le droit de l'embrasser, de la contraindre à subir ses lèvres. Il n'avait pas le droit non plus de révéler à une jeune personne innocente les délices du plaisir charnel. Car comment le nier ? L'exaltation sensuelle qu'elle ignorait encore la veille, elle ne pourrait jamais l'oublier, ni s'empêcher d'en désirer le retour.

La main gauche de Serena se crispa sur la jarre, son bras droit faillit en défoncer le fond. Cet Anglais, quel lâche criminel ! Dire qu'elle l'avait soigné, nourri de ses mains ! Avec répugnance, sans doute, mais enfin…

Et si elle se plaignait à son père ? Séduite par cette idée, elle ralentit le rythme de son mouvement, rêvant avec complaisance à la fureur du chef de clan. Ian MacGregor fouetterait à mort ce chien d'Anglais, il ferait ramper ce lord dans la poussière ; et Serena, elle, verrait des larmes dans ses yeux gris, elle jouirait de sa terreur…

A cette évocation, elle sourit.

Mais son sourire s'effaça, et son bras reprit de sa vigueur. Non, elle voulait tenir le fouet elle-même, entendre gémir sous ses propres coups son agresseur, le voir se tordre de douleur…

L'instant d'après, elle se reprit. La violence qu'elle portait en elle l'effrayait, parfois. Sa mère était si calme, si douce… En fait, il semblait bien que Serena avait dans le sang le tempérament brutal de son père. Presque chaque jour, elle se laissait aller à des accès de fureur qui lui laissaient de cuisants remords.

Dieu savait pourtant si elle s'efforçait d'acquérir l'égalité d'humeur de sa mère. D'autant que c'était Lui qui s'était trompé en donnant à la fille de Fiona MacGregor un caractère aussi violent. Ou voulait-Il l'éprouver ?

Perdue dans ces considérations métaphysiques, Serena poursuivit sa tâche monotone. Et, sans qu'elle n'y puisse rien, l'image de Brigham revint danser devant ses yeux.

Bien sûr, Fiona aurait su se mettre à l'abri des avances de cet insolent. Au lieu de réagir avec impulsivité, comme Serena l'avait fait la veille, elle aurait opposé un regard glacial aux regards brûlants de Brigham. Désarmé par sa réserve et son dédain, le dangereux Anglais se fût montré inoffensif.

Pour sa part, Serena faisait preuve de maladresse avec les garçons. Quand ils se risquaient à l'ennuyer de leurs assiduités, elle avait tôt fait de les remettre à leur place, d'une injure bien sentie ou d'un bon coup de poing sur le nez. Ils l'avaient cherché ! Parce qu'on n'est qu'une femme, faut-il faire la coquette et encourager les flatteries intéressées du sexe fort ?

— Si tu continues à regarder le pot de ces yeux-là, la crème va tourner, jeune fille.

Serena esquissa un pâle sourire.

— Je pensais aux hommes, madame Drummond.

Matrone au physique imposant, la cuisinière gloussa, et une lueur passa dans ses yeux bleu très clair. Veuve depuis une dizaine d'années, elle avait des mains de paysanne, larges comme des battoirs, avec des doigts courts et boudinés. Les MacGregor n'étaient pas peu fiers de posséder un tel cordon-bleu.

— Quand une femme pense aux hommes, on doit la voir sourire, affirma-t-elle sentencieusement. Une grimace les repousse, un sourire les attire en foule.

— Alors, je peux faire la tête, puisque je les hais.

Mme Drummond gloussa de nouveau en étendant de la pâte à tarte.

— Je parie que le jeune Rob MacGregor est encore venu traîner ses guêtres dans les parages…

— Non, il tient trop à la vie.

Cette fois, Serena sourit franchement en se rappelant le visage tuméfié de son cousin, victime des conséquences d'une passion non partagée.

— Gentil garçon, pourtant, commenta la commère. Mais les filles de la maison méritent mieux. Il leur faut un homme de qualité pour leur faire la cour, les épouser et les mettre dans son lit.

D'un mouvement nerveux, Serena se mit à taper du pied pour accompagner le rythme de son bras.

— Je ne veux pas me marier, et j'ai déjà un lit pour moi toute seule.

— Il ne faut jamais dire : « Fontaine, je ne boirai pas de ton eau ! »

Le regard plein de nostalgie, la cuisinière resta un

moment silencieuse et pensive. Sa grosse main battait avec dextérité des œufs dans un grand bol.

— Le mariage a ses mérites, reprit-elle enfin. Le lit, surtout.

— Je n'ai nulle envie de me rendre esclave d'un homme rien que pour savoir ce qui se passe dans un lit conjugal, rétorqua avec fierté Serena.

Mme Drummond alla jeter un coup d'œil jusque dans le couloir pour vérifier que Fiona ne se trouvait pas dans les parages. Bien qu'elle fût la bonté même, sa maîtresse n'apprécierait sans doute pas ce passionnant sujet de conversation.

— Cela ne manque pourtant pas d'intérêt, reprit-elle effrontément, rassurée par son inspection. Bien sûr, il faut trouver un homme, un vrai. Mon Duncan, par exemple, voilà un gaillard qui ne rechignait pas au devoir conjugal. Presque toutes les nuits… Dieu ait son âme.

Serena, intriguée malgré qu'elle en eût honte, cherchait ses mots.

— Quand… vous est-il arrivé de vous sentir comme… sur un cheval au galop, hors d'haleine ?

Mme Drummond haussa les sourcils, puis les fronça sur un regard inquisiteur.

— Est-ce que je sais, moi ? Aucun cheval n'accepterait de me porter ! Vous êtes bien sûre que Rob n'est pas venu ?

— En fait de cheval au galop, Rob me fait plutôt penser à un poney boiteux. Aucune chance !

A cette perfidie, elles éclatèrent toutes deux de rire. C'est le moment que choisit Brigham pour entrer dans la cuisine.

Serena ne l'avait pas vu entrer. Elle riait joyeusement, les mains grasses de crème et de beurre, les jupons relevés par-derrière.

Son négligé et sa bonne humeur la rendaient encore plus désirable. Quel contraste avec la furie outragée de la veille ! Comme avertie par un sixième sens, elle tourna la tête et, le temps d'un éclair, leurs regards se confondirent intensément. Après quoi, Serena détourna le sien, faisant mine de n'avoir pas vu Brigham.

Fine comme une mouche en ces matières, Mme Drummond comprit le sens de cette dérobade, et sut à qui pensait tout à l'heure l'innocente Serena.

« Ainsi vont les choses », se dit-elle. Serena refusait de voir l'Anglais ? C'est qu'il lui faisait la cour. Au moins était-ce là un homme de qualité, dont le visage et la prestance avaient de quoi émouvoir toutes les femmes.

— Milord ! s'exclama la maîtresse des fourneaux. Vous descendez dans la cuisine ! En quoi puis-je être utile à votre seigneurie ?

— Quoi ? Oh, excusez-moi, je ne vous avais pas vue, répondit Brigham, dont l'esprit était visiblement ailleurs. Je sors de la chambre de Coll. Il a faim. Mlle Gwen suggère un potage léger.

Mme Drummond se rengorgea.

— Mon potage, il l'adore ! On va le lui monter tout de suite. Puis-je me permettre, milord, de vous demander de ses nouvelles ? J'ai été sa nourrice, il y a vingt ans et plus. Comme le temps passe !

Brigham n'écoutait pas ce caquetage. Si on lui avait dit la veille que le spectacle d'une jeune fille barattant du beurre en lui tournant le dos pourrait le mettre dans tous ses états, il en aurait ri aux éclats. Et pourtant…

Il se ressaisit.

— Son état s'améliore, il reprend des couleurs. Néanmoins, Mlle Gwen lui interdit encore de se lever.

— Il faut lui obéir, à cette petite. Dieu sait qu'elle seule est capable de faire entendre raison à son garnement de frère. Mais j'y pense, milord, puis-je vous offrir de mon potage ?

Précipitamment, Brigham fit un signe de dénégation.

Serena, qui l'observait à la dérobée, sous le couvert de ses longs cils, eut un rapide sourire. Elle aussi se souvenait des jugements de Coll.

— De la hure de sanglier ? De la tourte à la viande ? insistait la cuisinière, prête à vider son garde-manger.

— Non, merci, madame, on m'attend dans l'écurie.

Serena rougit et frappa de plus belle son beurre, depuis longtemps séparé du petit-lait. Ses lèvres dessinaient une moue dédaigneuse, et Brigham crut qu'elle allait parler. Mais elle n'en fit rien. Imitant son silence, il s'inclina, puis sortit.

— Ah ! Quel homme ! s'exclama Mme Drummond quand il eut fermé la porte derrière lui.

— C'est un Anglais, répliqua Serena, comme si ce terme justifiait tous les dédains.

— Sans doute, mais un homme est un homme, qu'il porte un kilt ou une culotte de peau. La sienne lui va à ravir, vous ne trouvez pas ?

Cette fois, Serena ne put s'empêcher de rire.

— Une femme bien élevée ne s'intéresse pas à la culotte des hommes, madame Drummond !

— Surtout si elle est aveugle, rétorqua la brave dame.

Elle remplit un bol de potage fumant, le posa sur un plateau et y ajouta, en femme avisée, un gros quartier de tarte aux groseilles.

— Molly ! Molly ! appela-t-elle. Fainéante ! Viens chercher le plateau du jeune maître !

En attendant que la servante se décide à obtempérer, Mme Drummond revint à ses travaux. Un problème semblait la préoccuper, remarqua Serena.

— Cet homme qui voyageait dans le carrosse de lord Ashburn, on dirait un vrai gentleman, vous ne trouvez pas ?

Serena cessa de frapper son beurre et étira les doigts. Bizarrement, son cœur battait de façon normale depuis que Brigham avait quitté la pièce. Elle eut un sourire sarcastique.

— Parkins ? C'est son valet anglais. Milord a besoin d'un valet, pour l'habiller et lui cirer ses bottes !

— Les gens de qualité ont des habitudes qu'il faut respecter, affirma Mme Drummond d'un ton docte. Je crois que M. Parkins est encore célibataire...

— Il passe tellement de temps à amidonner les dentelles de son maître qu'il n'a guère le loisir de s'occuper d'une femme, répondit Serena.

— Ou peut-être n'a-t-il pas encore rencontré la femme de sa vie, suggéra Mme Drummond, qui rêvait tout haut. Il me semble un peu maigre, il gagnerait à s'étoffer un peu...

Elle se sourit à elle-même, puis saisit le plateau pour le monter à Coll — puisque ses cris n'avaient pu réveiller la nonchalante Molly.

Quelques heures plus tard, Serena songeait encore aux propos de l'excellente Mme Drummond. Un homme de qualité ! Quelle sornette ! La noblesse héréditaire n'implique pas toujours la bonne éducation. Ce qu'on appelle l'aristocratie n'est qu'une classe sociale comme les autres, certes plus riche et plus puissante, mais abondamment dotée de brutes et de malotrus.

Toujours est-il que toutes ses préoccupations la ramenaient à Brigham ! Elle devait absolument chasser de son esprit cette obsession, et tenter d'échapper au cycle infernal des corvées ménagères. Depuis près de deux jours, le retour de Coll et l'intrusion de son insupportable ami mettaient la maison en ébullition. Serena étouffait. Elle avait besoin d'air pur, et de solitude.

Elle rejoignit l'écurie, heureusement déserte, et sella sa jument préférée, qui elle aussi manquait d'exercice. Cette escapade devait rester secrète. Fiona, en effet, ne l'approuverait sans doute pas. Elle s'offusquerait surtout de voir sa fille porter une vieille culotte de cheval, comme un homme. Mais aujourd'hui, Serena n'avait aucune intention de monter en amazone, ainsi que devait le faire une demoiselle bien élevée…

Sans bruit, elle fit sortir sa monture par la porte de derrière, songeant qu'avec un peu de chance, sa promenade se ferait sans témoin, et que sa mère n'aurait pas à la gronder.

D'un pas sûr, la jument escalada une colline rocailleuse, parsemée de bruyère et de lichens. Une fois le sommet franchi, Serena poussa un soupir de soulagement : désormais, elle se trouvait hors de vue du château. Piquant des deux, elle pénétra dans la forêt.

Quel bonheur ! Ivre de liberté et d'air pur, la jeune fille se retrouvait enfin elle-même. Parmi les arbres dénudés et les taillis, au rythme rapide du galop sonore, elle n'était plus fille, ni sœur, ni objet de convoitise. Dans la solitude de cette course folle, elle retrouvait indépendance et sérénité.

La forêt retentit de son rire.

Pressant de la main l'encolure de sa jument, elle la contraignit à accélérer encore. Des oiseaux s'envolaient sur son passage, son plaid volait au vent glacé qui lui brûlait le visage. Toute à l'ivresse de la course, elle ne pensait à rien ; elle était comme délivrée de toutes les vicissitudes de la vie.

Soudain, Serena fut prise de l'envie folle de chevaucher toujours en avant, sans jamais s'arrêter. Mais alors que sa jument changeait d'allure pour escalader un raidillon, elle en éprouva du remords. Pendant qu'elle se promenait, les braves gens du village s'échinaient de l'aube au crépuscule, sans avoir le temps de rêver ni d'être libres. Or, à l'instar des « gens de qualité », Serena jouissait de certains privilèges : une belle demeure, une bonne table, un lit douillet…

A la première occasion, se promit-elle alors, elle confesserait au pasteur ce péché d'orgueil. Très scrupuleuse, elle ne lui cachait rien de ses mauvaises pensées. C'est lui qui, par exemple, avait été le premier informé de la haine qu'elle éprouvait à l'égard de ses professeurs et de ses condisciples du pensionnat d'Inverness, institution distinguée où des gamines jacassantes et stupides apprenaient à devenir des dames comme il faut — et où son père s'était entêté à faire admettre Serena.

Quelle sottise ! Après six mois de rébellion, la jeune fille avait retrouvé avec bonheur la chaleur du foyer. Elle ne voulait comme précepteur que Fiona MacGregor. Seule sa mère était capable de lui enseigner les devoirs d'une femme accomplie, et les raffinements de la vie mondaine. Fille de lord, Fiona avait en effet visité dans sa jeunesse l'Italie, la France, et même l'Angleterre. Elle jouait de l'épinette et parlait français couramment.

En véritable fille de clan, Serena ne comprenait que l'enseignement familial, reçu à la maison. Que lui importaient les crinolines et les perruques poudrées qui hantaient la conversation des femmes du monde ?

Sans doute lord Ashburn avait-il une prédilection pour ces minaudières qui jouent de l'éventail et de la prunelle, se dit-elle. Leur réticule débordait de flacons de parfum, mais leur tête était vide. Brigham devait se complaire à leur baiser la main après la danse, dans les bals du grand monde.

En voyant qu'elle arrivait au bord du loch de Glenroe, but favori de ses promenades, Serena mit sa monture au pas. L'immensité du lac apaisait souvent ses tourments intérieurs. Sa contemplation lui rendait son calme.

Aujourd'hui, cependant, rien ne la tourmentait, se dit-elle avec force, comme pour se convaincre. Elle mit pied à terre, noua les rênes à une branche dénudée et resta immobile, la joue posée contre celle de sa jument.

Les bals du grand monde... Avec un soupir d'espérance, et de regret, Serena songea aux descriptions que Fiona lui avait faites : les parquets cirés, les murs tapissés de miroirs, les bougies par milliers. Les femmes en robes de soie, ruisselantes de diamants, les hommes en perruques poudrées. Et la musique !

Fermant les yeux, Serena tenta de s'imaginer la scène. La musique la faisait rêver. Au-dessus du chant monotone et frais d'un ruisseau, elle entendit d'ailleurs l'envol des violons. Ils jouaient un menuet, tendre et léger.

Les paupières closes, ravie par la mélodie qui se développait dans sa tête, Serena esquissa quelques pas, la main levée et blottie dans celle d'un cavalier invisible.

« Lord Ashburn donne des bals, se dit-elle. Et toutes les jolies femmes s'y pressent dans l'espoir de danser, ne serait-ce qu'une fois, avec lui. »

Alors qu'elle virevoltait, elle crut entendre le bruissement soyeux des robes qui tournoyaient en suivant la cadence. Pour un tel bal, elle porterait du satin vert. Ses cheveux seraient si poudrés que les diamants y scintilleraient comme des glaçons sur de la neige. Tous les hommes, avec leurs cravates et leurs manchettes de dentelle mousseuse, seraient à ses pieds. Pour ne pas faire de jaloux, elle leur accorderait une danse à chacun, l'un après l'autre. Elle tournerait entre leurs bras, s'écarterait d'un pas mutin et, pour finir, plongerait dans une révérence conforme à l'étiquette.

Serena, qui avait joint le geste à la rêverie, fit une profonde révérence à sa jument, qui coucha les oreilles. La jeune fille n'y prit pas garde.

Les yeux fermés, elle songea à Brigham. Ce serait son tour de l'inviter. Il serait tout de noir vêtu, avec des boutons et des galons d'argent, comme l'autre soir. Le noir allait si bien à sa sveltesse, à son visage fin ! Pour ce bal, sa silhouette juvénile se répéterait à l'infini dans les miroirs étincelants, sous la lumière vive des candélabres. Au crescendo de l'orchestre, leurs regards se rencontreraient pour ne plus se quitter…

Il s'inclinerait galamment, elle ferait une révérence, il lui prendrait la main…

Au même moment, Serena s'avisa qu'une main prenait en effet la sienne. Prise de vertige, elle ouvrit les yeux. A contre-jour, dans la gloire pâle et froide du soleil d'hiver, Brigham, tout de noir vêtu, s'inclinait en lui tenant la main…

La réalité rejoignait la fiction, le rêve de Serena s'incarnait dans la vie. La tête encore pleine de musique, elle s'ébroua pour rompre le charme.

— Mademoiselle, dit Brigham en lui baisant la main sans qu'elle songeât à protester, il ne vous sied pas de danser seule. Cherchez-vous un cavalier ?

Serena resta sans voix. Elle jeta un regard incrédule sur leurs mains unies, puis retira la sienne pour la cacher derrière son dos.

— Que faites-vous ici ?

Brigham lui désigna, à quelques dizaines de mètres, deux cannes à pêche fichées dans le sable. Plus loin, son cheval broutait l'herbe maigre.

— Je pêchais, ne vous déplaise. Malcolm m'a entraîné jusqu'ici pour m'apprendre ce sport paisible, mais il s'est fatigué le premier. Il est retourné voir sa chère Betsy.

Bien qu'elle rougît encore à la pensée du spectacle ridicule qu'elle venait d'offrir, Serena tenta de recouvrer son calme, et sa rigueur.

— Ce chenapan devrait avoir le nez dans ses cahiers, à cette heure-ci, remarqua-t-elle en fronçant les sourcils.

— Rassurez-vous. Il a fait tous ses devoirs ce matin, sous ma surveillance et avec mon aide.

Sans façons, Brigham prit du recul pour observer complaisamment, et dans le détail, la jeune cavalière.

— Dites-moi, demanda-t-il alors, cela vous arrive-t-il souvent de danser le menuet toute seule, en pleine nature, et… en culotte de cheval ?

— Vous n'avez pas le droit de m'espionner ! s'écria Serena avec colère, pour éviter de donner des explications.

Brigham s'assit sur un rocher et croisa les jambes.

— C'est vous qui m'avez surpris, parole de pêcheur à la ligne ! Je taquinais paisiblement la truite quand une amazone caracolante est venue détruire tous mes espoirs d'en rapporter une vingtaine à cette bonne Mme Drummond. Tous les poissons se sont enfuis !

Par peur du ridicule, Brigham omit de raconter à Serena que son premier geste en l'entendant venir avait été de tirer son épée, de crainte d'une mauvaise rencontre.

— Jamais je n'aurais cru vous trouver ici, lui répondit la jeune fille en pinçant les lèvres. J'aurais dû aller me promener ailleurs.

— Et vous m'auriez privé d'un charmant spectacle ! D'ailleurs cette tenue… virile vous sied à ravir.

Ecœurée par ce persiflage, Serena fit demi-tour et courut vers sa jument.

— Ne vous sauvez pas ! lui cria Brigham. Je ne vous croyais pas aussi peureuse…

Serena se figea sur place puis, lentement, se tourna pour faire face à Brigham.

— Vous ne me faites pas peur, lui lança-t-elle avec dédain.

« Superbe ! » C'est le premier mot qui vint à l'esprit du jeune lord. Solidement plantée sur le sol, les bottes un peu écartées, le torse cambré, Serena faisait penser à un hardi corsaire debout sur le pont d'un navire. Ses yeux étincelaient, sa chevelure défaite ruisselait en flots roux jusqu'à ses reins. Tout à l'heure, elle dansait comme une fée, pleine de douceur et de grâce… et voilà qu'elle présentait maintenant le visage de Némésis, la déesse de la vengeance.

Quelle métamorphose ! Et quelle beauté !

Toutefois, la déesse aux yeux de braise, dans son Olympe, ne portait pas une culotte de palefrenier. Bien que celle de Serena fût élimée, elle mettait en valeur le galbe de ses jambes minces et de ses cuisses fuselées, la finesse de sa taille et l'arrondi de ses hanches étroites. Sous sa chemise rustique, serrée à la taille par un ceinturon, on pouvait voir ses seins fermes se soulever en rythme, au gré de sa respiration haletante.

— Vous courez pourtant de grands dangers, Serena. Pourquoi me tentez-vous ainsi ? Vous feriez damner un ange.

Si elle ressentit comme un frémissement intérieur, Serena resta impassible.

— Je ne veux tenter personne, et je ne crains personne, lord Ashburn. Des bavards de votre espèce, j'en ai maté plus d'un.

Brigham se leva lentement, posément. Et il eut alors le plaisir de voir les paupières de la jeune fille battre avec nervosité.

— Ne me défiez pas, Serena. N'espérez pas m'écraser ni le nez ni les oreilles.

— Si vous avez l'audace de porter de nouveau la main sur moi, répliqua Serena avec orgueil, vous risquez pire encore.

Aussitôt, Brigham se reprocha sa propre inconséquence : plus cette sauvageonne cinglait sa fierté, plus il la désirait.

— Vous ne pratiquez pas le pardon des offenses ? Je me suis déjà excusé pour hier, dans l'écurie.

— L'écurie ? Il s'est passé quelque chose dans l'écurie ? Je ne m'en souviens pas, milord…

Serena avait levé un sourcil ironique pour lancer cette remarque — non moins ironique. Brigham ne put s'empêcher d'admirer sa mauvaise foi.

— Une vraie panthère ! Si vous persistez à vous faire les griffes sur moi, vous allez les briser !

— J'en accepte le risque.

— Alors permettez-moi de vous rafraîchir la mémoire, dit Brigham en se rapprochant d'un pas nonchalant. La fille que j'ai tenue hier dans mes bras brûlait d'ardeur et de passion. Ce n'était pas une oie blanche, mais une vraie femme, assoiffée de plaisir.

— Comment osez-vous ! Ces insanités ne sont pas dignes d'un gentleman.

— Vous avez raison — mais je ne m'adresse pas à une lady. Les femmes bien élevées ne s'habillent pas comme vous.

En effet, songea Serena en accusant le coup. Elle n'était pas une lady. Et malgré tous ses efforts pour prendre modèle sur sa mère, elle ne parviendrait jamais à lui ressembler.

— Je m'habille comme je veux, indiqua-t-elle. Cela ne vous autorise pas à m'insulter.

— Il y a de quoi rire, rétorqua Brigham, les traits tendus.

Trop indigné pour ménager la jeune fille, il la saisit par le bras.

— Depuis mon arrivée à Glenroe, vous ne cessez de vous répandre en injures. A vous entendre, je ne serais qu'un cochon d'Anglais ! Vous vous habillez comme un homme, vous parlez comme un homme et puis, quand cela vous arrange, vous vous retranchez derrière votre… féminité.

— C'est faux ! De toute façon, vous n'avez que ce que vous méritez. Que venez-vous faire en Ecosse ? Si ma famille s'est laissé séduire par vos manières, ce n'est pas mon cas…

— Vous séduire ? releva Brigham. Voilà bien le dernier de mes soucis !

— Tant mieux ! De toute façon, vous ne vous souciez que de dentelles, de rubans et de bottes. Des bonnes paroles sur la guerre et la justice, vous en avez à revendre — mais vous ne faites jamais rien !

— Mes projets ne vous regardent pas, péronnelle !

— Ah oui ? Dois-je vous rappeler que vous dormez sous le toit de mes parents, que vous mangez à leur table... Où étiez-vous quand les Anglais sont venus bâtir leurs camps retranchés, condamner les Ecossais à la prison ou à la potence ?

— L'histoire est ce qu'elle est, Serena, on ne peut pas la refaire.

— Ni la refaire ni la changer. Dans l'avenir, rien ne changera. Vous n'y pouvez rien.

De colère, la main de Brigham se crispa.

— Ce n'est pas à vous que je vais exposer mes projets, déclara-t-il. Néanmoins, je puis vous garantir ceci : le moment venu, les choses vont changer.

— Et en faveur de qui, je vous prie ? Vous êtes un aristocrate anglais. Le sort de mon pays ne vous concerne pas. C'est un caprice qui vous a amené ici. Un autre vous remportera.

— Vous dépassez la mesure, Serena ! lança Brigham en pâlissant.

Elle tenta de se dégager. En vain. Son bras était comme pris dans un étau.

— Je suis libre de mes opinions, reprit-elle. Puisque j'ignore ce que vous venez faire ici, et pourquoi vous prenez notre parti, je pense ce que je veux.

— C'est cela, pensez tant que vous voudrez ! Toujours est-il que vous en avez trop dit.

Jamais Serena ne l'avait vu dans un état pareil. Le regard dur, les lèvres pincées, le visage d'ordinaire si avenant de Brigham semblait tétanisé. Sa main la serrait si fort qu'elle faillit crier.

— Qu'allez-vous faire ? parvint-elle à dire malgré son émotion. Me passer au fil de l'épée ?

— Si vous étiez armée, ce serait avec plaisir. Puisque vous ne l'êtes pas, je vais me contenter de vous étrangler.

Parlait-il sérieusement ? se demanda Serena, dont le cœur battait à se rompre.

Au même moment, la main gauche de Brigham lui encercla le cou et lui serra la gorge, avec fermeté, sans douceur mais sans brutalité non plus, juste assez fort pour lui couper le souffle. Pâle de colère, il la tenait sous la domination de son regard impérieux.

— Vous avez un très joli cou, Serena. Si blanc, si mince... Ma main en fait presque le tour.

Serena se figea, comme un agneau dans les serres d'un aigle. Ses mains tremblaient, ses yeux s'écarquillaient. Non sans difficulté, elle parvint à inspirer un peu d'air.

Brigham, qui avait prévu cette réaction, ne put s'empêcher de sourire. Cette fille méritait une bonne leçon — et il n'était pas mécontent de la lui donner en personne...

Tout à coup, ce fut lui qui dut chercher son souffle. La pointe d'une botte venait en effet de lui percuter l'arête du tibia. Il jura et relâcha sa prise tandis que Serena, sans songer à poursuivre son avantage ni à chercher son reste, courait vers sa jument.

Jurant encore, Brigham la rattrapa en trois enjambées. Il la saisit par la taille et la souleva en l'air, insensible à ses cris et à ses gesticulations. Elle ne se défendait pas comme une femme, à coups de griffes, mais se servait de ses poings, qui martelaient sans efficacité le crâne de son agresseur. Si elle ne pesait presque rien, elle se démenait comme une anguille, ou comme un serpent.

— Vous me le paierez ! s'écria Brigham. Restez tranquille, bon sang !

Loin de lui obéir, Serena lança tout son corps en arrière, pour tenter de le déséquilibrer. En vain.

— Lâchez-moi ! hurla-t-elle. Je veux vous tuer !

— Je n'en doute pas !

A force de gesticulations, la jeune fille parvint à se défaire de la prise de Brigham, dont les mains entrèrent en contact furtif avec les seins de la furie déchaînée. En cet instant, tous deux éprouvèrent un choc dont Serena profita pour enfoncer les dents dans la main de son adversaire.

Le sang jaillit.

— Sacrée vipère!

Comme il proférait ces mots, la botte de Serena entra de nouveau en contact avec son tibia, et ils perdirent tous deux l'équilibre.

Instinctivement, Brigham avait amorti leur chute, afin de ne pas blesser la jeune fille. Hors d'haleine, ils gisaient à présent tous deux comme deux amants enlacés. Le temps de recouvrer son souffle, Serena le frappa du genou, manquant de peu son but.

Alors qu'ils roulaient sur un tapis d'aiguilles de pin et de feuilles mortes, elle continua de se débattre comme un chat sauvage, martelant Brigham de coups de poing et crachant en gaélique des anathèmes.

Aveuglé par son abondante chevelure, Brigham se cramponna à son corps et sentit sous ses doigts la chair nue de Serena, dont la chemise s'était défaite. Elle gesticulait encore. Dans ce mouvement, la main de Brigham lui emprisonna un sein. Contact doux comme celui de l'eau fraîche, cuisant comme celui de la braise. Le souffle coupé, il eut le courage d'y mettre fin en retirant sa main.

Serena haletait. Cette caresse inattendue, dont elle ressentait encore la chaleur, lui avait arraché un gémissement de plaisir. Plus que sa peur, plus que sa colère, c'étaient les pulsions incontrôlables de son corps qui l'épouvantaient. Elle haïssait Brigham.

Et pourtant, s'il lui imposait de nouveau le contact de sa main, elle savait qu'elle allait fondre.

Afin de l'immobiliser, il emprisonna ses jambes entre les siennes. Pour la première fois de sa vie, Serena sentit contre sa chair la plus intime la pression du désir exacerbé d'un homme. Une chaleur soudaine envahit son être, tout son corps s'amollit, sa vision s'obscurcit.

Sans qu'elle opposât la moindre résistance, Brigham lui saisit les poignets d'une main et les maintint au-dessus de sa tête. Il voulait à la fois se protéger, et prendre le temps de réfléchir. Il contempla le visage de Serena, sa peau transparente brûlante de colère et peut-être de désir, ses cheveux étalés sur le sol comme des ruisseaux d'or rouge.

La bouche sèche, il ne put trouver la force de lui proposer une trêve. Elle ondulait sous son corps, tentant ainsi de se libérer, mais ses efforts n'avaient pour effet que d'aviver ses instincts les plus primitifs.

— Rena, murmura-t-il d'une voix rauque, je ne suis qu'un homme de chair et de sang. Restez tranquille.

Serena sentait ses oreilles bourdonner, et ses forces l'abandonner. Elle ne cessait d'onduler frénétiquement sous le corps de Brigham… pour s'en libérer, ou pour en jouir ? Elle ne le savait pas.

— Vous ne comprenez pas ce que vous faites, souffla-t-il. Vous ne devez pas…

Elle ouvrit les yeux, la bouche entrouverte, le souffle court.

— Libérez-moi, murmura-t-elle.

— Pas encore. Vous seriez capable de me frapper de nouveau.

— Si j'avais un couteau…

— J'ai compris, évitez-moi les précisions ! s'exclama Brigham, qui avait recouvré son souffle, et une partie de son sang-froid. Comme la colère vous rend belle, Serena ! J'ai presque envie de la provoquer de nouveau.

D'un doigt, il lui caressa la bouche et inclina la tête. Mues par un instinct incontrôlable, les lèvres de Serena s'entrouvrirent, consentantes. Et puis, dans un sursaut de volonté, elle détourna la tête pour esquiver celles du séducteur, qui ne rencontrèrent que son oreille, et la chair tendre de son cou.

Serena laissa échapper un râle. Ce n'était pas un vrai baiser, ce n'était rien. Et pourtant, sa peau semblait prendre vie, frémir d'elle-même, comme avide de caresses. Les lèvres et la langue de Brigham la goûtaient, l'humectaient, l'aspiraient comme pour s'en repaître. Au risque de provoquer le pire, la jeune imprudente cambra les reins et, à l'instar de tous ses muscles, ses mains crispées et prisonnières se détendirent et se relâchèrent.

Brigham, lui, plongea le visage dans la chevelure épaisse et rousse de Serena. Elle sentait l'air pur, la forêt humide, la bruyère sèche. Le corps de l'indomptable jeune fille tantôt se bandait comme un arc, tantôt s'abandonnait comme une liane.

Il lui mordilla l'oreille, la joue puis, enfin, ses lèvres assoiffées de caresses.

Quand il agaça de la langue celle de Serena, elle lui répondit par le même jeu. Elle tendait les lèvres pour rencontrer les siennes, ou les ouvrait pour l'accueillir. Cette femme, encore presque adolescente, était vraiment faite pour l'amour… Confusément, Brigham songea qu'il avait la chance d'éveiller le premier son ardente sensualité.

Serena n'éprouvait que des sensations inconnues. Jusqu'à présent, elle ne connaissait que le froid et le chaud, la caresse du vent, les parfums, les saveurs. Jamais elle n'aurait imaginé que les lèvres, les mains, le corps d'un homme puissent faire naître tant d'autres délices.

L'odeur de l'homme, le goût de sa peau, elle les découvrait en parcourant de sa bouche le cou de Brigham. Pour la première fois, elle entendait un homme murmurer son nom d'une voix éperdue. Et elle sentait des doigts forts parcourir son visage, ses épaules, sa gorge palpitante…

— Brigham…

Libérée de toute pesanteur, de toute pensée, Serena

dérivait dans l'espace. A n'en pas douter, les mains qui la caressaient étaient celles d'un magicien.

Soudain, un tremblement la prit, et elle songea qu'elle ne devait pas s'abandonner. Non, elle ne succomberait pas. Elle gémit pour demander grâce.

Dans les yeux de Serena, Brigham put lire le désir, le désarroi, la peur aussi. Tremblant à son tour, il la libéra de son étreinte et se releva, puis se détourna pour tenter de reprendre son sang-froid.

Il l'entendit se lever et lui fit de nouveau face.

— Je vous demande… Non, Serena, ma seule excuse c'est le désir que j'ai de vous.

Elle aurait voulu pleurer, en cet instant. Oui, elle aurait voulu pleurer contre l'épaule de Brigham, se blottir dans ses bras, l'embrasser tendrement…

Son orgueil, cependant, reprit le dessus. Elle chercha une réponse cinglante.

— Dans nos campagnes, on appelle ça les chaleurs, milord. Les boucs sont intenables en février. Vous êtes en avance.

Quelle grossièreté ! songea Brigham. De toute évidence, la jeune fille ne maniait l'insolence que pour s'en faire un bouclier, pour dissimuler la vérité de ses sentiments.

Mais, ces sentiments, quels étaient-ils ?

De son côté, Brigham lui-même ne parvenait pas à analyser les émotions si particulières qui agitaient son propre cœur.

— *Nous* n'avons pas que des pulsions animales, Serena. En ce qui me concerne, je parviens parfois à les maîtriser — sauf, il me faut l'avouer, quand on me fait perdre la tête. Alors, je ne me contrôle plus.

— Ainsi, vous vous contrôlez quelquefois ? lança Serena. Comme c'est étrange…

Sur cette réplique, Serena tourna les talons pour aller détacher sa jument. Au moment où elle se saisissait des rênes, elle sentit que Brigham lui passait la main dans les cheveux.

— Encore ?

— Vous avez des feuilles mortes dans les cheveux, Serena, expliqua-t-il en refrénant en effet l'envie folle de la reprendre dans ses bras.

— Elles tomberont toutes seules, laissez-les !

Sans se laisser impressionner par son ton sec, Brigham lui posa la main sous le coude pour l'aider à se mettre en selle.

— Dites-moi, Serena, je ne vous ai pas fait mal ?

La jeune fille, qui le fixait dans les yeux, faillit s'abandonner. Elle voyait tant de bonté, de tendresse et de remords dans les yeux gris de Brigham ! Elle dut faire un effort pour rester de glace.

— Je ne suis pas fragile, milord.

D'un geste vif, elle ôta son coude de la main qui le soutenait, mit le pied à l'étrier et s'enleva seule de terre. Telle une guerrière des anciens âges, elle talonna son cheval en poussant un cri guttural, et se coucha sur son encolure pour le lancer au galop.

Seul et pensif, Brigham alla quant à lui récupérer les cannes à pêche, veuves de leurs appâts. Ce soir, Mme Drummond n'aurait pas de truites à préparer…

5

— Si tu t'imagines que je vais rester couché comme un grabataire, tu me connais mal, mon vieux.

Coll se débarrassa de ses couvertures et explora le plancher d'un pied incertain. Malgré son vertige, il parvint à enlever sa longue chemise de nuit.

— Aide-moi à m'habiller, Brig. Donne-moi ma culotte, mon pourpoint, et le reste ! On les a cachés !

— Je me demande dans quel tiroir, mon cher.

— Tu es complice, oui !

Brigham haussa les épaules, et chassa de la main une poussière sur sa manche.

— Balivernes ! De toute façon, ne compte pas sur moi pour jouer les habilleuses. Pas plus que tu devras compter sur moi pour te ramasser quand tu tourneras de l'œil, et que tu tomberas de cheval.

— Le jour où un MacGregor tombera de cheval n'est pas encore venu !

— Et pourtant, j'ai dû te porter jusqu'à ton lit avant-hier...

Coll grommela un juron et se mit en devoir de retourner les tiroirs d'une commode toute proche. Brigham, les mains dans le dos, l'observait sans intervenir. Il devait s'efforcer de convaincre son ami, sans le brusquer.

— Coll, dit-il, je comprends bien que tu supportes mal

d'être cloué au lit nuit et jour, mais reconnais que tu n'es pas assez bien rétabli pour nous accompagner... à la chasse.

— Je prétends que si.

— Et Gwen prétend que non.

Coll avait fini son inspection. Comprenant que ses vêtements n'étaient pas dans la commode, il referma violemment le dernier tiroir.

— Cette gamine ne va tout de même pas régenter ma vie ! lança-t-il. De quel droit le ferait-elle, d'abord ?

— Elle t'a sauvé. Ta vie, tu la lui dois — voilà qui devrait suffire, ce me semble.

Cet argument réduisit Coll au silence. Nu comme un nouveau-né, il se gratta la barbe. Il ne l'avait pas coupée depuis leur départ de Londres et ressemblait ainsi de plus en plus à son père.

— Elle t'a sauvé la vie, reprit Brigham, et je ne voudrais pas que tous ses efforts soient réduits à néant pour un caprice.

— Quand mon père vole au secours des Stuarts, mon devoir m'appelle à ses côtés.

— Tu auras bien d'autres occasions de t'illustrer ainsi. Nous n'en sommes qu'aux commencements.

Brigham se rasséréna. Aussi impulsif que Serena, Coll se laissait aisément convaincre quand on lui expliquait les choses. Dommage que sa sœur ne fût pas aussi raisonnable !

— De plus, ajouta-t-il, je te rappelle que nous sommes censés partir à la chasse. Si tu nous accompagnais, dans ton état, toutes les langues iraient bon train. Et nous devons garder le secret !

A part soi, Coll savait bien que Brigham avait raison : sa présence, dans son état, retarderait le voyage.

— Arrête de me sermonner ! maugréa-t-il. Tu vas rencontrer les MacDonald et les Cameron, c'est bien cela ?

— Il paraît. Les Drummond et les Ferguson enverront quant à eux des délégués.

Coll fourragea dans sa tignasse rousse.

— N'oublie pas de contacter le Cameron de Lochiel. C'est un fervent partisan de notre prince. Enfer et damnation, comme je voudrais accompagner mon père !

— Tu auras bien d'autres occasions...

Brigham se tut. Un plateau dans les mains, Gwen venait d'entrer dans la chambre. Elle fronça les sourcils en voyant son frère hors de son lit, entièrement nu.

— Coll, tu vas rouvrir ta plaie ! Au lit, et tout de suite !

— Jeune effrontée ! lui lança-t-il en saisissant une couverture pour s'envelopper les reins. Respecte ma pudeur !

Sans répondre, Gwen leva les yeux au ciel et posa le plateau sur une table. Puis elle fit une gracieuse révérence en souriant de toutes ses dents.

— Bonjour, Brig.

— Bonjour, Gwen, répondit Brigham en dissimulant un sourire, sûr qu'il était de la réaction de son ami.

Celui-ci, qui commençait à vaciller, ne put en effet laisser passer une telle familiarité.

— Brig ? Elle t'appelle Brig ? Dis-moi, Ashburn, tu m'as l'air un peu trop intime avec ma sœur !

En pensant à la sœur aînée, Brigham faillit éclater de rire. Pour se donner une contenance, il ramassa son manteau de voyage et expliqua :

— Quand on a épongé ensemble des litres de sang, on oublie les mondanités, mon cher. Gwen, je vous avertis : votre malade va vous donner du fil à retordre. Il est dans tous ses états, ce matin.

— Un bon potage, et il retrouvera son calme, assura Gwen, qui remettait les oreillers en place. Coll, nous ferons tout à l'heure une courte promenade. Tu t'appuieras à mon bras, naturellement. Si tu désires te montrer tout nu, à ta guise... Mais à ta place, je m'habillerais.

Ravi, Brigham était enchanté d'assister à cette séance de domptage. Sans posséder le mordant ni la violence de Serena, Gwen savait manipuler son frère avec une remarquable aisance.

— A bientôt, Coll, dit-il. Je te laisse en bonnes mains.

— Brig…

— Nous ne partons qu'une semaine, rappela Brigham en aidant Gwen à remettre son frère au lit.

— Que le Seigneur vous accompagne !

Comme il quittait la pièce, Brigham se heurta à la frêle silhouette de Parkins. Dressé sur ses ergots, les lèvres minces et l'allure décidée, le valet tenait une valise à la main.

— Vous rentrez à Londres, Parkins ? Bon voyage !

— Votre seigneurie se méprend. Je l'accompagne à la chasse.

— A la chasse ? Comme rabatteur ? Méfiez-vous : les lièvres risquent de vous dévorer !

Parkins ne réagit à cette boutade qu'en relevant encore le menton.

— Je ne quitte pas votre seigneurie, milord.

— Ne soyez pas ridicule, Parkins. Si j'avais besoin d'aide, j'emmènerais Jem. Lui au moins trouverait son utilité. Il s'occuperait de mes chevaux.

S'il se sentit humilié d'être comparé à un personnage aussi subalterne à ses yeux que le palefrenier, Parkins n'en laissa rien paraître.

— Ma place est auprès de vous, monsieur le comte.

— Et moi, je vous dis que non, Parkins !

Brigham contourna l'obstacle et commença à descendre l'escalier. Raide comme la Justice, Parkins resta de marbre.

— Monsieur le comte n'émet qu'une opinion, remarqua-t-il, tandis que je m'attache à un principe. Un valet ne quitte jamais son maître.

Avec un soupir imperceptible, Brigham s'immobilisa, avant de remonter quelques marches.

— J'ai mal entendu, je suppose ? Vous resterez à Glenroe, Parkins, c'est un ordre !

Le valet blêmit, mais demeura ferme.

— Entre un principe absolu et un ordre occasionnel, le choix s'impose, milord. Je vous accompagne.

— Et moi, je vais vous chasser de mon service, insolent !

— Votre seigneurie en a le droit absolu. Néanmoins, elle ne pourra m'empêcher de la suivre, même dégagé de mes devoirs.

Au comble de l'exaspération, Brigham dégringola l'escalier. Arrivé en bas, il se retourna pour interpeller l'insolent.

— Que le diable vous emporte, tête de mule ! Mais préparez-vous à souffrir ! Nous n'allons pas au bal !

— Merci, milord.

Parkins resta d'abord imperturbable. Puis, comme son maître lui tournait le dos, une lueur de triomphe éclaira ses yeux ternes.

Son manteau ouvert au vent, Brigham foulait à grands pas le sol gelé. Quelle matinée ! Voilà que les domestiques se rebellaient, à présent ! Une longue chevauchée serait la bienvenue. Quant à Serena, mieux valait la fuir. Pendant le dîner de la veille, l'orgueilleuse ne lui avait pas adressé une fois la parole, toute confite en mépris.

Du coup, Brigham se sentait coupable.

Mais après tout, pourquoi ? C'est elle qui l'avait provoqué, mordu, frappé ! C'est elle qui s'était frottée contre lui jusqu'à le rendre fou !

Jamais il n'avait rencontré pareille furie.

Dieu savait qu'il s'était retenu, alors qu'un homme moins raisonnable se serait abandonné à d'autres extrémités. De toutes les femmes qu'il avait connues, Serena était la seule qu'il ait dû maintenir de force. Elle était donc coupable, cette tentatrice, cette aguicheuse.

D'autant qu'à présent, elle occupait toutes ses pensées.

Sans souci des reproches de Parkins, Brigham écorcha le cuir de sa botte en faisant voler au loin un silex. Si seulement il pouvait se débarrasser aussi facilement de ses obsessions !

Une semaine d'absence allait lui faire le plus grand bien. A son retour, il serait guéri de son engouement et traiterait la sœur de son meilleur ami comme il convenait, avec respect et froideur. Il effacerait de sa mémoire tous ses souvenirs : celui d'un corps consentant, de lèvres avides, d'un désir inassouvi. Il oublierait même avec quelle ferveur elle avait crié son nom, au paroxysme de l'exaltation amoureuse.

Jamais plus leurs chemins ne devaient se rencontrer.

Le cœur plein de rancune et d'incertitude, il atteignit la porte de l'écurie. Avant qu'il ait pu y porter la main, le vantail s'ouvrit violemment sous la poussée de Serena. Pâle, épuisée, les yeux cernés, elle écartait de son corps sa robe toute tachée de larges marques de sang.

— Rena, mon Dieu ! Vous êtes blessée ! Qui vous a...

D'un élan, Brigham serra Serena contre son torse, à lui faire mal.

D'abord surprise, Serena se laissa aller. Comme elle se sentait bien, blottie entre les deux pans du grand manteau ouvert ! Comme elle se sentait aimée, protégée ! Toute à son bonheur, elle ne pensait plus à rien.

Soudain, cependant, Brigham la poussa de côté, et son épée sortit en crissant du fourreau.

— Je le tue, et je vous soigne ensuite ! s'écria-t-il. Sors de là, misérable ! Si je vais te chercher...

Serena béait d'étonnement. Dans l'ivresse de la fureur, les yeux de Brigham lançaient des éclairs. Jamais elle ne l'avait vu ainsi.

— Mais vous êtes fou ! Qui voulez-vous tuer ? Et pourquoi ?

— Pourquoi ? Mon amour, je vous vois couverte de sang et vous me demandez pourquoi ?

Mon amour ? Quelle expression choquante… et merveilleuse ! songea Serena.

— Quand une jument met bas, expliqua-t-elle en baissant les yeux sur sa robe, il y a toujours du sang, milord. Betsy a fait des jumeaux, et le second n'arrivait pas à sortir. Sans l'aide de Jem, Betsy était perdue. Depuis 1 heure du matin j'ai aidé votre palefrenier. Vous n'avez pas entendu son cri ? Malcolm est fou de joie.

— Des jumeaux…, répéta Brigham, honteux de son emportement stupide.

— Vous semblez fiévreux, milord. Dois-je appeler Gwen ?

Fort confus, Brigham remit son épée au fourreau.

— Ce sang… J'ai cru que c'était le vôtre, Serena.

Etonnée et ravie, la jeune fille examina de nouveau sa robe maculée, paradoxalement contente d'être aussi peu présentable. Jamais encore un homme n'avait tiré l'épée pour elle. Et Brigham venait de parler d'amour.

Elle dut s'humecter les lèvres pour pouvoir s'exprimer.

— Je vais me laver… excusez-moi.

Brigham, qui se sentait toujours aussi ridicule, se réfugia dans les banalités.

— Betsy et les poulains se portent bien ? demanda-t-il.

— A ravir. Malcolm se souviendra toujours de cette première expérience.

Au lieu d'aller se changer, Serena resta plantée devant Brigham, les mains croisées, pareille à une souillon de ferme béate d'oisiveté. Quel étrange couple ils formaient ! La jeune fille songea à Don Quichotte, le chevalier à la triste figure, en face de Dulcinée, la paysanne égorgeuse d'oies. Ivre d'émotion et de fatigue, elle ne put s'empêcher d'éclater d'un rire incontrôlable, au grand dam de son vis-à-vis.

— Est-ce moi qui suis la cause de cette hilarité, mademoiselle ?

Elle l'entendit à peine, occupée qu'elle était à s'essuyer les yeux du revers de la main.

— Oui... je veux dire non, milord. Je ris bêtement, c'est... nerveux. Je vous demande pardon.

— Si vous êtes si lasse, je vous conseille d'aller vous reposer.

Brigham, qui s'apprêtait à entrer dans l'écurie, avait parlé d'un ton fort sec, et Serena songea qu'elle ne pouvait le quitter sur un malentendu. Ne venait-elle pas d'humilier à tort ce garçon si chevaleresque, prêt à risquer sa vie pour elle ?

— Milord...

Il s'arrêta, un peu raide, le regard distant. Fugitivement, Serena faillit regretter l'autre Brigham, celui que la passion et le désir emportaient. A présent, elle avait affaire à lord Ashburn. Et à l'évidence, il ne suffirait pas d'un sourire pour le remercier, et pour atténuer son ressentiment.

— Oui ? dit-il.

— Vous... vous partez tout à l'heure avec mon père et les hommes du clan ?

— En effet, répondit Brigham en serrant d'une main nerveuse la garde de son épée.

— Eh bien, je vous accompagnerai par la pensée à votre... partie de chasse.

Brigham haussa les sourcils. Ainsi, la fille de MacGregor était au courant du véritable but de leur voyage. Cela supposait une exceptionnelle solidarité familiale...

Mais il fallait briser là l'entretien.

— Merci, mademoiselle, dit-il. Excusez-moi, mon cheval s'impatiente.

Le regard soudain intense, comme éclairé d'une passion inavouée, Serena eut alors une hésitation, avant de s'exclamer :

— Comme j'aurais aimé partir avec vous !

Sur ces mots, elle rassembla les plis de sa robe et s'enfuit en courant vers le château.

Au lieu d'entrer dans l'écurie, Brigham resta figé, immobile, à la suivre des yeux. L'absurdité de sa situation lui apparaissait dans toute son évidence : lui qui avait repoussé les propositions de mariage les plus flatteuses, à Versailles comme à Londres, s'entichait d'une sauvageonne incontrôlable.

Ou plutôt, il avait trouvé la femme de sa vie.

Il ne détourna la tête qu'au moment où Serena disparaissait par une porte latérale, puis il soupira avec un soupçon de tristesse.

Comment peut-on être amoureux d'une femme qui vous hait ?

Dans les Highlands, la petite troupe de cavaliers parcourait un chemin dont Brigham n'avait pas imaginé la difficulté. Des gorges profondes, des rochers à pic, des landes désolées où se dressait parfois, absurdement, une chaumière de torchis… Ces paysages, Brigham les découvrait avec passion : c'étaient en effet ceux que lui avait décrits sa grand-mère. Il les reconnaissait, en découvrait la rude réalité. Chaque fois qu'ils rencontraient dans ce désert un village noirci par la fumée de la tourbe, la population fruste venait leur faire fête.

A l'heure du repas, Ian MacGregor décida de demander l'hospitalité à une famille de bergers, dans une campagne désolée. Pendant que les chevaux et les hommes se reposaient, leurs hôtes improvisés préparèrent le repas.

On leur servit une soupe épaisse aux odeurs étranges, des galettes calcinées et du gâteau de blé noir aux baies sauvages. Ian MacGregor régala tout le monde de la bière qu'on préparait à Glenroe. Pour le berger, sa femme, et leurs enfants en haillons, ce fut un jour de fête, dans la tradition écossaise de l'hospitalité. Dans la chaumière, l'odeur de la tourbe s'associait à celle des moutons, parqués au fond de la pièce unique.

Si misérables qu'ils fussent, les habitants ne manifestaient aucune aigreur, et le berger, ravi de l'aubaine, but assez de bière pour avouer sa fidélité aux Stuarts.

Bien que la chère fût maigre, chaque invité se trouva bientôt rassasié. Brigham sourit en observant l'impeccable Parkins, assis pour la première fois de sa vie à la table des maîtres. Ses mains graciles se crispaient sur le bol de soupe qu'il s'efforçait d'avaler avec distinction.

Quand vint le moment de quitter les lieux, il fallut multiplier les excuses et les remerciements. C'était aussi une des caractéristiques de l'hospitalité locale : le berger et sa femme voulaient à toute force retenir leurs visiteurs jusqu'au lendemain matin.

Au-dehors, le vent s'était levé, apportant une odeur de neige.

— Après notre passage, dit Brigham, qui chevauchait à côté de Ian MacGregor, ces pauvres gens vont être réduits à la famine pendant au moins un mois !

Dans la force de l'âge, très droit sur sa selle, infatigable, Ian eut un sourire rassurant.

— Pas du tout. Quand il saura que nous sommes passés, leur chef de clan leur fournira tout le nécessaire. Telle est notre loi, dans les Highlands. Le prince peut compter sur de tels partisans.

— Et les Cameron ?

— Des combattants hors pair, et tout dévoués. Vous en jugerez par vous-même à Glenfinnan.

— Je vous crois sur parole. Mais les partisans du prince Charles n'auront pas seulement besoin de vaillants guerriers. Il faudra des hommes pour les diriger.

Ian MacGregor lança à Brigham un regard pénétrant.

— Vous y avez pensé, vous aussi ?

— En effet, et je crois que ces contrées montagneuses, escarpées, si familières aux Ecossais, constituent un champ de bataille idéal. Si nous attirons les troupes du roi George dans les Highlands, la victoire est à nous.

Le père de Serena talonna sa monture, pour accélérer le train.

— Les Stuarts sur le trône d'Angleterre, c'est le rêve de toute ma vie, avoua-t-il d'une voix pensive. Mais j'ai déjà connu trop d'échecs, en 1715, en 1719. Des guerres perdues, des espoirs trompés. Je suis encore assez jeune pour m'exalter à l'odeur de la poudre, pour espérer la victoire — et pourtant, je sais que je vais livrer mon dernier combat.

— Vous en verrez d'autres, monsieur.

— Non, ce sera le dernier. Et pas seulement mon combat, jeune homme. Celui de tous les partisans des Stuarts. Charles s'apprête à jouer son dernier atout.

Méditant cette sombre prédiction, Brigham resta silencieux jusqu'à la fin de l'étape.

La neige commença de tomber au moment où la petite troupe atteignit la forteresse de Glenfinnan. Sous le ciel sombre, couleur d'acier terni, le vent fouettait les flots noirs du lac proche. Malgré tout, la musique aigrelette et lancinante des cornemuses accueillit les arrivants, pour leur faire fête. Brigham le savait : le même air saluait les visiteurs, menait les troupes au combat, et accompagnait les obsèques des soldats morts pour une juste cause. Bien qu'il fût anglais, et sans doute à cause de sa grand-mère écossaise, il comprenait que cette musique primitive pût faire pleurer, ou exalter l'ardeur guerrière.

A l'intérieur du château, deux cheminées opposées illuminaient les extrémités de la grande salle. Donald

MacDonald, le maître de céans, semblait vouloir noyer ses hôtes sous des flots de whisky. Brigham se félicita de bien résister à l'alcool. Question d'atavisme, sans doute.

— Soyez le bienvenu à Glenfinnan, lord Ashburn, dit le chef de clan après quelques libations. Il paraît que nous sommes cousins ? Vous descendez de Mary MacDonald, de l'île de Skye ?

— C'était ma grand-mère, en effet.

— Buvons à sa mémoire ! Je ne l'ai vue qu'une fois, assez petit pour qu'elle me prenne sur ses genoux, mais on raconte que c'était une sacrée bonne femme. Dommage qu'elle soit partie à Londres ! C'est elle qui vous a élevé ?

— Depuis la mort de mes parents, acquiesça Brigham. Je n'avais que dix ans.

— Puisque vous venez de si loin, je ne doute pas qu'elle ait su vous inculquer les principes de notre race. Vous êtes de la famille, milord. Buvons à la famille !

Alors que toute l'assemblée buvait derechef, Ian MacGregor manifesta quelque impatience.

— Je ne vois pas les autres, remarqua-t-il.

— Ils seront là demain, rassure-toi, Ian. Buvons à leur arrivée !

Mais Donald MacDonald interrompit son geste, et son visage brutal s'éclaira du plus tendre des sourires. Une jeune fille venait en effet de faire son entrée dans la grande salle.

— Ian, tu te souviens de ma fille, Margaret.

Les cheveux noirs, petite et bien faite, la nouvelle venue, en robe bleu nuit, de la même couleur que ses yeux, fit une révérence avant de tendre les bras à Ian MacGregor. Des fossettes encore enfantines la rajeunissaient. Elle pouvait avoir dix-huit ans, se dit Brigham.

— Ma filleule ! s'exclama Ian MacGregor, qui rit de plaisir en embrassant la jeune fille sur les deux joues. Comme tu as grandi, Maggie !

— Nous ne nous sommes pas vus depuis plus d'un an, parrain, lui fut-il répondu d'une voix douce et mélodieuse.

— C'est tout le portrait de sa mère, reprit Ian. Grâce à Dieu, elle ne te ressemble pas, mon vieux Donald !

— Cette injure se lavera dans le sang ! s'écria en riant le maître des lieux. Ou plutôt dans le whisky. Buvons... Mais avant de boire à la beauté de ma fille, permettez-moi de vous la présenter, lord Ashburn. Voici ma fille Margaret.

La jeune fille fit à Brigham une fort jolie révérence.

— Mademoiselle MacDonald, vous me permettez de vérifier un vieil adage : les plus jolies fleurs croissent parmi les chardons...

— Je me demande comment il faut comprendre ce proverbe inconnu, confia Donald MacDonald à Ian MacGregor en sourcillant un peu.

Ian se contenta de rire, et son ami l'imita. Quant à Margaret, amusée, elle sourit.

— Merci, milord, je n'ai jamais reçu d'aussi joli compliment. Vous êtes le meilleur ami de Coll, n'est-ce pas ?

— Je m'en flatte, mademoiselle.

— J'espérais... Il n'est pas avec vous, parrain ?

Ian lui tapota la main et se tourna vers son père.

— Lord Ashburn et Coll sont tombés dans un guet-apens tout près de Glenroe. Les Campbell.

Donald serra les poings tandis que sa fille montrait une agitation extrême.

— Coll est gravement blessé ? demanda-t-elle.

— Il se rétablit, répondit Ian en la prenant par les épaules. Gwen lui interdit tout déplacement, et elle a raison.

— Racontez-moi tout, dans le détail. Est-il gravement blessé ? Souffre-t-il beaucoup ?

Son père interrompit ce flot de questions en riant.

— Maggie, les récits viendront en temps voulu. Pour l'instant, nos hôtes veulent sans doute se changer pour le dîner. Va leur montrer leurs chambres.

En fille obéissante, Margaret précéda Ian et Brigham dans le grand escalier.

— Nous dînerons dans une heure, si cela vous convient. Parrain… pour Coll, ce n'est pas trop grave ?

— Rassure-toi. Dans huit jours, il se portera comme un charme.

Sur une nouvelle révérence, la jeune fille se retira, à demi satisfaite. Brigham se dit qu'elle s'intéressait vraiment de près aux malheurs de Coll.

Il entra dans sa chambre, où l'attendait l'inévitable Parkins.

En Italie et en France, Brigham avait apprécié les raffinements de la cuisine moderne, toute de subtilité et de déguisement. Dans la lointaine Ecosse, on en était encore aux vieilles traditions d'abondance et de rusticité. Après des huîtres géantes et du saumon, on servit du canard rôti, du gibier à poil et à plume, du mouton, associés à des sauces richement parfumées. Le vin coulait à flots. Et pour couronner ce festin pantagruélique, pâtisseries et confiseries de toutes sortes furent proposées aux convives.

Puisque MacDonald était veuf, c'est sa fille qui assumait le rôle de maîtresse de maison. Brigham fut surpris de son autorité et enchanté, comme tous les convives, par sa grâce.

Lorsque la jeune Margaret quitta la table pour laisser les hommes boire seuls le porto, selon la tradition, la conversation générale prit un nouveau tour. Il ne fut plus question que du retour des Stuarts et de la restauration de la dynastie légitime. On apporta de nouvelles bougies, car la discussion devait durer longtemps, à la mode écossaise.

Au milieu de ces hommes qu'il ne connaissait jusqu'alors que de réputation, Brigham comprit combien leur attachement au jeune prince était à la fois traditionnel et sentimental. Charles-Edouard Stuart, qui allait avoir vingt-cinq ans, était né juste après les cuisantes défaites du début du siècle. Sa naissance, les partisans déçus de son père l'avaient perçue comme un gage d'espoir, comme le symbole d'une vengeance à venir. Et voilà qu'il s'annonçait, qu'il affirmait sa volonté de reprendre le combat, auréolé d'un prestige intact.

Quand il put enfin rejoindre sa chambre, tard dans la nuit, Brigham trouva difficilement le sommeil. Sa chambre, toute ronde, dans une tour d'angle, se trouvait pourtant bien isolée des atteintes du vent glacé qui hurlait dans la lande. Mais l'image de Serena ne cessait de le hanter. Dormait-elle paisiblement ? Les yeux ouverts dans le noir, revivait-elle comme lui leurs étreintes passionnées ? Les flammes du désir lui donnaient-elles la fièvre, à elle aussi ?

Par quelle ironie le destin avait-il voulu que Brigham s'éprenne d'une femme aussi fantasque et agressive ? Toutes celles qu'il avait connues étaient bien plus élégantes, plus attentives et plus douces que Serena. Et surtout, jamais aucune n'aurait eu l'audace de l'insulter — et avec quelle vulgarité ! Ses maîtresses s'enchantaient de plaire à un homme de son rang, leur tendresse et leurs rires témoignaient du plaisir qu'il leur donnait…

Et pourtant, aucune de ces charmantes jeunes femmes n'avait jamais troublé son sommeil. Pour aucune d'entre elles son cœur n'avait véritablement battu la chamade. Au seul souvenir des mains ou de la chevelure de Serena, du contact fugitif de sa peau nue, de ses yeux alanguis ou brûlant de haine, Brigham se sentait enfiévré, impatient de les retrouver.

Serena serait l'unique amour de sa vie, il le savait désormais. Même si, contre toute logique, il livrait son cœur à une cruelle qui l'aurait piétiné avec joie.

*
* *

Le sommeil de Brigham, bref et agité, fut interrompu dès l'aube par des sonneries de cornemuses et par des cavalcades. Les membres des autres clans se pressaient au rendez-vous.

Vers midi, une foule d'hommes de tous âges avait envahi les salles basses et l'esplanade du château. Les Cameron, les Drummond étaient venus en nombre tandis que les MacGregor et les MacDonald dispersés dans les îles ou les montagnes alentour se ralliaient à Ian et Donald, leurs chefs de clan. Le whisky ajoutait à la chaleur des retrouvailles et à leur vacarme.

Tous les invités avaient mis leur point d'honneur à apporter des boissons en abondance, et des montagnes de gibier. La rencontre devait commencer par un grand repas, pris en commun aussi bien par les lords et leurs fils que par les chefs d'équipages et les gens d'armes. C'était la première fois que Brigham assistait à ces agapes bruyantes qui, en plein XVIIIe siècle, rappelaient les festins des seigneurs féodaux.

Au haut bout de la salle, une longue table était réservée à l'aristocratie. De chaque côté, les autres convives s'attablèrent, dans un ordre hiérarchique très strict, devant des tables sur tréteaux placées en parallèle.

Aux maîtres, on servit de la venaison et des vins fins; à leurs voisins les plus proches, du lièvre et du mouton, arrosés de bière; aux bas bouts, les gens d'armes se contentaient de bœuf au chou. Habitués à ces distinctions, étranges pour Brigham, les convives ne s'en offusquaient pas, d'autant que la chère surabondait partout. Dans l'espace compris entre les tables, domestiques et serveurs s'affairaient. La population du village semblait avoir été réquisitionnée pour l'occasion et ne cessait d'apporter de nouveaux plats et de nouvelles boissons.

Au début du repas, on entendit surtout les bruits de mâchoires de ces rudes montagnards et leurs grognements de satisfaction. Mais Donald MacDonald entreprit bientôt l'interminable litanie des toasts, salués chacun par des vivats sonores qui faisaient trembler les vitraux. Il fallut d'abord boire aux Stuarts, ensuite à chaque clan, puis à leurs chefs, puis à leurs femmes et à leurs filles, puis de nouveau au prince Charles. Ce dernier toast, acclamé par toute l'assemblée debout, fut suivi d'un chant guerrier en gaélique, lequel sembla redoubler l'appétit, et la soif, de ses interprètes vociférants.

Brigham croyait vivre à une autre époque, à mille lieues de Londres. Comme on apportait les desserts, ses voisins commencèrent à discuter du rétablissement des Stuarts, et il s'aperçut bientôt que les avis étaient partagés.

Les plus excités des chefs de clan se disaient prêts à marcher sur Edimbourg en sortant de table, cornemuses et oriflammes en tête. Le cœur plein de vieilles rancunes et d'espoirs fous, ils entendaient laver sur-le-champ les anciennes humiliations. Ces blessures jamais cicatrisées, ils les rappelaient à qui mieux mieux : les proscriptions, les pillages, les propriétés volées, les enfants réduits en esclavage...

Brigham songea à Serena qui, elle aussi, refusait tout pardon, tout oubli, et ne désirait que la vengeance pour le viol de sa mère, et l'emprisonnement de son père.

D'autres voix, cependant, étaient plus mesurées, plus prudentes. Echaudés par les échecs antérieurs, d'anciens guerriers hésitaient à mettre leurs biens et leurs forces dans les mains d'un jeune prince sans expérience, sinon sans ambition.

En l'absence de son père, condamné à l'exil, le fils de Cameron de Lochiel émit des réserves.

— Si les troupes françaises ne sont pas avec nous, les Anglais vont nous envahir. Ils nous forceront à quitter nos domaines pour nous réfugier dans les forêts et les grottes. Mon clan est tout acquis aux Stuarts, mais cela ne m'empêche pas de penser que les clans seuls ne peuvent rien contre l'armée anglaise. Or ni l'Ecosse ni les Stuarts ne se relèveraient d'une nouvelle défaite.

James MacGregor, fils du célèbre Rob Roy, frappa la table de son poing énorme.

— Et alors ? On va rester à discuter au coin du feu, comme des vieilles femmes, l'épée au fourreau ?

— Mieux vaut une épée au fourreau qu'une épée brisée, rétorqua Lochiel avec calme.

— Tu as raison, Lochiel, dit le chef des MacLeold. Nous sommes de tout cœur avec le prince. Il n'empêche qu'un combat sans victoire, c'est une défaite — et nous en avons déjà trop connu.

Les yeux de James flamboyèrent.

— Les MacGregor sont derrière le prince, comme un seul homme. Et nous serons avec lui le jour de son couronnement.

— C'est moi qui parle pour le clan, cousin, rappela Ian.

Il se méfiait de James. Ce garçon avait hérité de son père une fidélité sans faille à la bonne cause, un goût prononcé pour les intrigues politiques. Il avait cependant un défaut : il ne savait pas se contrôler.

— Nous sommes avec le prince, affirma Ian, mais l'heure de son couronnement n'a pas encore sonné. Lochiel n'a pas tort. Une guerre ne s'improvise pas.

Le visage de James se contracta de fureur.

— Alors, on va continuer à bavasser, comme une bande de pucelles ?

Ces propos soulevèrent une rumeur de protestation. La bonne chère et le whisky échauffaient les esprits. Sentant le danger, Ian éleva la voix.

— Nous combattrons en hommes de clans, comme l'ont fait nos ancêtres. J'ai combattu au côté de ton père, James, et avec toi, Lochiel, quand nous étions jeunes. Je suis fier de me mettre au service des Stuarts. Pourtant, je le dis tout net : dans ce combat, le sang-froid et l'intelligence vont être plus efficaces que l'épée.

— Le prince veut-il seulement se battre ? demanda alors un convive. Nous nous sommes naguère ralliés à son père, qui n'a su que nous conduire à la défaite. Il ne semble pas pressé de reprendre le combat, dans son exil doré ! Si son fils lui ressemble…

Avant de répondre, Ian fit signe à un valet de remplir son verre.

— Lord Ashburn ici présent est comte en Angleterre — mais c'est un cousin de MacDonald. Mon fils lui doit la vie, et je m'honore d'être son hôte.

Ian ne croyait pas ce préambule inutile pour faire taire toute prévention. Des yeux, il parcourut l'assemblée, au sein de laquelle les rumeurs se calmèrent en effet.

— A la cour de France, reprit-il, lord Ashburn a eu le privilège de rencontrer personnellement notre prince, dont il est le correspondant à Londres. Parlez-leur, milord.

Quoique ému, Brigham alla à l'essentiel.

— Le prince Charles veut combattre pour restaurer sa dynastie et recouvrer ses droits, il n'y a là-dessus aucun doute.

Il fit une pause pour mesurer l'effet de ses paroles. Tous ses auditeurs étaient attentifs — même si plusieurs ne dissimulaient pas leur scepticisme.

— Pour le soutenir, il compte sur ses partisans d'Ecosse, mais aussi sur ceux d'Angleterre — et ils sont nombreux. A la cour de Versailles, il travaille à convaincre le roi Louis XV de lui prêter son assistance, et peut-être des troupes. Vous savez que George l'Usurpateur…

Une clameur de haine l'obligea à s'interrompre, avant de reprendre.

— Vous savez que le faux roi d'Angleterre envoie des troupes en Flandre pour combattre la France. Cette circonstance nous est favorable. Si les Français débarquent en

Ecosse, la victoire nous est acquise. Dans le cas contraire, tout reposera sur votre hardiesse, et votre cohésion.

— Les Ecossais des basses terres refuseront de combattre avec nous, murmura Lochiel. Et le prince est bien jeune, il n'a jamais participé à une bataille.

— En effet, acquiesça Brigham. Toujours est-il qu'il faut un début à tout. Vous ne manquez pas d'hommes d'expérience, qui pourront le conseiller, et de valeureux combattants. Le prince veut la victoire. Quand il arrivera en Ecosse, d'ici peu, il lèvera son étendard. C'est aux clans de s'y rallier, avec leurs armes et leurs cœurs.

— Armes et cœurs sont à lui ! s'écria James MacGregor en levant sa coupe dans un geste de défi.

— Si le prince fait vraiment preuve de ténacité, les Cameron combattront pour lui, dit Lochiel sur un ton plus mesuré.

Les conversations entre clans se poursuivirent une grande partie de la nuit, et toute la journée du lendemain.

Pourtant, au bout du compte, les sceptiques irréductibles restaient encore trop nombreux.

Lorsque les invités de cette conférence exceptionnelle quittèrent Glenfinnan, le ciel bas et lourd était bien sombre, comme les pensées de Brigham. L'éclatante ambition du prince serait-elle ainsi occultée, comme les rayons du soleil d'hiver ?

6

Encore tout humide sous sa robe de chambre après son bain, Serena s'exposait à la chaleur des flammes crépitantes du foyer tandis que sa mère peignait pour la sécher sa longue chevelure fauve. Ce rituel se répétait depuis la naissance de la jeune fille et Fiona MacGregor, en accomplissant avec amour cette tâche si banale, sentait monter en elle tout le cortège de ses souvenirs, heureux ou amers. Que de fois elle avait ainsi caressé et discipliné les cheveux de sa fille, qui faisaient comme un rideau protecteur autour de son visage ! Ces moments d'abandon, propices aux confidences et aux aveux, avaient permis de résoudre tant de petits problèmes de l'enfance ou de l'adolescence...

A présent, Serena arrivait à l'âge adulte, ce qui impliquait d'autres problèmes, d'autres désirs, d'autres craintes. Bientôt, Fiona le savait, sa fille aînée sécherait dans une autre demeure sa chevelure ruisselante.

D'habitude, Serena égayait cette cérémonie de son bavardage, d'anecdotes, de récits qui les faisaient rire toutes deux, dans une charmante complicité. Aujourd'hui, cependant, la jeune fille restait muette, perdue dans ses pensées, ses yeux rêveurs fixés sur les flammes bondissantes. Dans la pièce voisine, Gwen et Coll jouaient aux cartes en commentant bruyamment chaque levée. Leurs rires et leurs cris de triomphe traversaient la cloison, étouffés par la tapisserie.

De tous ses enfants, Serena était la seule à donner quelque souci à sa mère. Coll, têtu comme une mule, ressemblait trop à son père pour ne pas réussir sa vie. Gwen, un ange de douceur, trouverait facilement un mari digne d'elle. Quant à Malcolm, espiègle et charmeur, il vivait encore son enfance en toute ingénuité.

Serena, elle, avait dans le sang l'humeur fantasque des MacGregor, associée à une sensibilité excessive. Elle ne connaissait aucune mesure, haïssait ou chérissait avec passion, posait des questions embarrassantes, et cultivait le souvenir des malheurs au lieu de les écarter de sa mémoire, comme le font les personnes équilibrées.

C'est cette propension à raviver des douleurs anciennes qui inquiétait surtout Fiona. L'attentat dont elle avait été victime dix ans plus tôt laissait autant de traces dans l'âme de sa fille que dans la sienne. Jamais elle ne pourrait oublier ni pardonner l'ignoble conduite de l'officier anglais. Mais tandis qu'elle-même occultait son tourment, sa fille l'exprimait par une haine ostentatoire de tout ce qui venait d'Angleterre.

Fiona n'oublierait jamais comment sa petite fille l'avait soignée, réconfortée, pendant cette nuit atroce. Douce et attentive auprès de sa mère, Serena était devenue sauvage, téméraire, férocement hostile à tout ce qu'elle pensait, à tort ou à raison, devoir menacer le bonheur de sa famille. Séquelle plus grave encore de cette scène horrible, Serena semblait haïr tous les garçons qui osaient lui faire la cour.

Aujourd'hui, c'est le mutisme de sa fille qui inquiétait Fiona.

— Tu es bien silencieuse, ma fille. Tu lis ton avenir dans les flammes ?

Serena eut un faible sourire.

— Il paraît que c'est possible, en regardant bien. Mais je ne vois que du bois qui brûle.

— Tu es restée bien solitaire, ces jours-ci. Tu n'es pas souffrante, au moins ?

— Non, mais je suis… je suis fatiguée, c'est tout. L'hiver me pèse, j'attends le printemps. Papa revient bientôt ? demanda Serena après un instant de silence.

— Demain, ou après-demain. Tu le connais…

Tout en peignant sans relâche les cheveux de sa fille, Fiona réfléchissait. Cette sorte de dépression dont souffrait sa fille avait commencé le jour même du départ des cavaliers. Quelle étrange coïncidence !

— Tu crains pour ton père ? interrogea-t-elle.

Les mains de Serena se crispèrent dans son giron.

— Non. Je me demande souvent comment tout cela va finir, mais je n'ai pas peur pour lui.

Agacée par sa propre nervosité, la jeune fille se contraignit à joindre sagement les mains, puis laissa échapper une naïve exclamation.

— Comme j'aimerais être un homme !

Avec un petit rire, Fiona songea qu'elle retrouvait bien là sa fille.

— Ta chimère te reprend ! dit-elle en lui déposant un baiser léger dans les cheveux.

— Si j'étais un homme, je ne serais pas obligée de rester là, comme une potiche !

« Et je ne rêverais pas bêtement, sans savoir à quoi », se dit-elle en silence.

— Si tu étais un homme, lui fit remarquer sa mère, je serais privée d'une des plus grandes joies de ma vie.

Serena laissa échapper un soupir plein de mélancolie.

— Je voudrais tant te ressembler, maman. Etre comme Gwen.

— Tu as ta propre personnalité, ma chérie, et rien ne m'est plus agréable.

— J'aimerais tant ne jamais te fâcher ! Mais je n'y arrive pas…

— Quelle sottise ! Que chantes-tu là ?

— Je sais que ma conduite te déplaît souvent.

Fiona prit sa fille dans ses bras et vint presser sa joue contre la sienne.

— Rien en toi ne pourrait me déplaire, ma chérie, affirma-t-elle. Quand tu es née, j'ai remercié le ciel de m'avoir donné un aussi bel enfant. Tu sais qu'après la naissance de Coll j'ai perdu des jumeaux. Je craignais de ne plus jamais pouvoir enfanter et puis, tu es arrivée, vive comme une anguille, et si pleine d'énergie ! Tu m'as fait bien souffrir, mais j'étais si heureuse ! L'accoucheuse m'a confié que tu étais venue au monde presque de toi-même, en te débattant. Quelle épreuve ! Les femmes ne font pas la guerre, Serena, je te l'accorde. Pourtant, crois-moi : il n'y aurait pas d'enfants si les hommes devaient les mettre au monde. Ils n'en auraient pas la force !

Serena partit d'un éclat de rire et se détendit sur son siège.

— Je me souviens de la naissance de Malcolm, dit-elle. Papa s'est réfugié dans l'écurie avec une bouteille de whisky et il s'est enivré. Les palefreniers ont dû le porter dans son lit.

— Pas seulement pour Malcolm ! Chaque fois, ma fille !

Cette fois, la mère et la fille rirent franchement, heureuses de leur complicité, et de leur tendresse pour Ian.

— Dis-moi, maman, demanda alors Serena, quand tu as rencontré papa pour la première fois, as-tu ressenti… le coup de foudre ?

Fiona contemplait les flammes, perdue dans ses souvenirs.

— Non, je ne crois pas. J'ai fait sa connaissance à un bal que donnaient les parents d'Alice MacDonald pour son anniversaire. Tu le sais, Alice est la sœur de Donald de Glenfinnan, qui accueille aujourd'hui ton père. Avec Mary MacLeod, nous formions un trio d'inséparables amies. Alice était en vert, Mary en bleu, et moi en blanc.

Avec nos cheveux poudrés, nous nous trouvions plus ravissantes que les trois Grâces !

Elle s'interrompit le temps d'un soupir plein de nostalgie, puis reprit son récit.

— L'orchestre ne jouait que des airs entraînants, et tous les hommes semblaient si séduisants ! Donald, que je connaissais bien, m'a présenté son ami Ian MacGregor, qui m'a demandé la première danse. J'ai accepté, bien sûr, mais seulement par politesse. Cette grande brute ne me plaisait guère. Je craignais qu'il me marche sur les pieds et abîme mes souliers tout neufs.

— Mais personne ne danse mieux que papa !

— Je m'en suis aperçue aussitôt. Quel cavalier ! Le plus habile que je connaisse.

Serena essayait de s'imaginer le charmant tableau : ses parents, tout jeunes encore, dans les bras l'un de l'autre pour la première fois.

— Et c'est ainsi que tu es tombée amoureuse ?

— Pas du tout ! Néanmoins, je n'ai pas découragé ses avances, je l'avoue. Avec Mary et Alice, nous avions conclu un pacte à l'occasion de ce bal : chacune danserait avec chacun des jeunes gens et établirait un choix. Puisque nous étions là pour trouver un mari, nous choisirions les plus beaux, les mieux habillés, et les plus riches.

— N'essaye pas de me faire croire que tu t'es prêtée à ce jeu, maman !

Non sans coquetterie, Fiona tapota ses cheveux blonds, qui commençaient à peine à grisonner.

— Mais si. A cette époque, j'étais assez fière de moi-même, comme toutes les filles gâtées par des parents trop complaisants. Je continue mon histoire... Le lendemain matin, Ian est revenu à Glenfinnan, sous un prétexte fallacieux — et surtout pour faire le paon sous mes fenêtres. Dans les semaines qui ont suivi, il m'a été impossible de rendre une visite sans le trouver sur mon chemin. Je peux te le dire, maintenant : en vérité, parmi les jeunes gens de ce premier bal, il n'était pas le plus beau, ni le mieux vêtu, ni le plus riche. Pourtant, c'est lui que j'ai choisi.

— Et tu ne t'es pas trompée. Mais comment as-tu fait pour savoir...

— J'ai fait taire mes préjugés et ma raison, Serena. Je n'ai plus écouté que mon cœur.

Pour Fiona, tout devenait clair à présent. Comment n'avait-elle pas compris plus tôt ? Les silences de Serena, sa distraction, ses rêveries solitaires s'expliquaient à présent : elle était amoureuse. Amoureuse ! Mais de qui ? Tous ses prétendants avaient été éconduits, parfois même brutalisés. Quel pouvait être l'heureux élu ?

De son côté, Serena ne se satisfaisait pas de l'explication par trop simpliste de sa mère. Nerveusement, elle agitait de la main les volants de sa robe, comme pour chasser ses propres démons.

— Il y a néanmoins une logique dans tout cela, maman : le respect d'une tradition, de la famille... Si papa était venu d'ailleurs, avec d'autres ambitions et d'autres rêves, il ne t'aurait pas épousée ! Et ton cœur serait resté muet !

— L'amour se moque de ce genre de convenance, Rena. Si j'ose faire cette comparaison, Roméo et Juliette appartenaient à deux familles ennemies.

Fiona se tut, illuminée d'une intuition soudaine. Devait-elle en rire, ou en pleurer ? Ce jeune lord anglais... son orgueilleuse fille en serait-elle amoureuse ?

— Ma chérie, reprit-elle, je l'ai lu dans un livre français : « L'amour a ses raisons que la raison ne connaît pas. »

— Sottise ! Décadence ! s'écria Serena. Je préfère rester vieille fille, et m'occuper de mes neveux — quand j'en aurai —, plutôt que m'attacher à un homme qui me rendrait malheureuse !

La fermeté de son propos dissimulait mal son désarroi.

— En ce moment, affirma Fiona en lui caressant

doucement la joue, c'est ta raison qui parle seule, et ton tempérament. L'amour effraie toutes les femmes — surtout les plus intransigeantes, comme toi, ma chérie.

— Je ne sais pas, maman, vraiment je ne sais pas, ni ce que je suis, ni ce que je veux.

— Le moment venu, tout sera clair pour toi. Et comme tu ne manques pas de courage, toutes les difficultés s'aplaniront. Chaque chose en son temps.

Serena sentit soudain les mains de sa mère se crisper sur les siennes. Une rumeur s'amplifiait, celle d'une troupe de cavaliers au galop. L'espace d'un instant, le souvenir d'une autre soirée les fit frissonner toutes deux. Et puis, bientôt, des cris familiers les rassurèrent.

— Papa rentre plus tôt que prévu ! s'exclama Serena en se levant prestement. Quelle chance !

— Ils vont avoir faim, je descends dans la cuisine.

Ian et ses compagnons avaient brûlé les étapes pour rentrer plus tôt à Glenroe. Mais en chemin, ils s'étaient livrés à une chasse fructueuse, alibi de leur escapade. Ils rapportaient trois biches, des lièvres et des canards sauvages. Tantôt si calme, le château retentissait à présent d'exclamations sonores, dominées par la voix puissante du maître de céans.

Comme elle était en robe de chambre, Serena voulait attendre que son père monte l'embrasser, mais il lui cria de descendre. Elle songea d'abord à nouer ses cheveux et se changer, puis elle se ravisa. A quoi bon vouloir paraître belle ?

Dans la grande salle, Ian MacGregor, le visage encore rouge de froid, soulevait Gwen pour l'embrasser à pleines joues. Coll, une couverture sur les genoux, était assis près du feu tandis que Malcolm s'était installé sur l'accoudoir de son fauteuil.

Très élégant malgré le désordre de ses cheveux et la boue qui couvrait ses bottes, Brigham s'appuyait au manteau de la cheminée, un pichet d'étain à la main. Malgré ses bonnes résolutions, Serena ne put s'empêcher de croiser son regard et, pendant quelques instants, elle ne vit plus que lui, comme s'ils étaient seuls au monde.

Brigham ressentit en même temps la même impression intense. Sa main se crispa si violemment sur son pichet qu'il craignit d'y avoir imprimé la marque de ses doigts. Jamais Serena n'aurait dû se montrer ainsi, pensa-t-il, avec sa longue chevelure flamboyante qui ruisselait jusqu'à ses reins, la ceinture de sa longue robe verte qui soulignait la finesse de sa taille. Comme il lui adressait une courte révérence, la jeune fille pinça les lèvres et releva le menton, comme pour le défier.

— La voici enfin, ma petite panthère des Highlands ! s'écria Ian en ouvrant les bras. Tu m'as préparé un bon gros baiser, Serena ?

— Un tout petit d'abord, lui répondit-elle en faisant l'effarouchée.

Elle lui effleura d'abord la joue de ses lèvres mutines, puis éclata de rire et se pendit à son cou pour lui donner deux baisers retentissants. Pour la récompenser, son père la souleva du sol pour la faire tourner en l'air, prenant toute l'assistance à témoin de son bonheur.

— Voilà une fille comme je les aime ! lança-t-il. Celui qui arrivera à lui couper les griffes, on peut dire qu'il aura mérité sa récompense !

— Je ne « récompenserai » jamais personne ! affirma Serena en tirant irrespectueusement la longue barbe rousse de son père, ce qui lui valut un sourire et une tape au bas du dos.

— Regardez-la, milord, ne me dites pas qu'elle n'est pas à croquer !

Ainsi pris à témoin, Brigham manifesta son assentiment par un sourire un peu vague.

— J'ai encore rencontré Duncan MacKinnon, poursuivit Ian. Il ne cesse de me demander ta main, ça devient agaçant… Réflexion faite, je vais dire oui pour m'en débarrasser. Je peux te l'amener ?

— Bonne idée, papa, répondit Serena avec beaucoup de douceur. Quand je l'aurai coupé en deux, il n'ennuiera plus personne.

Si tout le monde rit de bon cœur, Ian s'esclaffa plus fort que les autres. Il chérissait tous ses enfants, mais l'indomptable Serena était sa préférée.

— Remplis nos verres, et n'en parlons plus. Le jeune Duncan ne fait pas le poids, tu as raison.

Après avoir rempli la coupe de son père, Serena se dirigea vers Brigham, la bouteille à la main.

— Ni lui ni personne, répondit-elle d'une voix claire en défiant d'un regard acéré celui qu'elle servait.

Peu habitué à ne pas relever le gant, Brigham lui dédia un sourire ironique.

— Tout espoir n'est pas perdu, mademoiselle. Vous trouverez bien un homme qui vous apprenne à rentrer vos griffes.

— Tous ceux qui ont essayé en portent encore la marque, milord.

— Alors, il vous faut un homme au cuir plus résistant.

Pendant que l'assistance riait, Serena toisa Brigham, les sourcils levés, avec un air de moquerie.

— Il ne me faut ni cuir ni homme — et je m'en trouve très bien, rassurez-vous.

Un éclair passa dans les yeux de Brigham. S'il avait pu lui rappeler… Mais le lieu était mal choisi.

— Un pur-sang se trouve très bien sans cavalier… jusqu'à ce qu'on le dresse ! déclara-t-il.

— Bien dit ! approuva Ian en s'esclaffant.

Le visage de Serena rosit un peu.

— Par pitié ! s'écria Coll, qui riait à s'en étouffer. Arrêtez tous les deux, ou vous allez faire rouvrir ma cicatrice. Rena, cesse de provoquer Brigham, son esprit est encore plus vif que sa lame. Avec lui, tu n'auras jamais le dernier mot. Au lieu de bavarder, rends-toi utile. Mon verre est vide…

— Comme ta tête, murmura la jeune fille pour lui seul en le servant.

— Ménage-moi, tu veux ? On ne bouscule pas les grands malades !

Avec un sourire diabolique, Serena arracha par surprise le verre des mains de Coll.

— Les grands malades boivent de la tisane, pas du whisky !

Et avant que son frère ait pu réagir, elle avait vidé d'une lampée tout le contenu du verre.

— Sœur indigne !

Affectueusement, Coll la prit par la taille et l'obligea à s'asseoir sur ses genoux pour lui parler à l'oreille.

— Tu vas m'en redonner tout de suite, sinon… je te dénonce.

— Dénoncer quoi ?

La voix de Coll baissa encore pour ne plus être qu'un souffle presque imperceptible.

— Culotte de cheval, susurra-t-il d'un ton perfide.

Serena murmura un juron indigne d'une jeune personne et remplit de nouveau le verre.

— Ainsi tu m'espionnes, espèce de mouchard ?

— Je n'ai plus de valide que mes yeux. Alors, je m'en sers…

Ian MacGregor s'impatientait. Après quelques grognements préliminaires, il réclama l'attention générale.

— Si les aînés veulent bien cesser de donner le mauvais exemple, j'apporte quelques nouvelles. Les MacDonald nous ont bien reçus. Daniel, le frère de Donald, est grand-père d'un troisième petit-fils — le troisième, vous entendez ! Et je suis moins jeune que lui ! Quelle honte pour notre famille !

Aussi instable que Serena, Ian était passé de l'hilarité heureuse à la colère véhémente, sans prévenir. Coll et Serena écoutaient sagement, la même expression d'innocence béate plaquée sur leurs visages. Ils attendaient que l'orage passe.

— Inutile de sourire niaisement, vous deux, vous devriez avoir honte ! Vous négligez vos devoirs à l'égard du clan. Mais peut-être est-ce ma faute, après tout. J'aurais dû vous marier depuis longtemps, de gré ou de force !

Pendant le silence qui suivit, Ian scruta chacun d'un œil furibond.

— Nous en reparlerons plus tard. Je passe aux autres nouvelles. A ma demande, Maggie MacDonald nous rendra visite la semaine prochaine...

— Sauve qui peut ! lança Coll. Une fille de plus à la maison ! Quelle corvée ! Quel poison !

Il eût volontiers continué sa diatribe, mais Serena lui donna une bonne tape sur l'oreille tandis que Ian sourcillait.

— Je te rappelle qu'un invité est sacré, mon garçon, et je ne comprends pas pourquoi tu fais tant d'embarras. Sur ce, allons dîner !

Pendant que son père s'éloignait, Coll exprima à mi-voix son amertume.

— Je ne fais pas d'embarras. Tu me connais, Brigham... Mais avoir des gamines dans les jambes toute la journée, non merci ! Remarque, Maggie a dû grandir un peu, elle a peut-être appris à rester à sa place.

Brigham ne répondit que par un sourire évasif, qui ne l'engageait à rien.

Les jours suivants, tout le monde à Glenroe sembla pris de la folie du nettoyage et du rangement. Sous la direction de Fiona, les domestiques firent luire les parquets et les cuivres tandis que Mme Drummond, conseillée de temps à autre par l'agréable Parkins, réunissait les provisions les plus délicates. Jusqu'à l'indolente Molly qu'on vît parfois courir dans les corridors. Serena, toujours volontaire et décidée, travaillait quant à elle avec ardeur, toute à la joie de retrouver la compagne de son enfance. Les deux jeunes filles ne s'étaient en effet pas vues depuis deux ans.

Les hommes avaient des occupations différentes. Complètement rétabli, Coll pouvait ainsi monter à cheval et s'entraîner aux armes avec Brigham. Chaque soir, les hommes supputaient en de longues discussions le dynamisme ou la tiédeur de tel clan, la date et le lieu du débarquement de Charles en Ecosse. Aux alentours, de colline en vallon, de hameau en forêt, les rumeurs les plus étranges couraient. Le prince était en mer, il séjournait encore à Paris, il se cachait en Ecosse…

En attendant, nul ne voyait rien venir.

Un jour, un mystérieux messager s'était présenté à Glenroe, demandant Brigham. Les deux hommes avaient passé tout l'après-midi ensemble, dans une petite pièce isolée. Le cavalier inconnu, parti aussi furtivement qu'il était venu, n'avait rencontré que Brigham. Et, avec amertume, Serena avait dû constater que rien ne transpirait du secret de cette visite. Mais sans doute en était-il mieux ainsi.

Elle repensait encore à ce personnage, venu peut-être de France, en lavant dans la cuisine pleine de vapeur les linges les plus délicats, ceux qu'on ne confiait pas aux domestiques. Cette tâche incombait d'habitude à Gwen, mais les deux sœurs avaient fait un échange. En ce moment, Gwen devait épousseter les bibelots, domaine réservé de Serena, qui préférait aujourd'hui un exercice plus actif.

Les jupons haut relevés, de l'eau mousseuse jusqu'aux mollets, elle piétinait en rythme le linge. Elle désirait tant se dépenser physiquement ! Et la solitude convenait tant à son caractère ombrageux ! Partie au village, Mme Drummond philosophait sans doute avec les autres commères. Enfermé à double tour dans sa chambre, Malcolm était censé apprendre ses leçons tandis que Fiona dirigeait l'installation d'une chambre d'amis et de ses annexes. Les hommes, eux, devaient chevaucher dans la campagne.

Heureuse de cette tranquillité, Serena levait haut les genoux et dansait sur le linge en éclaboussant joyeusement le sol. Ses pieds frappaient l'eau avec force, marquant la mesure de la musique martiale qu'elle chantonnait pour se donner du cœur à l'ouvrage.

A Glenfinnan, Maggie et Brigham s'étaient sans doute rencontrés. Quelle impression son amie avait-elle faite sur l'Anglais ? Lui avait-il baisé la main ?

Quelles pensées stupides ! songea aussitôt Serena. Furieuse contre elle-même, elle chanta plus fort et plus vite, donnant des coups de pied de plus en plus rageurs dans l'eau. Depuis son retour, et leur petite discussion, Brigham ne lui avait pas accordé un seul regard. Il l'évitait ? Tant mieux ! Bon débarras !

A mesure que des considérations plus horribles les unes que les autres lui venaient à l'esprit, Serena augmentait l'allure, levait plus haut les genoux, comme un trotteur dans la ligne droite. Tant et si bien que la mousse passait maintenant par-dessus les bords de la cuve.

Elle aurait voulu qu'il parte tout de suite, qu'il rapporte à Londres, ou au diable, ses beaux yeux et ses belles manières. Elle aurait voulu qu'il tombe dans une rivière glaciale, y contracte une pneumonie double, avant de mourir lentement noyé, dans d'atroces souffrances.

Mieux que cela, encore… Brigham entrait, se jetait à ses genoux pour implorer l'aumône d'un sourire. Avec quel dédain, alors, elle le repousserait du pied, comme ceci !

Au même moment, Brigham entra.

La tête soudain vide, la bouche bée, le pied arrêté en l'air, Serena se trouva comme pétrifiée.

L'étonnement de Brigham, pour tout dire, n'était pas moins saisissant.

Il croyait la jeune fille à l'étage, avec sa mère, ou dans la salle à manger, avec sa sœur. Depuis des jours, il s'ingéniait à ne pas se trouver sur le passage de Serena.

Et voilà qu'aujourd'hui, en entrant dans cette cuisine, le malaise le disputait en lui au ravissement.

Elle était là, comme une apparition au milieu d'un nuage de vapeur, dans la pièce surchauffée, échevelée, la peau moite… et ses jupons étaient relevés ! constata Brigham en baissant les yeux. Des bulles de savon glissaient paresseusement le long des jambes fines et musclées, dans une caresse qui en irisait la peau.

Fasciné par un spectacle si rare, si intime, et si bouleversant, il en eut d'abord le souffle coupé.

— Veuillez pardonner mon indiscrétion, parvint-il à dire enfin. Je ne m'attendais pas à trouver en ce lieu un si charmant spectacle.

— Votre place n'est pas dans la cuisine, lord Ashburn !

— C'est la gourmandise qui guide mes pas. Comme tout le monde semble fort affairé et que Parkins a disparu, je me suis mis dans la tête de faire un brin de cour à Mme Drummond. En fait de faveurs, je ne solliciterai d'ailleurs d'elle qu'un petit en-cas.

Serena secoua la tête avec dédain. Que de manières inutiles !

— Je n'ai pas le temps de m'occuper de vous pour l'instant, milord. Il y a de la soupe chaude dans la marmite, au coin du feu. Servez-vous et emportez votre bol.

Brigham, qui avait recouvré une partie de son sang-froid, s'approcha de la cuve. Les parfums les plus raffinés des dames de Londres ou de Paris n'égalaient décidément pas l'odeur rustique du savon blanc, tellement plus sensuelle en cet instant. Quelle simplicité, quel naturel chez cette jeune fille qui n'hésitait pas à se montrer dans les occupations les plus banales !

— Maintenant que je sais comme on lave le linge de nuit dans cette maison, déclara Brigham en se penchant sur la cuve, je suis sûr que j'y dormirai autrement, mademoiselle.

Serena refréna à temps son envie de rire et se remit à danser sans façon dans la mousse, prenant soin toutefois de ne pas trop lever les genoux.

— C'est notre coutume à nous, *Sassenach* ! Si vous voulez bien emporter votre soupe et me laisser seule... Il faut que je finisse — l'eau va refroidir !

En vérité, Brigham ne se décidait ni à s'éloigner de ce charmant spectacle ni à s'insurger contre l'injure. Sans doute inspirée par le démon de la provocation, Serena rompit le rythme de sa danse et sauta soudain à pieds joints, éclaboussant ainsi d'eau savonneuse toute la culotte de Brigham, depuis la taille jusqu'aux genoux.

— Oh ! Comme je suis maladroite ! s'exclama-t-elle d'un ton faussement navré. Que votre seigneurie me pardonne !

Cette excuse formulée, l'impertinente pouffa de rire tandis que, sans trop se formaliser, Brigham constatait les dégâts.

— Ma culotte a besoin d'un nettoyage, d'après vous ?

— Si vous le pensez vous-même, jetez-la dans la cuve, milord !

A peine Serena avait-elle formulé cette imprudente proposition que la main de sa victime dénouait la ceinture de sa culotte et commençait de l'ouvrir, avec le plus grand sérieux. Brigham éprouva le malin plaisir à voir la jeune fille s'empourprer, ses yeux s'écarquiller d'horreur, sa bouche s'ouvrir et ses mains se lever dans un geste de protestation. Comme elle cherchait à s'enfuir, elle trébucha. Elle serait tombée à la renverse s'il ne l'avait retenue dans ses bras.

— Brigham !

— Vous l'avez redit !

Un bras passé autour de la taille de Serena, une main dans sa chevelure, Brigham restait immobile, sous le charme. Il entendit des épingles à cheveux tomber dans l'eau.

— J'ai redit quoi ? demanda Serena.

Beaucoup moins hardie que tout à l'heure, elle croisait les bras devant sa poitrine, comme pour se protéger.

— Mon prénom. Répétez-le encore.

Sans se rendre compte du caractère provocant de son geste, elle s'humecta les lèvres.

— Ce serait inutile, affirma-t-elle. Vous pouvez me laisser, maintenant, j'ai retrouvé mon équilibre.

— Comprenez-moi, Serena, je ne *peux* pas vous abandonner ainsi. Depuis trois jours, je vous fuis. Je sais que j'ai le devoir de vous respecter, que l'honneur m'interdit de porter la main sur vous… Pourtant, c'est plus fort que moi : je vous désire, Serena. Oserai-je le dire ? Je lis le même désir dans vos yeux.

Serena baissa aussitôt les paupières, et se reprocha en même temps sa lâcheté.

— Vous vous trompez, milord.

— Je ne me trompe pas ! assura-t-il en lui baisant les cheveux. Mais ce n'est pas notre faute. Voilà trois jours que je tente d'oublier votre odeur enivrante, le parfum de votre bouche, en vain…

— Taisez-vous ! Je ne vous écoute plus ! Si mes bras étaient libres, je me boucherais les oreilles.

Au lieu de relâcher son étreinte, Brigham la renforça, obligeant la jeune fille à relever la tête.

— Pourquoi ne pas m'écouter ? Parce que je suis anglais ?

— Non… Oui… Je ne sais pas, balbutia Serena d'une voix rauque. Je ne veux pas que vous me teniez. Je vous interdis de me faire éprouver tous ces sentiments, toutes ces sensations…

Sans en laisser rien paraître, Brigham sentit une vague de joie inonder son cœur.

— Quels sentiments, Rena ?

— La peur, la colère, le désarroi…

Lentement, Brigham approcha son visage de celui de Serena.

— Non, Brigham, non ! Ne m'embrassez pas !

Il ne fit que lui effleurer les lèvres et murmura :

— Alors, embrassez-moi, Serena.

— Jamais !

Toute trace de volonté quitta Serena lorsqu'elle plongea son regard dans celui de Brigham. Alors, n'écoutant que son propre désir, elle lui prit les lèvres avec passion. Cet homme ne lui était pas destiné, jamais il ne serait à elle, et pourtant elle n'imaginait pas qu'il pût y en avoir un autre au monde.

Il avait répondu avec fougue à son initiative, il lui baisait les lèvres et la bouche avec un art consommé. Entendait-il jouir de sa faiblesse, de son abandon ? Quelle erreur ! Jamais Serena ne s'était sentie aussi forte, aussi maîtresse de son pouvoir.

De ses deux bras, elle lui enlaça le torse et la taille et renversa vivement la tête en arrière, lèvres ouvertes, comme pour lui lancer un défi.

Brigham avait peine à croire ce qu'il voyait.

C'est une fille de feu qu'il tenait dans ses bras, vive, rapide, dangereuse, aussi fulgurante qu'un éclair. Tantôt elle se laissait aller, comme une flamme mourante, tantôt elle le ravageait comme un incendie dévorant. Murmurant son nom contre sa gorge, il la souleva hors de la cuve pour la laisser glisser le long de son corps, jusqu'à ce que les pieds nus de Serena touchent le sol.

Sans réserve, presque déchaînée, elle passa les mains sous la courte veste de Brigham pour lui griffer le dos à travers le tissu de sa chemise. Arquée contre lui, elle s'offrait, les seins tendus, haletante.

Dans son innocence, songea alors Brigham, elle risquait de provoquer l'irréparable. Il fallait, hélas, briser là. D'un mouvement imparable, il s'écarta, lui emprisonna les mains et les porta à ses lèvres.

— Serena... Nous devons parler, maintenant. Le moment est venu.

— Parler ?

Encore perdue dans la tempête des émotions qui venait de faire rage en elle, elle ne comprenait plus rien.

— Oui. J'ai déjà suffisamment trahi la confiance de votre père, et celle de Coll.

Serena resta quelques instants immobile, les yeux fixes, puis la conscience de la situation lui revint. Arrachant ses mains à l'étreinte de Coll, elle s'en couvrit le visage. Comment s'était-elle ainsi laissée aller dans les bras de ce garçon ? Fugitivement, elle songea à leur joute oratoire, trois jours plus tôt. Quelle humiliation !

— Je ne veux pas parler, je veux vous voir partir.

Brigham lui reprit les mains avec douceur.

— Que vous le vouliez ou non, il nous faut parler, Serena. Malgré nos principes, ou nos différends, nous devons tous deux reconnaître qu'à chacune de nos rencontres nous sommes invinciblement attirés l'un par l'autre. Nous pouvons regretter cette... pulsion naturelle, mais il vous est impossible de nier sa réalité.

— Cela passera, dit Serena en baissant les yeux. Le désir s'en vient, le désir s'en va, tout passe.

Etait-elle bien sincère ? se demanda Brigham. Rien de moins sûr.

— Quel scepticisme, Serena ! s'exclama-t-il. Je n'avais jamais rencontré de philosophe aussi désabusé, aussi jeune, et avec d'aussi jolis petits pieds.

Aussi vite qu'elle s'était abandonnée tout à l'heure, Serena s'insurgea.

— Laissez-moi, maintenant ! J'étais tranquille et heureuse avant votre arrivée — et je le serai tout autant après votre départ !

— Je parie que non, déclara Brigham en la reprenant dans ses bras. Si je partais aujourd'hui, vous verseriez des larmes.

Piquée au vif, Serena se regimba, le menton dressé.

— Moi, pleurer votre absence ? Pourquoi ? Vous n'êtes pas le premier à m'embrasser, et il y en aura bien d'autres !

Les yeux de Brigham se plissèrent, inquisiteurs.

— Vous vivez dangereusement, Serena…

— Je vis comme je l'entends. Maintenant, lâchez-moi.

— Ainsi je ne suis pas le premier homme que vous ayez embrassé.

A part soi, Brigham songeait qu'il aimerait bien connaître tous ces amoureux, pour les tuer l'un après l'autre. Si toutefois ils existaient.

— Dites-moi, vous ont-ils tous fait frissonner ainsi ?

Et il embrassa si fort Serena qu'elle en perdit le souffle.

— Avez-vous senti la même chaleur vous parcourir ?

Il lui prit de nouveau les lèvres et l'entendit gémir, éperdue et soumise.

— Vos yeux se sont-ils embués chaque fois, comme aujourd'hui ? Aviez-vous ce même regard chaviré ?

Les jambes molles, comme prise de vertige, Serena s'accrocha aux épaules de Brigham.

— Brigham…

— Alors ? J'attends, dit-il, les yeux brillant d'un éclat intense.

Serena baissa les paupières et secoua la tête, lentement.

— Non.

— Serena, je n'ai rien cassé, tu peux…

La main sur la poignée de la porte, Gwen resta pétrifiée, le souffle coupé, la bouche grande ouverte et les yeux ronds comme des billes. Le tableau était stupéfiant : sur la pointe de ses pieds nus, les jupons remontés jusqu'à l'indécence, Serena s'accrochait à la veste brodée de lord Ashburn. Et il...

Le visage de la pudique jeune fille s'empourpra.

— Excusez-moi, je croyais qu'il n'y avait personne, dit-elle absurdement, sans savoir que faire d'elle-même.

Avec plus de vivacité que de naturel, Serena quitta les bras de Brigham et secoua ses jupons pour les faire retomber.

— Gwen... lord Ashburn était...

— J'étais en train d'embrasser votre sœur, précisa benoîtement Brigham.

— Ah ? Alors, excusez-moi, répéta Gwen, décidément à court de vocabulaire.

Devait-elle rester ou partir ? se demandait-elle. Les manuels de savoir-vivre ne prévoyaient pas ce genre de situation...

Pendant que Brigham s'amusait de son embarras, Serena entrechoquait furieusement tous les bols du vaisselier.

— Lord Ashburn veut de la soupe, dit-elle comme si cela expliquait tout.

— En effet, j'en voulais. Mais à la réflexion... Bonsoir, mesdemoiselles, je vous laisse.

Après un bref salut, Brigham gagna tranquillement la porte. Un vacarme lui fit presser le pas : un bol de faïence venait d'exploser sur ses talons.

7

— A mon avis, le roi de France n'est pas disposé à aider notre prince. Son or et ses troupes, il veut les garder pour faire sa guerre à lui, sur le continent.

Debout devant la cheminée, les mains dans le dos, Brigham avait parlé avec calme, sans laisser paraître son amertume.

Coll, d'un tempérament entièrement opposé, arpentait la pièce à grandes enjambées. Il venait de jeter sur une table le message secret arrivé depuis quelques minutes. Ses yeux lançaient des éclairs.

— L'année dernière, ce satané Louis XV offrait à notre gentil prince de le rétablir dans ses droits, il le suppliait presque d'accepter son appui. Il a bien changé !

— L'année dernière, les Français voulaient envahir l'Angleterre. Ils avaient donc intérêt à affaiblir le roi George de l'intérieur. Depuis quelques semaines, ce projet est abandonné. A la cour de Versailles, on ne se soucie plus guère des Stuarts : tel est le sens de ce message.

— Alors, on se passera des Français, s'écria Coll. Les Highlanders mèneront seuls le combat.

— Sans doute, mais je crains fort les défections, intervint Ian.

Assis dans un fauteuil ancien, il méditait d'un air sombre. Il leva la main pour inviter son fils à ne pas l'interrompre.

— Ma conviction reste intacte, rassure-toi. Le moment

venu, tous les MacGregor seront derrière le prince. Mais la victoire suppose la participation unanime de tous les clans.

— Cela s'est déjà vu, père. Nous recommencerons.

— Tu es trop optimiste, Coll.

Ian parlait d'une voix mesurée et calme, pleine de nostalgie. Comme le temps passait ! Il se souvenait des combats de sa jeunesse, à côté de Rob Roy, son aîné dans le clan MacGregor.

— Nous risquons de manquer de monde, reprit-il. Certains Ecossais vont faire défection, j'en suis sûr. Nous avons bien les Jacobites, les partisans anglais des Stuarts, mais combien sont-ils ? Et combien sont disposés à se joindre à nous ?

— Je le saurai dans quelques jours, répondit Brigham.

Après un dernier coup d'œil, il jeta au feu la lettre qui venait d'arriver. Il ne pouvait la conserver, car elle était trop compromettante pour ses amis de Londres.

Coll se rassit pour la regarder brûler.

— En attendant, nous bavardons sans rien faire, maugréa-t-il. Pendant combien de mois, d'années peut-être, allons-nous rester ainsi au coin du feu, pendant que l'usurpateur s'engraisse sur le trône d'Angleterre ?

— Les événements vont se précipiter, lui assura Brigham. Le prince s'impatiente, lui aussi. Il risque de lever l'étendard de la révolte avant que nous ayons eu le temps de bien la préparer.

Comme chaque fois qu'il allait prendre une décision, Ian MacGregor tambourinait des doigts sur le bras de son fauteuil.

— Ce serait dommage, dit-il encore. Une guerre improvisée est une guerre perdue. Il faut réunir de nouveau les chefs de clan, sans attirer l'attention de la garde noire.

A l'évocation de ce régiment recruté par l'Angleterre pour maintenir l'ordre en Ecosse, Coll cracha dans le feu.

— Tu repars à la chasse ? lança-t-il. Cette fois, je vous accompagne.

— Il faut savoir varier les plaisirs, répondit malicieusement Ian. Comme je n'ai pas dansé depuis longtemps, je me suis dit qu'un bal nous ferait du bien à tous, d'autant que nous attendons dès aujourd'hui une charmante enfant.

Par une remarquable coïncidence, le roulement d'une voiture se fit entendre dans la cour. En écartant un rideau, Brigham vit Serena se précipiter à la portière pour embrasser la jeune fille aux cheveux noirs qu'il avait rencontrée à Glenfinnan.

— Voilà précisément Maggie MacDonald, annonça-t-il en souriant.

— Je l'attendais, lui indiqua Ian. Elle est d'âge à se marier, et ma fille aînée aussi. Rien de tel qu'un bal pour leur montrer quelques jeunes costauds. C'est dans un bal que j'ai rencontré ma femme. Vive les bals !

Brigham, qui tournait le dos, ne put voir briller dans les yeux de Ian une lueur d'humour. Depuis plusieurs jours déjà, le père de Serena s'était en effet aperçu qu'un air de romance flottait dans sa demeure…

Brigham laissa tomber le rideau. Pour l'instant, il préférait ne pas la voir, éclatante de beauté et de joie. Ce spectacle éveillait en lui trop de désirs impossibles à assouvir.

Quant à Coll, les bottes croisées l'une sur l'autre, il ne cachait pas son irritation.

— Une fille de plus dans la maison ! C'est le bouquet ! Ne compte pas sur moi pour tenir la bride de son poney ou lui ramasser sa poupée. Moi, j'ai mieux à faire. Je fourbirai mes armes dans le grenier s'il le faut, mais je n'écouterai sûrement pas les calembredaines de cette péronnelle.

— Ne t'en fais pas, lui dit son père, étrangement conciliant. Rena et Gwen s'en occuperont.

On entendit des rires et de frais éclats de voix dans le corridor, puis les deux battants de la porte s'ouvrirent.

— Dans mes bras, ma nièce ! s'exclama Ian tandis que Coll restait résolument le dos tourné aux nouvelles venues.

A petits pas pressés, Maggie vint se jeter dans les bras de son oncle, qui la souleva bien haut en riant, comme elle, aux éclats. Fiona dut intervenir.

— Laisse cette enfant, Ian ! Le voyage l'a épuisée, et elle a froid. Viens te réchauffer près du feu, Maggie… Coll, donne ton fauteuil.

Coll se leva d'assez mauvaise grâce, avec une moue de mécontentement. Mais ce qu'il vit alors le laissa bouche bée. Où diable était la gamine maigrichonne dont il gardait le souvenir ? Comme par miracle, elle s'était métamorphosée en une princesse de conte de fées… Les cheveux de Maggie, noirs comme la nuit, s'échappaient en boucles tout autour de son chapeau de velours bleu. Son regard n'était plus le même, ses yeux avaient pris la nuance profonde des eaux du lac au crépuscule. Son teint, jadis brouillé, faisait penser à la transparence de l'albâtre le plus pur.

En vérité, cela faisait maintenant plus d'une semaine que la jeune fille se préparait à cette rencontre si ardemment attendue. Jour après jour, elle en avait répété tous les épisodes. Ainsi, conformément à la stratégie étudiée avec le plus grand soin, elle n'adressa à Coll qu'un sourire distrait, avant de s'avancer vers Brigham pour lui faire une profonde révérence, pleine d'élégance et d'abandon.

— Votre seigneurie, je suis votre servante.

— Mademoiselle MacDonald, je brûlais du désir de vous revoir.

Comme il l'eût fait à Versailles, Brigham lui tendit la main pour la relever, et lui baisa le bout des doigts.

Devant ce tableau, Serena pinça les lèvres. Que signifiaient ces galanteries ? Elle éprouva l'urgent besoin de bousculer son père pour venir prendre sans trop de ménagement le bras de Maggie et l'entraîner vers Coll — lequel, précisément, venait de penser à refermer la bouche.

— Tu te souviens de mon frère, naturellement ?

— Bien sûr, répondit la rouée en dessinant sur ses lèvres un sourire mondain, plein de condescendance.

Comme il avait grandi ! songea-t-elle en lui tendant la main. Comme ses épaules s'étaient élargies ! Le joli garçon qui hantait ses souvenirs s'en effaçait soudain, au bénéfice de cet homme si fortement charpenté, mais tellement plus attirant ! Avec maladresse, il lui prit la main, sans savoir qu'en faire.

— Je suis heureuse de vous revoir, Coll, murmura-t-elle. Et de vous revoir guéri.

— Guéri de quoi ? bredouilla-t-il, comme si toute présence d'esprit était abolie.

— Votre père m'a tout raconté. Vous allez vraiment bien ?

Parce qu'elle craignait que Coll, si près, n'entendît les battements de son cœur, et parce que le contact de cette large main éveillait en elle d'étranges sensations, Maggie tourna les talons pour aller vers Fiona. Sous son chapeau bleu, elle sentait une chaleur traîtresse lui monter au visage. La rougeur qui devait l'accompagner serait sans doute imputée à l'excitation du voyage.

— Comme je suis heureuse, tante Fiona, de me retrouver à Glenroe, déclara-t-elle. Mon parrain n'a que de bonnes idées !

Fiona lui donna un baiser sur le front tandis que Ian se rengorgeait sans modestie. Il prit la direction des opérations.

— Betsy ! Molly ! Apportez des sièges, et à boire, à boire pour tout le monde !

Ainsi fut fait. Coll semblait avoir oublié qu'un devoir impérieux l'appelait ailleurs pour préparer ses armes. Au contraire, il mit toute son habileté tactique à investir un siège tout près de la nouvelle venue, au centre de la pièce. Non moins habile tacticien, Brigham profita de ce que Serena allait s'asseoir la dernière pour la reléguer à l'écart, sur un divan disposé contre le mur. Une assiette de gâteaux à la main, il prit place à côté d'elle.

— Mademoiselle MacGregor, un biscuit ou une tartelette ? proposa-t-il, avant de demander sans changer de ton ni de visage : Pourquoi m'évitez-vous, Serena ?

Dans le brouhaha de la conversation générale, cet aparté passait inaperçu. Prise au piège, Serena fronça les sourcils.

— Ridicule !

— Vous avez raison. Il est ridicule de vouloir m'éviter.

— Toujours aussi prétentieux, *Sassenach* ?

Pour marquer son exaspération, Serena posa sans précaution sa tasse sur sa soucoupe.

— Faites moins de bruit, par pitié ! On va croire que je vous rends nerveuse.

Comme Gwen s'était levée pour offrir d'autres gâteaux, Brigham s'empressa de la complimenter.

— Vous êtes ravissante en rose, Gwen, c'est ma couleur préférée. Vous me rappelez les fleurs de mon jardin.

La jeune fille, ne trouvant pas de réponse adéquate, s'éloigna en rougissant tandis que sa sœur aînée mordait avec rage dans une tartelette dont elle ne sentait pas le goût.

Jamais Brigham ne lui avait dit qu'elle était ravissante ! Jamais il ne s'était donné la peine, comme tout à l'heure avec Maggie, de s'incliner avec élégance pour lui prendre la main, en sortie de révérence.

Des piques, des mots cruels, oui, mais jamais de douceurs ! Dans un effort de lucidité, Serena dut cependant se souvenir que jamais elle n'avait fait à Brigham de révérence. Et s'il se montrait fort avare de compliments, l'ami de Coll était prodigue de baisers — et quels baisers !

Pourrait-elle un jour oublier l'ardeur de leurs caresses ? Bien sûr, toute innocente qu'elle était, Serena savait à quelles fins les hommes font la cour aux femmes, si bien élevés fussent-ils... Or jamais elle n'accepterait de prendre un amant, et surtout pas un Anglais. Ni les délires ni les sensations inouïes que Brigham provoquait en elle ne détruiraient le respect dû à l'honneur de la famille. Ainsi, si elle avait évité de rencontrer Brigham, c'était non par peur, mais parce qu'elle se méfiait de ses propres pulsions.

— Vous rêvez tout éveillée, ma chérie. C'est de moi, j'espère ?

Rendue furieuse par le ton de son voisin, et surtout par sa perspicacité, Serena sursauta violemment. Il fallait qu'elle s'éloigne de lui, pour participer à la conversation générale. Vedette de la réunion, la rieuse Maggie concentrait sur elle tous les regards, et toutes les complaisances. Quelque peu congestionné, Coll se comportait ainsi déjà en amoureux transi.

— On dirait que votre frère est tombé sous le charme, ajouta Brigham.

— Je crois plutôt qu'il est tombé sur la tête, répondit Serena, intriguée. Voyez son regard vitreux !

— C'est celui des victimes du petit dieu Cupidon, qui a dû lui lancer une flèche dans le cœur.

Oubliant toutes ses sombres pensées, détendue, Serena ne songeait soudain plus qu'à s'amuser. Retenant un rire, elle se pencha à l'oreille de son voisin pour n'être entendue que de lui seul.

— Qui l'eût cru ? Mon pauvre Coll ! Pensez-vous qu'il va lui déclamer des vers ? Malheureusement, il ne connaît que le monologue d'Hamlet : « Etre ou ne pas être… » Et cela ne convient pas.

Le visage caressé par la chevelure de Serena, Brigham eut un frisson. Quelle fille étrange ! Elle passait toujours, sans transition, de l'aigre mépris à la plus douce des complicités. En ce moment, elle s'attendrissait.

— Quand je pense, déclara-t-elle, qu'il y a deux ans Coll ne songeait qu'à se débarrasser d'elle !

— En deux ans, Maggie s'est sans doute métamorphosée. Quel charme ! Quelle beauté !

Sans s'en rendre compte, Serena pinça un peu les lèvres.

— Oui, sans doute. Vous êtes meilleur juge que moi.

Brigham sourit, heureux d'avoir instillé dans le cœur de Serena le venin de la jalousie. Il s'agissait à présent de la rassurer.

— En effet, j'ai l'habitude. Mais vous savez, je préfère les rousses aux yeux verts, avec la langue bien pendue. Surtout si elles ont des griffes !

Serena, mécontente d'elle-même, ne put s'empêcher de rougir.

— Excusez-moi, milord, je ne m'y connais guère en marivaudage de salon.

— Qu'à cela ne tienne ! Je vous apprendrai aussi le marivaudage !

Lasse de soutenir un combat aussi inégal, Serena se leva vivement pour aller rejoindre son amie.

— Viens, Maggie, je vais te montrer ta chambre.

Rien ne pouvait être plus distrayant pour Serena que la présence de Maggie. Si les deux amies d'enfance ne s'étaient pas vues depuis deux ans, leurs caractères n'avaient pas changé. A la spontanéité de Maggie s'opposait la réserve de Serena, et malgré tout, elles étaient faites l'une pour l'autre. Elles bavardaient tard dans la nuit, faisaient ensemble de longues promenades à pied ou à cheval, dans les landes et les forêts voisines.

A ces occasions, Maggie parlait beaucoup de Coll, qu'elle aimait depuis sa plus tendre enfance. Cela n'était pas surprenant. Ce qui l'était, en revanche, aux yeux de Serena, c'était le revirement de son frère. Avec surprise, elle assistait à la naissance de l'amour. Coll, qui jadis multipliait les prétextes pour fuir la compagnie des adolescentes, en trouvait sans cesse de nouveaux pour ne pas quitter les deux jeunes filles. Il écoutait avec une ferveur presque exagérée les propos légers de la volubile héritière des MacDonald.

Avec cet esprit critique qui n'appartient qu'aux sœurs aimantes, Serena constatait que son frère, naguère si rustique, prenait maintenant grand soin de sa toilette et de sa mise. L'indiscrète Mme Drummond avait même révélé à Serena que Parkins était chargé de réformer la garde-robe de son frère.

La jeune fille se serait gaussée de cet engouement si les morsures de la jalousie ne lui avaient rongé le cœur. Le bonheur de Maggie, à sa grande honte, lui faisait mal. Epanouie, vivant comme dans un rêve, son amie éprouvait les délices de l'amour... alors qu'elle-même n'en ressentait que l'amertume. Cette preuve de faiblesse l'irritait. En conséquence, pour combattre ses propres démons, Serena faisait tout pour favoriser l'idylle naissante.

Coll s'arrangeait souvent pour leur servir de guide pendant leurs promenades à cheval et, la plupart du temps, Brigham accompagnait le petit groupe, pour la plus grande gêne — et le plus grand plaisir — de Serena.

En ce début du mois de mars, il faisait encore froid, mais des signes avant-coureurs annonçaient l'approche du printemps. Si les sabots des chevaux faisaient résonner le sol gelé, les arbres luisants s'étaient débarrassés de leur givre. Et alors que les premières fleurs sauvages n'apparaîtraient que dans une quinzaine de jours, le passage des trois promeneurs faisait lever des vols de passereaux criailleurs. Serena aimait cette période de l'année, pleine d'espérance et de pureté. Une brise fraîche et vivifiante caressait le visage des cavaliers, comme pour leur apporter une énergie nouvelle.

Malheureusement, Maggie adorait les promenades lentes et paresseuses, arrêtant à tout instant sa monture pour admirer un arbre ou un point de vue. Serena devait alors contenir sa propre impatience, et celle de sa jument, habituée à d'autres allures. Quant à l'étalon de Brigham, il piaffait et dansait sur place, fatigué de marcher au pas.

— Que diriez-vous d'un petit galop ? demanda soudain Brigham en se portant à la hauteur de Serena.

— J'en rêve, je l'avoue.

Il jeta un coup d'œil en arrière. Coll et Maggie les suivaient à une trentaine de mètres.

— On fait la course ? murmura-t-il. Ils nous rattraperont.

Bien qu'elle fût tentée par cette proposition, Serena fit un geste de dénégation. Le rôle de chaperon que lui avait confié sa mère excluait toute escapade à deux.

— Ce ne serait pas convenable.

— Je vois, vous avez peur de perdre !

Paradoxalement, la colère qui s'alluma dans le regard de la jeune fille ravit Brigham : il l'avait piquée au vif.

— L'Anglais qui pourra vaincre une MacGregor à la course n'est pas encore né ! s'écria-t-elle avec orgueil.

— Je relève le pari, Rena. Galopons jusqu'au lac.

Durant un moment d'hésitation, Serena songea que les convenances l'obligeaient à ne pas quitter Maggie. Mais comment résister à une telle provocation ? Sans réfléchir plus avant, elle lâcha la bride et cravacha sa monture, qui n'attendait que ce signal pour s'élancer.

Serena connaissait les détours de la forêt aussi bien que les corridors de son château natal. D'une main légère, elle guidait sa jument, se baissant pour éviter les basses branches, sautant les troncs couchés en travers du chemin. Bien que le sentier fût fort étroit, Brigham refusait de lui laisser la voie libre, et ils chevauchaient épaule contre épaule, faisant résonner le sous-bois de leurs rires complices.

Le plaisir qu'éprouvait Serena, elle le devait autant à cette complicité qu'à l'excitation de la course. L'ivresse de la liberté lui apportait un bonheur sans mélange. Elle aurait tant voulu que le lac soit très loin, au bout du monde, pour que cette exaltation durât toujours !

Elle menait sa monture en cavalière consommée, brillante, insoucieuse du danger. S'il avait eu à affronter une autre partenaire, Brigham eût retenu son cheval pour la laisser gagner, assurant ainsi sa sécurité sans blesser son orgueil. Mais avec Serena, la compétition prenait un tout autre sens. C'est avec la plus pure des joies qu'il poussait son étalon, qu'il sentait le plaid de la jeune fille lui fouetter le visage, qu'il voyait sa robe gris tourterelle voler au vent, à une demi-longueur d'avance.

Elle montait en amazone. Il aurait préféré la voir en culotte de cheval, comme l'autre fois, et la compétition aurait été plus égale. Mais il dut pousser son cheval pour passer en tête. Au loin, le soleil faisait miroiter la surface immobile du lac tandis que le tonnerre des sabots retentissait dans la campagne endormie.

Le parcours se terminait par une longue descente. Alors qu'ils atteignaient ensemble la rive, Serena attendit le dernier instant pour tirer la bride. Sa jument se dressa en hennissant, les pattes avant au niveau de ses oreilles. Suspendue entre ciel et terre, le regard vainqueur et conquérant, le corps léger, Serena poussa un cri de triomphe.

Si Brigham ne l'avait déjà aimée, il n'aurait pu qu'être conquis par ce spectacle enivrant.

— J'ai gagné, *Sassenach* !

— Menteuse ! dit-il en caressant l'encolure de son cheval. Je menais d'une tête !

— D'une tête de cochon, oui ! lança-t-elle avec un rire moqueur qui retentit dans la vallée. J'ai gagné, et vous n'avez pas le courage de le reconnaître.

Avec bonheur, elle respirait l'air frais et humide, plein de la senteur des résineux. Ses yeux verts pétillaient d'effronterie, et son petit chapeau tout de guingois semblait narguer son adversaire.

— Si je n'avais pas monté en amazone, je vous aurais pris dix longueurs ! Mais ne soyez pas trop déçu, vous ne montez pas trop mal, pour un Anglais. Vous pourriez battre un Ecossais unijambiste et borgne !

— C'est trop de compliments ! maugréa Brigham. Ne me faites pas rougir d'orgueil, chère petite dame ! Il n'empêche que j'ai gagné. Seulement, vous êtes trop vaniteuse et trop entêtée pour avouer votre défaite.

Serena redressa le menton avec tant d'énergie que son chapeau, retenu seulement par ses brides, tomba en arrière et libéra son abondante chevelure. Tous les efforts que Maggie avait déployés ce matin pour la discipliner se trouvaient ruinés.

— J'ai gagné, milord ! insista-t-elle. Si vous étiez un homme bien élevé, vous le reconnaîtriez de bonne grâce.

— Non, je suis le vainqueur. D'ailleurs, une jeune fille bien élevée ne se livre pas à ce genre de compétition.

En cet instant, Serena songea qu'elle aurait voulu faire mal à cet impudent. Talonnant sa monture, elle la fit voleter pour affronter Brigham. Qu'il la trouve vaniteuse et entêtée, passe encore. Mais qu'il mette en cause son éducation !

— Voilà bien une injure digne d'un homme imbu de ses pouvoirs ! C'est vous qui avez proposé une course. Si j'avais refusé, vous m'auriez taxée de lâcheté. Je relève le défi, je gagne et, du coup, vous me méprisez, je ne suis plus une dame...

Secrètement, Brigham était enchanté de l'indignation de la jeune fille, qui rougissait de colère.

— Vous avez relevé le défi, et vous avez perdu, répondit-il. Mais rassurez-vous, Serena, je suis lassé des « dames ». Je vous préfère telle que vous êtes.

— C'est-à-dire ?

— Un très joli chat sauvage qui s'habille en homme, et se bat comme un homme.

Serena poussa un sifflement de rage. Pour libérer sa fureur, elle cravacha l'étalon de Brigham, qui se cabra en hennissant et amorça un saut désespéré. Son cavalier serait tombé dans les eaux glacées du lac s'il n'avait eu le réflexe de tirer vivement la bride et de poser une main apaisante sur l'encolure du cheval. Celui-ci s'immobilisa en frémissant.

— Sorcière, murmura Brigham, partagé entre l'étonnement et l'admiration. Vous avez voulu me noyer ?

— C'est un risque à courir. Avec le caillou qui vous tient lieu de cervelle, vous auriez plongé la tête la première jusqu'au fond du lac.

Malgré la dureté de ses propos, Serena se sentait joyeuse. Elle regarda le ciel tout bleu. Quelle belle journée ! La plus belle depuis longtemps… L'ivresse de la course lui brûlait encore la peau.

— Je vous propose une trêve, reprit-elle avec autorité. Si je me fâche avec vous, je n'aurai plus personne à qui parler. Mon frère ne pense en effet qu'à faire les yeux doux à Maggie.

— Ainsi, je ne suis pas tout à fait inutile, remarqua Brigham en mettant pied à terre. Cela me réchauffe le cœur, mademoiselle.

— La victoire me rend magnanime, milord.

Serena dégagea son genou du lien qui le retenait à la selle et se laissa glisser au sol, acceptant l'aide de son compagnon.

— Eh bien, tant mieux ! commenta celui-ci. Néanmoins, je vous rappelle que vous avez perdu.

Avant que Serena ait pu réagir, il la souleva de terre et la chargea sur son épaule. Sans savoir si elle devait en rire ou s'indigner, elle lui assena sur le dos une volée de coups de poing.

— Etes-vous fou ? s'écria-t-elle. Lâchez-moi, espèce de mufle !

— C'est bien mon intention, rassurez-vous.

En quelques pas, Brigham atteignit la berge du lac. Les yeux de Serena s'écarquillèrent alors d'horreur, et elle agrippa la veste brodée de son tourmenteur.

— Vous n'oseriez pas !

— Ma chère, un Langston relève tous les défis — quels qu'ils soient.

Serena se débattit, elle chercha à mordre Brigham, à le frapper. D'une main, il lui saisit la jambe et demanda :

— Savez-vous nager, Rena ?

— Mieux que vous, *Sassenach* ! Si vous ne me lâchez pas… Non ! Brigham ! Elle est trop froide !

D'un mouvement vif, il avait fait semblant de la jeter à l'eau. Comprenant qu'il s'était joué d'elle, Serena ne put s'empêcher d'éclater de rire, tout en jouant des pieds et des poings.

— Quand je serai à terre, promit-elle, je vous tuerai !

— Raison de plus pour ne pas vous lâcher. Avouez-le, maintenant : cette course, c'est moi qui l'ai gagnée.

— Jamais de la vie !

— Alors, au bain !

Au moment où Brigham faisait un dernier pas au bord du lac, un coup de botte atteignit le haut de sa cuisse. Il grimaça, jura, trébucha sur une souche et s'écroula à la renverse avec Serena, dans un grand froissement de jupons et sous un déluge d'invectives. Ils demeurèrent quelques instants emmêlés sur l'herbe, le temps de reprendre leur respiration, puis restèrent ainsi, allongés, côte à côte.

Un peu tardivement, Serena songea alors à dissimuler ses jambes.

— J'ai sali mon plaid ! gémit-elle. C'est votre faute. Et ma jupe est perdue !

— J'ai failli perdre… bien autre chose, remarqua Brigham en se frottant la cuisse.

Serena sourit avec insouciance et releva d'un geste

désinvolte les mèches de cheveux qui lui pendaient le long du visage. Elle n'allait pas gâcher une si belle journée par des remords inutiles, ni perdre son temps en protestations effarouchées.

— La prochaine fois, je viserai mieux, promit-elle d'un ton plaisant. Mais dites-moi, vos beaux atours d'élégant Londonien sont tout froissés ! Parkins va vous gronder, j'en suis sûre.

Brigham haussa les épaules. Pourtant, il prit soin de faire tomber comme il le put la poussière et la terre de sa culotte et de sa veste.

— Un valet aussi stylé que Parkins n'oserait pas m'adresser de reproches. En fait, il se contente de reproches muets — sa tristesse est d'autant plus culpabilisante. Devant lui, j'ai souvent l'impression de redevenir un petit garçon qui fait de la peine à son précepteur. Parkins est solide comme le roc, d'une exaspérante compétence, et têtu comme une mule. Vous vous intéressez à lui ?

— C'est une question qu'il faudrait poser à Mme Drummond. Il me semble qu'elle voit en lui le second mari de ses rêves.

— Parkins et Mme Drummond ? demanda Brigham avec incrédulité. *Votre Mme* Drummond ?

Comme si l'honneur de sa famille en dépendait, Serena eut un mouvement d'humeur.

— Et pourquoi pas ? Mme Drummond est une fort belle femme, très convenable.

— Je n'en doute pas. Et Parkins ? Il est au courant ?

Appuyé sur ses coudes, Brigham éclata de rire. Il imaginait le couple : un petit homme nerveux et maigre à côté de l'énorme et paisible cuisinière.

La même image vint traverser l'esprit de Serena, qui sourit.

— Faites confiance à Mme Drummond, elle s'arrangera pour le lui faire savoir. Elle a déjà entrepris de le séduire à force de tartes aux fruits et de sauces à la crème, de la même façon que Maggie séduit Coll avec ses petites mines et ses battements de cils.

— Cela vous ennuie-t-il ?

Pour mieux réfléchir, Serena s'allongea plus commodément sur le sol, posa la tête sur son bras replié.

— Maggie et Coll ? Pas du tout. Elle est amoureuse de lui depuis l'âge de cinq ans. Si Coll l'épouse, j'aurai une belle-sœur selon mes vœux, puisqu'elle est ma meilleure amie. Mais…

— Mais ?

Serena ferma les yeux pour mieux sentir la caresse du vent frais sur son visage, et pour mieux préciser sa pensée.

— Quand je les vois ensemble, je me pose des questions, avoua-t-elle. On dit que le printemps est la saison des amours. Cette année, le printemps risque d'être la saison des combats, et personne n'y pourra rien.

Sans qu'elle y prenne garde, Brigham avait commencé à jouer avec les pointes de ses boucles dénouées.

— Si vous le pouviez, lui demanda-t-il, éviteriez-vous la guerre ?

Serena soupira et rouvrit les yeux pour contempler quelques nuages blancs, très haut dans le ciel.

— Vous savez, Brigham, je me sens partagée. Du fond du cœur, depuis toujours, je voudrais pouvoir tenir une épée, et combattre avec mon clan. Mais j'ai beaucoup changé, ces dernières semaines. Si seulement la guerre n'existait pas, si la vie pouvait continuer comme avant, si nous pouvions regarder en paix les arbres et les fleurs…

Saisi par l'émotion, il lui prit la main.

— Les fleurs renaissent chaque année, Serena. Il y aura d'autres printemps.

Elle se tourna vers lui, sérieuse et confiante. Seule avec Brigham sur les bords du lac, elle retrouvait la paix. Sur cette rive, elle aimait depuis toujours venir apaiser les troubles de son cœur affligé, ou jouir d'un bonheur nouveau.

Comme tout semblait naturel et simple aujourd'hui ! Les oiseaux pépiaient doucement, l'air frais embaumait de senteurs aquatiques, le soleil dardait ses rayons tièdes.

D'un geste spontané, Serena caressa la main de Brigham. Le temps semblait s'être arrêté. Ils étaient seuls au monde.

Soudain, cependant, elle vit les traits de Brigham s'altérer, son visage se tendre sous l'effet du désir.

— Non, par pitié ! s'écria-t-elle en se redressant vivement.

Mais au lieu de la mettre hors de portée des atteintes de Brigham, ce mouvement ne fit que l'en rapprocher. Se soulevant un peu, il lui caressa la joue.

— Nous pourrions nous quitter tout de suite, Rena. Cela ne briserait pas le lien qui nous unit.

— Aucun lien ne nous unit.

— Entêtée, dit-il en lui mordillant la lèvre inférieure. Entêtée, et si belle !

— Je ne mérite aucun de ces compliments. Laissez-moi.

Serena leva la main pour repousser Brigham. En vain. Au lieu de lui obéir, il lui caressa de la bouche, la joue, le cou, et puis l'oreille, dont il parcourut les contours de la langue.

— Je sais ce que je dis, chuchota-t-il.

— S'il vous plaît, Brigham, non !

— Depuis des jours je n'attends que cet instant, Rena, rien que pour cette caresse.

Sa langue s'attardait autour de cette oreille, qu'elle finit par explorer. Ce plaisir encore inconnu d'elle fit frissonner Serena. Des vagues de chaleur s'irradièrent dans tout son corps.

— Je veux que vous soyez mienne, Serena, je vous désire tant !

— Je n'ai pas le droit. Et vous non plus.

— Mais ce bonheur, nous le voulons tous deux, Serena, et nous en jouirons ensemble.

Tendrement, il lui prit les lèvres. Satisfaite et comblée,

Serena connut alors un moment de félicité. Oui, ils seraient heureux...

— Non ! s'écria-t-elle dans un sursaut. Non, vous n'avez pas le droit de me parler ainsi, pas le droit... Vous m'empêchez de réfléchir.

— Ce n'est pas le moment de réfléchir, dit-il en lui saisissant l'épaule pour la contraindre à lui faire face. Laissez-vous aller, Serena, soyez vous-même !

Saisie de vertige, pleine de désirs et de remords, elle lui obéit. Sans même attendre son initiative, elle lui embrassa la bouche, les joues, les yeux. Consciente de sa faute, de sa folie, elle n'attendait que des caresses, que des baisers qui la conduiraient à l'extase. Le désir partagé la torturait. Lui seul existait de toute éternité. Pour lui, elle se sentait prête à tous les abandons.

Sous sa main, Brigham sentait les battements précipités du cœur de Serena — un cœur qui, il le savait, ne battait que pour lui. Frémissant, presque hors de lui, il lui baisa la gorge, le cou, pour revenir à ses lèvres haletantes.

— Je vous désire, Serena, murmura-t-il d'une voix fiévreuse. Comprenez-vous ce que cela signifie ?

— Oui, répondit-elle en levant une main tremblante. Mais laissez-moi le temps de réfléchir.

Sans insister, Brigham relâcha son étreinte et s'efforça de recouvrer son souffle.

— Je veux surtout avoir le temps de vous expliquer mes sentiments et mes projets, Serena. Chaque fois que nous sommes seuls, je ne peux pas m'empêcher de vous embrasser, c'est de la folie ! Si nous continuons ainsi, jamais vous ne pourrez me comprendre !

Les projets de Brigham, Serena pensait ne les connaître que trop bien. Pour sa plus grande honte, et pour sa plus grande satisfaction, elle se sentait prête à s'y abandonner. Puisqu'il la désirait, elle deviendrait donc sa maîtresse.

En tant que telle, elle éprouverait le comble du bonheur, et le comble de la désespérance. Et si elle trouvait assez de force pour préserver son honneur et se refuser à lui, jamais elle ne connaîtrait le bonheur, et sa désespérance serait infinie…

— Inutile de m'expliquer, je comprends tout. Laissez-moi le temps de réfléchir. Il faut que je me fasse à l'idée…

Tout près, ils entendirent des bruits de sabots et des rires, et ils comprirent que leur solitude allait bientôt prendre fin.

— Serena, m'aimez-vous ? demanda Brigham en lui prenant la main.

La jeune fille aurait voulu le haïr en cet instant, pour avoir posé cette question inutile dont il ne connaissait que trop la réponse. Soudain épuisée, elle ferma les yeux.

— Ce problème n'est pas le seul, Brigham.

Il lui lâcha la main et fit un pas en arrière.

— Nous y revoilà ! s'exclama-t-il avec colère. Je suis anglais, et qu'importent mes sentiments, notre attirance mutuelle, vous n'en démordrez pas ! Vous ne voudrez jamais…

— Je le veux, mais je ne peux pas, Brigham, répliqua Serena, au bord des larmes. Je ne peux oublier qui vous êtes, ce que vous représentez, ni de quelle famille je suis issue. J'ai besoin de réfléchir, encore une fois.

— Très bien. Je patienterai, Serena.

Une voix gouailleuse, celle de Coll, vint mettre fin à ce dialogue.

— Quand on ne sait pas monter, on reste à la maison, sœurette ! Ton plaid est tout vert, et tu t'es mouillé les…

Le regard courroucé de Serena l'incita au silence.

8

Juchée sur la plus haute marche d'un escabeau, Maggie s'appliquait à redonner tout son éclat au grand miroir de la salle de réception. Sous la direction de Fiona, les domestiques mettaient la résidence des MacGregor sens dessus dessous pour le grand événement. Comme toutes les énergies étaient requises, la fille des MacDonald n'avait pas voulu se conduire en simple invitée, et elle s'appliquait donc avec les autres membres de la famille à rendre le château aussi accueillant que possible.

— Ce bal, j'en rêve à l'avance, Rena, confia-t-elle à son amie. Ce sera une grande réussite, avec la musique, les lumières…

— … et Coll, ajouta Serena, qui cirait les meubles pour la millième fois de sa vie.

Maggie lui adressa par-dessus son épaule un sourire complice.

— Surtout Coll. Tu ne sais pas la nouvelle ? Il m'a retenu la première danse !

— Vraiment ? Tu m'étonnes ! Il s'en passe des choses, à Glenroe !

— Il me l'a demandé si gentiment !

Maggie cessa de frotter la glace pour y contempler son visage tendre et juvénile. Elle avait abusé des promenades en forêt, et s'était exposée sans ombrelle au soleil de mars.

Pourvu que ses taches de rousseur ne réapparaissent pas ! Jadis, Coll s'en moquait cruellement...

Elle ressentit le besoin impérieux de se confier encore.

— Je lui aurais bien dit que je lui réservais, à lui seul, toutes les danses de la soirée, mais j'ai craint qu'il ne fasse une crise d'apoplexie, ou qu'il se mette à bégayer.

— Mon frère ne bégaie que depuis ton arrivée, il me semble.

— Oui, je l'ai appris de Mme Drummond, acquiesça Maggie, au comble du ravissement. C'est bon signe, tu ne crois pas ?

Tant bien que mal, Serena se résolut à garder pour elle les plaisanteries qui lui venaient à l'esprit : il ne fallait pas ternir le bonheur dont rayonnait son amie.

— Il est amoureux de toi, Maggie, et j'en suis heureuse pour lui.

Comme toutes les jeunes filles en pleine romance, Maggie voulait s'entendre répéter encore et encore son bonheur.

— Tu dis cela pour me rassurer ? demanda-t-elle en prenant un air anxieux.

— Pas du tout ! Je constate. Coll te suit partout en tirant la langue comme un basset, ses paupières tombent, et il se lave presque tous les jours. Ce sont des indices qui ne trompent pas !

D'émotion, Maggie aurait volontiers versé des larmes. Mais les pleurs de joie eux-mêmes abîment les yeux, et la charmante enfant était bien décidée à n'offrir à Coll que l'image d'une beauté sans défaut. Elle se priva donc de ce plaisir, et garda les yeux presque secs.

— Tu te souviens, Serena, quand nous étions petites, nous voulions devenir des sœurs...

— Oui. Je devais épouser un MacDonald et tu devais te marier avec Coll. Il t'a déjà parlé de mariage, je suppose ?

Son chiffon à la main, Serena vit les sourcils de Maggie

se froncer. Le sillon qui les séparait, caractéristique des membres de son clan, en rappelait l'opiniâtreté.

— Pas encore, mais cela ne tardera pas. Quand j'ai une idée en tête... Et puis, je l'aime tellement !

— Comment le sais-tu ? Nous n'étions que des petites filles quand nous faisions des projets de mariage. Tu adorais mon frère, alors. Cependant, tu as bien changé, depuis, et lui aussi. Ce n'est plus un gamin, mais un homme. Il n'a presque rien à voir avec l'enfant qu'il était.

— Quand il était jeune, je le voyais comme un prince charmant.

En se souvenant du petit garçon efflanqué et querelleur qu'avait été son frère, Serena ne put retenir son hilarité.

— Il était si grand, tellement fort ! poursuivit Maggie. Je le voyais en rêve se battre pour moi, m'enlever de force sur son fier destrier, et m'emmener au loin, si loin !

La volubile Maggie descendit un échelon de son escabeau, riant d'elle-même à ce souvenir.

— Je le connais mieux, maintenant, je sais qu'il s'est métamorphosé — et pourtant, je l'aime toujours autant. C'est un homme qui sait ce qu'il veut, en qui on peut placer sa confiance. Bien sûr, il a hérité de l'emportement de mon oncle, mais cela le rend encore plus attachant. Coll n'est plus un prince charmant de conte de fées : il est devenu bien plus séduisant, et je l'aime mille fois plus que jadis.

Serena, moins prodigue de confidences, songea en elle-même que Brigham répondait tout à fait à l'image idéalisée du prince charmant de leur enfance, prêt à tirer l'épée et à enlever sans vergogne la femme qu'il avait choisie.

— Maggie, est-ce que Coll t'a déjà embrassée ?

La jeune fille eut une moue charmante, pleine de regrets.

— Non, avoua-t-elle. Une fois, j'ai cru qu'il allait me prendre dans ses bras, mais Malcolm est venu nous déranger. Tu crois que les baisers sont interdits avant le mariage ?

— Certainement pas ! s'exclama Serena.

Elle avait prononcé cette réponse avec une véhémence telle qu'elle en sursauta elle-même. Toutefois, perdue dans ses rêves, son amie ne remarqua rien.

— Quand la maladie a emporté maman, reprit Maggie, j'ai eu bien du chagrin, mais c'est surtout maintenant que je regrette de ne plus avoir de mère. Elle aurait pu me conseiller, m'expliquer les mystères de l'amour, me dire si la présence de papa la rendait folle quand ils étaient fiancés… Tu es sûre qu'il m'aime, Serena ?

— Ce qui est certain, c'est que depuis ton arrivée il est devenu parfaitement idiot. Bafouillage, roulements d'yeux, hébétude… je te l'ai dit : ce sont des symptômes qui ne trompent pas !

— Vraiment ? s'écria Maggie en battant des mains. Ainsi, d'après toi, c'est bon signe… Il n'empêche que je ne le trouve pas assez entreprenant. Il devrait profiter de son avantage !

— Maggie ! Quelle honte ! s'exclama en riant Serena. Voudrais-tu qu'il te prenne plus qu'un baiser ?

La jeune fille rougit violemment.

— Je ne sais pas. Ce qui est sûr, c'est que s'il reste aussi timide, je vais prendre l'initiative !

Etonnée de cette audace, Serena adressa à son amie un regard admiratif.

— Tu vas t'y prendre comment ?

— A la première occasion, je vais…

Maggie se tut. Dans le corridor, on entendait des pas décidés. C'était Coll, songea-t-elle, sentant du même coup les battements de son cœur s'accélérer. Impulsivement, elle laissa glisser son pied sur une marche du tabouret, et poussa un cri de détresse en prenant contact avec le parquet ciré.

Serena se précipita à son secours, mais elle fut devancée

par Coll, qui venait d'entrer. Il prit Maggie par la taille, tout ému de la sentir si légère entre ses bras.

— Avez-vous mal ?

— Comme je suis maladroite ! J'ai manqué une marche ! dit Maggie en contrefaisant la voix d'une petite fille fragile.

Son visage délicat tout près de la joue rugueuse de Coll, elle exultait.

— Quelle stupidité, Serena ! bafouilla son chevalier servant, tremblant de colère. Tu aurais dû l'empêcher ! Vous n'êtes pas faite pour grimper sur un escabeau, Maggie !

Comme s'il craignait de lui faire mal en la tenant serrée dans ses mains de lutteur, Coll s'empressa de remettre délicatement Maggie sur ses jambes. La jeune rouée poussa un cri de détresse au moment où son petit pied touchait le sol, ce qui lui valut de se sentir de nouveau — et avec quelles délices ! — soulevée dans les bras de Coll.

— Vous souffrez ? Je vais chercher Gwen !

— Ce n'est pas nécessaire… Si je pouvais m'asseoir…

Maggie battait des cils et jouait de la prunelle comme une héroïne de comédie. Sans prendre garde à ce jeu, ou subjugué par lui, Coll la porta jusqu'à un fauteuil, sous l'œil amusé de Serena. Comme son frère faisait l'important !

— Je vais vous chercher un verre d'eau, proposa-t-il.

Et avant que Maggie ait pu faire un geste pour le retenir, Coll s'était précipité hors de la pièce.

— Tu as vraiment mal, Maggie ? demanda Serena en s'agenouillant près de son amie. Quel dommage, si tu ne peux danser demain !

— Demain, je danserai toutes les danses. Avec Coll.

— Mais… ta cheville ?

— Ma cheville se porte comme un charme. Regarde !

Jaillissant de son siège, le rire aux lèvres, elle esquissa une gigue endiablée.

— Margaret MacDonald, vous êtes une fieffée menteuse ! s'écria Serena.

— Pas du tout, répondit la coupable en se rasseyant et en arrangeant autour d'elle les plis de sa robe. Je n'ai jamais dit que j'avais mal — c'est Coll qui s'est fait des idées. Et mes cheveux, Rena ? Arrange-les, je dois être affreuse !

— Ainsi, tu es tombée exprès…

— Oui, et ça a marché.

Devant le visage rayonnant de satisfaction de son amie, Serena secoua la tête, dépassée par les événements.

— Quelle tricherie ! Tu devrais avoir honte !

La jeune fille se toucha la joue, à l'endroit que la barbe de Coll avait tout à l'heure effleuré.

— Je n'ai pas triché, ou si peu… Et pourquoi avoir honte ? Les hommes aiment bien se sentir forts. Tu sais, les femmes trop sûres d'elles-mêmes leur font peur. Après tout, où est le mal si ton frère me voit comme une petite chose innocente et délicate ?

Serena médita un instant la leçon que lui donnait son amie d'enfance. L'autre jour, quand Brigham avait tiré l'épée en la voyant couverte de sang, aurait-elle dû se faire passer pour une pauvre fille sans défense, et l'émouvoir davantage ? Non, son caractère s'y opposait. A l'évidence, il lui fallait laisser à d'autres ce genre d'artifices.

— Lorsqu'un homme se montre trop réservé, ajouta Maggie, il faut le pousser dans ses derniers retranchements. Attention, il revient ! Si tu pouvais nous laisser un moment seuls…

— Bien sûr… Il me semble que ce pauvre Coll n'a aucune chance de se tirer d'affaire.

— Il est vaincu d'avance, murmura Maggie avec un sourire radieux.

Coll, empressé jusqu'au ridicule, entrait, un verre d'eau à la main.

— Voilà, dit-il en s'agenouillant devant l'élue de son cœur. Ne buvez pas trop vite.

Serena se leva et gagna la porte, sans qu'on songe à la retenir.

— Je vais chercher Gwen, lança-t-elle.

« Ou plutôt, je ne vais chercher personne », songea-t-elle en laissant seuls les deux amoureux.

Coll prit la main de Maggie, si douce et si frêle. Il se faisait l'effet d'un ours soignant une colombe.

— Souffrez-vous beaucoup, Maggie ?

Elle le regarda à travers ses longs cils, étonnée de se trouver aussi timide que lui.

— Ce n'est rien, Coll. Inutile de vous mettre dans tous vos états.

Il leva sur elle un regard énamouré. Maggie lui rappelait une madone qu'il avait naguère admirée à Florence. En cet instant, il aurait voulu lui caresser le dos de la main mais, absurdement, il craignait de lui faire mal.

— Quelle chance que j'aie été là pour vous relever ! Vous m'avez fait peur, Maggie.

— Moi aussi j'ai eu peur, dit-elle en posant sa main dans celle, puissante, de sa victime. Vous souvenez-vous du jour, il y a longtemps, où je suis tombée de cheval dans la forêt ? Ma robe était déchirée de haut en bas.

— J'ai eu le tort d'en rire, excusez-moi. Vous avez dû me haïr !

— Non, j'en étais déjà incapable. A vrai dire, vous deviez me prendre pour une horrible petite peste ?

— Pas... pas du tout ! protesta Coll en bégayant. Vous êtes la plus... plus jolie fille d'Ecosse, et je... je...

Coll avait la bouche sèche comme de l'amadou. Il lui sembla que son cou se dilatait, que son col l'étranglait. Il haletait.

— Vous vous sentez mal ? lui demanda Maggie avec inquiétude.

— Non, je... Il vaut mieux que j'aille chercher Gwen.

— Inutile ! s'écria Maggie, au bord de l'exaspération. Coll… vous n'avez rien à me dire ? Etes-vous aveugle ?

Quand ses yeux incertains plongèrent dans le bleu profond des yeux de Maggie, Coll, pris de vertige, crut d'abord qu'il se noyait. Mais il comprit enfin le message qu'elle lui destinait. Alors, passant de l'épouvante à l'exultation, il poussa un cri de fauve, avant de saisir la jeune femme dans ses bras et de la faire tourner en l'air.

— Alors, on va se marier, Maggie ?

— Je vous attends depuis toujours, Coll.

Ils échangèrent un chaste baiser, qui les fit rougir tous les deux.

C'est le moment que choisit Fiona pour faire une entrée dramatique.

— Coll ! s'exclama-t-elle. Quelle honte ! Margaret ! Monte dans ta chambre ! Tout de suite !

Soudain très sûr de lui, Coll osa, pour la première fois de sa vie, rire des admonestations maternelles en faisant sauter dans ses bras sa victime consentante.

— On va se marier, maman !

Le regard encore sévère de Fiona allait de l'un à l'autre.

— Tu as fini par te décider ? Tant mieux, tout le monde s'impatientait. Néanmoins, il me semble que tu as encore beaucoup à apprendre, mon pauvre Coll. Un homme ne transporte une jeune fille dans ses bras qu'après la cérémonie nuptiale. Tu vas donc me faire le plaisir de déposer ta fiancée sur le parquet, et tout de suite.

— Mais, maman…

— Tout de suite !

Coll obéit, un peu vexé. Maggie, de son côté, ne savait quelle attitude adopter. Elle se rasséréna quand elle vit Fiona lui tendre les bras, un chaleureux sourire illuminant son beau visage.

— Bienvenue chez les MacGregor, Maggie. Vous n'avez pas choisi le moins fou. Que Dieu vous bénisse !

*
* *

Incroyable ! En finissant de traire sa vache préférée, Serena se répétait cette nouvelle incroyable : Coll allait se marier !

— Qu'en penses-tu, Ernestine ? demanda-t-elle au paisible ruminant.

Ernestine se contenta de tourner la tête pour examiner le seau presque plein. C'était le deuxième. Estimant qu'elle avait accompli sa tâche de la journée, elle porta un regard rêveur sur le foin tout frais qui l'attendait.

Naturellement, personne n'était censé savoir la grande nouvelle. Coll devait d'abord demander la main de Maggie à Donald MacDonald avec tout le cérémonial requis pour une affaire aussi grave. Mais Maggie était incapable de retenir sa langue, et son bavardage avait tenu Serena éveillée jusqu'à l'aube.

Comme la réponse paternelle ne faisait aucun doute, la nouvelle fiancée s'agitait comme une folle. D'autant qu'elle annoncerait ses fiançailles pendant le bal de ce soir.

« Cette pauvre fille perd la tête », songea Serena en tirant et pressant inutilement les pis de la vache, dont la mamelle était vide depuis un certain temps. Et Coll ! Il se pavanait comme un coq de basse-cour, tout gonflé de sa nouvelle importance. Quelle sottise !

Avec un soupir plein de commisération, la jeune fille rangea son trépied et souleva ses deux seaux. Tout naturellement, elle se réjouissait du bonheur des tourtereaux. En épousant Coll, Maggie réalisait un rêve d'enfance et, à n'en pas douter, elle ferait une excellente épouse, prompte à retenir les élans inconsidérés de son mari comme à pardonner ses petits caprices. Elle lui donnerait beaucoup de satisfactions et beaucoup d'enfants.

En ce qui la concernait, Serena avait des idées bien arrêtées. Incapable de se plier aux nécessités de la vie conjugale, elle ne se marierait jamais. Non pas que le fait d'accoucher lui fasse peur, ou qu'elle n'ait pas envie de mettre au monde des quantités d'enfants. C'était seulement que la condition passive des femmes mariées lui faisait horreur. Jouer les potiches, quelle calamité !

D'ailleurs, comment trouver l'âme-sœur, un compagnon qui l'aime et la respecte en même temps ? L'exemple de ses parents, qui formaient un couple parfait, avait eu paradoxalement un effet néfaste. Si Serena se refusait au mariage, c'est qu'elle se savait incapable d'accéder à la même perfection qu'eux.

De toutes les façons, puisqu'elle avait donné son cœur à ce lord anglais, le mariage lui était interdit. Comment appartenir à un homme, quand on en aime un autre ? C'était impensable ! Et comme jamais Brigham ni elle ne pourraient unir leurs existences, Serena, par amour, resterait célibataire.

Du coup, le bonheur affiché des deux tourtereaux risquait de la faire souffrir…

Mais qu'importe ! songea-t-elle. Ses deux seaux bien en main, elle descendit le sentier qui menait au château. Un soleil éclatant dispersait les nuages et faisait fondre les dernières neiges de l'hiver, rendant le chemin glissant. Serena ne s'en souciait guère. Autant pour éviter de renverser du lait que pour se complaire dans sa rêverie solitaire, elle marchait à pas lents.

Non, elle ne devait pas étaler ses frustrations, manifester une jalousie puérile. Elle aimait trop son amie et son frère pour ne pas se féliciter de leur bonheur… Quand même, quelle habileté, quelle rouerie chez l'innocente Maggie ! Un petit mensonge, une petite comédie, et ce balourd de Coll était tombé dans le piège.

Comme il la regardait, la rusée ! De toute évidence, il ne voyait en elle qu'une petite chose frêle et délicate, une beauté de porcelaine pure, si fragile qu'un souffle l'eût brisée, une femme-enfant, de celles que les hommes, dit-on, aiment à protéger. Ce genre d'attitude, aucun garçon ne l'avait eue à l'égard de Serena — et ce pour de multiples raisons. D'ailleurs, la soumission affectée par les coquettes répugnait à son caractère. Il n'empêche que se sentir protégée, faible et émouvante devait donner de bien grandes satisfactions.

Un bruit de bottes lui fit lever les yeux. Il s'agissait de Brigham, qui montait à grands pas vers l'écurie. Sans réfléchir, comme d'instinct, Serena infléchit son chemin pour le croiser de près. Serait-elle aussi bonne comédienne que Maggie ?

Poussant un petit cri aussi féminin que possible, elle tomba avec grâce sur le sol humide.

En un instant, Brigham fut près d'elle. Allait-il la porter dans ses bras ? se demanda aussitôt Serena. Pas vraiment... Au lieu de se pencher, en effet, il resta debout, l'air mécontent, les poings sur les hanches.

— Vous vous êtes fait mal.

Pas d'empressement dans son attitude, aucune commisération dans son intonation : il semblait l'accuser, plutôt. Sans se laisser décourager par cette réaction inattendue, Serena continua à assumer son rôle d'enfant fragile et fit battre ses longs cils, à l'exemple de Maggie.

— Je ne sais pas, Brigham. Je me suis peut-être foulé la cheville.

— Quelle sottise ! Pourquoi vous mêlez-vous de traire les vaches ? Montrez-moi cette cheville.

Brigham s'accroupit. Les mauvaises nouvelles qu'il venait de recevoir étaient assez décevantes, et cet incident ne faisait qu'aggraver sa mauvaise humeur. Aujourd'hui, tout semblait conspirer à son exaspération.

— Malcolm n'est pas là ? demanda-t-il. Et Molly, la sotte, elle dort encore dans un coin ? Et les autres ? C'est invraisemblable, tout de même !

— Je me réserve de traire ma vache — ce n'est pas le travail de mon frère. Molly prépare la réception de ce soir. Et puis, il n'y a rien d'infamant à traire une vache, *lord* Ashburn.

En mauvaise comédienne, Serena oubliait de jouer son rôle de petite fille sans défense. Ses yeux lançaient des éclairs, ses poings se crispaient sur les anses des seaux tandis qu'elle cherchait à toute force une réplique qui fît mal.

— Evidemment, ajouta-t-elle, les petites mijaurées de Londres ne font pas la différence entre le pis d'une vache et les... hum ! et un taureau !

— Cela n'a rien à voir. Ce sentier est glissant, et les seaux trop lourds. Il faut être stupide pour entreprendre un travail dont on est visiblement incapable.

— Incapable, moi ?

Blême de colère, Serena rejeta d'un geste rageur la main de Brigham et bondit sur ses pieds. Elle se sentait prête à mordre.

— Je suis plus capable que vous, *Sassenach*, plus forte que les Anglaises, et d'ailleurs je n'ai jamais de ma vie glissé sur aucun sentier !

Brigham, qui restait accroupi devant elle, secoua la tête avec une résignation désabusée.

— Tête de mule ! murmura-t-il, un demi-sourire aux lèvres.

Pour Serena, c'en était trop.

A la seconde suivante, un seau de lait, haut levé, se déversa d'un coup sur la chevelure et les épaules de Brigham, pour ruisseler au sol sans épargner aucun élément de son costume. Dans son hébétude, il avala une longue gorgée de lait tout frais.

Dans une sorte d'ivresse, Serena allait récidiver quand les mains de Brigham se refermèrent sur les siennes, de chaque côté du second seau. Il se releva, tout dégouttant de lait. La fureur qui brillait dans ses yeux menaçants se trouvait singulièrement altérée par le masque de lait gras qui couvrait sa peau, collait ses cils et blanchissait sa chevelure noire. On eût dit un clown, songea Serena, partagée entre la panique et le fou rire.

— Vous méritez une bonne correction, Serena.

— Essayez donc, *Sassenach* !

— Serena !

C'est la voix tonitruante de Ian MacGregor qui venait de retentir.

Aussitôt, le visage de Serena changea d'expression. Du défi goguenard, il passa sans transition à la surprise, puis à la peur. Elle baissa la tête, prête au pire.

— Deviens-tu folle, ma fille ?

Alors que Ian levait déjà la main, Brigham, chevaleresque, fit un mouvement pour s'interposer, tout en entreprenant de s'essuyer le visage avec un mouchoir.

— C'est mon mauvais caractère, papa...

— Un accident sans importance, précisa Brigham. Serena a glissé sur la terre humide.

Comme pour le contrarier, Serena releva les yeux, le visage buté.

— Ce n'est pas un accident, papa. J'ai fait exprès de verser tout le seau sur lord Ashburn.

— Je ne suis pas aveugle. J'ai tout vu, dit Ian d'une voix grondante.

A contre-jour, bien planté sur ses fortes jambes, le plaid relevé sur l'épaule, il était vraiment impressionnant.

— Je vous présente mes excuses, Brigham. La conduite de ma fille est inadmissible. Elle sera châtiée en conséquence. Va m'attendre à la maison, Serena !

— Oui, papa.

La tête basse, la jeune fille allait effectuer une humiliante retraite quand Brigham la retint par l'épaule.

— Un instant, Ian. Je crois que les torts sont partagés.

Votre fille a été victime d'une provocation délibérée de ma part, je l'avoue. Dites-le à votre père, Serena : je vous ai traitée de mule.

Les yeux de Serena étincelèrent un instant, mais elle les baissa aussitôt.

— Oui, murmura-t-elle.

— Voilà tout, Ian, reprit Brigham. Même si la sanction est un peu… disproportionnée, j'ai eu tort de l'insulter. Si vous voulez me faire plaisir, Ian, n'en parlons plus.

Le père de Serena resta un moment enfermé dans un courroux silencieux, puis fit un geste d'impatience.

— Va m'attendre, Serena, et vite !

Dans le bref regard que celle-ci lui jeta en ramassant ses seaux, le plein et le vide, Brigham put lire un mélange de gratitude et de colère rentrée.

Les deux hommes la regardèrent partir. Leur colère tombée, ils pensèrent tous deux, chacun de son côté, qu'ils riraient un jour de cette scène de farce.

— Ma fille mérite le fouet, grommela néanmoins Ian.

— C'est ce que j'ai pensé, sur le moment, approuva Brigham. Mais j'aurais dû me méfier de son caractère… impulsif. Nous ne cessons d'entrer en conflit, votre fille et moi.

— Je l'avais remarqué.

— Elle a une tête de mule, une langue de vipère et des réflexes de chat sauvage.

— C'est vrai, elle fera le malheur de mes vieux jours.

Ian se passa la main dans la barbe pour dissimuler un sourire, puis il ajouta :

— Je me demande comment je peux la supporter.

— Elle *est* insupportable ! murmura Brigham. Je me demande si le hasard, ou la providence, l'ont mise sur mon chemin pour me gâcher la vie, ou pour l'illuminer.

— Que comptez-vous faire ?

— Avec votre permission, je compte l'épouser, Ian.

Un peu tard, Brigham s'avisa qu'il avait pensé tout haut. Le père de Serena poussa quant à lui une sorte de sifflement pour exprimer sinon son étonnement, du moins son admiration.

— Quel courage ! Et... sans ma permission ?

— Je l'épouserai, de toute façon.

Brigham regardait son compagnon droit dans les yeux. Ian MacGregor se réjouit de cette réponse énergique — il n'en attendait pas d'autre —, sans pour autant laisser paraître quoi que ce soit de sa satisfaction.

— J'y penserai, commenta-t-il seulement. Quand partez-vous à Londres ?

Cette question rappela Brigham à sa mission, et à la lettre qu'il venait de brûler.

— A la fin de la semaine. Lord Murray me demande de venir l'aider à réchauffer le zèle des partisans anglais du prince.

— Votre demande recevra une réponse quand vous reviendrez. Je reconnais que vous êtes un beau parti pour ma fille, mais je ne ferai rien sans son consentement. Vous la connaissez un peu, je ne vous promets donc rien.

Le visage de Brigham se rembrunit.

— Parce que je suis anglais.

— Elle vous en a parlé ? Il y a des blessures qui se guérissent difficilement, vous savez. Enfin ! Nous verrons.

Pour réconforter Brigham, et lui témoigner sa sympathie, Ian assena une forte claque sur l'épaule trempée du jeune homme.

— Alors, vous l'avez traitée de mule ? C'est on ne peut plus vrai... mais quelle témérité !

— J'ai eu cette audace. Néanmoins, avec des réflexes plus rapides, j'aurais pu éviter la douche, répondit Brigham en tordant d'un air dégoûté sa cravate.

Le père de Serena éclata d'un rire retentissant.

— Eh bien ! Si après cela vous voulez encore épouser ma fille, il faudra faire des progrès, mon garçon !

Et derechef, il lui frappa l'épaule.

Dans la grande chambre de Serena, les trois jeunes filles, en chemise et simple jupon, mettaient la dernière main à leurs préparatifs pour le bal.

Le front buté, les dents serrées, condamnée à l'immobilité, Serena revivait la scène du lait — et sa conclusion, surtout. Quelle humiliation ! Elle aurait préféré mourir, voir mourir Brigham, n'être jamais née, ne pas avoir à se coiffer, à supporter le bavardage de Maggie…

Férue de mode française, l'héritière des MacDonald frisait au fer la chevelure flamboyante de Serena. Elle commentait de son charmant babil cette tâche longue et difficile, qui devait donner en principe à l'heureuse bénéficiaire tous les charmes de la Pompadour — la nouvelle favorite du roi Louis XV.

— Comme tes cheveux sont épais et solides ! Tu n'auras jamais à porter des papillotes toute la nuit pour être belle !

— A quoi bon ? remarqua Serena. Je ne vois pas pourquoi il faudrait se donner tant de peine rien que pour plaire à un homme !

Maggie sourit, de ce sourire particulier aux jeunes fiancées, sûres d'elles-mêmes et satisfaites de leur réussite.

— Si ce n'est pour un homme, rétorqua-t-elle, à quoi bon se faire belle ?

Gwen, les épaules nues, prenait des poses devant le grand miroir.

— Je n'ai jamais été aussi bien coiffée, Maggie. Dommage que maman m'ait interdit de me coiffer à la française ! Elle me trouve trop jeune.

— Elle a raison, approuva Serena. Tu es bien plus jolie avec cette coiffure toute simple. Quand on a de beaux cheveux blonds, ils se suffisent à eux-mêmes, comme les rayons du soleil.

Confuse de s'être laissée aller à ces préoccupations esthétiques, elle se renfrogna de nouveau.

Toujours devant la glace, Gwen esquissa quelques pas de valse. Sa première robe de bal l'attendait sur le dossier d'un fauteuil.

— Vous croyez qu'on va m'inviter ? demanda-t-elle d'une voix pleine d'impatience.

— Tu ne risques pas de faire tapisserie ! lui assura Maggie en approchant le fer de sa joue, pour en mesurer la chaleur.

— Peut-être vais-je rencontrer un danseur qui voudra m'embrasser…

— Dans ce cas, dit sombrement Serena, tu m'appelles, et je lui arrache la tête.

Avec un petit rire, Gwen tournoya sur elle-même pour faire virevolter son jupon.

— Tu parles comme maman. Bien sûr, je n'ai envie d'embrasser personne, ce n'est pas de mon âge, mais si un garçon essayait… cela me ferait plaisir.

— Espèce de dévergondée ! Continue à faire la coquette, et papa t'enferme à clé !

Tout occupée à maintenir la chevelure sophistiquée de Serena à l'aide de rubans verts brodés d'or, Maggie écoutait cet échange en souriant.

— Ne l'écoute pas, dit-elle en fille experte de ce genre de situation. Son premier bal fait délirer Gwen. D'ailleurs je me sens fiévreuse, moi aussi, comme à Glenfinnan, il y a deux ans, pour le mien.

Elle recula de quelques pas pour avoir une vue d'ensemble de son œuvre.

— Voilà, j'ai fini. Tu es ravissante, Serena. Ou plutôt, tu serais ravissante si tu consentais à sourire.

Pour seule réponse, Serena écarta les lèvres pour

découvrir ses dents en exorbitant ses yeux, comme une jument qui hennit.

— Refais cette grimace ce soir, et tous les hommes se sauvent en courant, lui assura Maggie.

— Tant mieux ! Moins il y en a autour de moi, mieux je me porte.

Gwen eut un sourire entendu.

— J'en connais un qui ne se sauvera pas en courant.

— Lequel ? demanda Maggie avec intérêt.

— C'est le beau Brigham !

— Je n'ai rien à voir avec lord Ashburn ! s'écria Serena. Elle se leva vivement, au risque de détruire l'édifice capillaire qui la surmontait, pour aller prendre sa robe sur le lit. Derrière son dos, Gwen et Maggie échangeaient des mimiques complices.

— Comme tu as raison, approuva hypocritement Maggie, qui lissait sur son corsage des faux plis imaginaires. C'est un beau garçon, à la rigueur, si on aime les yeux noirs et dominateurs, et la distinction. Mais quelle froideur ! Et quelle arrogance !

— Brigham n'est pas arrogant du tout, il est…

Serena s'aperçut, mais un peu tard, qu'on se moquait d'elle.

— C'est une brute ! poursuivit-elle courageusement. Un malappris insupportable. Un Anglais.

Le visage impassible, tout plein d'innocence, Gwen entreprit d'agrafer la robe de Maggie.

— L'autre jour, il embrassait Serena dans la cuisine, susurra-t-elle.

— Quoi ?

Pétrifiée de stupéfaction, Maggie ouvrit des yeux ronds.

— Gwen ! cria Serena.

Sa jeune sœur haussa ses épaules nues, perdue dans une sorte de rêverie.

— A Maggie, on peut tout avouer, Serena, elle est

comme notre sœur. Oui, Brigham embrassait Serena, dans la cuisine, près du baquet de linge. Quel spectacle romanesque ! On aurait dit que rien ne pourrait les séparer, qu'ils étaient seuls au monde.

— Tais-toi !

Les joues brûlantes, Serena s'introduisit dans les arceaux des paniers en fulminant.

— Ce n'était pas romanesque, c'était exaspérant et...

Alors que Serena s'apprêtait à dire « désagréable », elle refusa de proférer un aussi gros mensonge.

— Qu'il aille au diable ! conclut-elle abruptement.

— Puisque tu étais si fort en colère, tu aurais dû m'en parler, observa Maggie.

— Pourquoi ? Cet incident n'a aucune importance. Il m'est sorti de la tête, voilà tout.

Gwen aurait volontiers poursuivi la discussion, mais elle se tut, sur un geste impératif de Maggie.

— Alors, n'en parlons plus, observa cette dernière. Ce soir, je te présenterai notre cousin Jamie. Je suis sûre qu'il te plaira.

Serena émit une sorte de grognement, qui ne pouvait passer pour une manifestation d'enthousiasme.

Si Parkins n'avait fait aucun commentaire en accueillant son maître, sa réprobation muette était vraiment accablante. En sortant des mains expertes de son valet, Brigham avait retrouvé toute son élégance, mais il se sentait à la fois humilié et épuisé. Sa mauvaise humeur se trouvait en outre aggravée par des préoccupations d'un tout autre ordre : l'Ecosse et l'Angleterre bruissaient de rumeurs de guerre, on l'appelait à Londres et, pendant ce temps, il s'apprêtait à faire danser des jeunes filles sous le regard bienveillant de leurs matrones de mères.

Toutes ses pensées allaient aux partisans des Stuarts,

plus timorés qu'il ne l'aurait cru, et aux dangers de sa mission. Combien de temps devrait-il s'absenter de Glenroe ? Emporterait-il l'adhésion des militants les plus tièdes, à Londres ? S'il était dénoncé, qu'adviendrait-il de ses biens et de ses terres ?

Ce soir, des douzaines de chefs de clan allaient redire leur fidélité au prince Charles. Brigham témoignerait de leur résolution, de cette résolution qui raviverait peut-être l'ardeur des Jacobites d'Angleterre. Décidément, la guerre supposait autant de diplomatie que de combats — que Brigham préférait d'ailleurs aux bavardages, à l'exemple de son ami Coll.

Il descendit le grand escalier, dans la tenue d'apparat que Parkins avait prévue. Des dentelles blanches, immaculées et mousseuses, ornaient son col et ses manchettes. L'émeraude qui fixait sa cravate rappelait celle qu'il portait au doigt tandis que sur son gilet noir, galonné d'argent, une jaquette blanche à boutons d'argent tombait impeccablement de ses épaules.

Aux yeux d'un spectateur non averti, Brigham passait aisément pour un jeune épicurien, pour un aristocrate sans souci. Personne ne pouvait soupçonner qu'il portait en lui le poids de bien lourdes responsabilités.

Lorsqu'il pénétra dans la grande salle, Fiona, qui l'attendait, plongea dans une profonde révérence. Depuis que son mari lui avait fait part des intentions du jeune lord, la mère de Serena nourrissait bien des espoirs — et se faisait en même temps bien du souci. Serena était si rancunière, non sans raison, à l'égard des Anglais, et si imprévisible !

— Lady MacGregor, quelle élégance ! la complimenta Brigham.

Fiona sourit, contente du compliment. Ce qui lui plut davantage encore, ce fut le regard que le jeune homme jetait sur l'assemblée pour y chercher quelqu'un. Indéniablement, il était amoureux.

— Ne vous moquez pas, milord. J'espère que cette soirée vous plaira.

— Elle sera parfaite si vous m'accordez une danse, madame.

— Je ne sais si je dois accepter. Il y a tant de jeunes femmes qui n'attendent que le plaisir de danser avec vous… Coll vous a fait une réputation flatteuse ! Si vous le permettez, je vais faire les présentations.

Prenant le bras de Brigham, Fiona l'entraîna dans la salle. Une foule d'invités s'y pressaient, revêtus de leurs plus beaux atours. Des centaines de bougies jetaient des lumières chaudes sur les soies et les satins, les perles et les bijoux des femmes. Les hommes portaient tous des kilts de cérémonie et des plaids aux couleurs de leurs clans, sur des pourpoints de cuir fin. Avec leurs chaussures à grosses boucles, assorties à leurs boutons et à leurs agrafes d'argent, ils incarnaient une tradition ancestrale.

Les femmes, beaucoup plus modernes, suivaient de toute évidence la mode de Paris. Sur les vastes robes, la dentelle et le brocart se superposaient, de même que sur les manches longues des corsages.

Fiona présenta Brigham à chaque invité, et à toutes les dames. Il saluait avec élégance, sans manifester son impatience — alors qu'il ne cessait de se demander où était Serena. Elle lui devait la première danse, pour le moins.

Une fois la cérémonie des présentations terminée, Coll vint le rejoindre. Il rayonnait.

— Tu m'as l'air fort content de toi, commenta Brigham. Faut-il en déduire que lord MacDonald a bien voulu t'accepter pour gendre ?

— Nous serons mariés début mai, répondit Coll, tout rouge d'émotion.

— Mes félicitations, dans ce cas. Si je comprends bien,

je vais devoir trouver un autre compagnon de beuverie... tu te ranges !

Coll avait l'air un peu embarrassé.

— Justement, je pensais t'accompagner à Londres. Mais...

— Ta place est ici, Coll, affirma Brigham. Je reviens dans quelques semaines.

— Avec de bonnes nouvelles, j'espère. Mais oublions un moment nos soucis. Ce soir, c'est la fête ! Je vais rejoindre Maggie. Si tu cherches une danseuse digne de tes talents, je te conseille Serena : mauvaise tête, mais pied léger !

Brigham eut un choc en apercevant la sœur de Coll.

Ses cheveux roux relevés au-dessus de sa tête et bouclés en tresses dégageaient entièrement sa nuque gracile. Le décolleté carré de sa robe de soie verte brodée d'or laissait apparaître la naissance d'une poitrine au galbe ferme et plein, et les perles de son collier confondaient leur éclat avec celui de sa peau d'une blancheur d'albâtre. Les volants de sa robe cascadaient, mettant en valeur la minceur extrême de sa taille.

D'autres femmes étaient vêtues plus richement, elles portaient des diamants étincelants dans leur coiffure poudrée. Pourtant, Brigham ne voyait que Serena — qui ne l'avait pas encore aperçu. Les jambes coupées, il resta un moment paralysé, béat d'admiration. Ainsi, la cavalière en pantalon, l'insolente porteuse de lait, s'était métamorphosée en cette éblouissante jeune fille du monde.

Les violons préludèrent. Aussitôt, bien des regards se portèrent vers Brigham, qui ne les vit pas. Recouvrant enfin l'usage de ses jambes, il traversa la salle pour aller s'incliner devant Serena.

— Mademoiselle MacGregor, me ferez-vous l'honneur de danser avec moi ce menuet ?

Serena avait prévu cette invitation. Avec une joie

mauvaise, elle tenait sa réponse toute prête : ce serait un refus...

Rien ne se passa comme elle l'avait prévu. Sans un mot, elle tendit la main à son cavalier tandis que, dans un grand froissement d'étoffes, les couples se mettaient en ligne, face à face. Quand Brigham lui lâcha la main pour prendre place du côté des hommes, Serena s'aperçut avec terreur qu'elle avait oublié jusqu'aux premiers pas de la danse. Il lui sourit en s'inclinant comme tous les autres, elle fit une révérence en même temps que toutes les femmes, les violons sonnèrent alertement, et l'enchantement commença.

Les yeux dans les yeux, comme seuls au monde, Serena et Brigham évoquaient chacun pour sa part la scène charmante du bord du lac, au cours de laquelle Serena avait dansé seule le menuet, dans les bras d'un cavalier imaginaire, aux accents d'une musique tout intérieure. Aujourd'hui, le monde réel s'identifiait à celui du rêve. Entre ces deux univers, les deux jeunes gens se sentaient comme suspendus, en état de grâce.

Mais aussi, quelle sensualité exquise dans ce moment privilégié ! Il suffisait que leurs doigts s'effleurent pour qu'ils éprouvent l'émotion violente d'une étreinte. Ils se séparaient tous deux en mesure, posément, et leurs cœurs battaient la chamade. Quand les musiciens en vinrent à la conclusion, au moment de la révérence finale, leurs lèvres palpitaient, toutes chaudes, comme s'ils venaient de s'embrasser.

Au lieu d'offrir son bras à Serena pour la reconduire à sa place, Brigham lui baisa la main, et la garda dans la sienne.

— Merci, Serena. Ce menuet, je rêvais de le danser avec vous depuis le jour où je vous ai vue seule, au bord du lac. Mais à la réflexion, je me demande si vous n'étiez pas plus séduisante encore en culotte de cheval que dans cette robe somptueuse.

— C'est… c'est une robe de maman… Une robe que maman m'a donnée.

Serena s'en voulait de balbutier dans un moment de si grand bonheur.

— Je vous dois des excuses, pour ce matin, reprit-elle d'une voix plus assurée.

Sans tenir compte de certains regards étonnés, Brigham lui baisa de nouveau la main.

— Pourquoi vous excuser ? Inutile de perdre votre temps en politesses avec moi, Rena.

— Je vous dois bien cela, insista-t-elle en lui jetant une œillade pleine d'humour. Vous m'avez évité les gifles et le fouet que me promettait mon père. En fait, il menace souvent, mais il ne punit jamais. Il a sans doute tort… S'il m'avait donné quelques corrections dans le passé, je ne serais sans doute pas aussi indocile.

— Indocile ? Ce soir, cela ne se voit pas. Ce soir, vous êtes la plus belle femme que j'aie vue, et cela me suffit.

Soudain intimidée, Serena baissa les yeux.

— Ne me faites pas de compliments, Brigham, cela me gêne. Je ne sais comment les accepter.

— Vous savez, Rena…

— Mademoiselle MacGregor, me ferez-vous le plaisir de m'accorder la prochaine danse ?

Tous deux jetèrent un regard hostile au jeune homme en kilt qui avait l'audace d'interrompre leur dialogue.

En fait, Serena aurait aimé casser la jambe de ce godelureau. Mais elle se rappela les usages et accepta son bras, tout en se demandant quand elle pourrait danser de nouveau avec Brigham.

A partir de ce moment, elle fut emportée comme dans un tourbillon. L'orchestre enchaînait sans discontinuer danses écossaises et menuets. Ses cavaliers, jeunes ou vieux, dynamiques ou empesés, ne lui laissaient aucune trêve, et c'est à peine si Brigham parvint à obtenir d'elle une seconde danse. Le reste du temps, elle le vit, non sans sourciller, inviter la plupart des jolies filles de la soirée.

Tout en conduisant avec conscience ses cavalières successives, Brigham ne pouvait s'empêcher de surveiller Serena. Fallait-il vraiment qu'elle arbore pour le plaisir de chacun ce sourire enjôleur ? Non, sans doute. Et les jeunes gens la regardaient d'un air... Brigham aurait voulu les passer tous au fil de l'épée.

Et sa mère ! Quelle idée avait-elle eue de vêtir sa fille d'une robe aussi provocante ? Que faisait Ian ? Ne voyait-il donc pas que Serena exposait les trésors de son décolleté à la concupiscence de ces jeunes drôles qui montraient impudemment leurs genoux ?

Hors de lui, Brigham grommela tout haut, au grand dam de sa cavalière.

— Que voulez-vous dire, Brig ?

Avec effort, celui-ci porta son attention sur la jeune femme — qui n'était autre que Gwen.

— Rien, Gwen, rien du tout.

— Vous avez un regard bien méchant. Tout à l'heure, quand vous êtes venu m'inviter, tous mes soupirants en ont eu peur !

— Vous vous amusez bien ? demanda Brigham, éludant cette remarque.

— Beaucoup. Vous êtes un excellent danseur, Brigham. Un habitué des bals et des réceptions, je suppose ?

— A Londres, pendant la Saison, c'est une corvée quotidienne.

— J'aimerais bien aller à Londres, et à Paris.

Comme elle était jeune et innocente, cette jeune fille qui avait si dévotement et si efficacement sauvé la vie de son frère ! Sans lui dire à quoi il pensait, Brigham lui baisa les doigts, au grand émerveillement de Gwen.

— Si vous veniez à la cour, vous seriez la reine de tous les bals ! assura-t-il.

— Vous croyez ? s'exclama-t-elle avec une charmante simplicité.

— J'en suis sûr et certain.

Ils enchaînèrent ensemble la danse suivante. Quand elle prit fin, Brigham s'installa avec Gwen sur un canapé et lui raconta mille anecdotes sur la vie mondaine et les bals. Emerveillée par ces récits, la jeune fille fit provision de rêves pour le restant de ses jours.

Pendant ce temps, alors qu'il gardait une voix enjouée, Brigham endurait les affres de la jalousie.

Serena avait en effet dansé plusieurs fois avec le même jeune homme. Cet individu, non content de se trouver affublé d'un visage antipathique, tenait la main de sa cavalière avec une ostentation provocante.

— A qui Serena parle-t-elle ? demanda Brigham.

Gwen suivit son regard.

— Lui ? Oh, ce n'est que Rob, un de ses prétendants.

— Un de ses prétendants ? répéta-t-il d'une voix sourde. Elle a des prétendants ?

Sans laisser à Gwen le temps d'entrer dans les détails, Brigham traversa la salle.

— Mademoiselle MacGregor, puis-je vous parler ?

Serena ne chercha pas à dissimuler son étonnement — et un début d'exaspération.

— Lord Ashburn, permettez-moi de vous présenter mon cousin, Rob MacGregor.

— Enchanté, dit Brigham d'un ton sec, avant de prendre Serena par le bras pour l'enlever et la conduire dans un coin écarté.

— Vous perdez la tête ! s'exclama la jeune fille. Tout le monde nous regarde !

— Les gens, je m'en moque. Vous laissez bien ce freluquet vous tenir la main, il me semble ?

Bien que dans son esprit le malheureux jeune homme

fût moins encore qu'un freluquet, Serena ne pouvait laisser attaquer l'honneur de la famille.

— Rob MacGregor est un garçon très bien, comme tous ceux de mon clan.

— Au diable, les clans ! dit Brigham.

Heureusement, il prit assez d'empire sur lui-même pour ne pas élever la voix, sur un tel sujet et dans une telle compagnie.

— Pourquoi vous tient-il la main ? demanda-t-il.

— Parce que ça lui plaît, je suppose.

— Donnez-la-moi.

— Non.

— J'ai dit : donnez-la-moi. Il n'a pas le droit, vous savez ?

— Non. Tout ce que je sais, c'est que j'ai le droit de laisser tenir ma main à qui je veux !

Les yeux de Brigham se firent menaçants.

— Si vous voulez épargner la vie de ce garçon de bonne famille, ne dansez plus avec lui.

— Vraiment ? Laissez-moi tranquille.

— Vous allez danser avec lui ?

Serena se demanda si Brigham avait l'excuse de l'ivresse, mais ce n'était pas le cas. Ses yeux brillaient seulement de colère, et d'une jalousie fort agréable.

— Oui, si j'en ai envie.

— Si vous me narguez, vous pouvez craindre le pire. La prochaine danse est pour moi.

Quelques instants plus tôt, Serena brûlait du désir de danser avec Brigham. Pourtant, sous l'effet de la menace, elle se révoltait.

— Je ne veux pas danser avec vous.

— Entre vouloir et pouvoir, il y a bien loin, ma chère.

Elle le regarda dans les yeux. En elle, la colère le disputait à l'admiration.

— Lord Ashburn, seul mon père a tout pouvoir sur moi.

— C'est un pouvoir temporaire, affirma Brigham, dont

la main se crispa sur celle de Serena. Quand je reviendrai de Londres...

Dans le cœur de la jeune fille, la colère fit place à la douleur.

— Vous partez à Londres ? s'exclama-t-elle. Pourquoi ? Et quand ?

— Dans deux jours. On m'y attend.

— Et vous n'avez pas cru bon de m'en avertir ?

— Je n'ai reçu ma lettre que ce matin, expliqua Brigham d'une voix soudain moins agressive, comme pour s'excuser. Vous allez regretter mon départ ?

— Non, bien sûr, répondit Serena, le regard lointain.

— Si, vous le regretterez, Serena.

De sa main libre, Brigham lui caressa furtivement la joue.

— Partez ou restez, ça m'est bien égal.

— C'est le service du prince qui m'appelle à Londres.

— Eh bien, bon voyage !

— Rena, je serai bientôt de retour.

— Vraiment, milord ? Permettez-moi d'en douter.

Avant que Brigham ait pu esquisser un geste, Serena se fondit dans la foule des danseurs.

9

Serena chevauchait dans la forêt, l'esprit en ébullition. Des moments de détresse, elle en avait connu de pires. Mais jamais elle ne s'était trouvée contrainte de retenir ses larmes, de dissimuler sa douleur. Et si elle avait connu d'autres colères, elle avait chaque fois pu les exprimer.

Or la détresse et la colère qu'elle éprouvait aujourd'hui, Serena devait les contenir, parce qu'elle s'en sentait responsable. Comment avait-elle pu imaginer qu'entre Brigham et elle une relation solide, heureuse, pleine d'avenir, pourrait s'instaurer ? Quelle erreur !

Il rentrait à Londres, chez lui, où sa richesse, sa prestance et son titre lui donnaient tous les pouvoirs. Les bals, les réceptions, les faveurs des femmes, tout cela l'y attendait. Pour lui, ce séjour en Ecosse n'aurait été qu'un intermède.

Partisan de Charles-Edouard Stuart, il l'était sans doute. Il cherchait à lui rendre l'Ecosse et l'Angleterre. Mais il allait se battre en Angleterre, pour le trône d'Angleterre... Et pourquoi pas ? Le comte d'Ashburn se devait à sa nation — sans que le souvenir d'une petite paysanne écossaise ne vienne le détourner de ses vastes desseins.

Puisqu'il allait l'oublier, Serena se promettait de le rayer elle aussi de sa mémoire.

Le matin même, Brigham avait rencontré les chefs de clan pour une dernière concertation. Bien sûr, les femmes se trouvaient exclues de ces palabres, incapables qu'elles étaient de réfléchir, de décider, d'envisager des stratégies. Toutes, néanmoins, se tenaient au courant. Ainsi savaient-elles qu'en France, d'Argenson, le ministre de la Guerre, soutenait la cause des Stuarts, pour affaiblir le roi George, l'Usurpateur.

L'hiver précédent, Louis XV avait d'ailleurs voulu envahir l'Angleterre et rendre son trône au gentil prince. En dispersant la flotte française, une tempête était cependant venue mettre un terme à cette expédition. De toute façon, les choses étaient claires : la France ne soutenait le prince que par intérêt, et le prince ne pouvait espérer réussir son retour au pouvoir qu'avec l'aide des Français. Pour l'instant, Louis XV se contentait d'atermoyer.

Serena, tout en s'enivrant de vitesse, ressassait ces données essentielles pour l'avenir de l'Ecosse. N'en déplaise à certains, les femmes aussi pouvaient avoir une conscience politique !

Brigham allait donc réveiller l'enthousiasme des partisans des Stuarts à Londres, les pousser à soutenir les clans écossais. La révolte semblait imminente. Et le prince Charles ne se contenterait pas, comme son père l'avait fait et le faisait encore, de parader dans toutes les cours d'Europe.

Le moment venu, Brigham prendrait part aux combats. Mais reviendrait-il en Ecosse ? Reviendrait-il près d'elle ? Non, bien sûr... Un aristocrate n'abandonne pas son pays, ses traditions, pour une pauvre fille abandonnée à sa douleur. Il la désirait, sans doute. Néanmoins, le désir passe, et les ardeurs s'apaisent.

Si les caprices de ce gentilhomme anglais n'avaient pas d'importance, il laissait dans le cœur de Serena une blessure qui ne se refermerait jamais. Elle l'aimait de tout son être, toute sa passion se concentrait sur ce séducteur. Et alors qu'il serait le seul homme de sa vie, que, sans même la posséder, il l'avait faite sienne, pour toujours, voilà qu'il partait.

Fût-il resté près d'elle, à Glenroe, le désespoir de Serena eût d'ailleurs été le même. Comme pour la conforter dans sa douleur, ses lectures d'adolescente lui revenaient à la mémoire : Tristan et Iseult, Roméo et Juliette, Lancelot et Guenièvre... autant d'histoires d'amour qui finissaient mal. Il lui semblait que les malédictions dont étaient victimes ces héros de légende pesaient sur elle. Un Anglais et une Ecossaise ne pourraient jamais partager un bonheur durable.

Mieux valait donc que Brigham s'éloigne, pour le meilleur, ou pour le pire.

Au bruit d'un galop qui se rapprochait, derrière elle, Serena se retourna pour apercevoir l'objet de ses préoccupations. Il ne fallait pas qu'il la voie pleurer. Quelle honte ! Furieuse de monter en amazone, ce qui ne lui permettait pas de forcer sa jument, Serena la cravacha pour échapper à une rencontre aussi peu désirée. Si seulement elle pouvait franchir la rivière, et se perdre dans les escarpements lointains. Jamais il ne pourrait l'y retrouver !

Mais Brigham arrivait déjà à sa hauteur. D'un geste sûr, il lui enleva les rênes des mains.

— Du calme, Serena. Vous avez le diable au corps, ma parole !

— Laissez-moi tranquille. Je vous hais !

Elle cravacha de nouveau sa jument, au risque de désarçonner Brigham, qui maintenait à grand-peine les deux montures.

— Si je vous cravache, comme j'en ai envie, vous aurez une bonne raison de me haïr, lui fit-il remarquer. Vous voulez nous tuer, tous les deux ?

— Non, je ne veux que votre mort ! lança Serena en ravalant ses larmes.

— Vous pleurez ? On vous a fait de la peine ? Dites-moi ce qui s'est passé...

Serena éclata d'un rire convulsif, qui la surprit elle-même.

— Je ne pleure pas, milord. C'est la faute du vent. Partez. Je veux être seule.

— Et pourtant je reste. Désolé de vous décevoir.

Alors, Serena ne put retenir plus longtemps ses sanglots.

Brigham aurait voulu prendre la jeune fille dans ses bras pour la consoler, mais il prévoyait sa réaction : elle lui mordrait la main. Plutôt que de courir ce risque, il préférait essayer de lui faire entendre raison.

— Ecoutez-moi bien, Serena. Je ne peux pas partir sans vous avoir parlé.

— Eh bien, parlez donc ! Et ensuite, allez à Londres... ou au diable ! Que m'importe ?

Les larmes de Serena, qui reniflait comme une enfant, coulaient encore sur ses joues. Levant les yeux au ciel, Brigham lui tendit son mouchoir, avec lequel elle se moucha bruyamment après s'être énergiquement essuyé le visage.

— Nous pourrions marcher un peu, lui proposa-t-il alors.

— Comme vous voulez, ça m'est égal.

Brigham mit pied à terre en prenant soin de ne pas lâcher les rênes abandonnées par Serena, dont il attacha la jument à une basse branche. Comme il levait les bras pour l'aider à descendre, la jeune fille fronça le sourcil. Elle se moucha de nouveau et fourra le mouchoir de Brigham dans la poche de sa longue jupe d'amazone.

— Je veux descendre toute seule, laissez-moi.

— Vos caprices commencent à me lasser, maugréa Brigham.

Sans s'embarrasser du cérémonial mondain en usage pour cette sorte d'occasion, il saisit Serena par la taille et la déposa sur le sol. Il n'était plus temps de la raisonner.

— Réflexion faite, reprit-il, nous allons nous asseoir.

— Non.

— Asseyez-vous ! Sinon, vous allez le regretter…

Serena releva impertinemment le menton, mais la résolution qui se lisait dans le regard de Brigham l'incita pour une fois à la prudence. Elle s'assit donc sur un rocher, non sans prendre son temps. Les plis de sa robe bien en place, les mains sagement croisées dans son giron, elle lui adressa un sourire distant. Puisqu'il se montrait grossier, elle serait mondaine.

— Vous désirez m'entretenir de quel problème, milord ?

— Ne me provoquez pas, Serena, j'ai trop envie de vous étrangler.

— Taisez-vous, vous me faites peur, répondit-elle avec ironie. Puis-je vous dire, lord Ashburn, que votre présence dans nos campagnes m'a permis de me familiariser avec les mœurs anglaises ? Ainsi, vous étranglez les gens ? De la part d'un Anglais, à la vérité, cela ne m'étonne guère.

— J'en ai assez !

Avant qu'elle ait pu réagir, Serena se trouva soulevée de terre. Brigham l'avait prise au collet et la maintenait dressée sur la pointe des pieds, son visage contre le sien, le regard sombre et menaçant.

— Je suis anglais, c'est ma fierté — d'autant que la famille des Langston s'illustre depuis trois siècles. Je n'ai pas à rougir de mes ancêtres, et je fais tout pour être digne d'eux. Aussi vos sarcasmes et vos préjugés me font-ils horreur… vous m'avez bien compris ?

Serena frissonna. Voilà bien longtemps qu'elle n'avait connu telle peur.

— Je n'en veux pas à votre famille, milord, assura-t-elle.

— Alors, vous n'en voulez qu'à moi ? Ou à toute l'Angleterre ? Je sais de quelles persécutions votre clan a été la victime, Rena, je sais que beaucoup des vôtres vivent encore en exil, que des MacGregor ont été contraints de changer de nom pour mener une vie normale. L'acharnement de vos ennemis n'a duré que trop longtemps. Seulement, je n'ai aucune part dans ces proscriptions, et les misérables qui vous haïssent n'incarnent pas l'Angleterre. Insultez-moi si vous voulez, griffez et mordez, mais respectez mon pays.

— Vous me faites mal, Brigham.

Encore haletant, il la libéra et ferma les poings. Jamais il n'avait ainsi perdu son sang-froid.

— Excusez-moi, dit-il d'une voix glaciale.

Doucement, Serena lui posa la main sur le bras.

— Non, Brigham, c'est à moi de m'excuser. Vous avez raison : j'ai tort de vous imputer des crimes que vous n'avez pas commis.

En cet instant, Serena n'était plus en proie à la peur, mais à la honte. Elle se mettait à la place de Brigham. Qu'aurait-elle ressenti, si un étranger s'était montré si stupidement hostile à son propre pays ?

— Vous n'êtes responsable de rien, Brigham, ajouta-t-elle. Ni du viol de ma mère par les dragons anglais, ni de l'emprisonnement de mon père, qui de ce fait n'a pu venger cette offense. Mais si je cesse de vous haïr, j'ai tellement peur...

— Peur de quoi, Rena ?

Hochant tristement la tête, la jeune fille esquissa un mouvement de retrait. Brigham l'interrompit en lui saisissant le bras. Cette fois, il la serrait sans brutalité, quoique assez fort pour l'empêcher de fuir.

— Pardonnez-moi, et laissez-moi seule, Brigham.

— Je veux une réponse, Serena. Pourquoi avez-vous peur ?

Les yeux embués de larmes, elle lui jeta un regard désespéré.

— Si je ne me contrains pas à vous détester, je risque d'oublier qui vous êtes, Brigham, et ce que vous représentez.

— Quelle importance ?

De nouveau, Serena se sentait envahie par la peur, mais

d'une peur bien différente. Dans le regard impérieux de Brigham, elle voyait son propre avenir. Quoi qu'elle dise, quoi qu'elle fasse, son destin était scellé.

— J'ai peur pour nous deux, c'est tout.

— Quand nous sommes dans les bras l'un de l'autre, murmura Brigham en l'enlaçant avec tendresse, rien ne peut nous arriver, Rena.

Il lui baisa les lèvres, doucement d'abord, puis avec passion. Serena ne fit rien pour refuser sa caresse. Elle ne pouvait ni le combattre ni se combattre elle-même. Le premier, et le seul homme de sa vie, la tenait dans ses bras. Son destin se jouait dans cet instant.

Alors, rejetant toute hésitation, toute réserve, Serena sut qu'elle allait prendre une décision qui l'engagerait tout entière.

— Avez-vous encore peur ? murmura Brigham, qui continuait de lui couvrir le visage de baisers.

— Non, je n'ai plus peur, répondit-elle en se blottissant contre lui. Oh, Brigham, je ne veux pas que vous partiez. Je ne veux pas que vous m'abandonniez.

Le visage enfoui dans la chevelure de Serena, Brigham s'enivrait du parfum de la jeune fille, il s'en imprégnait pour en garder toujours le souvenir.

— Je reviendrai, Serena. Dans trois ou quatre semaines, c'est promis. Vous ne répondez pas ? Vous refusez de me croire ?

Il prit un peu de recul, pour l'interroger des yeux. Le regard intense de Serena était plein de gravité.

En fait, elle pensait à la joie naïve de Maggie. Pourquoi ne connaissait-elle pas la même allégresse ? Pourquoi éprouvait-elle, une fois sa décision prise, cette sorte d'exaltation solennelle ?

— J'ai confiance en vous plus qu'en toute autre personne au monde, Brigham. Pourtant, je ne crois pas que vous me reviendrez. Non, ne protestez pas ! dit-elle en lui posant une main sur les lèvres. N'y pensons plus. Ne vivons que ce moment, il est trop précieux.

Reculant à son tour de quelques pas, elle commença de déboutonner son justaucorps, lentement, méthodiquement.

— Mais que faites-vous ? s'exclama Brigham.

Avant qu'il ait pu l'en empêcher, Serena se débarrassa de son vêtement. Sous sa fine chemise pointaient ses seins, fermes et haut placés.

— Nous avons tous deux des désirs à combler, Brigham. Je choisis ce moment.

Affolé, fasciné, Brigham ne trouvait plus ses mots.

— Rena... Pas ici, pas maintenant... Ce n'est pas convenable...

— Tout est si simple, Brigham. Nous sommes seuls au monde, et nous nous aimons.

Malgré sa résolution, Serena sentit ses doigts trembler quelque peu quand elle dégrafa sa jupe.

— Je vous désire, reprit-elle. J'attends vos caresses, celles dont je rêve tant, celles que je ne peux qu'imaginer.

En chemise et en jupon, elle s'approcha lentement de Brigham, lequel semblait paralysé d'admiration et de surprise.

— Vous ne voulez pas de moi, Brigham ?

— Comment pourrais-je... Jamais... Vous êtes la seule...

Quand les jupons de Serena tombèrent sur le sol, la jeune fille s'étonna de constater que Brigham baissait les yeux. Jamais elle n'aurait imaginé tant de pudeur chez un homme. Elle lui prit la main pour en baiser la paume.

— Alors, je veux être à vous. Apprenez-moi l'amour, Brigham.

— Rena...

Soudain, elle se sentit envahie par le désespoir.

— Vous partez demain ! rappela-t-elle d'une voix douloureuse. Ne me restera-t-il rien de vous ?

Brigham lui caressa la joue, d'une main qui tremblait.

— Si je pouvais choisir…

— Mais votre devoir vous appelle. Je veux vous appartenir dès maintenant, Brigham. Nos destins ne se croiseront peut-être plus jamais. Tenez, posez la main contre mon cœur, et sentez comme il bat ! C'est votre faute : je ne peux m'approcher de vous sans avoir des palpitations.

Tremblant d'un bonheur auquel il n'osait pas croire, Brigham éprouva à travers la chemise la douceur de la chair qui s'offrait. Blottie contre lui, Serena semblait se pénétrer de son odeur d'homme, les paupières closes, comme lui-même l'avait fait tout à heure, la tête dans sa chevelure.

— Vous frissonnez, Serena.

Sans lâcher la taille de la jeune fille, Brigham prit sur sa jument la couverture de selle et l'étendit au soleil. Tous deux tombèrent à genoux, face à face, pénétrés de l'intensité du moment.

— Je ne vous ferai pas de mal, je vous le jure, murmura-t-il avec tendresse.

Serena avait foi en sa douceur, en sa délicatesse. Cela se voyait dans son regard, dans ses gestes, se ressentait à la légèreté de ses lèvres sur l'épaule nue qu'elle lui offrait. Aujourd'hui, Brigham ne l'étreignait pas avec passion, comme il l'avait fait naguère. Il lui tenait simplement les mains, et cela suffisait pour l'instant à leur bonheur. Par ce simple contact, leurs cœurs se trouvaient en harmonie.

Près du lac tranquille, sous les rayons tièdes d'un soleil déjà printanier, Serena et Brigham goûtaient la joie de l'imminence du bonheur.

Dans les romans qu'elle avait lus, les jeunes héroïnes n'offraient le trésor de leur virginité — quand il ne leur était pas ravi — que dans le délire de la passion, au milieu d'une crise de folie sentimentale ou sensuelle.

Serena, au contraire, se félicitait d'accomplir un acte

volontaire, réfléchi, où sa volonté, sa liberté, avaient autant de part que ses sentiments et ses sensations.

Brigham ne se lassait pas de l'admirer, comme pour fixer à jamais dans sa mémoire l'image de cette beauté. La confiance dont la jeune fille faisait preuve exaltait son orgueil aussi bien que sa passion. Les yeux limpides, grands ouverts, Serena le fixait avec une bouleversante innocence. Et si ses mains ne tremblaient pas, Brigham pouvait sentir sous sa peau les pulsations puissantes du sang. Par contraste avec cette vitalité intérieure, la blancheur presque immatérielle de la gorge de Serena, de ses épaules et de ses bras dénudés, comme celle de ses joues, évoquait la porcelaine la plus fine.

Brigham pensa à la bergère de Messen qu'il avait si absurdement rapportée de Londres. Ce sujet de porcelaine, il n'osait pas le toucher jadis, de peur de le briser par maladresse. Aujourd'hui, un rêve d'enfance allait se réaliser, et Brigham pour cette fois se sentait sûr de lui.

Il embrassa Serena pour retrouver le goût de sa bouche. Bien que les moments leur fussent comptés, il voulait prendre son temps, comme s'ils avaient l'éternité devant eux. Ses lèvres caressèrent l'oreille de la jeune fille, descendirent le long de son cou gracile pour en mordiller savamment la chair. Comme pour s'assurer de la force, de la chaleur de celui dont elle attendait tant, Serena parcourut des mains les muscles de ses bras, de son torse. D'abord timide, elle se contraignit à l'audace, et commença de déboutonner son gilet.

Jamais Brigham n'aurait imaginé qu'un pareil jeu pût se révéler aussi excitant. Les yeux fermés, il continuait à dévorer Serena de baisers, tout en éprouvant le contact de ces doigts fins qui le dépouillaient avec maladresse de ses vêtements. Il jouissait intensément de cette torture exquise, de cette gaucherie qui ne faisait qu'exacerber son désir. Ce moment exceptionnel, il en gravait tous les détails dans sa mémoire, certain qu'il était en train de vivre le plus grand bonheur de son existence.

Après le gilet, Serena débarrassa Brigham de sa chemise. Fascinée par le relief de ses pectoraux, elle les caressa du bout des doigts, avec une ferveur presque religieuse.

Ils se tenaient toujours à genoux, l'un contre l'autre, leurs souffles mêlés. Serena éprouva un vertige en palpant de ses paumes la peau tiède de Brigham, cette peau si tendre sur une musculature si puissante. Elle ressentait comme une crainte révérentielle, une excitation inconnue. Jamais elle n'aurait pensé qu'un homme pût être aussi beau.

Le soleil semblait plus chaud, les oiseaux mélodieux chantaient plus fort. Sur l'autre rive du lac, des biches venaient s'abreuver paisiblement.

Quand Brigham lui mordit la nuque, Serena sentit ses forces l'abandonner. Dans l'attente de ce qui allait suivre, elle éprouvait déjà une jouissance à laquelle elle n'avait même pas rêvé.

Des deux mains, il lui caressa la poitrine, frottant contre ses seins le tissu rêche de sa chemise. Elle gémit de plaisir et, soumise, prête à tous les abandons, avide d'excitations nouvelles, elle se laissa tomber en arrière, livrant son corps à son conquérant. Brigham, à présent, lui embrassait les seins à travers le tissu. Eperdue, Serena sentait des pulsions inconnues irradier tout son être. Et quand il lui dénuda le torse pour le caresser de ses lèvres et de sa langue, elle crut défaillir.

Prise de vertige, elle ne put s'empêcher de crier et agrippa les épaules de Brigham, comme entraînée avec lui dans un abîme. Elle vibrait, se frottait contre lui, anxieuse de ce qui allait suivre.

De son côté, Brigham se refusait à assouvir sans attendre le désir qui l'enflammait. Et ce malgré l'attitude de Serena, qui réagissait avec fougue à chacune de ses caresses. Les mains de la jeune fille lui griffaient le dos, ses seins aux pointes dressées frôlaient son torse de la plus enivrante façon. Ses yeux se couvraient quant à eux d'un voile — non de peur ou de pudeur, mais d'une passion exacerbée.

Elle s'offrait.

Au moment même de connaître la félicité, Brigham tenait à laisser parler son cœur. Il n'était pas question de posséder seulement le corps de Serena. Il lui fallait son cœur. Plutôt que faire l'amour, il voulait aimer, et être aimé.

— Serena, dit-il, dès l'instant où je vous ai vue, je vous ai aimée de tout mon être... vous êtes la seule...

— Je vous aime, Brigham, et je vous désire tant !

— Nous allons être l'un à l'autre, ma chérie.

Des lèvres de Serena, celles de Brigham descendirent sur son cou et sa poitrine, où elles emprisonnèrent un sein palpitant. Ses mains enfiévrées caressèrent les jambes de la jeune fille, remontèrent le long de ses cuisses fuselées...

Le souffle coupé, épouvantée et ravie des sensations nouvelles qu'elle éprouvait, Serena défaillait. Etait-il même possible d'imaginer pareille félicité ?

La bouche de Brigham quitta sa poitrine pour descendre le long de son corps. Les yeux grands ouverts, abasourdie, Serena suivit sur la peau de ses flancs la progression de ces lèvres avides. Quand elles atteignirent son aine, elle s'arc-bouta contre elles, et ouvrit sa chair la plus intime à leur caresse.

Les tempes bourdonnantes, Serena ne s'entendit pas crier. Dans une sorte d'hystérie sensuelle, elle répétait encore et encore le nom de Brigham.

A ces cris, à ces appels, il éprouva une joie inconnue. Jamais il n'avait ainsi fait sortir une femme d'elle-même. Bouleversée par la révélation à laquelle il lui permettait d'accéder, Serena se tordait, tressautait.

Tant de sensualité avait de quoi émerveiller. En reprenant sa respiration, tout pénétré du parfum qu'exhalait ce corps fait pour l'amour, Brigham songea qu'aucune femme désormais ne lui paraîtrait désirable.

Avec Serena, il atteignait des sommets inaccessibles.

Serena voulait qu'il cesse de la caresser. Et en même temps, elle voulait que ces caresses ne cessent jamais. Elle ne haletait plus, elle respirait difficilement, à grands coups maladroits, les poumons en feu. Elle pleurait de joie en découvrant toujours un peu plus ce plaisir indescriptible qui menaçait de la faire exploser. Dans le flux et le reflux d'élans inouïs, elle se sentait à la fois embrasée d'une chaleur insupportable et ruisselante d'une fraîcheur vivifiante.

Brigham éprouvait-il les mêmes sensations ?

Les lèvres de Brigham remontèrent soudain vers celles de Serena. Avec une sorte de soulagement, dans l'attente d'un bonheur imminent, elle caressa son torse dénudé, son ventre, ses cuisses musclées.

Mais Brigham n'en pouvait plus d'attendre. Alors, soucieux de ne pas connaître avant Serena la satisfaction de ses désirs, il vint en elle très lentement, très doucement, attentif à ses réactions, dévorant des yeux le visage de celle qui devenait sienne.

Elle poussa un cri de délivrance. Si elle avait souffert un peu, cette douleur s'était fondue dans la jouissance. En elle, Serena ne sentait que Brigham. Brigham qui, dans ces moments exaltants, faisait en quelque sorte partie de son propre corps. Elle s'accordait au rythme qu'il avait choisi, pour la faire monter par degrés jusqu'à l'extase.

Leurs lèvres se retrouvèrent. Leurs bras serraient le corps de l'autre avec la même force, leurs reins ondulaient à l'unisson. Soudain, Serena se cambra en poussant un râle et accéléra d'elle-même la cadence. Brigham l'accompagna dans cette course, émerveillé de tant de virtuosité et de force.

Et c'est ensemble qu'ils connurent l'explosion suprême, les délices enfiévrées de l'extase amoureuse.

Serena se demandait si elle parviendrait un jour à se relever. Elle aurait voulu rester ainsi, nue au soleil, entre les bras de son amant, et que cet instant si merveilleux durât toujours. Dans sa chevelure défaite, elle sentait la respiration encore haletante de Brigham, dont la main réchauffait son sein palpitant.

Sur la rive du lac, les ombres des arbres s'allongeaient. Depuis combien de temps s'étaient-ils installés dans ce lieu béni de leurs rencontres ? Qu'importait l'heure ! Serena voulait oublier tout pour prolonger ce moment, pour échapper au déterminisme du temps qui passe.

En fermant bien les yeux, en purgeant son esprit de toute réflexion, peut-être pourrait-elle y parvenir ? Au milieu de cette nature que ne troublait que le chant des oiseaux, dans la gloire de cet après-midi de printemps, la politique et la guerre, qui désunissent ceux qui s'aiment, semblaient absurdes, lointaines, irréelles.

Elle connaissait l'amour... Dans ses rêves les plus fous, jamais Serena n'avait imaginé que Brigham la conduirait à cette plénitude, à ce contentement parfait de tous ses sens et de tout son être. Comme c'était simple, l'amour !

Lorsqu'elle rouvrit les yeux, elle s'aperçut que Brigham la contemplait. Il lui murmura des mots pleins de reconnaissance et de passion tandis que, de son côté, elle lui caressait le visage, comme pour en retenir sensuellement la forme au bout de ses doigts.

— Je vous aime, moi aussi, Brigham. Si nous pouvions rester ainsi pour l'éternité...

— Nous nous reverrons bientôt, Serena. Très bientôt.

Sans un mot, elle détourna la tête, se redressa et commença à rassembler ses vêtements épars.

— Ne me dites pas que vous en doutez, Serena ! lui lança Brigham. Ce serait horrible !

Cette fois, songea Serena, il ne fallait pas qu'elle se laisse emporter par son caractère. Comment faire comprendre à Brigham qu'elle l'aimait trop, beaucoup trop, pour chercher à le retenir près d'elle ?

— Je sais que vous m'aimez, Brigham, dit-elle en remettant ses jupons et sa jupe. Je suis certaine de votre sincérité. Je sais aussi que les moments que nous venons de vivre nous appartiennent à tous les deux, rien qu'à nous.

— Ainsi donc, vous croyez que je ne reviendrai jamais...

Serena lui prit la main. Il fallait que Brigham s'en aille sans regrets, bien persuadé qu'elle-même ne regrettait rien.

— Si vous revenez en Ecosse, dit-elle, ce sera pour soutenir les Stuarts. Votre devoir est tout tracé.

Amer et désorienté, les sourcils froncés, Brigham continua de se rhabiller.

— Alors, vous imaginez qu'en arrivant à Londres je vais oublier ce qui nous est arrivé aujourd'hui ?

Un instant, Serena cessa de se battre contre les boutons de son justaucorps pour venir poser la main sur le bras de son amant.

— Je crois que vous vous en souviendrez toujours, Brigham, comme moi. Quand je serai bien vieille, à chaque début du printemps, j'aurai une pensée particulière pour l'anniversaire d'un aussi beau jour.

Ce fut au tour de Brigham de saisir les bras de Serena. Mais il le fit sans douceur. Et ses yeux étincelaient de colère.

— Etes-vous donc folle ! Comment imaginez-vous que ces niaiseries puissent me suffire ?

— Que souhaiter d'autre ? Je ne veux...

Serena dut s'interrompre, tant Brigham la secouait.

— Quand je reviendrai en Ecosse, affirma-t-il, ce sera pour vous retrouver, Serena, ne vous y trompez pas. Et quand la guerre sera finie, vous viendrez avec moi, est-ce bien clair ?

Il n'avait donc pas compris... Pour être plus persuasive, Serena lui saisit les revers de sa jaquette et approcha son visage tout près du sien.

— Si je n'avais à penser qu'à moi, je vous suivrais, Brigham. C'est mon plus cher désir. Mais comprenez-moi : comment pourrais-je vivre en sachant que j'ai déshonoré ma famille ?

— Votre famille ? Je ne vois pas comment un comte d'Ashburn pourrait la déshonorer en y choisissant son épouse !

Le souffle coupé, interdite, Serena fit un pas en arrière, la main sur les lèvres, comme s'il lui avait donné une gifle, comme s'il avait prononcé une obscénité.

— Votre… épouse ? balbutia-t-elle. Vous voulez parler de… mariage ?

— De mariage, bien sûr. De quoi pourrait-il être question ? Je ne vois pas d'autre…

Brigham se tut tout à coup, les yeux et la bouche béants de stupeur. La colère en lui se mêlait à l'amertume ; il lui semblait même ressentir comme la pesanteur dans sa poitrine.

— Vous avez cru que j'allais faire de la sœur de mon ami, de la fille de mon hôte, une simple maîtresse ? Vous l'avez cru vraiment ? Décidément, vous vous faites une bien piètre idée de moi, Serena MacGregor !

Comme il éclatait d'un rire amer, Serena sentit ses jambes se dérober et mille pensées confuses tourbillonner dans sa tête — tant et si bien qu'elle dut s'asseoir sur un rocher.

— Je… je croyais que les hommes prenaient… des maîtresses, et que…

— Bien sûr ! lui confirma Brigham. Et moi comme les autres ! Mais comment avez-vous pu croire… Vous n'êtes pas comme ces femmes, Serena. Je vous ai donné mon cœur, comprenez-moi, je veux vous donner mon nom.

— Je ne connaissais pas vos intentions, Brigham. D'ailleurs, vous ne m'avez jamais parlé de mariage !

— J'en ai parlé à votre père, précisa Brigham en repliant la couverture froissée.

— Vous en avez parlé à mon père ?

Serena avait répété lentement les paroles de Brigham, détachant chaque syllabe, pesant chaque mot, comme frappée de stupeur et d'incrédulité.

— Quelle audace ! s'exclama-t-elle. Vous lui en avez parlé sans me consulter ! De quel droit ?

— Un homme bien élevé n'épouse jamais une jeune fille sans demander sa main à son père — vous devriez le savoir, Serena.

— Au diable, les convenances ! Vous n'aviez pas le droit de conspirer derrière mon dos en me laissant tout ignorer, comme à une... une innocente !

Quel caractère ! songea Brigham, qui considéra la jeune fille avec beaucoup de tendresse, et un peu d'agacement. Les cheveux relevés à la diable, les lèvres encore chaudes et gonflées de ses baisers, elle n'avait précisément rien d'une oie blanche.

— Il me semble que ma conduite à votre égard a été assez... explicite, Serena.

Elle rougit et, pour se donner une contenance, arracha des mains de Brigham sa couverture de selle, afin de la remettre en place.

— Ne me prenez pas pour une sotte, milord. Je sais bien que... ce qui vient de se passer entre nous n'implique pas toujours le mariage.

Comme elle faisait mine de remonter en selle, Brigham la retint par le bras.

— Vous imaginez sans doute que j'ai l'habitude de séduire les filles et les sœurs de mes hôtes pour en faire mes maîtresses ?

— Je ne connais pas vos mœurs, milord.

Nerveusement, Brigham serra la gourmette de la jument, qui commençait à danser sur place.

— Qu'importe ! Mais sachez-le bien : je veux que vous soyez ma femme, devant Dieu et devant les hommes.

— Je veux, je veux... Nous ne sommes pas en Angleterre, lord Ashburn ! Les Ecossais ne sont pas vos esclaves. Mettez-vous bien cela dans la tête : jamais je ne vous épouserai !

— Alors, vous avez menti en me disant que vous m'aimiez ?

— Non, Brigham, non. Je vous aime, il est vrai, mais...

Sous la pression des lèvres de Brigham, Serena fut réduite au silence.

— Vous vous déjugez donc en refusant de m'épouser ?

— C'est impossible, Brigham. Je ne peux pas quitter Glenroe pour vous accompagner en Angleterre.

Les mains crispées, il lui meurtrit les bras.

— Voilà que vos vieux démons vous reprennent encore !

Désespérant de se faire comprendre, Serena s'accrocha à son tour aux bras de Brigham.

— Mais essayez d'imaginer la situation ! Si par amour je vous accompagnais à Londres, je vous ferais honte, Brigham. Au bout d'un an vous me haïriez. Je ne suis pas capable de devenir l'épouse d'un comte.

— Vous voulez dire : d'un comte anglais, je suppose ?

Cette fois, Serena prit son temps avant de répondre.

— Je suis la fille d'un Ecossais de grande famille, c'est vrai. Néanmoins, je n'ai pas la naïveté de croire que cela suffise. Je ne pourrais pas vivre en ville ni à la cour. Une sauvageonne comme moi doit galoper dans les forêts, et non pas faire la belle dans un salon. Tel n'est pas mon destin. Je vous ai prouvé assez souvent que je ne suis pas une lady. Je veux rester moi-même. Et c'est pour cela que je ne serai jamais l'épouse de lord Ashburn, Brigham, jamais je ne serai à la hauteur.

— A la hauteur ou pas, vous m'épouserez, Serena.

Dans un geste enfantin, Serena s'essuya les yeux et les joues du revers de la main.

— Non. Je ne vous épouserai pas.

— Quand votre père apprendra ce qui vient de se passer, vous n'aurez plus le choix. Pour éviter le scandale, il vous mariera à celui qui vous a subornée, comme on dit.

— Quel chantage ! s'indigna Serena, qui ne pleurait plus. Vous n'oseriez pas ? Vous ne dites cela que pour me faire peur, et me mettre en colère !

— Dès mon retour, je lui raconterai tout.

— Il vous tuera, et je serai bien malheureuse.

Le regard de Brigham se durcit.

— Votre père est plus raisonnable que sa fille, Serena. Si vous refusez de m'épouser par amour, vous m'épouserez par devoir, parce que Ian vous y contraindra.

Sans lui demander son avis, Brigham saisit Serena par la taille et la mit en selle, avant d'enfourcher lui-même son étalon.

— Je hais la contrainte ! lança-t-elle. Plutôt épouser un monstre à deux têtes !

— Je vous le dis, Serena : vous m'épouserez un jour, de gré ou de force, dans les rires ou dans les larmes. En mon absence, tâchez de réfléchir, et de devenir raisonnable. Dès mon retour, votre père et moi nous organiserons la cérémonie.

Serena lui jeta un regard plein de colère et de ressentiment. Si seulement cet insolent pouvait se rompre le cou ! Cravachant sa monture, elle la lança au galop sur le chemin de Glenroe.

Le lendemain matin, après une nuit blanche, elle entendit dans la cour les pas de chevaux qui s'éloignaient. Serena enfouit sa tête dans l'oreiller, secouée de violents sanglots.

10

A Londres, Brigham se retrouvait dans son élément. L'animation des rues, la splendeur des monuments, l'intense activité de tous les intellectuels d'Europe qui venaient s'y rencontrer, tout cela constituait son univers familier. Né à la campagne, dans la douceur paisible du château familial, Brigham avait été élevé à Londres sous l'égide de sa grand-mère écossaise. Jeune, noble et séduisant, il ne manquait ni d'invitations dans le monde ni de relations dans les clubs les plus huppés. Les mamans des jeunes filles à marier le couvaient du regard, et ses amis, fils de famille célibataires comme lui, le fêtaient autour des tables de jeu.

Depuis six semaines déjà, depuis son retour de Glenroe, Brigham baignait dans cette atmosphère animée et chaleureuse. A son retour, il avait trouvé le jardin et le parc de son hôtel particulier dans toute leur splendeur. En ce mois d'avril exceptionnellement chaud, les fleurs précoces avaient les couleurs les plus fraîches, comme d'ailleurs les robes et les chapeaux des élégantes qui hantaient les beaux quartiers et les salons.

Pendant ces six semaines, Brigham ne s'était pas fait faute d'accepter d'innombrables invitations, de faire danser les héritières rougissantes, et quelquefois leurs matrones de mères, ni d'aller risquer quelques centaines de livres dans les clubs ou les salles de jeu. Par pure politique, il s'était même montré à la cour du roi George, l'Usurpateur.

Avec son titre, sa richesse, la réputation flatteuse qui s'attachait à sa personne et à son nom, Brigham aurait pu mener sans souci une vie heureuse et sans problème, toute pleine de satisfactions…

Seulement Brigham Langston, comte d'Ashburn, s'était mis en tête de rendre leur trône aux Stuarts, et son cœur était resté dans le Nord, dans la patrie de Serena MacGregor.

Au milieu même des fastes et des fêtes de Londres, Brigham vivait en Ecosse, dans les landes solitaires et les forêts dépouillées. En contemplant l'agitation de la capitale, il imaginait le printemps à Glenroe, Serena seule au bord du lac, imprévisible et toujours amoureuse.

Peut-être désespérait-elle de le revoir. Brigham, qui n'envisageait qu'une absence de trois semaines, s'était en effet trouvé retenu à Londres par le service du prince, dont le succès semblait bien compromis.

Si Charles-Edouard Stuart ne manquait pas de partisans, les Jacobites, dans toute l'Angleterre, ils étaient par trop dispersés, inorganisés, et, pour la plupart, assez peu enclins à prendre les armes pour détrôner l'Usurpateur.

A Londres, à Manchester, Brigham avait rencontré en secret quelques petits groupes de Jacobites pour les informer de l'agitation qui régnait en Ecosse, et de l'imminent débarquement du prince. Les difficultés de l'entreprise en rebutaient plus d'un. C'est que le gouvernement, qui se sentait menacé, surveillait les faits et gestes de ses opposants. Ainsi, tandis qu'il envoyait en Hollande des troupes nombreuses, sans doute pour attaquer la France, il persécutait ses ennemis de l'intérieur. Les proscriptions et les emprisonnements se multipliaient.

Après six semaines de discussions, d'explications et d'objurgations, Brigham pouvait raisonnablement espérer que les Jacobites viendraient au secours du prince en cas de débarquement. Mais au cours de ses négociations il avait obtenu plus de promesses que d'engagements fermes. La victoire devrait sans doute précéder le ralliement de tous ces partisans trop tièdes.

A leur décharge, il fallait considérer que les Jacobites anglais risquaient le tout pour le tout : fortune, terres, titres, et leur vie même. Leurs réserves ou leurs atermoiements se trouvaient parfaitement fondés, leur attentisme n'était pas vraiment blâmable...

D'ailleurs, Brigham ne les blâmait pas.

Ce jour-là, tandis que Parkins s'affairait autour de lui, dans son petit salon, Brigham interrogeait du regard le portrait de lady MacDonald, sa grand-mère. Elle aurait approuvé sa conduite, il en était sûr. Ses convictions, son ardeur à soutenir les Stuarts, c'est elle qui les lui avait inculquées, dès sa plus tendre enfance. Sa passion pour la justice, son désir de légitimité dans la succession royale, c'est d'elle qu'il les tenait.

Il ne fallait cependant pas qu'il s'attarde à Londres. Le gouvernement enquêtait sur l'activité des Jacobites et les persécutait avec rage. Si Brigham échappait pour l'heure à toutes les suspicions, il n'était qu'en sursis tant les langues allaient bon train. L'Angleterre allait attaquer la France, peut-être sur son territoire. L'ennemi de l'intérieur était donc particulièrement menacé, au moment où il relevait la tête.

Brigham venait de voyager longuement en Italie, en France, en Ecosse, au vu et au su de toute la société. Ces voyages le rendraient nécessairement suspect à la police, lorsque celle-ci s'aviserait d'examiner sa conduite.

Il fallait donc quitter Londres, se dit-il en ajoutant une bûche au feu qui couvait dans la cheminée. Il partirait bientôt, avec le seul Parkins, à la faveur de la nuit. Quand il reviendrait, ce serait en plein jour, avec Serena. Dans ce petit salon, ils fêteraient ensemble l'avènement du roi Charles.

Brigham allait regagner l'Ecosse. Là-bas, il retrouverait les partisans du prince, et Serena. Surtout Serena, qui restait au centre de ses préoccupations. A ses yeux, la guerre n'était qu'un épisode. L'amour l'emportait pardessus tout.

Comme il s'apprêtait à partir pour son club, afin d'y faire acte de présence, Brigham vit entrer Beeton, son solennel majordome, si vieux que personne n'osait plus lui demander son âge.

— Que votre seigneurie veuille me pardonner. Le comte de Whitesmouth désire rencontrer votre seigneurie. Il dit que c'est important.

— Eh bien, faites-le entrer, Beeton. Et vous, Parkins, arrêtez donc d'arranger ma cravate, je ne suis pas une gravure de mode !

— Pardonnez-moi, milord, mais quand vous sortez, je tiens à ce que vous fassiez la meilleure impression possible.

— D'après les femmes que je connais, je ne fais bonne impression qu'en me débarrassant de tous ces colifichets… et du reste !

Comme Parkins restait de marbre, insensible à l'humour de son maître, Brigham soupira de découragement.

— Il me faudrait un valet plus détendu, Parkins. Je me demande pourquoi je vous garde à mon service.

— Le serviteur ne choisit pas son maître, milord, et chez les Ashburn les maîtres ne choisissent pas leurs serviteurs. Nos fonctions sont héréditaires, elles aussi.

Brigham crut voir passer dans le regard de Parkins une étincelle de malice. Après tout, son valet ne manquait peut-être pas d'humour.

— Brig !

Tel un conspirateur de mélodrame, le comte de Whitesmouth fit dans le salon une entrée dramatique.

Moins grand et un peu plus âgé que Brigham, il semblait dans tous ses états. La présence du valet le fit sourciller.

— Ce sera tout pour aujourd'hui, dit nonchalamment Brigham. Laissez-nous seuls, Parkins.

En attendant que la porte se referme sur son fidèle serviteur, il alla emplir deux verres de vin.

— Alors, Johnny, quelles nouvelles ?

Avant de répondre, son ami vida son verre d'un trait.

— Mauvaises, Brigham.

— Je l'avais deviné, à te voir. Dans quel genre ?

— Tu connais Miltway ? Il a trop bu, comme d'habitude, et il s'est laissé aller à quelques confidences sur l'oreiller.

Brigham poussa un soupir de découragement. A quoi tenaient les choses !

— Il a donné des noms ?

— On ne sait pas bien lesquels, mais tu sembles en première ligne.

— Sa maîtresse, c'est bien cette danseuse blonde comme les blés ?

— Elle se teint. Et j'en sais quelque chose, ajouta Whitesmouth avec un brin de cynisme. En tout cas, elle n'est pas née de la dernière pluie, cette garce. A côté de ce vieux cheval de retour, Miltway ne fait pas le poids : trop jeune, et trop bête !

— Ne serait-il pas possible d'acheter le silence de cette gourgandine ?

— J'y ai pensé avant toi, mais trop tard. Elle a déjà parlé — si bien que Miltway se trouve sous mandat d'arrestation.

— Quel imbécile ! murmura Brigham en ajoutant à ce jugement quelques jurons bien sentis.

— Tu vas sans doute être interrogé. Si tu as des documents compromettants, détruis-les.

— Je ne suis ni assez jeune ni assez bête pour me faire piéger, rassure-toi.

Ils se turent un moment en reprenant du vin. Brigham envisageait toutes les solutions possibles. A l’évidence, son départ serait plus précipité qu’il ne l’aurait voulu.

— Et toi, Johnny, tu as pris tes précautions ?

— On m’appelle justement à Leeds, tout le monde le sait, mais je vais me réfugier dans mon château du Kent, répondit Whitesmouth avec un sourire complice. En fait, pour tout le monde, je suis déjà parti depuis des heures.

— Protège-toi bien. Le prince a besoin d’hommes comme toi.

— Et toi ?

— Je fais comme si de rien n’était, et je pars en Ecosse dans la nuit.

— Ton exil équivaut à un aveu, Brigham, ne l’oublie pas.

— Je prends mes risques. Le grand moment approche, et je peux désormais me déclarer ouvertement pour les Stuarts.

— Eh bien, bon voyage. N’oublie pas de me donner de tes nouvelles. J’attends ta lettre, dans mon comté.

— Si Dieu le veut, tu ne tarderas pas à la recevoir. Tu as couru un risque en venant me prévenir, au lieu de filer à la française — comme nous disons, nous autres Anglais. Je ne l’oublierai jamais, Johnny.

— Tu n’es pas le seul partisan des Stuarts, mon cher. Surtout, ne t’attarde pas !

— En ce qui concerne Miltway, tu en as averti d’autres ?

— Je suis venu chez toi directement.

Brigham l’approuva d’un hochement de la tête.

— Pour ne pas donner l’éveil, je ne vais rien changer à mes habitudes, expliqua-t-il. Ce soir, au club, je passerai le mot à nos amis. Tâche de ne pas te faire remarquer en partant.

— Je suis déjà parti, affirma sans rire Whitesmouth, qui reprenait son chapeau et ses gants. Encore un mot.

Méfie-toi de Cumberland, l'héritier de l'Usurpateur. Il est encore jeune… mais c'est un démon !

Au club, la plupart des visages étaient bien connus de Brigham. On y jouait beaucoup et, au fur et à mesure qu'il passait entre les tables en saluant tel ou tel de ses amis, on ne manquait pas de l'inviter à participer au pharaon, ce jeu de cartes importé de Versailles, ou à des jeux de dés, les plus aléatoires. Comme il n'était venu que pour donner le change, faire acte de présence et avertir quelques amis sûrs, Brigham ne s'arrêta que devant la cheminée, où l'attendait le vicomte Leighton, une bouteille d'excellent vin de Bourgogne à la main.

— Alors, mon cher, tu ne tentes pas ta chance, ce soir ? demanda l'élégant vicomte.

— Pas aux cartes, en tout cas. Quelle belle soirée, n'est-ce pas ? Un beau temps pour partir en voyage…

Par-dessus leurs verres, leurs regards se croisèrent, indéchiffrables et inexpressifs.

— C'est vrai, mais on annonce de l'orage dans le Nord du pays.

— Les orages du nord peuvent bientôt descendre jusqu'à Londres, Leighton.

Un brouhaha montait d'une table de jeu, attirant l'attention générale. Brigham en profita pour se pencher à l'oreille de son ami.

— Pour avoir fait des confidences à sa danseuse, Miltway se trouve à la Tour de Londres.

Les lèvres de Leighton se pincèrent, et son regard s'assombrit.

— Il a donné des noms ?

— Le mien, sans doute. Pour le reste… Il faut faire attention. Tu avertis les autres ?

Les yeux dans le vague, le vicomte jouait distraitement

avec le gros diamant qui retenait sa cravate de dentelle. Amateur de bijoux et de parfums, il passait volontiers pour un jeune épicurien inoffensif. Toujours est-il que son attachement aux Stuarts était indéfectible.

— Je les avertis dès cette nuit, sois sans crainte. Tu n'as pas besoin d'un compagnon de voyage, par hasard ?

Brigham eut un moment d'hésitation. Sous la jaquette rose de Leighton battait un cœur de lion, et cet élégant aux gestes délicats savait se battre. Plus d'une fois, en salle d'armes, Brigham avait dû s'incliner devant lui.

— Pas pour l'instant, Leighton, répondit-il néanmoins.

— Eh bien, buvons au retour… disons du beau temps, après l'orage.

Tous deux levèrent cérémonieusement leurs verres. Par-dessus l'épaule de Brigham, le vicomte observait la salle de jeu.

— Quand tu reviendras de villégiature, nous pourrions changer de club, mon cher Ashburn. Le directeur reçoit n'importe qui. Regarde-moi ces trognes soldatesques, on se croirait dans une garnison de Poméranie !

Brigham observa, d'abord distraitement, la table la plus proche. Il reconnut plusieurs de ses relations ou de ses amis. D'autres joueurs étaient sans doute de nouveaux venus. Il remarqua surtout un personnage aux traits rudes, au torse élancé, aux bras longs et nerveux. De toute évidence, un officier de cavalerie.

« Et aussi un mauvais perdant », se dit Brigham. Cet individu se tenait mal : à demi affalé sur le tapis, un verre à la main, il jetait à la ronde des regards suspicieux, sans dissimuler sa colère et son amertume.

— Je me demande qui est ce drôle, tu le connais ?

— J'ai ce triste avantage, mon cher, répondit Leighton en produisant une tabatière incrustée d'or et de nacre. C'est un officier de dragons en partance pour le continent. Si les Français le laissent vivre, il compte sur ses exploits militaires pour se faire bien voir des dames. Mais il n'en prend pas le chemin : fort en gueule et bien en selle, mais rustre et brutal en amour, voilà tout le personnage.

Brigham haussa les épaules. Il fallait qu'il prenne congé aussi vite que possible. Parkins devait l'attendre avec impatience.

— Tu as raison, je changerai de club dès mon retour, déclara-t-il avec mépris. Nous n'avons pas à nous commettre avec des soudards.

— Celui-ci vient de faire scandale. Il a fort mal traité la belle Alice Beesley.

— Quel manque d'éducation ! Elle n'a rien dans la tête, mais elle n'est pas méchante, à ce qu'on dit.

— Standish ne partage pas ton avis. Il a voulu la dresser à la cravache.

Brigham jeta sur le joueur malchanceux un regard dégoûté.

— Seul un fou peut frapper…

Il se tut soudain, le cœur serré, la main crispée sur son verre.

— Il s'appelle Standish ?

— Oui, le colonel Standish, acquiesça Leighton en chassant de sa manche quelques brins de tabac. Il y a dix ans, il s'est fait une réputation de bourreau, en Ecosse, mais le scandale a été étouffé. C'était un spécialiste du pillage, de l'incendie et de la rapine. On l'a sans doute récompensé par une promotion flatteuse. Ainsi va la vie, à notre époque !

— En 1735, il pouvait n'être que capitaine ?

— Bien sûr. Comme c'est étrange ! On dirait que pour finir tu t'intéresses à ce triste sire, mon cher Ashburn.

— Je m'y intéresse, en effet.

Brigham réentendait, comme si Coll eût été présent, les récits qu'il lui avait faits en France : le viol de sa mère, l'incendie des chaumières, les paysans emmenés en déportation. Il pensa très fort à Serena, et aux épreuves qu'elle avait dû subir à l'époque. Le regard résolu, parfaitement maître de lui-même, Brigham posa son verre et se dirigea vers la table de jeu.

— J'ai bien envie de lier plus ample connaissance avec ce gredin, Leighton. Après tout, une partie de dés me détendra.

— Il se fait tard, Ashburn.

— Il n'est jamais trop tard pour laver une offense, répondit Brigham.

Accueilli avec enthousiasme par ceux des joueurs qu'il connaissait, il gagna la banque au bout de vingt minutes. La chance lui souriait tandis que Standish continuait à perdre. Avec un orgueil dédaigneux, Brigham faisait monter les enchères, contraignant le colonel à miser de plus en plus gros, et décourageant bien des joueurs.

Vers minuit, ils n'étaient plus que trois à la table. Brigham fit alors apporter une nouvelle bouteille de vin.

— Les dés ne vous sont pas favorables ce soir, colonel, observa-t-il avec une tranquille ironie.

— Disons plutôt qu'ils sont trop favorables à certains, rétorqua Standish d'une voix aussi pâteuse que hargneuse.

Habitué à vivre au-dessus de ses moyens, Standish souffrait de ne pouvoir satisfaire avec sa solde ses deux passions : le jeu, et la reconnaissance sociale. La mésaventure qu'il venait de connaître en frappant une femme facile, mais assez bavarde pour faire scandale autour de son nom, n'était pas de nature à apaiser sa colère et son amertume.

— Cette fois, je gagne, grommela-t-il en voyant tomber les dés de Brigham.

Il lança les siens. Il avait perdu.

— Dommage pour vous, déclara Brigham en prenant une gorgée de vin.

— Celui qui tient la banque gagne toujours, observa

Standish avec aigreur. Ça enlève aux autres toutes leurs chances.

Les lèvres de Brigham esquissèrent un sourire carnassier.

— La chance vous boude, colonel. Si je respectais davantage l'armée anglaise, je vous laisserais peut-être gagner, mais ici nous ne sommes qu'entre hommes.

— On joue, ou on bavarde ? demanda Standish en faisant signe qu'on remplisse son verre.

Du regard, Brigham l'écrasa de son mépris.

— Les gens bien élevés savent bavarder tout en jouant. Un colonel de dragons n'a peut-être pas souvent l'occasion de fréquenter des gens bien élevés — si je m'en tiens à votre exemple, du moins.

Le troisième joueur trouva opportun de quitter la table. Les autres tables s'étaient quant à elles vidées, et on s'attroupait autour d'eux. Le visage de Standish s'empourpra. Sans en être encore certain, il avait comme le pressentiment d'une insulte.

— Je suis un guerrier, au service du roi George, milord, et non un expert en mondanités.

— Vous êtes tout excusé, monsieur. Votre position justifie une certaine inaptitude à la politesse.

— C'est votre aptitude à gagner qui m'inquiète, milord. Depuis que vous tenez la banque, les dés vous sont favorables.

Brigham jeta un regard d'intelligence à Leighton, qui ne perdait pas un mot du dialogue.

— Vraiment ? Est-ce bien sûr ?

— Sûr et certain. Ce n'est pas de la chance, c'est de...

Un silence gêné tomba sur l'ensemble des spectateurs. Brigham jouait avec la dentelle de sa cravate.

— Vous m'obligeriez en finissant votre phrase, monsieur.

La somme que Standish avait perdue excédait ses moyens, et la quantité de vin qu'il avait bue excédait sa résistance. Il jeta à Brigham, qui souriait dans son fauteuil, un regard de haine. Tout lui répugnait dans cet aristocrate qui ne s'était donné que la peine de naître, alors que lui…

— Vos dés sont pipés ! lança-t-il d'une voix rauque. Brisez-les, nous en aurons la preuve.

Au silence consterné de la salle succédèrent des murmures indignés. Quelqu'un se pencha à l'oreille de Brigham.

— Cet homme est ivre, Ashburn, ne l'écoutez pas.

— Vous avez dit ivre ? demanda Brigham d'une voix forte et claire.

Souriant de toutes ses dents, il se pencha vers son adversaire.

— Standish, êtes-vous vraiment ivre ?

Le colonel jeta sur l'assistance horrifiée un regard plein d'amertume et de haine. Des gommeux, des freluquets avec des titres de noblesse et des bonnes manières. Tous ces aristocrates le méprisaient parce qu'il avait fouetté une femme. Comme elle, il aurait aimé les cravacher tous ! se dit-il en avalant d'une lampée le contenu de son verre.

— Je ne suis pas ivre, affirma-t-il contre toute évidence. J'ai… j'ai la tête assez claire pour savoir que les dés ne tombent pas toujours du même côté, à moins qu'on ne les ait préparés.

Brigham fit un geste nonchalant vers les dés d'ivoire.

— Eh bien, brisons-les, pour vérifier vos dires.

Au milieu d'un concert de protestations, dans l'agitation générale, Brigham ne quittait pas des yeux le visage de Standish. Il remarqua, non sans satisfaction, que des gouttes de sueur perlaient au front du colonel.

— Que votre seigneurie me pardonne, dit le responsable du club, jamais un tel incident ne s'est produit dans mon établissement. Je ne pense pas qu'il soit nécessaire…

— Vous avez votre marteau d'argent ? Alors, brisez les dés, monsieur. C'est un ordre !

Sous le regard impérieux de Brigham, le tenancier s'exécuta, non sans hésitation. Dans un silence de mort, les dés volèrent en éclats. Aucun d'eux n'était pipé, bien sûr. Eberlué, Standish fixait d'un œil incrédule les morceaux d'ivoire épars sur le tapis vert. De la tricherie, bien sûr. On se moquait de lui. Il aurait voulu les massacrer tous, ces fils de famille goguenards et trop bien habillés.

— Encore un peu de vin, colonel ?

D'un geste preste et efficace, Brigham jeta au visage de Standish tout le contenu de son verre.

Standish se leva, blême sous le ruissellement du vin qui coulait comme du sang sur ses cheveux et ses joues. A bout d'ivresse et d'humiliation, il porta la main à la garde de son épée, mais des spectateurs le ceinturèrent aussitôt.

— Nous nous battrons demain, monsieur, balbutia-t-il.

Brigham, qui examinait sa manchette pour vérifier que le vin ne l'avait pas tachée, hocha la tête.

— Dans quelques heures, monsieur. Leighton, tu acceptes de me servir de témoin ?

— Avec plaisir, répondit le vicomte en reniflant une nouvelle prise de tabac.

Dans la nuit encore noire, Leighton et Brigham attendaient l'aube, les pieds dans l'herbe grasse d'une prairie, à peu de distance de Londres. Un brouillard léger couvrait le sol d'un manteau blanchâtre. Déjà, Brigham dégrafait son col.

— Je suppose que tu as de bonnes raisons pour te battre, soupira le vicomte.

— Tu supposes bien, mon cher.

— A l'heure qu'il est, tu devrais déjà être loin.

— En effet.

Brigham n'avait de pensée que pour Serena, si cruellement blessée par le viol de sa mère, et à Fiona elle-même, cette femme délicate et humiliée. Pendant ce temps, Leighton considérait avec consternation les taches de boue qui constellaient ses bottes toutes neuves. Il poussa un profond soupir.

— Ce colonel est par trop malfaisant, il me contraint à gâcher mes bottes à la française ! Enfin, le devoir avant tout. Tu vas le blesser, ou le tuer ?

— Le tuer, répondit sobrement Brigham.

— Dans ce cas, ne fais pas traîner les choses, Brigham. Mon petit déjeuner m'attend. Il est l'heure, il me semble.

A cet instant, on entendit le galop de deux chevaux. Standish et son second étaient exacts au rendez-vous. Leighton se porta à leur rencontre et se mit à conférer avec le compagnon de Standish tandis que celui-ci restait à l'écart. Son second, un jeune officier tout pâle d'excitation et d'inexpérience, avait, comme Leighton, apporté deux épées identiques. Par courtoisie, le vicomte accepta les armes de l'adversaire et remit les siennes au valet qui l'attendait. Il apporta une épée à Brigham, qui la soupesa comme s'il voulait l'acheter, plutôt que s'en servir.

Standish se tenait prêt, l'air résolu et avantageux. A l'épée, il était imbattable. Cet Ashburn ne serait ni la première ni la dernière de ses victimes. Mais personne ne lui avait infligé de véritable affront, comme ce milord tout à l'heure au club. Standish n'aurait donc que plus de plaisir à immoler ce gandin. Il se voyait déjà rentrer triomphalement à Londres, aux premières heures de la matinée. Ce duel prestigieux ne manquerait pas d'asseoir sa position dans le monde, et de faire oublier le désastreux épisode Beesley.

Les deux adversaires se saluèrent, l'épée dressée, puis croisèrent le fer pour marquer le début du combat. A partir de cet instant, la prairie solitaire retentit du crissement des armes.

Dès la première passe, Brigham put mesurer la virtuosité du colonel. Bien entraîné, et riche d'une longue expérience, Standish se battait en véritable professionnel. Plus habitué sans doute aux combats guerriers qu'à l'affrontement individuel, il manifestait toutefois une fougue et une impatience aussi dangereuses pour lui-même que pour son adversaire. Pour éviter toute distraction, Brigham chassa de sa pensée le souvenir de Fiona et de Serena. En face d'un pareil bretteur, le sang-froid constituait une arme aussi efficace que l'épée.

Le jour se levait à peine. Un brouillard léger montait de la prairie humide de rosée, étouffant le piétinement des bottes. Leighton et le jeune officier surveillaient le duel. Un peu à l'écart, impassible, Parkins était quant à lui resté en selle. Les armes s'entrechoquaient, crissaient, vibraient violemment quand les deux combattants choquaient les gardes de leurs épées. En ces instants, leurs visages s'affrontaient à quelques centimètres, leurs respirations se mêlaient, comme celles de deux amoureux. Mais c'est bien la mort de l'autre qu'ils avaient en tête.

Après un échange particulièrement acharné, ils rompirent tous deux, hors de souffle.

— Je vous fais mes compliments, colonel, lança Brigham, vous savez vous servir d'une épée.

— Assez bien pour vous crever le cœur, Ashburn !

Ils croisèrent de nouveau le fer.

— Nous verrons cela, Standish. Vous aviez déjà l'épée à la main, quand vous avez violé lady MacGregor ?

Surpris par cette apostrophe, Standish faillit se désunir, mais parvint à parer la botte que lui portait Brigham. Ainsi, comprit-il, l'incident de la nuit était une provocation ! Son visage se convulsa de haine.

— Les Ecossaises ne sont pas des femmes qu'on viole, on les ramasse, c'est tout. Qu'avez-vous donc à faire avec elle ?

— Tu mourras sans le savoir, crapule !

Ils se turent. Le combat semblait indécis. A la détermination glacée de Brigham s'opposait la rage bouillonnante de Standish. Les lames sifflaient et crissaient de plus belle.

Soudain, Standish feinta, dégagea son arme et se fendit en contre écart. Brigham sentit à l'épaule la morsure de la lame. Du sang jaillit et souilla sa manche.

Un duelliste plus intelligent et plus réfléchi que le colonel eût profité de cette blessure pour affaiblir son adversaire. Mais la vue du sang le mit hors de lui-même. Aspirant à une victoire rapide, se voyant déjà triompher, il lança des assauts fougueux et désordonnés, contraignant Brigham à parer et à rompre. Celui-ci revécut en un éclair son combat contre les Campbell. Comme il l'avait fait naguère dans les Highlands, il baissa soudain sa garde et découvrit son torse. Une lueur meurtrière dans les yeux, Standish bondit en se fendant, sûr d'atteindre son but.

Dans le même instant, Brigham détourna le coup en faisant un écart, et Standish vint s'empaler sur la lame. Le cœur transpercé, il était mort avant que Brigham ait eu le temps de retirer son épée.

Leighton et le jeune officier, plus pâle que jamais, s'empressèrent.

— Tu l'as tué, Brig, commenta Leighton. Je crois qu'on t'attend ailleurs, bon voyage. Je vais tâcher de calmer les autorités.

Brigham rendit son épée, la garde en avant, au second de Standish, qui n'en menait pas large.

— Merci, monsieur.

— Veux-tu que je te fasse un pansement ? proposa Leighton.

Son ami agita sa manche ensanglantée en direction de son valet, toujours aussi raide sur son cheval.

— Non, mon cher. Il faut bien que Parkins serve à quelque chose !

Serena s'éveilla avant l'aube.

Depuis qu'un cauchemar étrange était venu troubler son

sommeil, quelques jours plus tôt, elle dormait plus mal encore que de coutume. Dans ce rêve absurde, Brigham combattait un dragon, un de ces monstres de légende qui hantent les lacs écossais. Du sang coulait. Cette nuit-là, Serena s'était dressée dans son lit, haletante, le cœur serré, prête à crier. Brigham ne courait pourtant aucun risque : à Londres, d'où il n'était pas revenu, lord Ashburn vivait dans son élément. D'ailleurs, qu'il fût à Londres ou ailleurs importait peu. Désormais, il vivait — et pour toujours — dans un autre univers.

Pendant quelques semaines, Serena s'était bercée de l'illusion de son retour — et du fait qu'il tiendrait sa promesse. Et puis, les semaines succédant aux semaines, elle avait cessé de courir à la fenêtre, le cœur battant, au premier bruit d'un cheval au galop. Le mariage de Coll et Maggie avait ensuite sonné le glas de toute espérance. Si Brigham, l'ami le plus intime de son frère, n'assistait pas à la fête, c'est qu'il était bien décidé à ne jamais revenir à Glenroe.

Serena éprouvait l'amère satisfaction de ceux qui voient se réaliser leurs prévisions les plus pessimistes. Quand elle s'était donnée à Brigham, au bord du lac, elle savait que cette merveilleuse aventure serait sans lendemain. Résignée par avance à l'abandon et à la solitude, elle ne devait pas se plaindre de les connaître à présent. En fait, l'espace de cet après-midi de rêve, elle avait reçu d'un seul coup tout le bonheur que le destin lui réservait ici-bas, pour toute sa vie. A quoi bon se plaindre ?

Pendant quelques jours, naïvement, elle avait espéré qu'un enfant allait naître de ces quelques moments d'amour. Elle se voyait alors élever l'enfant de Brigham, et posséder en lui la certitude d'un bonheur permanent.

Une fois cet espoir déçu, il ne lui restait plus que le trésor, heureusement inépuisable, de ses souvenirs.

Et puis, elle trouvait dans sa famille, dans les mille petites tâches de la vie quotidienne, un dérivatif à la mélancolie, ou à l'ennui. Serena se sentait assez forte pour continuer à vivre seule, sans Brigham. Certes, jamais plus elle ne connaîtrait les délices du bonheur véritable mais, en femme raisonnable, elle se résignerait bientôt à accepter son sort. Une famille chaleureuse, une demeure accueillante... que demander de plus quand on est faite pour un seul amour, et que cet amour se dérobe ?

Ce jour-là, comme de coutume, elle avait collaboré aux tâches ménagères, bavardé avec sa mère et avec les domestiques, sans se départir de son dynamisme et de sa bonne humeur. Aussi bien par orgueil que par politesse à l'égard de ses proches, Serena se gardait de troubler leur sérénité en affichant ses propres préoccupations. Haïssant les lamentations et les soupirs, elle mettait son point d'honneur à se montrer toujours disponible et souriante. Après tout, n'avait-elle pas eu sa part de bonheur en ce monde ?

A la fin de l'après-midi, elle parvint à s'éclipser, comme elle le faisait souvent, pour effectuer une sorte de pèlerinage rituel. Fiona et Maggie s'affairaient dans la lingerie, et Gwen, à son habitude, visitait les malades des environs. Pour être plus à l'aise, Serena revêtit dans l'écurie sa vieille culotte de cheval, quitte à acheter la complicité de Malcolm en lui offrant un bâton de sucre d'orge.

La jument galopa jusqu'au lac. Ces escapades, Serena les mettait à profit pour se retrouver elle-même, pour rêver, pour cultiver ce souvenir de bonheur qui désormais serait sa seule véritable richesse. Sur la rive, dans le berceau de leurs amours, elle revivait mieux les caresses de Brigham et sa présence. Désormais, elle le savait bien, il n'existait plus que dans la nostalgie, présent dans son cœur mais physiquement si loin, et pour toujours ! Londres l'avait repris, comme il était naturel.

Le printemps écossais brillait de toute sa splendeur. Un vent plein de douceur agitait les frondaisons verdoyantes, des fleurs sauvages égayaient la lande, le soleil dessinait sur les sentiers des ombres nettes.

Sur les bords du lac, la tiédeur du sable et des bruyères contrastait avec la fraîcheur de l'eau, d'un bleu d'acier. Rassérénée par sa promenade, Serena s'allongea contre son tertre favori, pour lire et pour rêver. Dans la solitude qu'elle aimait tant, elle retrouvait la paix intérieure.

Tout un buisson de violettes sauvages embaumait l'air. Par jeu, Serena en cueillit quelques-unes pour en orner sa chevelure. Comme la tendre Ophélie, pensa-t-elle. Au parfum des violettes se mêlait celui, plus discret, de la bruyère en fleur. Plus haut, des rochers dénudés dominaient le paysage. Dans leur altière austérité, ils se dressaient comme des forteresses inexpugnables, protecteurs de ce coin de paradis végétal.

Serena aurait aimé montrer à Brigham ce paysage printanier, les couleurs vives des fleurs, l'étincellement des eaux du lac, lui faire entendre le chant des oiseaux, lui faire sentir la douceur de l'air…

Pour mieux rêver de son amant, elle ferma les yeux, la tête posée sur son avant-bras. Epuisée par trop d'insomnies, elle se laissa gagner par la somnolence, et n'en rêva que plus à son aise…

Quand un papillon vint se poser sur sa joue, Serena le chassa de la main, en souriant, sans s'éveiller tout à fait. Elle se sentait trop bien pour vouloir échapper à cette torpeur heureuse. Pas encore, non, elle ne voulait pas encore revenir à la monotonie de la vie quotidienne. Son rêve était si charmant ! A sa fantaisie, il lui faisait vivre une félicité qu'elle ne connaîtrait jamais plus.

Dans son sommeil, elle sentit de nouveau la caresse du papillon, qui cette fois se posait sur ses lèvres. Elle sourit vaguement, sans le chasser, pour mieux se rappeler d'autres caresses. Comme la brise tiède parcourait son corps, elle s'étira pour l'offrir aux doigts du vent. Elle aurait pu croire qu'une main amoureuse effleurait ses jambes et sa poitrine, comme naguère celle de Brigham. Elle soupira, le souffle un peu plus rapide, les seins tendus, les lèvres entrouvertes.

— Quand je vous embrasse, vous pourriez ouvrir les yeux, Serena.

Toujours en rêve, elle obéit, et le visage de Brigham lui apparut. Le baiser qui suivit, trop ardent, trop sensuel pour venir du pays des songes, la fit passer du fantasme à la réalité. Des mains enfiévrées la serraient, la soulevaient...

— Mon Dieu, Serena, comme vous m'avez manqué ! Pas un jour ne s'est levé, pas une heure ne s'est passée sans que je pense à vous.

— Brigham ! C'est vous ? C'est bien vous ? Embrassez-moi encore, et encore, et encore !

Non, Serena n'étreignait pas un fantôme. Non, elle ne vivait plus dans le rêve. Avec passion, avec enthousiasme, elle riva son corps à celui de Brigham. Tous deux s'étreignaient à en perdre le souffle, anéantis de bonheur.

C'est Brigham qui, maintenant, fermait les yeux, et revoyait le spectacle charmant qui l'avait attendu quelques instants plus tôt : Serena allongée au soleil, la tête blottie au creux de son bras, des fleurs dans les cheveux, comme une fée de légende, sur le lieu même de leurs premières amours.

Il aurait voulu lui expliquer le bonheur qu'il avait éprouvé en s'avançant silencieusement sur la berge, après avoir attaché son cheval, pour la découvrir ainsi étendue sur l'herbe, innocente et abandonnée. Mais Brigham ne trouvait pas ses mots, et l'ardeur amoureuse de Serena lui enlevait toute possibilité de s'exprimer. Fougueuse, exigeante, elle s'agrippait à sa veste, à sa chemise, comme pour les déchirer, pour ne laisser subsister aucun obstacle entre leurs peaux. Il avait rêvé de tendresse, Serena se comportait en tigresse affamée, embrasée de passion.

Incapable de résister à une exigence aussi impérieuse et aussi prometteuse de voluptés, il se débarrassa d'abord de ses vêtements avant de dénuder, avec quelle ardeur, le corps de Serena.

Celle-ci retrouvait les joies qu'elle avait connues six semaines plus tôt, mais comme amplifiées, multipliées. Toute réserve disparue, elle s'appropriait sans retenue le corps de Brigham, s'enivrait de son odeur virile, laissait libre cours aux initiatives les plus folles.

Submergé de plaisirs inouïs, Brigham ne pouvait plus s'exprimer. En Italie, en France, il avait occasionnellement rencontré des femmes disponibles, expertes dans les jeux de l'amour. Mais sur ce tertre de gazon, dans les Highlands sauvages, la vraie femme de sa vie, cette fille qui n'avait connu que lui, le menait d'instinct aux sensations les plus fortes, lui ouvrait un monde de voluptés qu'il ne soupçonnait pas.

Les pulsations de son sang lui martelaient la tête. A la limite extrême de la souffrance, Brigham perdait tout contrôle de lui-même. Dans un sursaut, il pétrit sauvagement la chair frémissante de Serena et vint en elle de toute son énergie, comme s'il voulait se perdre.

La jeune fille poussa un cri de délivrance en enfonçant les ongles dans le dos de Brigham. A l'unisson de ses élans, elle les accompagnait avec une fougue désespérée, comme pour le faire mourir de plaisir. La tête renversée, hors d'elle, elle haletait, manquait d'air. Ses yeux ne voyaient plus, elle ne pouvait parler. Une sorte d'éclair blanc l'aveugla au moment où son corps se raidit, comme tétanisé, dans l'extase.

Presque évanouie, elle sentit les ondes du plaisir s'irradier et se multiplier en elle. Ses mains abandonnèrent leur prise et glissèrent sur le sol. Elle n'entrevoyait plus Brigham que dans un brouillard, analogue à celui du rêve. Mais il était bien là, la dominant de toute sa force. Ou plutôt… était-ce une illusion ? Il frémissait comme elle, tout prêt à défaillir.

Longtemps, ils restèrent enlacés, immobiles et muets, comme paralysés d'épuisement. Serena retrouva enfin la force de passer la main dans les cheveux de Brigham.

— Ainsi, vous êtes revenu.

Il l'embrassa doucement.

— Je l'avais promis. Je vous aime, Serena. Rien n'aurait pu m'empêcher de revenir vers vous.

De ses mains, elle lui encadra le visage. Il n'avait donc pas menti, songea-t-elle avec un bonheur indicible. Il l'aimait vraiment.

— Vous êtes parti si longtemps, sans donner de nouvelles.

— Il est trop dangereux d'envoyer une lettre par ces temps troublés, Serena. L'orage gronde, l'heure tant attendue est venue !

— Et vous allez vous battre pour… Mais… mais vous êtes blessé ? Je n'avais pas vu ce pansement… Encore les Campbell ?

— Rassurez-vous, ils n'y sont pour rien, cette fois. Ce n'est rien, une petite querelle, à Londres.

— Il faut changer ce chiffon… Attendez !

Sans laisser à Brigham le temps de protester, Serena déchira le bas d'un jupon pour en faire une compresse, et celui d'un autre pour maintenir le tout. Brigham savait qu'il allait encourir la réprobation de Parkins, qui ne manquerait pas de pincer les lèvres en découvrant sur l'épaule de son maître cette lingerie féminine.

— Encore un coup d'épée, remarqua Serena, toute pâle.

— Une égratignure, comme l'autre fois. Vous m'avez si bien soigné ! Nous devrions rentrer, Serena, il est tard.

— Comme le temps passe vite… Comment avez-vous su où me trouver, au fait ?

— Je pourrais prétendre que mon cœur seul m'a servi

de guide, mais ce serait un affreux mensonge. En fait, j'ai soudoyé Malcolm.

Serena rit de bon cœur. Décidément, son petit frère profitait de toutes les situations ! Emerveillé, Brigham la regardait rire. Les pieds encore nus, Serena n'était vêtue que d'un jupon. Sa chevelure flamboyante, encore parsemée de quelques violettes sauvages, ruisselait sur son torse, ne cachant qu'à moitié sa poitrine haute et ferme. Sorcière ? Princesse ? Déesse ? Elle était tout cela à la fois. Les sens comblés, le cœur épanoui, Brigham exultait. Il la prit par la taille et lui baisa le front.

— Dites-le-moi, Rena.

— Je vous aime, Brigham, plus que je ne saurais dire.

— Dites-moi que nous allons nous marier, je vous en prie.

Comme Serena baissait les yeux, Brigham s'insurgea soudain.

— Quelle absurdité ! Vous me faites presque mourir de bonheur entre vos bras, vous me parlez d'amour, mais vous ne voulez pas devenir ma femme !

— Je vous l'ai déjà dit, Brigham, je n'ai pas le droit.

— Et moi j'en ai le devoir ! s'exclama-t-il en remettant sa chemise déchirée. D'ailleurs, je vais en parler à votre père.

— Non, ne faites pas cela, s'il vous plaît.

Repoussant en arrière sa chevelure, Serena lui jeta un regard éperdu. Allaient-ils se quitter comme l'autre fois, sur une dispute, après tant d'amour partagé ?

— Vous ne me laissez pas le choix, remarqua Brigham d'un ton amer.

D'autorité, il aida Serena à se rhabiller, avec plus d'énergie que de douceur. Vainement, elle essayait de lui échapper.

— Je vous aime, Rena, et je ne puis vivre sans vous. Comprenez-moi.

Il la prit tendrement dans ses bras. Le regard de la jeune fille se fit intense. Quelque chose, en elle, se modifiait.

— Laissez-moi le temps, Brigham. J'ai tant de chemin

à parcourir... La guerre va vous éloigner de Glenroe, j'aurai à vous attendre... Rien ne sera plus comme avant. Donnez-moi le temps, s'il vous plaît.

— Le moins possible, Serena. De toutes les façons, ne vous faites pas d'illusions : nos destins sont liés pour toujours !

11

Les événements politiques et militaires qui se précipitaient n'influaient pas seulement sur la destinée des deux amoureux : l'avenir de l'Ecosse était en jeu.

Quelques jours après le retour de Brigham à Glenroe, les Français infligèrent au duc de Cumberland la sévère défaite de Fontenoy, en Flandres, le 11 mai 1745. Sur les cinquante mille hommes que le fils du roi George avait emmenés avec lui, neuf mille furent tués. Charles-Edouard Stuart, le prétendant, pensait tirer profit de cette victoire pour reconquérir son trône, mais ses espoirs, ainsi que ceux des Jacobites, ses partisans, furent cruellement déçus. Louis XV, satisfait de sa victoire, lui déniait toute assistance.

Livré à lui-même, comme galvanisé par cette déception, Charles trouva dans cet abandon une nouvelle raison d'agir, et décida de rejoindre ses partisans d'Ecosse. Informé par des courriers secrets, Brigham fut en mesure d'annoncer la nouvelle aux chefs de clan.

En mettant en gage les bijoux de sa mère, Charles avait pu affréter une frégate, la *Doutelle*, et un vaisseau de ligne, l'*Elizabeth*. Les deux navires étaient partis de Nantes.

Tandis que l'*Elizabeth*, traqué par la flotte anglaise, était contraint de regagner son port d'attache, la frégate, qui transportait le prince, était annoncée dans les eaux écossaises. Les principaux responsables des clans s'apprêtaient à aller l'accueillir.

Le jeune Malcolm, toujours fourré dans l'écurie, se sentait bien malheureux. Il faisait part de ses doléances à Brigham, qui soignait son étalon.

— Papa refuse que je l'accompagne, il me trouve trop jeune.

D'abord tenté de lui rappeler qu'il avait tout juste onze ans, Brigham se ravisa.

— Coll te représentera, il vient avec nous.

— Je sais bien, dit Malcolm, les yeux baissés sur ses bottes pleines de fumier, mais c'est vraiment trop injuste. On me traite comme un bébé, sous le prétexte que je suis le cadet des hommes de la famille.

— Quelle erreur, Malcolm ! Ton père te confie la garde de son manoir et, crois-moi, ce n'est pas rien ! Si tu nous accompagnais, il n'y aurait personne pour protéger ta mère et tes sœurs.

— Serena en serait bien capable, rétorqua, non sans bon sens, le pauvre Malcolm.

— Ce n'est pas le rôle d'une femme. Ton père a raison de te faire confiance.

Le jeune garçon haussa les épaules, bien que cette idée commençât à faire son chemin dans son esprit.

— D'accord, reprit-il. Il n'empêche que Serena est meilleure que moi au pistolet — et meilleure que Coll, aussi, même s'il refuse de reconnaître son infériorité.

Un peu surpris par cette révélation d'un don que Serena lui avait caché, Brigham manifesta en silence son étonnement.

— Mais à l'arc, ajouta fièrement Malcolm, je suis le champion de la famille !

— Serena aura besoin de ton aide, affirma Brigham en passant la main dans la tignasse emmêlée du garçon. D'ailleurs, tout le monde ici a besoin de toi pour assurer la défense des femmes de la famille. Tu sais, Malcolm, un homme ne se bat vraiment de tout son cœur que lorsqu'il sait que chez lui les femmes n'ont rien à craindre. Ton père sera content de toi, c'est sûr.

— Moi vivant, elles n'ont rien à craindre !

Malcolm mit la main au poignard qui pendait à sa ceinture, comme un petit guerrier.

— Je te fais confiance, et ton père aussi, ajouta Brigham. En cas d'invasion à Glenroe, il faudrait les cacher dans les collines.

— Bonne idée ! s'écria Malcolm, comme s'il n'attendait qu'une catastrophe pour faire ses preuves. Je ferai des réserves de provisions, et je leur construirai des abris. Pour Maggie surtout.

— Pourquoi Maggie ?

— A cause du bébé. Elle attend un bébé, vous n'êtes pas au courant ?

— Non. Et toi, qui te l'a dit ?

— J'ai entendu Mme Drummond, à travers la porte de la cuisine. Maggie n'était pas sûre, mais Mme Drummond s'y connaît !

— Tu as toujours une oreille qui traîne, à ce qu'il me semble ?

— J'aime bien me tenir au courant, expliqua Malcolm avec un sourire malicieux. Par exemple, Gwen et Maggie n'arrêtent pas de parler de votre mariage avec Serena. Vous allez l'épouser ?

— Bien sûr, jeune indiscret, mais elle ne le sait pas encore tout à fait.

— Alors vous allez devenir un MacGregor !

— Par alliance. Serena deviendra une Langston.

— Une Langston ? Et ça lui plaît ?

— Elle s'y fera... Bon. Alors, on bavarde, ou on fait la course ?

Plein d'enthousiasme, Malcolm se hissa sur sa grosse jument.

— Et pour M. Parkins et Mme Drummond, vous êtes au courant ?

— Seigneur ! grommela Brigham, abasourdi. Il faudra qu'un jour quelqu'un te coupe les oreilles.

Le garçon éclata de rire. Incapable de garder son sérieux, Brigham l'imita, avant de demander :

— Tu en es sûr ?

— Hier, il lui a offert des fleurs, et elle l'a embrassé sur la joue. Ils avaient l'air bizarre tous les deux, ça veut dire quelque chose, non ?

— Nous vivons une époque extraordinaire..., commenta Brigham en secouant la tête. Allons, en route ! Je t'accorde cinq longueurs d'avance, mais pas plus !

De la fenêtre du salon qu'elle était censée débarrasser de ses poussières, Serena assista au départ des deux cavaliers. Comme Brigham avait fière allure, cambré, élancé, la mine altière !

Tandis qu'elle se penchait à la fenêtre pour l'apercevoir plus longtemps, elle songea qu'elle ne pouvait plus atermoyer. L'impatience de celui qui lui avait fait connaître tant de délices la ravissait et l'épouvantait à la fois. Car Brigham voulait qu'elle devienne lady Ashburn, la châtelaine du manoir des Langston, une illustration de la haute société londonienne.

A cette idée, Serena se trouvait prise de vertige. Elle se regarda dans son miroir, avec sa robe bleue délavée et son tablier plein de poussière. Malgré les objurgations de sa mère, elle marchait pieds nus. Une lady Ashburn n'aurait certes pas l'idée de se montrer dans un tel équipage, fût-ce dans son boudoir. Jamais une lady n'aurait couru pieds nus dans le sous-bois. D'ailleurs, une lady ne courait sans doute jamais.

Et ses mains ! Serena les examina d'un œil critique. Bien sûr, elles n'étaient pas rugueuses comme celles des paysannes, puisque Fiona l'obligeait à les enduire d'onguent chaque soir. Mais ce n'étaient pas les mains d'une lady, dont elle n'avait ni le caractère ni le cœur.

Comme elle aimait Brigham, à côté de cela ! La passion l'emportait sur les ressentiments anciens, et elle désirait plus que tout lui appartenir comme il l'entendait. Par amour pour lui, Serena se sentait prête à quitter son Ecosse chérie afin de le suivre jusqu'au bout du monde. Et pourtant...

Comment épouser un homme que convoitaient les femmes les plus distinguées et les plus belles ? Inapte à tous les raffinements mondains, Serena ne savait ni broder ni faire de la dentelle. Après quelques essais désastreux, Fiona elle-même lui avait interdit de toucher de l'épinette. Bien sûr, elle savait tenir une maison, mais Coll lui avait fait de l'hôtel particulier et du château des Ashburn une description propre à impressionner les jeunes filles les plus entreprenantes. Sa seule expérience mondaine, Serena l'avait connue à Inverness, au pensionnat des jeunes filles de l'aristocratie locale, de façon si brève et dans un tel climat qu'elle se sentait parfaitement disqualifiée pour tenir le rang d'une grande dame — que ce fût à Londres ou à la campagne.

Jamais une Ecossaise trayeuse de vache, et qui dansait pieds nus dans le baquet à linge, ne pourrait tenir un rang parmi des Londoniennes orgueilleuses, apprêtées, sophistiquées dès leur naissance. Après quelques jours de mariage, Brigham, épouvanté de sa rusticité, ne pourrait que la répudier avec horreur.

« A chacun de suivre sa destinée », songea mélancoliquement Serena. Brigham n'était pas fait pour s'installer dans les Highlands, alors que tout l'appelait à Londres. Hors de son pays natal, elle-même n'envisageait pas de vivre.

Mais pourrait-elle vivre sans lui ? Vivre seule ? Autant mourir !

— Serena !

Prise en flagrant délit de rêvasserie, la jeune fille sursauta. Comme par réflexe, elle se remit à frotter la commode sur laquelle elle s'appuyait tandis que sa mère la contemplait, le visage sévère, dans l'embrasure de la porte.

— J'ai presque fini, maman.

— Assieds-toi, j'ai à te parler, dit Fiona en refermant la porte.

Ce ton ne lui était pas habituel. Peu faite pour morigéner ses enfants, elle ne l'utilisait que dans les grandes circonstances. Serena, en s'asseyant, fit un rapide examen de conscience. Les promenades à cheval ? Sa mère l'avait peut-être vue chevaucher autrement qu'en amazone. La bataille avec le vieux coq, roi du poulailler ? L'accroc à sa robe grise était si bien réparé par Gwen qu'il n'y paraissait presque plus.

— J'ai fait quelque chose de mal, maman ? Dis-le-moi.

— Tu n'es plus la même, mon enfant. J'ai d'abord pensé que l'absence de lord Ashburn te mettait dans cet état, mais il est de retour depuis quelques semaines, et tu sembles toujours mal à l'aise.

Un peu tard, Serena songea à dissimuler ses pieds nus sous les volants de sa robe. Ses mains jouaient nerveusement avec son chiffon.

— Je vais très bien, maman, assura-t-elle. En vérité, c'est le retour du prince qui m'inquiète. Je me demande comment les choses vont se passer.

— Nous sommes toutes dans ce cas, Serena. Tu aurais pu m'en parler.

— Je ne sais quoi te répondre.

— Dis-moi ce que tu as sur le cœur. Tu ne me fais plus confiance ?

Fiona prit dans les siennes les mains de sa fille, et celle-ci se laissa glisser sur le sol pour s'agenouiller près d'elle, posant la tête sur ses genoux.

— Je l'aime, maman, je l'aime tellement que j'en souffre jour et nuit. J'en ai perdu le sommeil.

Avec un sourire nostalgique, Fiona caressa les cheveux de sa fille. Elle se souvenait des troubles de sa propre jeunesse.

— Moi aussi, ma chérie, j'ai connu cette expérience. L'amour nous donne bien des joies, et bien des tourments.

— Pourquoi ? Pourquoi fait-il tant souffrir ?

Toujours souriante, Fiona chercha une réponse simple et vraie.

— Quand notre cœur s'éveille à l'amour, nous devenons tellement plus sensibles !

— Je ne voulais pas l'aimer, mais c'est plus fort que moi, murmura Serena.

— Et lui, il t'aime ?

Serena se tut un instant, rassérénée par l'odeur de lavande qu'exhalait sa mère, et par sa chaleur.

— Oui, maman. Et pourtant, nous sommes si différents !

— Tu sais qu'il a demandé ta main à ton père ?

— Oui.

— Ian a bien réfléchi. Il est d'accord.

Dans un mouvement de surprise, Serena leva la tête, toute pâle.

— Mais je ne peux pas l'épouser ! Je n'en ai pas le droit, tu le sais bien.

Fiona prit entre ses mains le visage de sa fille. Pourquoi Serena semblait-elle si inquiète, si éperdue ?

— Tu en as parfaitement le droit. Jamais ton père n'aurait voulu t'imposer un mari contre ton gré. Or tu viens de me confier que tu aimes Brigham, et qu'il t'aime aussi.

— Je ferais n'importe quoi pour lui, maman, tant je

l'aime. Je l'aime trop pour l'épouser... et trop pour ne pas l'épouser. Oh, j'ai si peur !

— Tu n'es ni la première ni la dernière à connaître les angoisses de l'amour, ma pauvre petite chatte. Pourquoi avoir peur du mariage ?

— Je ne veux pas devenir lady Ashburn. Jamais !

Etonnée par la véhémence de sa fille, Fiona haussa les sourcils.

— Parce qu'il est anglais ?

— Oui. Non. Je ne veux pas devenir comtesse.

— C'est un beau titre, Serena, et la famille des Langston mérite le respect.

— Je n'aime pas les titres de noblesse, maman. J'ai peur de cette société-là. Une lady Ashburn doit vivre en Angleterre et mener grand train, savoir s'habiller, recevoir, briller en société.

— Tu m'étonnes, Serena. Jamais je n'aurais cru que la fille préférée de Ian MacGregor, celle qu'il appelle son « chat sauvage » ou sa « tigresse », aurait peur de quoi que ce soit.

Serena se releva, les mains crispées l'une contre l'autre, le rouge aux joues.

— Et pourtant, j'ai peur, maman. Pas tellement pour moi. Je veux bien faire l'effort de devenir une lady Ashburn idéale, même si cela me fait horreur. Je supporterais difficilement d'abdiquer ma liberté, de renoncer aux grands espaces, de vivre confinée dans un salon au milieu d'une foule de domestiques... Il y a pire, cependant. Tu comprends, Brigham m'aime ici, comme je suis. Si je dois me métamorphoser pour devenir sa femme, aimera-t-il encore la femme sophistiquée que je serai devenue ?

Un long moment durant, Fiona resta silencieuse. Sans nul doute, sa petite fille avait acquis beaucoup de maturité. Ses réflexions, ses inquiétudes, ses craintes étaient celles d'une femme.

— Il me semble que tu y as réfléchi depuis bien longtemps, observa-t-elle. T'a-t-il fait des propositions ?

— J'y pense depuis des semaines, maman. Brigham est bien décidé à m'épouser, mais je crains que nous n'ayons à le regretter plus tard.

— Réfléchis un peu. S'il t'aime telle que tu es, Brigham ne voudra pas que tu te métamorphoses, comme tu dis, et il ne te demandera jamais une telle chose.

— Plutôt que de lui faire honte, je préfère le perdre.

— Quelle parole ridicule ! Tu ne le perdras pas, et ma fille ne fera jamais honte à personne ! Oh, et puis, tu m'agaces, à la fin ! s'exclama Fiona en se levant à son tour. D'ailleurs, tu ne sais pas tout ce que nous devons à ton Brigham… On en parle beaucoup, dans les cuisines… N'aie pas l'air étonné, je te prie. Oui, j'ai surpris une conversation entre Parkins et Mme Drummond tandis que je taillais les rosiers.

— Toi, maman, tu as…

— Ne ris pas, s'il te plaît ! Voilà ce que j'ai appris. Le matin de son départ de Londres, Brigham s'est battu en duel avec un officier de l'armée royale. Un nommé Standish.

Le visage de Serena devint blême. Elle se souvint de la blessure de Brigham, qui ne lui avait donné aucune explication.

— Standish, murmura-t-elle.

En un éclair, elle revécut l'horrible scène qui la hantait si souvent, elle revit le capitaine arrogant qui avait frappé et violé sa mère, dix ans plus tôt.

— Comment l'a-t-il retrouvé ? Cela s'est passé comment ?

— Tout ce que je sais, c'est que Brigham lui a percé le cœur. Dieu me pardonne, j'en suis heureuse. L'homme que tu aimes a vengé mon honneur. Je ne l'oublierai jamais.

— Moi non plus, maman.

*
* *

Cette nuit-là, Serena alla rejoindre Brigham. Tout dormait dans le château. Occupé à écrire à la lueur d'une bougie et du clair de lune, il n'entendit pas la porte s'ouvrir. Sa fenêtre ouverte, il avait posé sa chemise sur le dossier de son siège pour offrir son torse à la caresse tiède de l'air nocturne.

L'espace d'un instant, Serena put l'observer sans en être aperçue.

La lumière baignait ses muscles déliés et dorait sa peau. Serena songea aux descriptions que Coll lui avait faites des statues antiques de dieux et de héros qu'il avait vues en Italie. La ressemblance était frappante. Les cheveux noirs de Brigham étaient rejetés en arrière, comme peignés par une main impatiente. Ses yeux gris exprimaient la concentration et l'inquiétude.

Le cœur battant, elle observa ce tableau romanesque, qui resterait à jamais gravé dans sa mémoire. Celui d'un héros impétueux et réfléchi, fier et attentif, d'un homme d'honneur.

Brigham leva les yeux tandis qu'au-dehors une chouette hululait dans les bois. Il posa sa plume et se leva au moment même où Serena fermait la porte, faisant vaciller la flamme de la bougie.

— Serena ?

— Je voulais vous voir seul à seule.

Fasciné par le spectacle que Serena lui offrait, Brigham sentit une singulière émotion l'investir. La jeune fille ne portait qu'une chemise de nuit blanche et très fine. Sa lourde chevelure d'un roux doré cascadait sur ses épaules et jusqu'à ses reins.

— Il ne fallait pas venir ici dans cette tenue, Serena.

— Je sais, répondit-elle en se passant la langue sur les lèvres. Excusez-moi. Je ne parviens pas à dormir. Vous partez demain, je crois ?

— Oui. Dois-je vous redire que je reviendrai cette fois encore, mon amour ?

Serena s'interdit de pleurer. Elle ne voulait pas que Brigham emporte l'image d'une femme faible, toujours la larme à l'œil.

— C'est inutile, Brigham, je le sais. Je voulais simplement vous assurer que je vous attendrai. Et que je serai fière de devenir votre femme dès votre retour.

Trop ému pour réagir sur-le-champ, il resta quelques instants silencieux et immobile, comme pour mieux se pénétrer de ce qu'il venait d'entendre. Debout comme lui, Serena imitait son silence, calme, les mains jointes. Elle ne venait pas en femme humble et conquise. Les yeux pleins de flamme, elle relevait le menton, l'air grave et décidé.

Il fit quelques pas pour lui prendre la main.

— C'est votre père qui vous a convaincue ?

— Non, cette décision n'appartient qu'à moi. A moi seule.

Brigham sourit gravement. Cette réponse, il l'attendait depuis si longtemps… Avec une infinie douceur, il lui baisa le bout des doigts.

— Je jure de vous rendre heureuse, Serena. Je vous en donne ma parole de gentilhomme.

— Et moi, je m'efforcerai de devenir l'épouse que vous méritez, Brigham.

— Je ne vous mérite pas, Serena, affirma Brigham en lui baisant le front. Vous êtes déjà l'épouse de mes rêves, et j'ose le dire mon amante idéale.

Il enleva de son doigt l'émeraude montée en solitaire.

— En gage de notre union, acceptez cette bague, Serena. Les Langston la portent depuis deux cents ans. Dès mon retour, si Dieu le veut, c'est une alliance que je vous offrirai, en même temps que mon nom.

— Oh, Brigham, prenez soin de vous ! s'écria Serena qui ne retenait plus ses larmes, de joie et d'inquiétude mêlées. Si vous perdiez la vie au combat, j'en mourrais. Chaque goutte de sang que vous verserez, c'est à moi que vous l'enlèverez.

Brigham rit avec désinvolture en lui caressant les cheveux.

— Qu'est-ce que j'entends ? Ne me dites pas que vous avez peur pour moi, Rena.

— Si, je le dirai ! Si jamais vous vous faites tuer, je vous haïrai pour toujours.

— Dans ce cas, je vais faire attention de rester bien vivant. Et maintenant, sauvez-vous, avant que je vous prouve qu'en votre présence je me sens plus... vivant qu'il n'est convenable.

Avec un rire léger, Serena se dressa sur la pointe des pieds pour coller son corps à celui de Brigham, avec une charmante impudeur.

— Vous êtes très vivant, milord, je le sens bien. Est-ce ma présence qui vous met dans cet état ?

— Je ne peux pas m'en empêcher, avoua Brigham, enivré du parfum de Serena, enfiévré du contact de ses formes fermes. Vous m'ensorcelez.

— Eh bien, tant mieux. Vous serez donc ma victime !

Brigham rit avec elle, et l'embrassa doucement sur la tempe.

— J'ai l'impression de vous avoir vue vous épanouir sous mes yeux, Serena.

— Vraiment ? Cette nuit, j'aimerais tant m'épanouir davantage encore...

Avant que Brigham ait pu répondre, elle lui prit les lèvres avec passion, avec force, approfondit sa caresse en l'étreignant de tous ses muscles tendus. Les mains plongées dans le désordre de ses cheveux noirs, elle lui parlait bouche contre bouche.

— Cette nuit, je veux partager votre lit, je veux faire l'amour avec vous, Brig. Non, n'essayez pas de m'interrompre, ne me dites pas que ce n'est pas convenable.

Nous en avons tellement envie tous les deux ! Aimez-moi, Brigham, donnez-moi assez d'amour pour que j'aie le courage de vous attendre !

Bouleversé par l'expression de cette passion si naïve et si forte, Brigham frémissait de désir et de tendresse. Sans un mot, il souleva la jeune fille dans ses bras pour la porter jusqu'à son lit.

Dès l'aube, il devrait se mettre en route. Mais la nuit leur appartenait.

Dans ses bras, le corps de Serena était souple, frais, alangui. Ses yeux brillaient du même éclat vert que l'émeraude qu'elle portait au doigt. Quand il la posa sur le lit, elle maintint les bras autour de son cou, pour le garder contre elle. Les mains perdues dans le ruissellement doré de sa chevelure, Brigham entreprit de parcourir de ses lèvres le visage, les épaules, la gorge de Serena, et descendit plus bas, comme pour inventorier tous les détails de cette chair offerte. En la débarrassant de sa chemise de nuit, il s'aperçut avec une joie effarée qu'elle ne portait rien d'autre. Glissant contre elle, il caressa sa poitrine et parcourut de la bouche son ventre plat et frémissant, ses cuisses, son aine, sa chair la plus tendre.

Sous ces baisers qui parcouraient à l'improviste toutes les parties les plus sensibles de sa peau, Serena se sentait légère, libérée, comme sur un nuage, comme dans un menuet d'un nouveau genre, une danse sensuelle qui la révélait à elle-même.

— Comme vous êtes belle, murmura Brigham. Ici… Et là… Et là encore.

Abandonnée, offerte sans retenue, Serena éprouvait les premières atteintes du vertige. Du vertige et de la jouissance. Mais Brigham prenait son temps.

— Pourquoi m'aimez-vous, *Sassenach* ? lui demanda-t-elle d'une voix sourde. Seulement pour mon corps ?

Il leva la tête pour la contempler longuement, depuis les cuisses jusqu'à son visage souriant, qui se dressait un peu.

— Maintenant que vous m'y faites penser, j'avoue qu'il exerce sur moi un certain attrait.

Serena rit, sûre de son charme. Son rire se transforma en râle de plaisir quand Brigham emprisonna la pointe d'un sein entre ses lèvres.

— J'aime tout en vous, Serena. Votre caractère, votre esprit… et votre corps.

— Prouvez-le !

Brigham lui donna mille preuves de sa passion, tendrement, ardemment, désespérément. Cette nuit d'amour leur faisait revivre toutes les sensations antérieures. Et Brigham, étonné et ravi de la docilité de son élève, et de son enthousiasme, lui en faisait connaître d'autres. Toute timidité abolie, Serena lui faisait confiance avec un abandon étonnant.

Leurs peaux luisaient au clair de lune. Pas un souffle de vent ne troublait l'air. Dans le lointain, les grondements d'un orage menaçaient. Plus près, dans la forêt, la chouette familière hululait toujours. La bougie s'était éteinte.

Indifférents à tout, les deux amants n'avaient conscience que d'eux-mêmes, et de leur bonheur.

Serena conduisait Brigham aux limites de ses forces, puis lui rendait toute son énergie. Le souffle coupé, il demandait grâce et, l'instant d'après, il se jetait sur elle, pour la dévorer de caresses, comme assoiffé de nouvelles jouissances.

Dans les bras l'un de l'autre, ils dormirent un peu, pour se réveiller ivres de nouveaux désirs.

Sous les caresses de son amant, Serena sentait chaque grain de sa peau vibrer de mille sensations contradictoires. Brigham jouait d'elle comme d'un instrument de musique, en tirait des accords profonds ou légers. L'approche du plaisir suprême faisait rouler en elle comme des grondements de tonnerre puis, peu après, Serena flottait dans une atmosphère éthérée, immatérielle, comme dans l'ivresse d'un vol d'oiseau.

Brigham la vit venir sur lui, haletante et résolue, pour le chevaucher impétueusement et le conduire à grands élans jusqu'à l'extase. La lumière pâle de la lune adoucissait le flamboiement de sa longue chevelure et relevait la blancheur de sa peau d'albâtre. Cette galopade amoureuse les amena ensemble au paroxysme du bonheur, dans une sorte d'anéantissement. Serena cria le nom de Brigham en s'effondrant entre ses bras, épuisée.

Longtemps, ils restèrent hors d'état de parler ou de se mouvoir.

— Brigham, demanda enfin la jeune fille, l'amour, est-ce toujours ainsi ?

— Non, Serena. Jamais je n'ai rien connu de pareil.

— Vraiment ?

— Vraiment.

A la faveur des pâles lueurs de l'aube qui s'ajoutaient à celle de la lune, Serena pouvait observer de tout près le visage de Brigham, pâle et heureux. Les yeux fermés, il porta à ses lèvres la main qu'il tenait.

— Si vous prenez une maîtresse après que nous serons mariés, déclara Serena en souriant, je la tuerai la première, et vous ensuite, dans des supplices épouvantables.

Brigham ouvrit de grands yeux et lui posa un baiser sur la joue.

— C'est que vous en seriez capable ! Mais comment pourrais-je me laisser tenter par une autre femme ? Vous épuisez toutes mes forces, Serena.

— Si je vous voyais en regarder une autre, je vous enlèverais tout moyen de… nuire !

Brigham se mit à rire.

— Puis-je vous rappeler qu'en coupant… disons, mes moyens, vous vous priveriez de quelques satisfactions ?

La main de Serena parcourut l'objet du délit et, en femme sûre d'elle, elle sourit.

— Le sacrifice me coûterait beaucoup, c'est vrai. Mais il vous en coûterait bien davantage !

— Avant de prendre pour épouse une tigresse dévorée par la jalousie, je ferais bien d'y regarder à deux fois !

— Bien sûr. Néanmoins, vous avez toute ma confiance, et vous ne risquez donc rien.

Brigham lui embrassa de nouveau la joue et l'invita du geste à s'installer plus confortablement au creux de son bras.

— Il me fallait une femme, une seule, et je l'ai trouvée, Serena. Bientôt, je vous emmènerai chez moi. Vous verrez ce qui nous appartient, ce qui appartiendra à nos enfants. Le manoir des Ashburn vous plaira. Je vous imagine déjà dormant dans le lit où je suis né.

Serena aurait voulu protester, mais sa main rencontra la cicatrice toute fraîche qui devait encore faire souffrir Brigham.

— Notre enfant naîtra donc en Angleterre, murmura-t-elle, la bouche contre son cou. Oh, Brigham, comme je voudrais le sentir déjà s'agiter en moi !

Saisi d'étonnement, ému, Brigham prit le parti de l'humour.

— Notre enfant ? J'en veux au moins douze, fussent-ils aussi mal lunés et aussi opiniâtres que leur mère !

— Ou aussi fiers que leur père !

Après cette nuit d'amour, dont les pâleurs de l'aube marquaient la fin, Serena, les sens comblés, revenait à d'autres préoccupations.

— Brigham, j'ai une question à vous poser.

— En ce moment, je ne peux rien vous refuser.

— Vous vous êtes battu en duel avec un Anglais, un certain Standish. Pourquoi ?

Brigham sursauta. Comment Serena pouvait-elle savoir…

Il comprit aussitôt. Trop fier de son maître pour tenir sa langue, l'amoureux Parkins avait dû faire des confidences à l'objet de ses vœux, la majestueuse Mme Drummond.

— Une simple affaire d'honneur, expliqua-t-il. Ce colonel m'accusait de tricher aux dés. A tort, bien entendu.

Serena se souleva sur son coude pour le regarder en face.

— Pourquoi me mentez-vous, Brigham ?

— Je ne vous mens pas. Il a tellement perdu qu'à la fin il s'est persuadé que les dés étaient pipés.

— Voulez-vous me faire croire que vous ne saviez pas qui était cet individu ? Ce qu'il signifiait pour moi, et pour ma famille ?

Puisque cet épisode, qu'il aurait voulu tenir caché, se trouvait étalé au grand jour, Brigham décida d'aller au plus court.

— J'avoue que je l'ai poussé à me provoquer, que je l'ai provoqué moi-même.

— Pourquoi ? demanda Serena, les yeux brillants.

— C'était une affaire d'honneur.

Fermant les yeux, Serena porta à ses lèvres la main qui avait tué le misérable Standish pour la baiser avec dévotion.

— Vous avez vengé l'honneur de ma mère, Brigham. Merci de tout cœur.

— Je n'ai fait que tuer un chien enragé, ce n'est rien.

Une pensée dérangeante vint alors ébranler Brigham.

— Vous étiez donc au courant de ce duel. Est-ce pour cela que vous acceptez de m'épouser ?

Serena fit un bref signe d'assentiment. Aussitôt, le visage de Brigham se ferma sous l'effet de la contrariété, et il eut comme un mouvement de recul.

— Laissez-moi vous expliquer, Brigham. Ce n'est pas pour vous remercier que je suis venue vous rejoindre cette nuit, bien que je vous doive tant de reconnaissance. Ce n'est pas par devoir, bien que ma dette à votre égard soit immense...

— Vous ne me devez rien, Serena.

— Je vous dois tout ! s'écria la jeune fille avec passion. Quand je revivrai cette scène affreuse, quand je reverrai dans mes rêves le sang et les larmes de ma mère, je saurai que le misérable qui les a fait couler est mort, mort de votre main. Pour cela, ma gratitude à votre égard sera éternelle.

— Je n'ai pas tué cette vermine pour recevoir des remerciements, Serena. Si vous acceptez de m'épouser, je veux que ce soit par amour, et non pas pour payer une dette.

Serena s'agenouilla sur le lit, enlaça Brigham et enfouit le visage dans son cou.

— Ne comprenez-vous pas que c'est l'amour qui nous réunit ? Ce que je suis venue vous apporter cette nuit, ce n'est pas le témoignage de ma gratitude, mais celui de ma passion. Quand ma mère m'a parlé de votre duel, j'ai d'abord éprouvé de la joie, parce que Standish était mort, et puis de la peur en songeant qu'il aurait pu vous tuer.

— Vous avez une piètre opinion de mes talents de duelliste !

— Ni votre honneur ni votre famille n'étaient en jeu, mon amour, vous ne l'avez tué que pour moi. Je m'en souviendrai jusqu'au jour de ma mort. Je vous aimais déjà, Brigham, et je m'étais juré de n'appartenir qu'à vous seul. Mais cette nuit, je suis venue retrouver l'homme qui a rendu son honneur à ma famille. Si vous le permettez, je ferai honneur à la votre.

Brigham saisit la main que Serena lui tendait et fit briller l'émeraude qu'elle portait au doigt.

— Je vous laisse mon cœur, Serena. Dès mon retour, je vous donnerai mon nom.

— Le soleil n'est pas encore vraiment levé, murmura-t-elle, peut-être pourrions-nous encore…

A la fois vaincu et triomphant, Brigham reprit Serena dans ses bras.

12

Quand il posa pour la première fois le pied sur la terre de ses ancêtres, le prince Charles-Edouard Stuart aurait pu espérer un accueil plus chaleureux. Le seigneur de l'île d'Eriskay, lieu de son débarquement, eut même l'audace de l'inviter à rentrer en France, chez lui.

— C'est ici que je suis chez moi, répondit, non sans panache, le jeune prétendant, qui n'avait que vingt-cinq ans.

Mais ses partisans les plus déclarés eurent bien de la peine à faire taire toutes les réticences, et à se convaincre eux-mêmes de l'opportunité d'une restauration des Stuarts sur les deux trônes, celui d'Angleterre et celui d'Ecosse. Bien des lettres furent échangées, bien des promesses rappelées avant que puisse avoir lieu le grand rassemblement de Glenfinnan.

C'est le 19 août 1745, en présence d'un millier de volontaires acquis à la cause des Stuarts, que l'étendard du prétendant fut levé. Pour respecter l'ordre de succession dynastique, le prince ne prenait que le titre de régent. Son père, demeuré en France et très affaibli, devenait Jacques VIII d'Ecosse et Jacques III d'Angleterre.

En quittant le château des MacDonald de Glenfinnan, la petite armée se trouvait donc réduite à sa plus simple expression. Fort heureusement, au fur et à mesure qu'elle s'enfonçait vers l'est dans les Highlands, les hommes des clans, nostalgiques des temps anciens et soucieux de venger les exactions anglaises, se rallièrent en masse à la cause du prince.

Grâce à Ian et Coll MacGregor, qui comptaient parmi les premiers artisans de cette réussite, Brigham put se familiariser avec tous les détours de la campagne écossaise. Par une ironie du destin, les trois hommes et leur escorte empruntaient souvent la grand-route construite par les Anglais pour pénétrer cette région hostile, quitte à se réfugier dans les bois et les chemins de traverse quand ils s'approchaient d'une garnison ennemie.

En fait, Brigham s'en félicitait. Il n'avait fallu que le charisme du prince pour réveiller les ambitions des clans et fédérer leurs énergies. La nostalgie paralysante faisait place à l'espoir, et il n'était plus question dans leurs rangs que de victoire à remporter et de justice à rétablir.

Les plus jeunes s'exaltaient à la perspective d'une légitimité reconquise, et n'avaient d'yeux que pour le prince, dont ils portaient avec orgueil la cocarde blanche sur leurs bonnets bleus, identiques au sien. Leurs aînés, après tant de défaites, retrouvaient l'enthousiasme des temps anciens. Charles-Edouard reconstituait par sa seule présence l'unité des clans, si souvent menacée par des décennies de domination anglaise et surtout par d'incompréhensibles particularismes familiaux.

Vieux ou jeunes, tous communiaient dans le même idéal, que seule la personnalité du prince suscitait en eux. Mieux que ne l'avait fait son père, il mettait sa marque sur l'histoire du pays.

Le beau temps favorisait en outre les opérations, comme si la Providence venait au secours des insurgés. L'armement local palliait la défection de l'*Elizabeth*, toujours retenue à Nantes. Les cornemuses sonnaient à qui mieux mieux, le whisky coulait à flots, et les hommes retrouvaient dans l'action toute leur joie de vivre.

Par un de ses émissaires secrets, Brigham apprit qu'une

partie de l'armée anglaise, sous le commandement du général Cope, faisait route vers le nord. Pour cette occasion, il alla faire son rapport au prince, sans avertir personne.

Chaque fois qu'il rencontrait son futur souverain, la beauté presque féminine du prince l'étonnait. Mais sous cet aspect séduisant, Charles Stuart avait le cœur et l'âme d'un conquérant.

— Alors, Ashburn, nous allons nous battre ? J'ai hâte de livrer mon premier combat.

— Il ne saurait tarder, Votre Altesse.

Le prince sourit. Il faisait chaud. Dans le camp militaire, l'odeur des chevaux, des soldats et des feux allumés l'enivrait. Les bruyères parfumées fleurissaient. Un aigle royal planait dans les cieux, comme un symbole de victoire.

— Une seule ombre au tableau, mon cher : je sais que vous regrettez l'absence de lord George.

— En matière de stratégie, lord George Murray est le meilleur maréchal de camp que je connaisse, Votre Altesse.

— J'en suis bien d'accord, mais il nous reste l'excellent O'Sullivan.

Le visage fermé, Brigham s'interdit de critiquer ouvertement le mercenaire irlandais dont Charles s'était acquis les services. S'il ne mettait pas en doute la loyauté de ce professionnel des batailles, il lui trouvait plus de qualités de tacticien que de stratège.

— J'ai hâte d'en découdre, reprit le prince en caressant la garde de son épée.

Après tant d'années d'exil, l'Ecosse lui apparaissait comme une terre promise. Maintenant qu'il le connaissait, le domaine de ses ancêtres lui tenait encore plus à cœur. Quand il serait roi d'Angleterre, les Ecossais auraient droit à des faveurs toutes spéciales.

Brigham attendait des ordres, un peu tendu.

— Je suis content de vous retrouver, Brigham, lui dit le prince. Nous avons tous deux parcouru pas mal de chemin, depuis Versailles, la cour de mon cousin Louis XV, et tout ce luxe !

— Un long chemin, en effet, Votre Altesse. Mais je crois qu'il valait la peine de s'arracher à ces frivolités.

— A propos de frivolités, vous avez brisé plus d'un cœur en rentrant à Londres, mon cher. Avez-vous poursuivi votre carrière de don Juan en Ecosse ?

— Je n'aime plus qu'une seule femme, monseigneur, une Ecossaise, et je me garderais bien de lui briser le cœur.

Les yeux du prince brillèrent d'un étonnement amusé.

— Eh bien, il me semble que l'irrésistible lord Ashburn est tombé dans les filets d'une jeune beauté locale. Dites-moi, *mon ami,* cette fleur des Highlands est-elle aussi pétulante que la belle Anne-Marie que vous avez enlevée au duc de Choiseul ?

— La comparaison ne s'impose pas, monseigneur. Cette jeune fille n'en supporte pas, et je crains qu'elle ne soit jalouse comme une tigresse !

— Vraiment ? Dans ce cas, je brûle du désir de faire sa connaissance. Elle est sans doute exceptionnelle, puisqu'elle a su dompter un homme qui traînait tous les cœurs après soi !

Brigham sourit sans répondre. Exceptionnelle, Serena ? Le terme lui semblait faible.

La troupe hétéroclite et bruyante, qui comptait maintenant près de trois mille hommes, descendit à la rencontre de l'armée anglaise, sans jamais pouvoir établir le contact. Le général Cope semblait s'être détourné vers Inverness, laissant ouverte la route d'Edimbourg. Les rebelles s'y engouffrèrent et livrèrent leur premier combat en donnant l'assaut à la ville de Perth, où les rejoignit lord George. Galvanisés par la victoire, ils eurent la joie de mettre en déroute deux régiments de dragons anglais.

Aigris par de longues années d'attente et de vains conciliabules, les hommes des Highlands retrouvaient dans l'action leur unité, et leur dynamisme. Au son des cornemuses, ils retrouvaient aussi leur agressivité légendaire, ainsi que l'usage des armes les plus traditionnelles. La hache et le bouclier faisaient autant de ravages que l'épée et la lance. Face à des mercenaires, ces volontaires épris d'idéal pouvaient se croire invincibles.

Sous la direction de lord George, Edimbourg fut conquise sans presque coup férir.

La population vivait dans la terreur. Précédés par leur réputation, les insurgés passaient pour des sauvages, des barbares assoiffés de sang. La garnison ayant pris la fuite, il suffit d'un détachement de Cameron pour investir la ville, en pleine nuit. Cependant, sur l'ordre exprès du prince, il n'y eut ni pillage ni exaction. Souverain légitime de tous les Ecossais, Charles-Edouard entendait protéger ses sujets, si infidèles fussent-ils à sa cause.

Il ne s'était pas écoulé plus de quatre semaines entre le moment où il avait dressé son étendard à Glenfinnan et l'établissement de la cour royale d'Edimbourg.

Brigham assista au côté de Coll à la cérémonie. Une foule immense saluait par des clameurs l'entrée solennelle du prince dans son palais d'Holyrood. Fièrement campé sur son grand cheval gris, Charles ne manquait pas d'allure. Son tartan écossais et son bonnet bleu frappé de la cocarde blanche étaient le point de mire de ses fidèles enthousiastes. Sa jeunesse séduisait tous ses sujets, qui retrouvaient un souverain bien à eux.

— Ecoute-les, Brigham ! s'écria Coll en maîtrisant sa monture. Notre première vraie victoire, la voilà. Le peuple reconnaît son prince.

— Il suffirait d'un ordre pour aller nous rendre maîtres de Londres, remarqua Brigham. Espérons que les renforts et le matériel arriveront à temps.

— Nous pouvons nous battre à un contre dix, Brigham, la victoire ne nous lâchera pas.

Plus réaliste que son ami, le jeune lord retint un sourire sceptique — en un si beau jour, il n'était pas question de décevoir Coll. Ils s'engagèrent tous deux dans les rues de la ville pour contourner la cohue.

— Quelle puanteur ! grommela Coll. En ville, on ne respire pas. Dans les collines et les montagnes des Highlands. c'est tout autre chose. Comme j'ai hâte de les retrouver, et de revoir Maggie !

Les rues étroites d'Edimbourg étaient bordées de masures de torchis et de vieilles boutiques. Par contraste, les demeures officielles, en pierre, semblaient à la fois écrasantes et aériennes. Pour épouser les irrégularités du relief, des immeubles de quatre ou cinq étages en façade en comportaient neuf ou dix à l'arrière.

— C'est pire qu'à Paris, reprit Coll.

Des odeurs nauséabondes montaient des venelles surpeuplées, encombrées de détritus et d'ordures. Tout à la joie de la fête, les habitants ne semblaient pas s'en soucier.

A l'écart des taudis, de la puanteur et de la poussière des rues, le château chargé d'histoire se dressait avec orgueil. A ses pieds s'élevaient l'abbaye et le palais d'Holyrood, dont l'élégance raffinée tranchait avec l'antique demeure et les rochers de la falaise. Bien des drames s'étaient déroulés dans ces murs. La plus célèbre et la plus malheureuse de leurs hôtes, Mary Stuart, reine d'Ecosse, y avait vu son amant assassiné par Henry Stuart de Darnley, son mari. Son fils Jacques, après une enfance menacée par tous les périls, était devenu roi d'Angleterre et d'Ecosse.

C'est dans ce palais voué au faste, aux intrigues et aux crimes que l'héritier des Stuarts avait décidé d'installer sa cour.

La cérémonie allait prendre fin. Charles-Edouard descendit de cheval et finit le parcours à pied. Quand il apparut au balcon de son appartement, des hurlements de joie le saluèrent.

Edimbourg et son prince se retrouvaient.

Quelques jours plus tard, Charles devait avoir la preuve de l'allégeance de ses sujets, et de leur fidélité.

D'Inverness, le général Cope ramenait son armée vers la capitale de l'Ecosse.

Tenus au courant de cette attaque, les Jacobites l'arrêtèrent dans une localité voisine, à Prestonpans. En face des habits rouges des Anglais, les Ecossais portaient le kilt ou le pantalon multicolore. Armé de son épée et d'un bouclier de cuir, Brigham s'était joint au clan MacGregor.

Pendant un moment, les deux armées rangées en ordre de bataille restèrent étrangement silencieuses. On n'entendait que le nasillement des cornemuses. Des milliers de cœurs battaient à l'unisson, ivres de carnage. Dans la campagne, des oiseaux chantaient. Une faible brise déployait les étendards.

Soudain, avec un hurlement terrible, les fantassins se lancèrent à l'assaut. A la hache, au couteau, à l'épée, les Ecossais enfoncèrent les lignes anglaises, sans souci de leur propre sang. Ils se battaient comme des diables sortis de l'enfer.

La cavalerie entra dans la mêlée. Les chevaux dressés au combat frappaient des quatre fers, d'antiques claymores tournoyaient, faisant voler des têtes. Insoucieux des cris de ceux qui l'entouraient, Brigham attaquait chacun de ses adversaires avec une froide détermination et les exécutait l'un après l'autre. Un boulet lui frôla l'épaule, sans lui faire détourner les yeux. Il courait sans frémir du danger de mourir au combat, comptant sur sa bonne étoile pour éviter une telle extrémité.

Les canons et les mortiers faisaient rage, couvrant le

champ de bataille d'un épais nuage de fumée âcre. Dans l'ardeur du combat, les odeurs du sang, de la sueur et de la poudre se mêlaient. Déjà prêts à la curée, des corbeaux et des vautours survolaient le champ de bataille.

Bientôt, l'étalon de Brigham put caracoler au sein même des lignes anglaises. Des Jacobites à la cocarde blanche poursuivaient les fuyards, parmi les impacts de mortiers. Les blessés et les mourants gisaient sur le sol, hurlant de douleur ou étrangement silencieux.

En moins d'une demi-heure, la victoire était acquise aux Jacobites. Ce qui restait des dragons anglais ne trouva son salut que dans la fuite. Sur l'herbe et les rochers souillés de sang, jonchés de cadavres, les chevaux des vainqueurs renâclaient. Les cornemuses sonnèrent avec plus de force que de coutume, et le drapeau des Stuarts resta seul maître du terrain.

Chaudement enveloppé dans son plaid, Coll pestait contre la vie de cour, qui condamnait les volontaires à la plus complète inaction.

— Nous restons tranquilles à Edimbourg, alors que la route de Londres nous est ouverte !

Pour une fois, Brigham partageait l'impatience de son ami. Depuis trois semaines, le prince régent régnait avec faste sur une foule de courtisans, à l'imitation de la cour de Versailles. Les membres de son conseil privé devaient assister à son lever, participer à des fêtes prestigieuses, changer de tenue plusieurs fois par jour au gré de l'étiquette pour se livrer à des mondanités auxquelles tous n'étaient pas préparés. Comme le prince partageait son temps entre le palais et les campements militaires, le moral des troupes restait excellent, mais bien des chefs de clan auraient préféré une action immédiate à ces délices de Capoue, et la musique militaire à celle des bals.

— La victoire de Prestonpans a réveillé l'ardeur des Jacobites d'Angleterre, dit Brigham en ôtant son manteau pour jouir de la fraîcheur de l'air. Aussi ne devrions-nous pas nous attarder ici bien longtemps.

— Les réunions du grand conseil, j'en ai ma claque ! renchérit Coll. Tous les jours que Dieu fait, on nous réunit pour entendre des palabres, pour arbitrer les joutes oratoires entre lord George et cet Irlandais d'O'Sullivan. Ces deux-là, ils ne peuvent pas se sentir. Il suffit que l'un dise blanc pour que l'autre dise noir.

— C'est bien ce qui m'inquiète. O'Sullivan ne rêve que de grandes batailles, alors que la victoire totale est à notre portée. Nous avons besoin d'un autre stratège que ce mercenaire professionnel, qui ne rêve que de sang versé.

— Tant que nous perdrons notre temps en bals et en palabres, il n'y aura ni bataille ni victoire, remarqua Coll avec amertume.

Brigham sourit. Le crépuscule tombait en ce moment sur Glenroe, comme il tombait sur Edimbourg.

— Les Highlands te manquent, Coll, tu penses à Maggie.

— Bien sûr. Nous nous sommes quittés depuis bientôt deux mois, après seulement quelques semaines de bonheur.

— Semaines rares, mais efficaces, observa Brigham d'un ton plaisant.

— Justement. Je crains fort que notre enfant naisse en mon absence. Qui peut dire quand nous reviendrons de Londres, après notre victoire ? Dans six mois, dans un an, peut-être ? Tu ne connais pas ce genre de problème, puisque tu ne sais pas ce qu'est le véritable amour, pauvre célibataire que tu es ! Mais trêve de jérémiades, amusons-nous, ainsi que notre prince nous y invite. Comme je suis marié, je ne regarde plus les femmes, mais j'ai cru remarquer que cette engeance foisonne autour de nous. Tu n'as pas encore fait ton choix, il me semble ? A force de jouer au bel indifférent, tu finiras par briser tous les cœurs !

— J'ai autre chose en tête, mon cher. Que dirais-tu d'une bonne bouteille et d'une petite partie ? Je ne t'ai pas battu aux dés depuis longtemps. Une bonne leçon ne te ferait pas de mal.

— Plus fort que moi aux dés, je ne connais personne, affirma Coll, contre toute évidence. Je suis ton homme !

Ils s'engagèrent tous deux dans la cour d'honneur pour gagner l'appartement de Brigham. Au loin, sous le porche d'entrée, dans l'ombre grandissante, une femme mince et élancée semblait attendre. Un plaid lui couvrait la tête et les épaules. Etait-ce une dame de la cour ou une simple servante ? Brigham lui jeta un regard distrait, puis s'arrêta net pour mieux la contempler. Comment cette inconnue pouvait-elle lui rappeler si nettement la silhouette de sa bergère de porcelaine ?

Bien qu'il ne pût discerner ses traits, il lui sembla qu'elle le dévisageait avec intensité. L'attirance inexplicable qu'il éprouvait fit sourciller Brigham, qui reprit son chemin. Mais il s'arrêta de nouveau et se retourna une fois encore. La jeune femme n'avait pas bougé. La tête haute, les mains croisées sur son plaid, elle apparaissait comme un fantôme dans le crépuscule.

— Tu marches, ou tu rêves ? demanda Coll, qui avait pris plusieurs longueurs d'avance. Oh, pardon, je vois que tu es en bonne fortune, bravo ! Adieu, les dés ! Je viderai la bouteille tout seul.

— Attends, j'arrive, je...

L'inconnue fit glisser son plaid, révélant une chevelure flamboyante, qui mit de la lumière dans l'obscurité environnante.

— Serena !

Brigham resta bouche bée. Elle fit un pas, et il vit son visage souriant. En quelques bonds, il fut près d'elle et la saisit dans ses bras pour la faire tournoyer en l'air dans une ronde vertigineuse.

— Je commence à comprendre, murmura Coll en observant cette scène étonnante. Mais il l'embrasse, cet effronté !

— Depuis quand êtes-vous ici ? Pourquoi ? Comment ?

Incapable de répondre à ces questions tumultueuses, le souffle coupé, Serena se contenta de rendre à Brigham ses caresses passionnées.

— Bas les pattes, Casanova ! On ne touche pas à la sœur d'un ami !

Coll arracha en riant Serena de l'étreinte de Brigham et la fit tourner à son tour en l'embrassant vigoureusement sur les deux joues.

— Que fais-tu à Edimbourg ? Où est Maggie ?

Serena put enfin poser les pieds sur le sol et se réfugier au bras de Brigham.

— Elle est avec nous tous, avec maman, Gwen, Malcolm, répondit-elle en lui tirant gaminement la barbe. Le prince nous a invités à la cour, et tu n'en savais rien, grand niais. Nous sommes arrivés de Glenroe il y a une heure à peine. J'ai voulu vous surprendre. Quelle élégance ! Je crois...

— Où est Maggie ? Elle va bien ? Ne réponds pas, je vais la chercher moi-même.

Avec son impétuosité habituelle, Coll tourna les talons et partit à grands pas. Il fit pourtant une pause pour s'adresser à Brigham.

— Et toi, je te retiens, espèce de cachottier ! Nous en reparlerons !

— Brigham...

— Ne dites rien, ma chérie, surtout ne dites rien.

Ils se tinrent enlacés, bouche-à-bouche, corps contre corps, jusqu'à la nuit tombante. Après ces longues semaines de séparation, les mains de Brigham reprenaient possession de Serena, palpant ses épaules, ses reins, ses hanches, son visage, l'épaisseur de ses cheveux. Brûlantes de désir, leurs lèvres unies laissaient passer des râles de bonheur.

— J'ai cru mourir de votre absence, Serena, parvint-il enfin à articuler.

— J'ai beaucoup prié pour vous, Brigham. chaque jour. Quand vous avez livré ces batailles, j'ai vécu dans l'angoisse. Je vous retrouve enfin, tel que je vous ai quitté, il y a près de trois mois.

Comme Brigham et Coll revenaient du camp militaire, ils n'avaient pas encore revêtu leurs habits de cour. Serena s'y trompa.

— J'ai eu tellement peur de vous trouver changé, dans tout ce luxe, reprit-elle.

Des yeux, elle parcourait l'architecture du palais, ses tourelles et ses clochetons, ses fenêtres à meneaux illuminées de l'intérieur par des centaines de bougies. Jamais elle n'avait vu pareille splendeur.

— Où que je sois, je ne changerai jamais, Serena. Pour vous, je serai toujours le même.

Baissant les yeux, la jeune fille appuya la tête contre le torse de Brigham.

— J'ai eu tellement peur, murmura-t-elle. Peur de vous perdre dans les combats, peur de vous voir succomber aux charmes d'une autre femme.

— Je me demande laquelle était la plus fondée ! Il n'y a personne d'autre que vous, ma chérie, ne craignez rien. Cette nuit, c'est à vos charmes seuls que je succomberai.

— Si seulement c'était possible ! Mon plus cher désir était de vous retrouver sain et sauf, mais j'avoue que celui de vous aimer toute une nuit n'était pas moins grand.

— Ce désir sera comblé comme l'autre, et pas plus tard qu'aujourd'hui.

Serena embrassa Brigham sur la joue en riant tout bas.

— Comme je partage la chambre de Gwen, un tel bonheur est malheureusement exclu. Il nous faudra attendre un peu.

— Balivernes ! Ce soir, c'est ma chambre que vous

partagerez. C'est lady Ashburn que je tiendrai dans mes bras, en qualité de légitime épouse.

Partagée entre l'ébahissement et l'espérance d'un bonheur imprévu, Serena prit du recul pour mieux observer son compagnon.

— Voyons, Brigham, c'est impossible !

— Impossible n'est pas… disons, écossais, pour une fois. Venez vite !

Sans lui laisser le temps de protester, Brigham entraîna Serena dans les corridors qui menaient aux appartements royaux. Aux gardes qui en protégeaient la porte, il demanda une audience immédiate. Abasourdie d'étonnement et de confusion, Serena restait muette, les yeux écarquillés, trop impressionnée pour pouvoir réagir. L'officier de service revint bientôt, tenant la porte ouverte. Le prince, en négligé, était à sa toilette.

— Pardonnez mon intrusion, Votre Altesse, commença Brigham en s'inclinant.

— Il est bien tard, en effet, je me préparais pour le bal. Mais lord Ashburn est toujours le bienvenu chez moi. Sans vous, je ne serais pas ici, mon cher. Quelle est cette ravissante jeune fille ? Je vous ordonne de me la présenter, sous peine de disgrâce !

En riant de son propre humour, le prince Charles vint prendre la main de Serena qui, dès son entrée, s'était abîmée dans la plus profonde révérence qu'elle ait jamais exécutée.

Elle se maudissait, et maudissait Brigham. Comment osait-il la jeter à l'improviste aux pieds du prince, en costume de voyage, presque dépeignée ? Pourquoi avait-elle eu la naïveté de se précipiter au palais à l'étourdie, sans se soucier de sa tenue ? Le luxe et le raffinement de la chambre princière étaient étourdissants pour une fille toute simple, accoutumée à faire sa lessive, à traire sa vache et à courir dans les bois.

Mais le prince la relevait, le regard pétillant d'une

curiosité amusée. Serena leva timidement les yeux. Comme il était beau, d'une beauté presque féminine, qui s'alliait étrangement à une allure dominatrice et virile.

— Laissez-moi deviner, reprit Charles-Edouard. Cette chevelure flamboyante, unique, c'est bien sûr celle des MacGregor, les plus fidèles des montagnards des Highlands.

— Votre Altesse ne se trompe jamais, répondit Brigham avec un rien de courtisanerie. J'ai l'honneur de vous présenter Serena MacGregor, la fille de lord Ian.

— Je comprends maintenant pourquoi Ashburn délaisse toutes les femmes de la cour, persifla le prince.

— Votre Altesse, intervint alors Serena, vous avez eu la bonté d'inviter ma mère à Holyrood. Comment pourrions-nous vous remercier de cette faveur ?

— En m'accordant ce soir votre première danse, mademoiselle. Je dois trop aux MacGregor pour ne pas honorer leur famille. Je sais ce que votre père a souffert au service du mien. Cette fidélité n'a pas de prix. Mais asseyez-vous donc…

Avec une simplicité toute royale, le prince avança lui-même un fauteuil.

Jamais Serena n'avait vu une pièce aussi somptueusement décorée. Le plafond à caissons s'ornait de guirlandes et de bouquets. Un lustre ruisselait de lumière. Aux murs, des fresques rappelaient les batailles gagnées par les Stuarts au cours des âges. Un clavecin ouvert témoignait du goût de Charles-Edouard pour la musique.

— Monseigneur, je viens vous demander un privilège, dit Brigham.

— Eh bien, asseyons-nous. Je ne saurais vous accorder de privilège, Ashburn, je vous dois trop pour cela.

— Les princes n'ont pas de dettes, Votre Altesse.

— C'est vrai, mais la reconnaissance ne leur est pas interdite. Alors, de quoi s'agit-il ?

Il sourit. Serena comprit pourquoi on l'appelait le gentil

prince. Outre sa grâce naturelle, le jeune homme respirait la courtoisie et la bonté.

— Je voudrais épouser Serena MacGregor.

Le prince se frappa la cuisse tandis que son sourire s'épanouissait.

— Je me disais aussi... Savez-vous, mademoiselle, qu'à Versailles Brigham se dépensait sans compter pour séduire les belles, qui d'ailleurs n'avaient d'yeux que pour lui ? A Holyrood, au contraire, il aurait donné des leçons au plus chaste des capucins !

Serena serra les mains l'une contre l'autre, peu soucieuse de s'emporter.

— Lord Ashburn est trop bon guerrier pour courir des risques inutiles, Votre Altesse. Il n'aurait pas l'inconscience d'affronter la jalousie d'une MacGregor. Dans notre clan, chaque femme porte en son cœur une tigresse bien éveillée.

Enchanté de cette repartie, le prince rit de bon cœur.

— Eh bien, vous avez ma bénédiction. Ce mariage pourrait se faire au palais.

— Oui, monseigneur, et ce soir même, s'il vous plaît, répondit Brigham.

Les sourcils blonds du prince se soulevèrent.

— Ce soir ! Vous êtes bien pressé. Une telle précipitation a quelque chose de...

Il hésita, contempla le visage de Serena, ses formes fines, sa chevelure incandescente à la lueur des flammes de la grande cheminée.

— ... quelque chose de tout à fait naturel, poursuivit-il sans se démonter. Vous avez le consentement du père ?

— Oui, monseigneur.

— Vous êtes catholiques tous les deux ? Bien. Je vais faire avertir les prêtres de l'abbaye. En principe, il faudrait publier des bans, mais nous passerons sur ce détail. Si un prince s'attarde à des détails, il ne devient jamais roi, n'est-ce pas ?

Il se leva, aussitôt imité par Brigham et Serena.

— A tout à l'heure. Je serai votre témoin, naturellement.

Comme dans un rêve, Serena rejoignit ses parents. Fiona fronça le sourcil en la voyant entrer.

— Serena ! Nous sommes arrivées depuis deux heures et tu ne t'es pas encore changée ! A la cour d'un prince, les filles ne se promènent pas avec de la boue à leurs semelles et de la poussière sur leur robe !

— Je vais me marier, maman.

— Ne fais pas cette tête-là, dit Ian en riant, nous étions au courant.

— Je me marie ce soir, papa.

Ian avala d'un coup le verre qu'il tenait à la main tandis que Fiona jaillissait de son siège.

— Ce soir ? Mais on ne peut…

— Brigham m'a présentée au prince, dans cette tenue…

— J'imagine la scène, murmura sa mère. Mais quelle hâte ! Toi aussi, tu veux l'épouser dès ce soir ?

Reprise un instant par ses anciens démons, Serena resta d'abord muette. Instinctivement, elle porta la main à sa poitrine. Sous sa chemise, entre ses seins, l'émeraude de Brigham pendait à une chaînette d'or. Bientôt, son héros repartirait au combat, pour quel destin ?

— Oui, répondit-elle enfin, mais tout se passe si vite… Oui, je le veux, répéta-t-elle d'une voix plus ferme. Devenir sa femme est mon désir le plus cher au monde.

Dans un élan d'affection, Fiona la prit par le cou.

— Eh bien, nous avons fort à faire. Ian, ta présence nous gêne. Va me chercher les domestiques, et Gwen aussi, naturellement.

— J'occupe cet appartement par la volonté du prince, ce n'est pas une faible femme qui m'en chassera ! protesta le chef des MacGregor.

— Alors, reste. Tu aideras Molly à porter l'eau chaude.

— Réflexion faite, je vous laisse… Mais ce sera de mon plein gré.

Plus ému qu'il n'aurait voulu le paraître, son père étreignit Serena.

— J'ai toujours été fier de toi, ma fille. Aujourd'hui, je te donne à un autre homme, dont tu vas porter le nom. Mais tu seras toujours une MacGregor, Serena, toujours une MacGregor ! Une fille de bonne race !

Dans la fièvre des préparatifs, aucun membre de la famille n'eut le temps de respirer. Les servantes allaient et venaient, porteuses d'eau chaude ou de linge frais. Fiona présidait au bain de sa fille, qu'elle aromatisait d'essences rares. Gwen et Maggie bavardaient en transformant à la hâte une robe de bal en robe de mariée.

— Comme ce mariage est romanesque, soupira Gwen.

Maggie lui fit un signe d'intelligence. Derrière le drap tendu qui la dissimulait aux regards, Serena entendait tout.

— A mon avis, c'est de la folie, déclara la femme de Coll. Je me demande ce que ta sœur a pu faire à lord Brigham pour le mettre dans cet état. Elle a sans doute acheté un philtre à la sorcière de Glenfinnan. Ou alors, ce Brigham est un garçon facile, malgré sa réputation.

Comme aucune réaction ne venait de Serena, les deux complices éclatèrent d'un même rire.

— Bavardez moins et travaillez plus vite, gronda Fiona. Si vous n'avez pas le temps de vous faire belles avant minuit, vous n'assisterez pas au mariage !

Les deux coupables baissèrent la tête en riant tout bas. Maggie se caressa le ventre. Le bébé qu'elle portait s'agitait plus vivement chaque soir, comme pour éprouver ses forces. Si elle se faisait belle, songea-t-elle, ce serait surtout pour plaire à Coll. Tout à l'heure, au moment même où ils se trouvaient dans les bras l'un de l'autre, l'annonce du mariage avait interrompu leurs ardeurs amoureuses. Au souvenir des jurons furieux de son mari, Maggie ne put retenir un éclat de rire dont personne autour d'elle ne comprit la cause.

Serena apparut, qui sortait du bain, le corps et les cheveux ruisselants sous des serviettes.

— Viens près du feu, ordonna sa mère, qui brandissait une brosse.

Lorsqu'elle prit place à côté d'elle, Serena frissonna nerveusement. Mais Fiona savait bien que ce n'était pas de froid. Elle commença à lui brosser les cheveux.

— Pour une femme, murmura-t-elle afin de n'être entendue que de sa fille, le jour du mariage est le plus beau de la vie. On croit vivre un rêve, et puis, ce rêve se réalise, et on en garde éternellement le souvenir.

— Mais pourquoi ai-je si peur, maman ?

— Plus l'amour est fort, plus la peur est grande, ma chérie.

— Alors, je dois aimer Brigham plus que de raison, affirma Serena, les larmes aux yeux.

— Tu as rencontré le mari idéal, je ne pouvais rêver meilleur parti pour toi. Quand les combats auront pris fin, une longue vie de bonheur vous attend.

— Mais j'habiterai l'Angleterre, soupira Serena.

Fiona ne répondit pas tout de suite. Songeuse, elle s'avisa qu'elle brossait peut-être les cheveux de sa fille pour la dernière fois de sa vie, un plaisir qui lui serait bientôt retiré. Cette pensée la rendait mélancolique.

— Quand j'ai épousé ton père, expliqua-t-elle enfin, j'ai dû quitter ma famille et ma maison. Je suis née au bord de la mer, j'ai longtemps vécu dans le fracas des vagues et le parfum salé des varechs, sur le flanc des falaises que j'escaladais. La forêt de Glenroe me faisait peur, les arbres et les oiseaux des sous-bois m'épouvantaient. Au début, j'ai cru que je ne résisterais pas à cet exil loin de la mer.

— Comment as-tu fait pour t'acclimater ?

— Je me suis réfugiée dans l'amour de ton père, Serena, et je l'en ai aimé davantage.

Plutôt que de relever la chevelure de sa fille en échafaudages compliqués, comme c'était la mode en France, Fiona avait choisi de la laisser ruisseler jusqu'aux reins, pour mettre en valeur ses reflets d'acajou pâle et sa splendeur fauve. Le haut de la robe de Serena, très près du corps, rehaussait la beauté de sa poitrine opulente et ferme, qu'ornait un collier de perles. Les manches bouffantes descendaient jusqu'à ses poignets minces. Des perles dessinaient les volants de la robe tandis qu'une ceinture brodée de roses soulignait la finesse de sa taille.

Le cœur battant à grands coups, Serena entra au bras de son père dans l'abbaye. C'est dans ce lieu si chargé d'histoire que sa vie allait prendre un autre cours.

En haut de la nef, Brigham l'attendait, dans la lumière des lampes et des lustres. La jeune fille quitta le bras de son père pour prendre place à son côté. Jamais il ne lui avait paru aussi séduisant, dans son habit noir rehaussé d'argent. Pour la première fois de sa vie, elle le voyait en perruque blanche. Cette coiffure adoucissait le visage énergique de Brigham, et faisait paraître plus sombres ses yeux gris.

Serena ne vit pas le prince, qui occupait un trône dans le chœur, ni les gentilshommes et les dames qui se pressaient dans la nef. Elle ne voyait que Brigham.

Quand il lui prit la main, elle cessa de trembler. Tous deux firent face à l'évêque qui allait recueillir leurs consentements.

Au moment le plus solennel, le clocher sonna minuit.

*
* *

De l'avis du prince, un mariage, fût-il improvisé, valait bien une fête. Quelques minutes après la cérémonie, la nouvelle lady Ashburn se trouva menée en grande pompe dans la galerie des portraits, lieu habituel des grands bals de la cour. Etourdie par la foule, félicitée, embrassée par des inconnus, jalousée par les femmes, bousculée par tout le monde, Serena sentait la tête lui tourner, d'autant qu'elle buvait du champagne pour la première fois de sa vie, comme d'ailleurs la plupart des invités.

Fort de son droit, Charles-Edouard Stuart exigea de danser avec elle le premier menuet.

— Vous dansez à ravir, lady Ashburn.

Lady Ashburn.

— Merci, Votre Altesse. Je n'imaginais pas participer à une si belle fête, il y a quelques heures !

— Je n'ai rien à refuser à un ami comme Brigham. Remerciez plutôt votre mari.

Votre mari.

— Vous pouvez être assuré de son dévouement, monseigneur, et deux fois du mien, puisque désormais je suis en même temps une MacGregor et une Langston.

Quand le menuet prit fin, Brigham vint prendre la main de Serena et l'arracha en riant à l'empressement de tous ceux qui se bousculaient pour danser avec elle.

— Ce bal vous plaît, ma chérie ?

— Je suis tellement heureuse, Brigham.

Serena se sentit rougir. Elle avait un peu honte de sa timidité, de son émotion. Pour la première fois de sa vie, elle voyait Brigham en habit de cour. Un diamant brillait à sa cravate de soie, sa perruque soulignait la jeunesse de ses traits. Comme il était distingué et séduisant, ce lord, si différent du fougueux cavalier qui naguère l'avait chargée sur son épaule en la menaçant d'une baignade dans le lac glacé !

— Je n'avais jamais vu une salle aussi vaste et aussi magnifique, reprit-elle.

Comme la danse prenait fin, ils allèrent admirer les tableaux les plus proches.

— La galerie des portraits en comporte quatre-vingt-neuf, tous de souverains écossais. C'est Charles II qui les a fait installer au moment de la restauration monarchique, il y a près de soixante-dix ans. Mais il n'est pas revenu à Holyrood, et n'a donc jamais pu apprécier par lui-même le résultat.

Serena retint un sourire. En fait d'histoire de l'Ecosse, elle en savait sans doute plus que lui. Si elle se garda de faire une réflexion impertinente, elle tint cependant à montrer son érudition.

— Celui-ci, je le reconnais. C'est Robert Bruce, celui qui a donné le premier son indépendance à l'Ecosse. Il a vécu de 1210 à 1295. Dites-moi si je me trompe, Brigham, vous qui connaissez si bien l'histoire…

— Méchante ! lança Brigham en riant. J'avais oublié que pour mon malheur j'ai épousé une femme savante. Mais si vous l'emportez sur moi en histoire, je parie que vous ne connaissez pas grand-chose en stratégie militaire.

— En stratégie ?

— Voici votre première leçon.

Sans laisser à Serena le temps de réagir, Brigham ouvrit vivement une porte dérobée, bouscula un peu sa femme pour l'y faire passer et la souleva dans ses bras pour l'entraîner dans une course folle au long d'un corridor heureusement désert.

— Mais que faites-vous ? C'est un enlèvement ?

Comme la musique devenait indistincte, Brigham ralentit l'allure.

— Non. Une évasion ! Je ne supporte plus la foule. Laissons-les boire et danser, nous avons mieux à faire, Serena.

Dans un escalier de service, il heurta sans la voir une jeune domestique effarée. Portant toujours Serena, Brigham atteignit bientôt son appartement, ouvrit sa porte d'un coup de pied et la referma de même, avant de jeter sans ménagement sur le lit son précieux fardeau.

— Est-il convenable de traiter ainsi une lady, milord ?

— Attendez que je m'y mette, madame la comtesse, menaça-t-il en fermant la porte à double tour.

— J'aurais bien voulu danser encore un peu, vous savez.

— Danser ? Vous allez danser avec moi, madame, et jusqu'à l'aube, je vous le promets !

Serena fit la moue — une moue sous laquelle se dissimulait un sourire.

— Il y a danse et danse, *Sassenach*.

— Cette nuit, n'escomptez pas danser le menuet, vous seriez déçue.

— C'est pourtant ma danse préférée, dit Serena avec une fausse naïveté. Gwen vous trouve romanesque. Elle sera bien déçue quand je lui raconterai de quelle façon vous m'avez jetée sur ce lit, comme un paquet !

— Du romanesque ? Vous voulez du romanesque, Serena ?

— Gwen en rêve jour et nuit.

En éclatant de rire, Brigham jeta sa jaquette à côté d'un siège, sans égard pour les recommandations de Parkins.

— Et vous ? demanda-t-il à sa toute nouvelle épouse. Le romanesque convient-il à une nuit de noces ?

A genoux sur le lit, il lui enleva ses escarpins et lui baisa la cheville. Le parfum du bain lui monta à la tête.

— Je ne vous ai pas encore dit combien vous étiez belle tout à l'heure, à l'église. Vos cheveux retenaient toute la lumière, comme ceux d'une magicienne, d'une fée, de la bergère de mes rêves…

— Et moi, j'ai reconnu mon prince charmant, Brigham.

Lentement, il faisait remonter ses lèvres et ses mains le long des jambes fuselées de Serena, goûtait sa chair délicate.

— Ce soir, murmura-t-il, le prince et la bergère vont vivre une nuit d'amour, ma chérie. Je suis envoûté, ensorcelé, réduit en esclavage…

— J'ai eu si peur en entrant dans l'abbaye, Brigham.

Elle lui caressa la tête en frémissant sous les baisers qui exaltaient sa poitrine, pendant qu'il commençait à lui ôter sa robe, avec mille précautions.

— Avez-vous encore peur, Rena ?

Elle fit un petit signe de dénégation en entreprenant de le débarrasser du reste de ses vêtements.

— Non, j'ai repris courage quand vous m'avez emportée dans vos bras. Alors, j'ai su que je retrouvais celui que j'aime tant, mon Brigham à moi.

— Je serai toujours à vous, Serena. Comment vous le prouver ?

Envahie de la plénitude du bonheur, elle se contenta de sourire.

13

Trois longues semaines s'écoulèrent encore sans que les insurgés ne fissent mouvement. A la cour d'Holyrood, ce n'étaient que festins, bals et concerts. On y vivait une sorte d'âge d'or, la plupart des courtisans se livrant sans retenue aux jeux de l'amour, et à ceux du hasard : le libertinage et les divertissements peuplaient les loisirs de cette petite foule désœuvrée.

Du pays tout entier accouraient dames en falbalas et gentilshommes emperruqués, avides de partager les joies faciles de cette cour insouciante, d'un raffinement qui rappelait presque Florence ou Venise.

Brigham s'y retrouvait dans son élément tandis que Serena se comportait surtout en spectatrice. Par un effort de sa volonté beaucoup plus que par goût, elle s'adaptait à ce luxe et à ces artifices, pour tenir le rang qui désormais serait le sien.

Il lui fallait prendre de nouvelles habitudes, se plier aux contraintes de l'étiquette, perdre son temps en mondanités, faire tous les sourires et toutes les grâces que l'on attendait d'une lady Ashburn. En trois semaines, on lui présenta plus de monde qu'elle n'en avait rencontré dans toute sa vie. Qu'elle le voulût ou non, une foule de serviteurs satisfaisaient ses moindres désirs. Après son mariage, Brigham avait dû, à la grande joie de Parkins, quitter son appartement de célibataire pour en occuper un autre, plus luxueux et plus conforme à son rang. Habituée à la rusticité de Glenroe, Serena évoluait maintenant au milieu de tapisseries rares et de meubles précieux.

Pour vaincre son impatience et surmonter son malaise, elle ne cessait de se raisonner : c'est pour faire honneur à son mari qu'elle devait admettre toutes ces contraintes et tous ces artifices. Elle n'était d'ailleurs pas peu fière de le voir si respecté par ses pairs.

Serena ne prit conscience de l'étendue de la fortune de Brigham qu'une semaine après son mariage, le jour où il lui offrit les bijoux qu'il tenait de sa mère. Un de ses émissaires secrets était allé chercher le coffret dans son manoir du Kent.

Il s'agissait surtout d'émeraudes aux montures anciennes, toutes d'un vert aussi profond que celui des prairies d'Ecosse. Un collier somptueux, un lourd bracelet et des boucles d'oreilles assorties constituaient une parure digne d'une reine. Maggie et Gwen ne furent pas les seules à béer d'admiration quand Serena les porta pour la première fois. D'autant que pour mettre en valeur l'ensemble, Brigham lui fit faire des robes assorties. Vêtue de soie, de satin et de dentelles fines, la nouvelle lady Ashburn s'initiait au luxe. Elle appartenait maintenant à l'élite des femmes qui portent des diamants dans leurs cheveux et qui exhalent la fragrance des plus rares parfums français.

Malgré tout, Serena eût volontiers sacrifié tous ces raffinements pour avoir le bonheur de passer une semaine en tête à tête avec Brigham, dans une chaumière des Highlands.

Elle aurait eu mauvaise grâce à ne pas apprécier le confort et le luxe dont elle jouissait, à ne pas s'enorgueillir des regards d'envie que lui jetaient les femmes quand elle apparaissait dans une assemblée au bras de Brigham. Pourtant, au fil du temps, Serena sentait confusément qu'elle vivait dans un monde irréel. L'amitié même du prince lui semblait factice.

Mais la nuit lui appartenait, de même que l'amour, bien réel. Son intimité avec Brigham s'approfondissait, ils jouissaient l'un de l'autre avec une ardeur toujours renouvelée. Et si tous deux savaient ce bonheur menacé, leur destin entre les mains de la Providence, ils se connaissaient assez bien pour se comprendre sans jamais évoquer le départ de Brigham, leur séparation, si proche.

Chaque nuit, Serena redevenait simplement la femme de Brigham, son amante ; elle se donnait à lui de tout son cœur, de toute son âme, de tout son corps. Dans la journée, le visage et le sourire aussi apprêtés que sa robe, elle faisait de la figuration dans la comédie mondaine, l'esprit souvent ailleurs. En vraie fille des Highlands, Serena ne rêvait qu'au bonheur de relever sa robe jusqu'à ses cuisses pour courir plus vite dans les sentiers, sous les arbres que le vent d'automne dénudait ou, mieux encore, d'enfiler la vieille culotte de cheval abandonnée dans l'écurie, pour galoper à bride abattue jusqu'au lac.

Privée de ces bonheurs si simples, la jeune femme ne pouvait qu'en cultiver la nostalgie en marchant à pas comptés parmi les nobles dames, tandis que les hommes assistaient au conseil ou chevauchaient sur le front des troupes en manœuvres.

C'est par amour qu'elle se conformait aux usages de sa nouvelle existence. Brigham, en effet, ne devait pas avoir à rougir de la femme de son choix, de celle qu'il méritait. Serena s'astreignait à rester assise pendant des heures, attentive en apparence à des concerts qui l'ennuyaient. Malgré l'absurdité de cette pratique, elle enlevait chaque jour sa robe du matin pour revêtir celle de l'après-midi, en attendant celle du soir. Une seule fois, elle put accompagner Malcolm dans les écuries pour admirer les chevaux du prince — prenant cependant grand soin de tenir secrète cette escapade.

Comme elle enviait son jeune frère, qui s'enivrait à loisir des joies de l'équitation ! Sans jamais se plaindre, elle tentait de trouver quelque intérêt aux plaisirs médiocres de la vie mondaine — et n'y parvenait pas toujours.

« Fais ceci, fais cela, se disait-elle un jour, après le petit déjeuner, en arpentant sa chambre d'un pas nerveux. Ne fais pas ceci, ne fais pas cela... » De rage, elle renversa d'un coup de pied une élégante chaise aux lignes incurvées, au risque d'abîmer le joli escarpin violet assorti à sa robe du matin. Apprendre les règles de l'étiquette la rendait folle. Elle allait devenir démente si on la contraignait à les respecter toute sa vie.

Avec un gémissement, sans souci de froisser les volants compliqués de sa robe, Serena se laissa tomber dans un fauteuil. Retrouverait-elle un jour la paix de Glenroe, son lac bleu, ses collines verdoyantes et ses escarpements ? Comme elle aurait voulu grimper aux rochers, chausser ses vieilles bottes, vivre libre, enfin !

Dans un moment d'abandon, elle se laissa aller au découragement, les coudes sur les genoux et la tête dans les mains. Attitude bien peu digne d'une lady Ashburn, sans aucun doute, mais en cette fin de matinée morose elle se sentait très peu lady Ashburn... Serena ne perdait pas pour autant de sa lucidité. Son égoïsme et son ingratitude l'accablaient — alors que Brigham lui apportait tout ce dont une femme peut rêver, et lui promettait bien plus encore.

Après tout, l'amour, la passion, ne valaient-ils pas bien des sacrifices ? Des sacrifices qui n'étaient rien au prix d'un bonheur partagé.

On ouvrait la porte. Serena se releva d'un bond en lissant de la main sa robe froissée. Il ne fallait pas que lady Ashburn donne prise aux commérages des domestiques en leur offrant le spectacle de son désarroi. A son grand soulagement, elle reconnut la haute silhouette de Brigham.

Comme chaque fois qu'il retrouvait sa femme, celui-ci éprouva comme un pincement au cœur. Elle ne cessait de devenir plus belle, plus désirable.

— Vous n'êtes pas sortie, ma chérie ? Je vous croyais en promenade avec Gwen et Maggie.

Serena vérifia de la main l'ordonnancement de sa coiffure sophistiquée. Pourvu que ses mouvements d'impatience ne l'aient pas dérangée !

— Je me préparais à les rejoindre. Mais vous rentrez bien tôt, Brigham. La réunion du grand conseil est-elle déjà terminée ?

— En effet. Comme vous êtes belle, Serena... Belle comme une violette sauvage.

Elle se jeta dans ses bras avec un rire qui se termina en sanglots.

— Oh Brig, je vous aime ! Je vous aime tellement !

— Mais vous pleurez ? Que se passe-t-il ?

— Non. Enfin, juste un peu... Chaque fois que je vous retrouve, je vous aime davantage, Brigham.

— Prenez garde ! Je risque de vous quitter plus souvent, afin d'attiser votre passion !

— Ne vous moquez pas de moi, s'il vous plaît.

Doucement, il lui releva la tête pour lui baiser les lèvres.

— Je ne courrai pas ce risque, de peur de représailles ! Non, ma chérie, jamais je ne me moquerai de vous.

Serena regarda son mari dans les yeux. S'il plaisantait, son regard était grave. Ainsi, son intuition ne l'avait pas trompée : elle avait tout compris au moment où il était entré dans la pièce.

Elle rassembla tout son courage et demanda :

— Le moment est venu, n'est-ce pas ?

— Asseyons-nous, dit Brigham en lui baisant la main.

— C'est inutile, je suis assez forte pour supporter le choc.

— Nous partons dans quelques jours. Dès demain, vous devez rentrer à Glenroe, avec Malcolm et toutes les femmes de la famille. Parkins vous accompagnera.

Serena devint blême. C'est pourtant d'une voix ferme et assurée qu'elle déclara :

— Je voudrais rester ici jusqu'à votre départ.

— Vous n'êtes pas seule, Serena. Comme Maggie est enceinte, votre voyage en sera retardé.

Il avait raison, bien sûr. Elle devait se plier à ses directives. Ainsi allait la vie !

— Vous allez descendre jusqu'à Londres ? demanda-t-elle encore.

— A la grâce de Dieu !

Serena s'écarta de Brigham pour réfléchir, sans lui lâcher la main.

— Ce combat est le mien aussi bien que le vôtre, et plutôt deux fois qu'une, puisque nous sommes mariés. Me permettriez-vous par conséquent de vous accompagner ?

— C'est impossible, Serena. Les femmes n'ont pas leur place au combat.

Comme il voyait s'allumer dans les yeux de son épouse une lueur assassine, Brigham opta pour un argument plus convaincant.

— Votre famille a besoin de vous, reprit-il.

Serena aurait voulu lui dire combien elle avait davantage besoin de sa présence, mais à quoi bon ? D'autant qu'elle n'aurait pas su se battre, qu'elle n'aurait pas pu secourir Brigham dans la mêlée, comme elle le désirait tant.

— Vous avez raison. Je vous attendrai.

— Mais je compte sur vous, Serena, dit-il en lui étreignant les mains. Si les choses tournent mal… Non, ne protestez pas, si les choses tournent mal, disé-je, vous trouverez dans ma chambre, à Glenroe, un coffre-fort qui contient assez d'or et de bijoux pour assurer votre avenir et celui de votre famille. J'ai aussi dans une malle un objet bien plus cher à mon cœur. Je vous demande de le garder en souvenir de moi.

— Un objet ? De quoi s'agit-il ?

Brigham lui passa la main sur la joue, si semblable à celle de la bergère de porcelaine.

— Vous verrez. N'oubliez pas.

— Je n'oublierai pas, mais cela ne servira à rien. Vous allez me revenir, Brigham, et un jour vous me ferez visiter le château de vos ancêtres.

— J'y compte bien, Serena.

Avec un sourire, celle-ci commença de déboutonner son corsage.

— Mais que faites-vous ?

Toujours souriante, le haut de sa robe ouvert, la jeune femme entreprit de se défaire de sa ceinture de satin.

— Réflexion faite, répondit-elle, je crois que Gwen et Maggie se promèneront toutes seules, ce matin. Dites-moi, milord, est-il interdit à une lady de faire l'amour avec son mari légitime si tôt dans la journée ?

— Oui, je le crains. Mais nous n'en parlerons à personne, promit Brigham en se hâtant de se défaire de ses vêtements.

Ils s'étendirent sous le baldaquin du grand lit, baignés par les chauds rayons du soleil d'automne. Serena, avant l'amour, prit soin de se redresser, à genoux, pour faire tomber toutes les épingles qui retenaient sa chevelure. Ses épaules nues et sa poitrine en furent bientôt couvertes. Brigham se saisit de cette coulée d'or fauve, y baigna son visage et ses mains, comme pour se perdre dans ce ruissellement voluptueux.

Au moment où leurs corps se retrouvaient, l'un et l'autre revécurent leurs amours au bord du lac, les premiers élans de leur passion. L'appréhension de l'avenir exaltait leur désir, ils se donnaient l'un à l'autre avec rage, comme si cette étreinte eût été la dernière de leur vie.

L'armée écossaise ne se mit finalement en route que dans les premiers jours de novembre. Jusqu'à la veille du départ, le prince Charles-Edouard, contre l'avis de ses partisans les plus dynamiques, s'était obstiné à attendre sans agir l'arrivée de renforts venus de France. Le roi Louis XV avait bien envoyé de l'argent et des armes, mais en se gardant de prendre le risque d'embarquer un corps expéditionnaire. Une telle opération aurait supposé le déploiement d'une véritable armada, dont le monarque français ne disposait pas : l'Angleterre restait maîtresse des mers et de l'océan.

Le prince ne disposait donc que de huit mille soldats, dont trois cents cavaliers. Cette troupe mobile et bien entraînée, quoique peu nombreuse, était faite pour des actions rapides. Si celles-ci se révélaient décisives, ce serait la victoire. Dans le cas contraire, les partisans des Stuarts connaîtraient une défaite définitive. Toute la stratégie du prince reposait donc sur l'audace.

Charles pouvait être fier de sa petite armée, que les Anglais prenaient maintenant fort au sérieux. Quelques mois plus tôt, ils s'étaient gaussés de cette horde d'Highlanders en kilt, de cette troupe pittoresque et disparate. Mais la reconquête éclair de l'Ecosse, couronnée par la prise d'Edimbourg, avait donné à réfléchir à l'état-major du roi George. Ce qui restait des troupes anglaises décimées à Fontenoy, précipitamment rapatriées des Flandres, faisait marche vers Newcastle, pour renforcer l'armée du maréchal Wade.

Dans un premier temps, l'armée du prince ne rencontra que peu de résistance en descendant vers Lancaster. Néanmoins, une fâcheuse constatation vint ternir la joie de cette facile victoire : les Jacobites anglais ne s'empressaient guère de rallier ouvertement la cause des Stuarts.

Par une nuit froide de décembre, Brigham se chauffait à un feu de camp en compagnie de son ami Whitesmouth, arrivé tout exprès de Manchester pour participer aux combats. Le whisky aussi bien que leurs plaids épais les aidaient à combattre les frimas de l'hiver.

— Il y a longtemps que vous auriez dû déloger Wade de Newcastle, observa Whitesmouth. L'armée du duc de Cumberland remonte dans les Midlands à marche forcée. Après l'affront qu'il a subi à Fontenoy, ce gros porc a une revanche à prendre. Numériquement, nous ne faisons pas le poids, il faut bien le reconnaître. Nous disposons de combien d'hommes ? Six mille ?

Brigham, dont le regard se perdait dans les flammes dansantes du feu, accepta la bouteille que son ami lui tendait.

— Un peu plus, répondit-il. Le prince est paralysé par les avis contradictoires de Murray et de O'Sullivan. Chaque décision ne se prend qu'après des débats interminables. Je peux te l'avouer à toi, Johnny, nous avons perdu toutes nos chances de victoire en nous attardant à Edimbourg. Cette erreur risque de nous être fatale.

— Et pourtant, tu restes fidèle au prince ?

— Je lui ai donné ma parole.

Ils restèrent silencieux quelques minutes, attentifs au gémissement du vent dans les arbres.

— On m'a dit qu'il y a trop de défections dans nos rangs, reprit Whitesmouth. Beaucoup d'Ecossais regagnent discrètement leurs foyers, dans les Highlands.

— Je sais, soupira Brigham avec lassitude.

Le jour même, Ian MacGregor et les autres chefs de clan s'étaient réunis en conférence, pour étudier les moyens de maintenir le moral de leurs troupes, et pour éviter les désertions. Brigham ne se faisait cependant pas d'illusions : si cette armée de fortune, inférieure en nombre et en matériel, avait remporté d'aussi éclatants succès, c'est que les hommes combattaient avec enthousiasme, de tout leur cœur. Quand le cœur n'y était plus, toute chance de victoire s'évanouissait.

Brigham s'ébroua pour écarter de son esprit ces considérations pessimistes. Il but encore un peu tandis qu'une cornemuse solitaire sonnait un air mélancolique.

— Demain, nous serons à Derby, murmura-t-il. Si en quelques jours nous atteignons Londres sans encombre, le père du prince pourra rentrer de Rome pour occuper le trône d'Angleterre. Sinon... Mais après tout, nous n'avons encore jamais été battus, il faut encore espérer. D'après ce que tu as pu apprendre, la panique règne à la cour du roi George. Il envisage même de rentrer chez lui, au Hanovre.

— Qu'il y parte, et qu'il y reste ! grommela Whitesmouth. Seigneur, comme il fait froid dans ce pays !

— En cette saison, dans les Highlands, c'est encore pire. Le vent te transperce et te déchire comme un rasoir.

— Avec un peu de chance, tu pourras rejoindre ta femme pour la nouvelle année et subir ses morsures — celles du vent, naturellement, précisa Johnny en s'esclaffant.

Brigham sourit à demi. Pour jouir d'un tel bonheur, il lui faudrait bien plus qu'un peu de chance.

Le lendemain, à Derby, le prince réunit son conseil, comme il le faisait chaque jour. Londres n'était plus qu'à deux cents kilomètres.

Au-dehors, la neige tombait en rafales. Dans la salle du conseil, l'atmosphère pesante semblait assombrir tous les visages. Les bûches craquaient et sifflaient dans la grande cheminée, mais leur chaleur faisait un pénible contraste avec la morosité ambiante.

— Messieurs, commença le prince en croisant sur la table ses mains d'une minceur aristocratique, je viens vous demander aujourd'hui encore vos conseils, comme aux plus fidèles soutiens de ma dynastie. Nous avons plus que jamais le devoir de faire preuve de hardiesse, et de cohésion.

De ses yeux sombres, il scruta l'un après l'autre chacun de ses conseillers. Brigham soutint son regard, impassible, puis observa les deux stratèges ennemis, Murray et O'Sullivan, qui se tenaient côte à côte. Le prince, lui, continuait son exposé.

— Je vous informe que trois corps de l'armée gouvernementale convergent vers nous, au moment même où le moral de nos troupes commence à faiblir. Il me semble que notre seule chance de vaincre réside dans une attaque-éclair de Londres, qui bruit encore de l'éclat de nos victoires.

— Votre Altesse…, intervint lord George Murray.

Il se tut en attendant l'autorisation de s'exprimer.

Le prince fit un signe d'assentiment, et Murray reprit la parole.

— Je ne saurais conseiller à Votre Altesse que la prudence. Très inférieurs en nombre, et mal équipés, nous devrions à mon avis nous retirer dans les Highlands et préparer pendant l'hiver une offensive de printemps. De cette façon, nous pourrions ramener dans nos rangs tous ceux qui viennent de faire défection, et attendre en sécurité les troupes que le roi de France ne manquera pas de nous envoyer.

— Voilà un conseil bien désespéré, commenta le prince. Nous dérober au combat, c'est nous condamner à l'échec et à la catastrophe.

— Non pas nous dérober, Votre Altesse, mais opérer une retraite provisoire.

Ces propos furent approuvés de la tête par plusieurs assistants, et Murray ajouta :

— La précipitation est mauvaise conseillère.

Le prince réfléchissait, les paupières baissées tandis que, l'un après l'autre, les partisans de Murray reprenaient ses arguments. Il n'était question que de prudence, de patience, de réflexion. Le seul O'Sullivan prônait l'attaque, mêlant à ses arguments stratégiques plus de flatteries et de promesses inconsidérées qu'il n'était nécessaire.

Impatienté, Charles-Edouard se leva brusquement, froissant les cartes et les plans qui s'étalaient devant lui.

— Et vous, Brigham, qu'en pensez-vous ? demanda-t-il d'un ton qui trahissait incertitude et mécontentement.

Brigham savait bien que, sur le plan militaire, la compétence de Murray ne faisait pas de doute. Objectivement, il avait raison. Mais il se souvint de sa conversation de la nuit avec Whitesmouth, autour du feu. S'ils faisaient retraite en ce moment, l'insurrection perdrait son âme. Pour la première fois de sa vie, il approuvait l'humeur guerrière de O'Sullivan.

— Avec votre permission, Votre Altesse, je suis partisan de marcher sur Londres sans plus tarder. Le plus tôt sera le mieux.

Ian MacGregor, enfermé dans un silence plein d'amertume, opina vigoureusement de la tête.

— Je comprends lord Ashburn, dit un conseiller. Le cœur nous invite à poursuivre le combat sans désemparer. Seulement, la stratégie n'est pas affaire de sentiments. La raison seule doit nous commander. Si nous attaquons Londres sans renforts en hommes et en matériel, nos pertes seront immenses.

— Immense peut être notre victoire ! s'exclama le prince dans un élan de passion. Nous ne sommes pas des couards qui ne songent qu'à se protéger des courants d'air et à s'endormir au coin du feu. Dérobade, retraite honteuse ! Vous m'en rebattez les oreilles, Murray. Je finirai par croire que vous trahissez ma cause !

— Au contraire, monseigneur, répondit lord George sans s'émouvoir. Vous n'avez pas de serviteur plus dévoué que moi, j'ose le dire ici. Vous êtes le prince, je ne suis qu'un soldat. Je ne parle qu'en soldat qui connaît bien ses troupes, et la conduite de la guerre.

La discussion se prolongea interminablement. Bien avant qu'elle prît fin, Brigham en devina pourtant l'issue ; si ambitieux qu'il fût, le prince était trop irrésolu pour ne pas se rallier au point de vue de Murray.

Aussi, en ce 6 décembre 1745, décida-t-il d'abandonner le terrain, et de ramener ses troupes en Ecosse.

Les prévisions les plus pessimistes de Brigham se réalisèrent. Au cours de cette retraite longue et difficile, la petite armée abandonna toute espérance. En brisant l'élan des clans les plus dynamiques, exaltés par leurs victoires antérieures, le prince avait tué l'âme même de l'insurrection. On discourait volontiers d'une offensive de printemps mais, dans le fond de leur cœur, les partisans les plus sincères savaient bien que jamais ils n'entreraient en vainqueurs à Londres.

En revenant en Ecosse, on investit Glasgow, ouvertement favorable à l'usurpateur, le jour de Noël. Il fallut toute l'autorité des Cameron pour éviter le pillage de la cité et le massacre des habitants. Beaucoup de combattants, amers et déçus, auraient voulu tirer vengeance de ces Ecossais traîtres à la cause de leur nation.

La ville de Stirling fut conquise au moment même où des troupes françaises arrivaient en Ecosse, avec un matériel considérable. Un moment, on put croire que la décision d'un repli stratégique se révélait positive.

Galvanisés par ces succès, certains clans se rallièrent à la cause des Stuarts. Mais quatre autres, ceux des MacKensie, des MacLeold, des MacKay et des Munroe, décidèrent de faire défection.

Une nouvelle bataille, encore gagnée par le prince Charles, eut lieu au sud de Stirling. Aux Ecossais fidèles au prince s'opposèrent d'autres Ecossais, soutenus par les troupes anglaises. Pour Brigham, Coll et les membres présents de son clan, ce jour de victoire fut cependant un jour de deuil : Ian MacGregor, frappé d'un coup de pertuisane, était blessé à mort.

Son agonie se prolongea tard dans la nuit. Il restait conscient, sachant bien qu'il vivait ses dernières heures.

A son chevet, insensible aux bourrasques de vent qui secouaient la tente de toile, Brigham pensait à Serena, et se souvenait des jours heureux. Il la revoyait, quelques mois plus tôt, vêtue d'une simple robe de nuit, tourbillonner en l'air dans les bras puissants de son père. Il revivait sa première rencontre avec Ian, retrouvait avec amertume le goût capiteux de la bouteille de porto partagée en cette occasion, il rappelait à sa mémoire leurs longues chevauchées dans la neige ou dans les sous-bois de Glenroe, au printemps. Sur le bat-flanc où il gisait, Ian MacGregor n'était plus qu'un vieillard à bout de souffle, en attente de la mort. Seules sa chevelure et sa barbe, d'un roux ardent sous la clarté jaune de la lampe, semblaient défier la camarde.

— Ta mère..., murmura-t-il en cherchant la main de Coll.

— Je m'en occupe, papa, sois tranquille.

— Mon seul regret...

Oppressé, la respiration sifflante, Ian dut interrompre.

— L'enfant... je ne le verrai pas...

— Il s'appellera Ian, comme toi. Et plus tard il sera fier de son grand-père, c'est juré.

Les lèvres cendreuses du mourant esquissèrent un faible sourire.

— Brigham...

— Je vous écoute, Ian.

— Brigham, n'essayez pas de dompter ma sauvageonne, elle en mourrait. Avec Coll, prenez soin de Gwen et Malcolm.

— Vous avez ma parole, Ian.

— Mon épée, reprit Ian dans un souffle. Coll, tu la donneras à Malcolm.

Agenouillé près de son père, Coll lui pressa la main.

— Il saura s'en servir, papa.

Ian rouvrit les yeux, pour la dernière fois.

— Notre révolte est juste... L'honneur... sauf. Nous n'aurons pas combattu en vain. Bonne race, les MacGregor!

Brigham et Coll sursautèrent. Ian était parvenu presque à crier ces derniers mots, dans un dernier souffle. En pleurant, Coll lui ferma les yeux.

Quelques membres du clan MacGregor furent chargés de ramener le corps de leur chef à Glenroe. Coll refusa de conduire ce funèbre cortège, qu'il regarda partir au côté de Brigham, sous une averse de neige fondue.

— Mon père aurait voulu que je reste près du prince. Quand je pense qu'il est mort en Ecosse, pendant une retraite!

— Notre combat n'est pas terminé, Coll.

— Par Dieu non! s'écria le frère de Serena, dont les yeux lançaient des éclairs d'amertume et de colère.

Dans les semaines qui suivirent, les deux amis restèrent des témoins impuissants de la dégradation de la situation. Le moral des clans s'affaiblissait, les désertions se multipliaient, il devenait de plus en plus évident qu'au lieu d'envisager une invasion de l'Angleterre, l'état-major se trouvait réduit à cantonner ses troupes sur la défensive.

On passa à gué la rivière Forth pour remonter vers le nord et établir le camp près d'Inverness. Pendant presque deux mois les membres du conseil se perdirent encore en palabres stériles. Les renforts récemment reçus se décourageaient, les effectifs s'amenuisaient encore. Pour occuper sa petite armée, le prince engagea quelques actions mineures, comme la destruction de quelques avant-postes anglais en Ecosse, mais il fallait aux combattants les plus résolus des victoires plus éclatantes, et plus décisives.

Pendant ce temps, le duc de Cumberland, fort de la leçon qu'il avait reçue naguère à Fontenoy, organisait ses troupes. Cet hiver de 1746 semblait ne devoir jamais prendre fin.

Serena pleurait sur la tombe de son père, que la neige recouvrait encore. Un mois plus tôt, quand son corps avait été rapatrié à Glenroe, toute la population s'était désespérée de cette perte. Serena ne cessait de se rappeler la voix tonitruante de Ian MacGregor, ses colères et ses joies soudaines, sa force herculéenne et son rire généreux.

Elle aurait voulu se montrer plus énergique, trouver dans ce deuil une raison de combattre. Au lieu de cela, le chagrin l'emportait, lui ôtant toute énergie. La présence même dans son sein de l'enfant qu'elle attendait ne suffisait pas à lui rendre son dynamisme.

C'est le désespoir qui la ravageait. Elle ne trouvait de répit ni dans le travail ni dans l'évocation des jours heureux. Disparu dans la force de l'âge, son père ne reviendrait jamais plus. Et puis, il y avait les larmes de Fiona, qui la mettaient au supplice. Les hommes combattent, et les femmes pleurent. Telle était la dure loi du destin.

Les yeux fermés, Serena laissait les flocons de neige parcourir ses joues. Son désespoir, les hasards de la guerre pouvaient l'aggraver encore. Elle venait de perdre un homme qu'elle chérissait. Qu'en serait-il si elle en perdait un autre ?

Néanmoins, le combat en faveur du prince légitime n'était pas terminé. Cette révolte, si cruelle qu'elle fût, ne manquait pas d'être légitime. Le combat justifiait tout — jusqu'à la mort elle-même. C'était celui de tout un peuple, avide de liberté, et de dignité. Son père s'y était consacré, il lui avait donné sa vie. Aussi Serena n'avait-elle pas le droit de se laisser aller au désespoir.

— Papa, murmura-t-elle en s'essuyant les yeux du revers de la main, j'ai tant de peine, j'ai si peur... Pardonne-moi. Je porte maintenant ton petit-fils, l'espoir de notre clan. Je n'ai rien pu faire pour t'éviter la mort, comme je ne peux rien faire pour protéger Brigham et Coll. Oh, papa, je porte cet enfant et, pourtant, je voudrais tant être un homme, pour reprendre tes armes et combattre pour la cause...

Dans la poche de sa robe rustique, sa main se crispa sur le mouchoir brodé que Brigham lui avait donné, presque un an plus tôt. Elle le passa sur son visage, comme pour mieux se rappeler la scène.

— Brigham vit-il encore ? Il ne sait même pas qu'il m'a fait un enfant. Comme j'aimerais le revoir, l'assister ! Mais je dois me contenter de protéger le fruit de notre amour.

— Rena ?

Malcolm s'était approché en silence. A travers la neige épaisse et drue, Serena vit les lèvres tremblantes de son frère, ses yeux noyés de larmes. Sans un mot, elle lui ouvrit les bras.

Il éclata en sanglots, et elle le serra contre elle, paradoxalement soulagée de le consoler. Comme il avait été courageux lors des obsèques de leur père ! Avec quelle dignité s'était-il comporté en homme ce jour-là, soutenant sa mère effondrée pendant que le prêtre psalmodiait sur le cercueil de Ian la prière des morts !

Aujourd'hui, il redevenait un petit garçon.

— Je hais les Anglais ! dit-il dans un sanglot, le visage enfoui dans le châle de sa sœur.

— Un chrétien ne doit haïr personne. Mais si la haine nous soulage, alors nous devons l'accepter. Il est un temps pour tout, Malcolm, pour la haine comme pour l'amour.

— Papa, c'était le meilleur guerrier qu'on ait jamais vu.

Serena trouva la force de sourire à travers ses larmes. Prenant son frère par les épaules, elle le regarda en face.

— Un vrai guerrier ne trouve la mort qu'il préfère que les armes à la main, tu devrais t'en convaincre.

— Mais ils battaient en retraite, remarqua Malcolm avec amertume.

L'espace d'un instant, Serena retrouva dans les yeux de son frère la colère et la rage qui devaient animer Coll.

— Oui, c'est vrai. La stratégie des chefs de guerre nous échappe, Malcolm. Néanmoins, je suis sûre que le combat des clans laissera sa marque dans l'histoire de notre pays, comme notre père l'aurait voulu.

— Je vais partir pour Inverness, et m'engager au service du prince.

— Malcolm !

— Si papa m'a légué son épée, c'est pour que je m'en serve ! s'écria le garçon, un éclat sombre dans les yeux. Je dois venger sa mort. Je ne suis plus un enfant, Serena.

Celle-ci considéra pensivement son frère. Le petit garçon qui venait de sangloter dans ses bras se retrouvait soudain un homme. Il se raidissait, la main sur son poignard, les mâchoires serrées. « Dieu fasse qu'il ne parte pas ! » se dit Serena dans un soupir.

— Tu n'es plus un enfant, Malcolm, et tu saurais te servir de cette épée. Si tu décides de partir, je ne te retiendrai pas. Mais pense à notre mère, à Gwen et à Maggie.

— Avec toi, elles ne craignent rien.

Comme Serena lui étreignait le bras, elle fut surprise de le trouver si fort et si musclé.

— Je suis enceinte, Malcolm. Et puis, j'ai peur. Quand je serai aussi grosse que Maggie, que pourrai-je faire pour combattre les Anglais ? Tu dois en effet te battre, Malcolm, maintenant que tu n'es plus un enfant. Même si à mon avis ta place est à Glenroe. C'est ici que tu dois te battre comme un homme.

Malcolm considéra la tombe sur laquelle la neige continuait de tomber à gros flocons.

— Tu crois que papa serait d'accord ?

Il allait rester, comprit Serena, soudain soulagée. Elle lui passa un bras sur les épaules.

— Oui. Un guerrier ne démérite pas en protégeant ses arrières, quand c'est indispensable.

— Je préfère les avant-postes.

— Bien sûr. Mais il y a tant à faire ici ! L'hiver va bientôt prendre fin. Les troupes du prince investissent Inverness. Celles de Cumberland ne sont pas loin. Nous ne pouvons laisser Glenroe sans défense, aux soins de quelques faibles femmes.

— Parce que tu crois que les Anglais vont monter jusqu'ici ? demanda Malcolm, partagé entre la crainte et l'espoir du combat.

— Ce n'est pas impossible. Les combats se rapprochent.

— Les Anglais sont toujours battus…

— Ce qui ne les empêche pas d'être battus de plus en plus près de chez nous. Il y a des précautions à prendre. A nous deux, nous devrions trouver une position de repli dans les collines, pour y cacher des vivres, des armes — ce que nous avons de plus précieux, ajouta Serena en pensant au coffre-fort de Brigham. Nous devons élaborer une stratégie défensive, comme de véritables guerriers, Malcolm.

— Je connais une caverne secrète, inexpugnable.

Très bien. Dès demain, tu m'y emmèneras.

Brigham maintenait sa monture au galop. Le détachement qu'il commandait, en ce début d'avril encore neigeux, se composait de volontaires hardis mais affamés. D'Inverness, de pareils détachements se répandaient dans la campagne, à la recherche de nourriture. Un navire de secours, chargé de ravitaillement et d'armes, venait d'être arraisonné par les troupes gouvernementales, laissant celles du prince dans un dénuement critique.

Le petit groupe avait pu collecter de la farine et du gibier tout frais tué. Mais il avait surtout recueilli des informations alarmantes. Le second fils du roi George, le duc de Cumberland, assoiffé de vengeance depuis sa cuisante défaite dans les Flandres, réunissait à Aberdeen une armée de soldats bien entraînés et bien pourvus en ravitaillement, deux fois plus nombreux que ceux du prince Charles. Cinq mille mercenaires allemands barraient la route du sud, à Dornoch. Selon les rumeurs qui couraient, Cumberland allait attaquer Inverness.

La neige étouffait le bruit des sabots. Epuisés de faim et de fatigue, les membres du détachement galopaient en silence, ne rêvant qu'à un bon repas et à un cantonnement tranquille.

Soudain, à l'ouest, on aperçut les habits rouges des dragons anglais. Sur un geste de Brigham, son détachement s'immobilisa. Les dragons étaient beaucoup plus nombreux, et sans doute mieux reposés que la petite troupe loyaliste. Fuir ou combattre ? C'était là le dilemme. Brigham se tourna vers ses hommes.

— Ou bien on se sauve dans les collines, ou bien on les accule contre la paroi rocheuse. Qu'en dites-vous ?

— On se bat ! s'écria le plus hardi en brandissant son épée, bientôt imité par tous les autres.

Brigham sourit brièvement, heureux de cette détermination. Déjà, les dragons anglais passaient à l'attaque et se précipitaient vers eux au galop.

— Alors, montrons-leur de quoi nous sommes capables !

Fouaillant son cheval, Brigham mena la charge.

Leurs armes brandies, les Highlanders couraient au combat comme des démons, hurlant en gaélique des imprécations sauvages. Les deux troupes se heurtèrent de front, faisant retentir de leurs hurlements et du choc des épées et des sabres la campagne solitaire et silencieuse. La neige se teinta de pourpre.

Dans l'action, Brigham ne pensait plus à rien, attentif seulement à transpercer un adversaire après l'autre, dans une sorte de folie meurtrière. Il ne voyait pas les visages de ses ennemis, ne pensait pas qu'ils fussent des hommes, des êtres humains avec leurs sentiments et leurs peurs. Soucieux seulement de faire volter à son gré son grand étalon, il taillait en pièces l'ennemi, sans scrupule et sans haine.

Les Anglais, ou ce qui en restait, furent bientôt acculés aux rochers, comme il l'avait prévu. Après des semaines d'inaction, ce combat lui apportait un défoulement salutaire.

Les dragons survivants trouvèrent leur salut dans la fuite. Brigham dut calmer l'enthousiasme de ceux qui voulaient les poursuivre. Il mit pied à terre pour nettoyer son épée ensanglantée.

— Nous avons fait ce qu'il fallait, cela suffit, messieurs. Notre mission n'est pas terminée. Nous allons ramener les nôtres à Inverness, blessés ou morts. Enterrons les Anglais qui restent sur le terrain.

— On peut pas les laisser aux corbeaux ? suggéra un colosse écossais.

Brigham fixa sur lui un regard glacial.

— Nous ne sommes pas des bêtes, mon garçon. Nous devons donner une sépulture aux morts, amis ou ennemis.

Comme la terre était trop dure, les cadavres des Anglais furent recouverts de pierres.

Epuisés, le ventre creux, les hommes du détachement reprirent le chemin d'Inverness, ralentis dans leur progression par la présence des blessés. Pendant tout le retour, une pensée obséda Brigham : cette escarmouche s'était déroulée bien trop près de Glenroe.

14

Dans la fraîcheur de ce mois d'avril, les tambours roulèrent et les cornemuses sonnèrent de nouveau. A Inverness, l'armée du prince se préparait au combat. Mais celle de Cumberland ne s'était établie qu'à une vingtaine de kilomètres, et la menaçait.

— Le terrain ne me convient pas, déclara lord George Murray.

S'il pouvait toujours se targuer de conseiller le prince, les récents événements, consécutifs à la décision de faire retraite, le mettaient mal en cour. Sachant que Charles s'en voulait d'avoir suivi ses précédents avis, Murray pesait soigneusement chacun de ses mots.

— La lande de Drumossie se prête trop bien au déploiement de l'infanterie anglaise, Votre Altesse. J'ajouterai qu'elle peut être aisément balayée par l'artillerie de Cumberland, dix fois plus importante que la nôtre. Les Highlanders ne sont pas entraînés à livrer bataille en rase campagne.

— Alors, selon vous, il faudrait encore battre en retraite ? Cela devient une manie ! s'écria O'Sullivan.

Aussi fidèle au prince que son ennemi Murray, aussi valeureux que lui, O'Sullivan manquait de réflexion et de sang-froid. Chez lui, la passion et l'enthousiasme, mêlés à une indéniable propension à la flatterie, l'emportaient sur toute considération raisonnable.

— Votre Altesse, reprit-il avec fougue, les Highlanders

se sont révélés des combattants sans peur, capables de tous les succès — de la même façon que vous-même avez fait preuve de dons innés de meneur d'hommes. En face des Anglais, jamais vous n'avez connu la défaite.

— Mais nos effectifs sont notoirement insuffisants, monseigneur, objecta Murray. Sur ce terrain, nous courons au suicide. Je propose de remonter vers le nord, vers les escarpements des Highlands…

— Ma décision est prise ! interrompit le prince, dont les yeux allaient de l'un à l'autre de ses conseillers militaires. Nous attendrons Cumberland à Drumossie. Je suis las de faire retraite, de ruiner le moral des troupes par de continuels atermoiements. Nous combattrons sur le terrain que le maréchal de camp O'Sullivan a choisi.

Lord George Murray échangea avec Brigham un bref coup d'œil. Le prince se laissait-il guider par son impatience, ou par les compliments outrés de O'Sullivan ?

— Puisque votre décision est prise, Votre Altesse, reprit Murray, puis-je vous proposer une manœuvre qui mettrait toutes les chances de notre côté ?

— Si vous renoncez à nous parler de retraite, je suis prêt à tout entendre, mon cher lord George.

Murray rougit violemment, sans pour autant se laisser démonter.

— C'est aujourd'hui l'anniversaire de Cumberland, monseigneur. Ses hommes vont le célébrer en s'enivrant consciencieusement. Une attaque nocturne mettrait toutes les chances de notre côté.

Soudain intéressé, le prince Charles hocha la tête tandis que Murray dessinait de la main deux courbes sur la carte.

— Deux détachements pourraient prendre l'ennemi en tenaille, pour le couper de ses avant-postes. La plupart des Anglais seront ivres morts.

— Bonne idée ! lança le prince, les yeux brillant

d'excitation. De cette façon, nous célébrerons à notre manière l'anniversaire de ce duc de pacotille...

Le projet de lord George Murray fut donc mis à exécution, et les deux détachements parcoururent dans la nuit glaciale les vingt kilomètres qui les séparaient de l'armée anglaise. Ce plan aurait pu réussir si les hommes, épuisés par la fatigue et le manque de nourriture, n'avaient pas manqué d'entrain. A plusieurs reprises, ils s'égarèrent en chemin, sans parvenir à établir le contact avec l'ennemi. Errant dans la campagne, ils finirent par revenir au camp, plus fatigués que jamais, aux premières lueurs de l'aube.

A cheval, Coll et Brigham assistèrent à ce pitoyable retour.

— Voilà donc à quoi nous sommes réduits, murmura Coll. C'est désespérant.

Près du camp, les hommes fourbus se laissaient tomber sur le sol. Certains s'endormirent sur les pelouses du château de Culloden ou sur le bord de la route. D'autres grommelaient leurs griefs, malgré la présence du prince qui était venu les inspecter sur son cheval fringant.

Brigham détourna son regard de ce spectacle désolant pour examiner la lande de Drumossie, que découvrait le soleil levant. Un brouillard léger régnait sur la plaine immense et nue. Ce site constituait un parfait terrain de parade pour une armée de fantassins en manœuvre, et surtout un parfait champ de tir pour l'artillerie. Au nord, l'autre rive de la rivière Nairn offrait un paysage escarpé et montagneux. Ce site, que préférait lord George, aurait de toute évidence été plus favorable aux Ecossais.

Mais puisque O'Sullivan avait su s'attirer la faveur du prince, les dés étaient jetés.

— Notre destin se joue ici, et pour longtemps, déclara Brigham d'un ton sombre.

Poussant son étalon, il entreprit de parcourir le camp en hurlant des ordres, l'épée à la main.

— Debout ! Tout le monde debout ! Vous attendez que les Anglais viennent vous couper la tête, paresseux ? Vous n'entendez pas leurs tambours ? Ils sonnent le rassemblement, et vous dormez !

Se levant à regret, les hommes entreprirent de rejoindre leurs clans. Les artilleurs se mirent en place. Les quelques rations qui restaient furent distribuées, sans rassasier personne. Armés de lances, de haches, de fusils et quelquefois même de faux, ils se rangèrent sous leurs oriflammes respectives, les MacGregor, les MacDonald, les Cameron, et tous les autres. Ils n'étaient que cinq mille, mal équipés, épuisés, avec pour principale force la puissance de leur conviction.

Charles Stuart passa sur le front des troupes au trot de son cheval, en tartan et bonnet à cocarde blanche. Ces hommes qui s'apprêtaient à mourir pour lui remettaient leur avenir et celui de leur nation entre ses mains. Il leur devait tout.

A l'autre bout de la plaine, l'armée anglaise apparut, forte de vingt mille hommes disposés en trois colonnes qui se mirent tranquillement en ordre de bataille. Les Ecossais reconnurent à sa courte taille, à son uniforme rouge et à sa cocarde noire le duc de Cumberland, qui caracolait devant ses troupes comme Charles l'avait fait tout à l'heure devant les siennes.

Au roulement des tambours répondit le nasillement des cornemuses. Le vent vint fouetter de face les visages hâves des Ecossais, dont les canons tonnèrent les premiers, comme l'avaient fait ceux des Anglais à Fontenoy.

La réplique fut immédiate, et dévastatrice.

*
* *

Au moment même où la bataille s'engageait à Culloden, un combat bien différent se livrait au manoir de Glenroe, ou plutôt s'y poursuivait. Depuis le milieu de la nuit, Maggie tentait, mais en vain, de mettre au monde l'enfant qu'elle portait. Quand les violentes contractions qui la torturaient lui laissaient quelque répit, elle appelait Coll, dans une sorte de délire désespéré.

— Pauvre fille, pauvre fille, elle est si frêle ! ne cessait de répéter l'imposante Mme Drummond en allant de la chambre dans la cuisine, d'où elle rapportait de l'eau chaude, de l'eau fraîche et des linges propres.

Fiona, le cœur étreint par l'angoisse, baignait le front et les tempes brûlantes de sa belle-fille.

— Madame Drummond, apportez d'autres bûches, s'il vous plaît. Quand le bébé consentira à naître, il faut que la pièce soit surchauffée.

— Des bûches, il n'y en a presque plus, grommela la matrone.

— Nous aviserons. Gwen, la délivrance est-elle pour bientôt ? Maggie souffre trop, cela me crève le cœur.

— Le bébé se présente mal, maman, et Maggie est si étroite !

Serena, qui tenait le bras de sa belle-sœur, passa instinctivement la main sur son propre ventre, qui commençait à grossir.

— Gwen, tu penses les sauver tous les deux ?

D'un revers de manche, sa jeune sœur essuya son front moite.

— Je l'espère. A la grâce de Dieu !

De nouveau, Maggie poussa un hurlement sauvage. Les quatre femmes qui l'assistaient frémirent en blêmissant. Mme Drummond pleurait sans vergogne. Elle avait deux fois connu les douleurs de l'enfantement, sans avoir la joie d'élever ensuite ses enfants, tous deux morts dès leur naissance.

— Lady MacGregor, je vais demander à Parkins d'aller couper du bois. Après tout, il faut bien que les hommes servent à quelque chose ! On dirait que le Seigneur ne les a créés que pour nous faire souffrir.

Trop fatiguée pour discuter ce jugement sommaire, Fiona se contenta d'approuver d'un signe.

— Coll ! appela Maggie en sanglotant.

Dans sa fièvre, elle secouait la tête de droite et de gauche, spasmodiquement.

— Rena ! s'écria-t-elle. Tu es là ?

— Oui, ma chérie, je suis là. Nous sommes toutes près de toi.

— Coll. Je veux voir Coll.

— Je sais, je sais, ma chérie. Il reviendra bientôt. Gwen dit que tu dois bien te détendre entre chaque contraction, pour reprendre des forces.

Tandis qu'elle embrassait la main de Maggie, pour tenter de l'apaiser, Serena se demanda avec épouvante si dans quelques mois elle se trouverait dans la même situation, souffrant le martyre en appelant en vain Brigham.

Maggie s'était tue, un peu apaisée. Elle retrouva assez de lucidité pour distinguer le visage de Gwen.

— Dis-moi la vérité, Gwen, le bébé ne peut pas sortir ?

Un instant, la jeune fille eut la tentation de mentir, pour rassurer la parturiente. Malgré son inexpérience, elle comprit cependant d'instinct que la vérité est toujours bonne à dire dans les cas de détresse : une femme bien informée supporte mieux la douleur, et peut faire face à toutes les éventualités.

— Il se présente par le siège, Maggie. Je sais ce qu'il faut faire, mais ce ne sera pas commode.

— Est-ce que je vais mourir ?

La jeune femme avait posé cette question sans angoisse, avec une terrifiante tranquillité. Si affreux qu'il fût, Gwen avait déjà dans son for intérieur tranché le dilemme. En cas de nécessité, elle se résoudrait à sacrifier le bébé pour laisser la vie sauve à sa mère. Avant qu'elle ait pu répondre à Maggie, une nouvelle contraction tétanisa celle-ci, qui hurla encore.

— Le bébé ! Le bébé ! Sauvez-le ! Je ne veux pas qu'il meure !

Serena enfonça ses ongles dans le bras de Maggie avec une telle force que le sang jaillit, et que cette douleur inattendue calma la malheureuse, comme un dérivatif à ses autres douleurs.

— Personne ne va mourir, personne, entends-tu ? déclara Serena d'une voix forte. Tu dois combattre, Maggie. Crie tant que tu veux, si cela te soulage, mais n'abandonne pas la lutte. Ni les MacDonald ni les MacGregor n'abandonnent jamais.

Dès les premières décharges, l'artillerie gouvernementale avait creusé des brèches sanglantes dans la foule des partisans du prince. Les canons écossais, d'origine hétéroclite, servis par des artificiers occasionnels, ripostèrent sans efficacité ni méthode. Le vent, en rabattant la fumée sur les Jacobites, les aveuglait. Rangés sur six rangs, les fantassins assistaient avec une rage impuissante au massacre de leurs camarades, fauchés par les boulets.

Le visage déjà noirci de fumée, Coll se désespérait à ce spectacle d'horreur.

— Bon sang, on aurait dû sonner la charge depuis longtemps ! Nous n'allons tout de même pas nous laisser tirer comme des lapins, jusqu'au dernier !

Brigham mit son cheval au galop pour contourner les troupes et rejoindre l'état-major, sur l'aile droite des Jacobites. Il parvint jusqu'au prince.

— Au nom de Dieu, faites sonner la charge, Votre Altesse ! On nous tue comme des chiens.

— Du calme, lord Ashburn ! Nous attendons que Cumberland prenne l'initiative, pour contre-attaquer.

— Mais son artillerie nous massacre sur place ! Jamais il n'attaquera tant qu'il pourra nous tuer sans engager ses troupes ! Si vous continuez à le laisser faire, il remportera la victoire à distance !

Incapable de mesurer l'efficacité de l'artillerie adverse, et fort troublé par sa propre inexpérience, le prince aurait volontiers renvoyé Brigham à son poste, dans un mouvement d'humeur, si lord George Murray n'était accouru à bride abattue, pour appuyer la requête de Brigham.

— Puisque vous insistez, chargeons, je m'y résigne, acquiesça alors Charles.

Un cavalier partit aussitôt au galop pour transmettre l'ordre, mais un boulet ennemi le jeta au sol. Ce que voyant, Brigham s'élança pour le remplacer, hurlant le mot de code qui devait déclencher l'attaque.

— Claymore ! Claymore ! Claymore !

Des hurlements de rage et de soulagement saluèrent l'ordre trop longtemps attendu. Les fantassins s'ébranlèrent, courant comme des cerfs pour enfoncer la ligne ennemie, pour massacrer les habits rouges. Les faux, les grandes épées tournoyantes en firent un carnage dès que le contact fut établi.

Plus tard, les chroniqueurs pourraient comparer cette horde sauvage à une horde de loups assoiffés de sang.

Néanmoins, les dragons à cheval avaient beaucoup appris en affrontant en de multiples combats ces Ecossais qui devaient leurs victoires à leur impétuosité plutôt qu'à leur stratégie. Par un mouvement tournant, les cavaliers anglais prirent ainsi de flanc leurs adversaires pour les tenir sous le feu de leurs mousquets.

Malgré leurs pertes, les Ecossais poursuivirent leur assaut même si, comme l'avaient prévu Murray, Brigham et quelques autres, le champ de bataille laissait aux

Anglais tout loisir de se déployer à leur guise. Sous une rafale de boulets, les Jacobites parvinrent à enfoncer les premières lignes de Cumberland, qui durent se replier. En revanche, sa troisième ligne déclencha un tir si nourri que les Ecossais tombèrent les uns sur les autres. Pour progresser, les survivants devaient escalader les cadavres entassés de leurs camarades massacrés.

Les canons anglais tiraient maintenant à mitraille. Des fragments d'acier et de plomb pleuvaient sur les partisans du prince, pareils à une averse mortelle née de l'enfer. Comme à la parade, les dragons alternaient rang par rang leurs offensives : pendant que le premier rang tirait sa salve, le second rechargeait ses armes, de manière à obtenir un feu roulant.

Dans sa progression sauvage à l'intérieur des lignes ennemies, Brigham reçut dans le bras un éclat de mitraille qui ne ralentit pas son ardeur. Il vit James MacGregor, le fils de Rob Roy, enfoncer avec ses partisans la masse des fantassins anglais. Les yeux brûlés par la chaleur du carnage et les fumées de la poudre, il dépassa les dernières lignes de Cumberland, précédé de Murray, qui avait perdu dans la bataille son chapeau et sa perruque.

Côte à côte, ils purent l'espace d'un instant apprécier la situation, s'orienter dans la confusion générale.

Leur aile droite avait fait sa percée, désarçonnant et massacrant les dragons placés en face d'elle. Mais partout ailleurs, les Jacobites étaient défaits. Le clan des MacDonald, faute d'avoir pu s'approcher des cavaliers, avait succombé à leurs tirs roulants.

Dans un élan désespéré, Brigham entreprit de revenir en arrière, dans l'intention de rallier à lui tous les hommes valides qu'il pourrait rassembler. Autour de lui, il n'aperçut bientôt plus que des échauffourées sporadiques, des combats désespérés, des scènes de massacre. L'aile droite des Jacobites s'était dispersée, férocement taillée en pièces par les dragons.

Soudain, il reconnut Coll qui, de l'épée et du poignard, tentait de repousser l'assaut de trois habits rouges. Sans hésiter, il courut à son secours. Les considérations générales pouvaient attendre : il ne s'agissait plus que de défendre la vie de son meilleur ami.

Ils combattirent dos à dos, comme ils l'avaient fait quelquefois. Les trois habits rouges reçurent à leur tour du renfort, mais ces mercenaires ne pouvaient sans mourir défier de tels champions. Légèrement blessés tous les deux, Coll et Brigham restèrent bientôt maîtres du terrain. Ils avaient jeté leurs dernières forces dans ce combat d'arrière-garde.

La grande bataille était terminée.

Sur la neige boueuse et noircie, un nuage épais, celui de la poudre brûlée, s'étendait, obscurcissant le ciel. Les Anglais se retiraient en désordre, comme étonnés de leur victoire, encore traumatisés par l'ampleur du carnage.

— Seigneur, quelle défaite ! murmura Coll.

Couvert de son sang et de celui de ses victimes, il considérait avec hébétude le champ de bataille. Jamais il n'oublierait ce paysage dantesque, ces amas de cadavres entremêlés, ces nuages noirs planant sur le sol fumant, sur la neige sanglante.

Par hasard, ils rencontrèrent un dragon en habit rouge, qui s'acharnait à mutiler un cadavre. Avec un rugissement sauvage, Coll lui transperça le corps.

— Arrête ! Assez de sang versé ! lui cria Brigham, écœuré. Tu n'as pas compris que la cause du prince est perdue, perdue pour toujours ?

Coll, hors de lui, refusait d'entendre raison. L'épée à la main, il cherchait fiévreusement d'autres hommes à tuer. Brigham vint à sa hauteur et saisit la bride de son cheval.

— Tu veux vraiment mourir ? Il y a mieux à faire,

Coll. Calme-toi ! Nous ne sommes pas loin de Glenroe — Glenroe qui risque de tomber aux mains des Anglais ! Il faut évacuer les femmes...

— Maggie, murmura Coll en frissonnant comme sous l'effet d'une douche froide. Tu as raison, allons-y !

Ils progressèrent précautionneusement, l'épée à la main, tous deux sur le qui-vive. Ici et là, on entendait encore quelques coups de fusil, et des cris de douleur.

Au moment où ils atteignaient l'escarpement des collines, Brigham se retourna. Un dragon en habit rouge, couché sur le sol, sans doute blessé, venait d'armer son mousquet. Il tenait Coll dans sa ligne de mire. Instinctivement, Brigham s'interposa. Les chairs déchirées par l'impact de la balle, il eut le temps d'éprouver une douleur atroce avant de s'évanouir.

Lord Ashburn venait de tomber à la lisière de la lande de Drumossie, sur le lieu de la bataille qu'on appellerait plus tard la bataille de Culloden.

Engourdie de fatigue, à peine capable de se mouvoir, Serena sortit du manoir par la porte de la cuisine. Seul l'air glacé du crépuscule pourrait lui redonner un semblant d'énergie. Elle venait de participer à l'un de ces combats que seules les femmes connaissent. Il avait fallu toute une nuit et tout un jour pour aider à la délivrance de Maggie. Que de sang, de sueur, de souffrances ! Le petit garçon avait fait son entrée dans le monde les pieds en avant, laissant sa mère épuisée entre la vie et la mort.

D'après Gwen, Maggie survivrait à cette épreuve. Avant de s'évanouir, à bout de forces, elle avait pu entendre le vagissement du nouveau-né.

Dehors, la nuit tombait. Les étoiles commençaient à apparaître, une chouette solitaire hululait.

— Brigham, comme j'ai besoin de toi, murmura Serena, les deux mains plaquées sur l'enfant qu'elle portait.

Des brindilles craquèrent. Elle se raidit en scrutant les ténèbres naissantes. La silhouette d'un homme qui titubait apparut à contre-jour.

— Serena ! appela-t-il d'une voix mourante.

Il s'avançait en lui tendant les bras, tout couvert de sang. Ses longs cheveux retombaient en désordre sur son visage noir de poudre.

— Rob ? Rob MacGregor ? Mon Dieu, tu es blessé ?

Au moment où elle lui prenait la main, son cousin s'écroula à ses pieds. Il balbutiait.

— La bataille... Les Anglais. Ils nous ont massacrés... Massacrés, Serena.

— Et Brigham ? s'écria la jeune femme en le saisissant par sa veste déchirée. Où est-il ? Il vit encore ? Par pitié, dis-moi qu'il vit !

— Comment savoir ? Tant de morts, des morts à n'en plus finir... Oh oui, tant de morts !

Alors, ce garçon qu'elle avait connu arrogant, fringant, amateur de gilets brodés et de jolies filles, éclata en sanglots, le visage dans les plis de sa robe. Il était comme brisé.

— Mon père, mes frères, tous tués. Je les ai vus tomber là, devant mes yeux. Et le vieux MacLean, et David Mackintosh... Nous courions pourtant vers les collines... Tous massacrés, abattus comme des bêtes... Serena, je n'en peux plus.

Elle s'accroupit et lui secoua vivement les épaules.

— Et Brigham ? Et Coll ? Tu les as bien vus ?

— A la fin, on ne voyait plus rien... Trop de fumée partout. Et ils me suivent, Serena. Les Anglais sont fous, ils se répandent dans les Highlands en brûlant les maisons, en tuant les paysans, les femmes, les enfants... Tout à l'heure, ils ont poignardé un vieux laboureur sous mes yeux. J'étais caché dans un fossé, et j'ai tout vu sans pouvoir rien faire.

— Non, ce n'est pas vrai ! s'écria Serena. Dis-moi que ce n'est pas possible, Rob.

Elle le berçait maintenant dans ses bras, concentrant toute sa pensée sur son bien le plus précieux, l'enfant qu'elle portait.

— Ils tuent tous ceux qui se rendent, comme des chiens. Les chemins sont pleins de cadavres. Nous n'avons même pas pu enterrer nos morts.

— Cette bataille, quand a-t-elle eu lieu ?

— Hier. C'était hier. Il m'a fallu la nuit et le jour pour arriver à Glenroe en me cachant.

Tandis que le jeune homme s'essuyait les yeux en refrénant ses sanglots, Serena inspira profondément. Puisque Rob MacGregor restait en vie, Brigham et Coll ne pouvaient pas être morts. Non, c'était impossible. Comment pourrait-elle encore vivre, agir, respirer, si elle désespérait de leur salut ?

« Brigham est vivant », se dit-elle en se redressant lentement. De toute sa volonté, elle voulait qu'il le fût. D'autres tâches l'attendaient, songea-t-elle encore en avisant les fenêtres du manoir, derrière lesquelles des bougies brillaient. Si elle ne se montrait pas assez forte, qui s'occuperait de la sauvegarde de la famille ?

— Crois-tu que les Anglais vont venir jusqu'ici, Rob ?

Elle l'aida à se relever. Son cousin reprenait contenance, mais faisait peine à voir.

— Ils nous pourchassent comme du gibier. Jamais je n'aurais dû m'enfuir, Serena. Je serais mort comme mon père et mes frères, mais non sans tirer d'abord vengeance de ces bandits.

— Seuls les vivants peuvent reprendre le combat, Rob. Tu as averti ta mère ?

— Pas encore. Je ne sais que lui dire.

— Tu dois lui dire que son mari et ses fils sont morts glorieusement, en héros, au service du roi légitime. Elle est brave, elle comprendra. Ensuite, tu l'emmèneras avec toutes les femmes de ta famille dans les collines, avec des vivres et des armes. Les Anglais vont sans doute venir brûler les manoirs de notre clan, Rob. Il ne faut pas qu'ils trouvent de femmes à violer, cette fois.

La tête basse, Rob reprit son chemin, et Serena se hâta de rentrer chez elle, l'esprit clair et décidé. Pour son propre équilibre, et pour la sauvegarde de sa famille, elle devait se concentrer sur l'essentiel, sur l'action, et faire taire la peur qui l'étreignait. De toutes les façons, elle en était certaine, Coll et Brigham allaient revenir. Sinon, la vie n'avait plus de sens.

Gwen sommeillait au chevet de Maggie.

— Comment va-t-elle ? demanda Serena en lui prenant le bras.

— Elle a perdu trop de sang, mais elle survivra. Comme je voudrais en savoir plus en médecine, Serena ! J'ai manqué d'expérience, elle a trop souffert.

— Tu pourrais en apprendre à plus d'une accoucheuse, Gwen. Si Maggie et l'enfant respirent encore, c'est bien grâce à toi.

— J'ai eu tellement peur !

— Tout le monde a eu peur.

— Même toi, l'indomptable ? s'étonna Gwen. Tu nous as pourtant redonné confiance à toutes, Serena. Je t'envie quelquefois ta force de caractère. Enfin, le pire est passé, le bébé se porte comme un charme et Maggie n'a qu'à se reposer tranquillement pour reprendre des forces... Je crois bien que je vais l'imiter : jamais je n'ai veillé si longtemps, même le soir de mon premier bal !

Le visage préoccupé, Serena ne sourit pas.

— Il faut transporter Maggie, annonça-t-elle d'une voix sombre.

— La transporter ? Mais c'est impossible ! Et pour quoi faire ?

Comme la jeune accouchée s'agitait dans son lit, Serena entraîna Gwen hors de la chambre, dans le corridor.

— Je viens de voir notre cousin, Rob MacGregor.

— Le beau Rob ? Il est revenu ? Je croyais…

— Ils ont livré bataille, Gwen, et ils ont perdu.

— Et Coll ? Et Brigham ?

— Rob n'en sait rien. Les troupes loyalistes sont en déroute, et les Anglais traquent les survivants, voilà l'affreuse réalité.

Gwen avait pâli, mais elle gardait son sang-froid.

— Nous pourrions les aider à vivre dans la clandestinité, Rob et… et tous les autres. Si les Anglais ne trouvent que des femmes pour les accueillir, ils passeront leur chemin.

Serena haussa les épaules avec irritation.

— Tu oublies ce qui s'est passé ici même, il y a plus de dix ans ?

— Mais ce n'était qu'un méchant homme, un fou, et il est mort. Brigham l'a tué.

— Ecoute-moi bien ! s'exclama Serena en saisissant sa petite sœur par les épaules. Rob me l'a dit : en ce moment tous les soldats du roi George, et pas seulement les Anglais, sont devenus fous. Leurs dragons achèvent les blessés, ils tuent dans la campagne les vieillards, les femmes et les enfants. Ils ne sont pas loin. S'ils parviennent à Glenroe dans cet état de démence, ils nous tueront tous, y compris Maggie et son fils.

— Mais si nous la transportons, nous risquons de la tuer nous-mêmes !

— Mieux vaut mourir de la main de ceux qu'on aime que de celle de ces brutes mercenaires. Tu vas rassembler tout le matériel nécessaire à leur survie. Nous partirons à l'aube.

— Et toi, Serena, tu supporteras cette épreuve ? Et ton bébé ?

Une lueur d'orgueil brilla dans les yeux de Serena.

— Rassure-toi, Gwen, nous résisterons à tout — ne serait-ce que pour perpétuer le souvenir.

Réconfortée elle-même par cette courageuse résolution, Serena descendit dans la cuisine, où Fiona préparait une collation en compagnie de Mme Drummond et de Parkins.

— Serena, tu devrais déjà être couchée ! s'exclama sa mère. Va vite au lit ! Je monte ce plateau à ta sœur, et aussitôt après il faudra qu'elle dorme, elle aussi.

— Maman, j'ai à te parler.

— Maggie va mal ? Et le bébé ?

— Ils se reposent, ne t'inquiète pas pour eux. Nous devons prendre une décision tous ensemble. Cela vous concerne aussi, monsieur Parkins et madame Drummond. Où est Malcolm ?

— A l'écurie, madame la comtesse, répondit Parkins. Il panse les chevaux.

D'un geste, Serena invita sa mère à s'asseoir au haut bout de la table.

— Alors, allez le chercher. Madame Drummond, avez-vous encore de quoi faire du thé pour tout le monde ?

Quand le thé fut préparé, et Malcolm revenu de l'écurie, Serena mit l'assemblée au courant des derniers événements.

Au lever du jour, le triste cortège s'ébranla en silence sous la conduite de Malcolm, seul à connaître avec Serena le repaire secret aménagé depuis quelques jours. Parkins avait confectionné pour Maggie une sorte de civière qu'il portait avec Mme Drummond. A demi consciente de ce qui lui arrivait, la jeune mère serrait les dents, éperdue, le regard fixé sur son bébé, le petit Ian MacGregor, que Gwen portait, tout près d'elle. Serena s'était quant à elle chargée de la claymore de son grand-père, symbole de l'orgueil familial.

Fiona fit halte au sommet d'un promontoire. Les premières fleurs du printemps égayaient le sol rocailleux et ingrat. La forêt, qui avait accueilli ses premiers pas de jeune mariée, s'étendait à l'infini, baignée des derniers lambeaux du brouillard matinal. Sur une hauteur, on distinguait encore les toits bleus du manoir de Glenroe et ses tourelles. C'est là que son jeune mari lui avait fait connaître le bonheur ; c'est là aussi qu'étaient nés ses enfants.

La douceur de l'air, l'éclat des fleurs, la magnificence du paysage semblaient faire injure à son deuil.

— Nous reviendrons, maman, dit Serena en la prenant par la taille.

— J'abandonne le berceau de mon bonheur, Serena. Mon cœur reste à Glenroe. Quand ces soldats ont ramené le corps de ton père, j'ai pensé que je n'avais plus rien au monde... Je m'étais trompée.

Le regard perdu sur les ardoises bleues du manoir que le soleil levant irisait de mille couleurs, elle soupira. Et puis, soudain, elle se reprit et redressa la tête.

— Les MacGregor reviendront à Glenroe ! s'écria-t-elle d'une voix que Serena n'avait jamais connue aussi forte.

Ils n'atteignirent leur refuge que deux heures plus tard. Malcolm et Serena y avaient déjà transporté du bois, de la tourbe, des médicaments, des couvertures, et tout le matériel nécessaire à un séjour prolongé. Dans leurs précédentes expéditions, ils étaient même parvenus, avec l'aide d'une mule, à hisser dans ce repaire isolé la malle de Brigham et son précieux coffre-fort. L'un et l'autre se trouvaient dissimulés derrière des rochers, au fond de la grotte.

Pendant que Fiona et Gwen s'efforçaient de donner à

Maggie et à son bébé le plus de confort possible, Serena posa la claymore à l'entrée du refuge, et s'empressa de déballer les armes et les munitions.

— Vous savez vous servir d'un pistolet, Parkins ?

— A votre service, lady Ashburn. Je sais m'en servir, en cas de nécessité.

Malgré sa fatigue, Serena ne put s'empêcher de sourire. L'imperturbable Parkins restait en toute circonstance d'une parfaite impassibilité. En plein cœur des Highlands sauvages, il transportait avec lui toute la distinction des salons les plus huppés. Serena lui tendit un imposant pistolet, qui appartenait à Coll.

— Celui-ci vous convient-il ?

— A merveille, milady, répondit Parkins en s'inclinant profondément. Avec la permission de votre seigneurie, je vais prendre aussi une poire à poudre, et des balles.

Sous le regard abasourdi de Serena, Parkins fit claquer le chien du pistolet et se mit en devoir de le charger. Décidément, ce valet ne manquait pas de ressources. Il savait s'adapter à toutes les situations, aussi habile à repasser un col de dentelle qu'à donner à Mme Drummond des leçons de cuisine, ou qu'à construire une civière.

— Vous cachez bien votre jeu, Parkins, observa Serena en fronçant malicieusement les sourcils. Rien ne vous arrête, rien ne vous prend en défaut. Je commence à comprendre pourquoi mon mari tient tant à vous. Depuis quand êtes-vous à son service ?

— Je suis au service des Langston depuis mon plus jeune âge, milady.

Il y eut un silence. Parkins examinait d'un œil perspicace le visage soudain rêveur de lady Ashburn, qui regardait dans le vague.

— Monsieur le comte nous reviendra, murmura-t-il avec une respectueuse familiarité.

Une larme coulait sur la joue de Serena. Elle aurait

voulu éclater en sanglots, mais la présence de Parkins la rappelait à la pudeur et à la dignité de son rang. Dans un sursaut de volonté, elle parvint à sourire.

— Je cherche un prénom pour son premier enfant, Parkins. Quel était celui de son père ?

— Daniel, milady.

— Alors, mon fils s'appellera Daniel. Prénom de bon augure, puisque c'est celui du prophète qui chantait dans la fosse aux lions. Le prochain comte d'Ashburn viendra un jour résider à Glenroe, je vous le promets.

— Puis-je suggérer à madame la comtesse de prendre un peu de repos ? Ce voyage a épuisé ses forces, si je peux me permettre cette remarque.

— J'ai tout le temps de dormir. Il faudrait d'abord préciser un point.

D'un coup d'œil circulaire, Serena s'assura que personne ne pouvait l'entendre, avant de reprendre :

— Quand Brigham et mon frère vont revenir à Glenroe, ils ne sauront pas où nous trouver. Nous devons donc guetter leur retour. Je vous propose d'instaurer un tour de garde, avec Malcolm et vous.

— Je m'y refuse, milady.

Serena resta bouche bée. Le fidèle valet de Brigham osait donc désobéir ?

— Vous refusez, Parkins ?

— Certainement, milady. Vous n'avez pas le droit d'abuser ainsi de vos forces. Mon maître ne le permettrait pas, j'en suis sûr.

— Comme votre maître n'est pas là, nous ne pouvons lui demander son avis. Il faudra bien qu'on l'avertisse de notre retraite.

— Il en sera averti, milady, ainsi que monsieur votre frère. Je m'en occuperai avec le jeune Malcolm. Vous devez rester ici, avec les autres femmes.

Blême de colère et de fatigue, Serena s'insurgea.

— Je vous interdis de me confiner dans cette grotte, Parkins, au moment où mon mari et mon frère ont tant besoin de moi.

Sans s'émouvoir, Parkins l'enveloppa d'une couverture.

— Pardonnez mon insistance, lady Ashburn. Mon maître serait formel sur ce point.

— Tête de mule ! marmonna Serena. Je me demande pourquoi mon mari a eu la bonté de vous garder à son service si longtemps.

— Il n'en sait rien lui-même, milady. Puis-je proposer à votre seigneurie une tasse de lait ?

Serena dormait d'un sommeil profond. Malgré la présence à sa droite d'une épée, et à sa gauche d'un pistolet chargé, elle ne faisait que des rêves enchanteurs, où Brigham tenait le beau rôle. Sous les chauds rayons du soleil, ils dansaient ensemble le menuet, au bord du lac. Comme les miroitements de l'eau étaient jolis ! Brigham portait sa jaquette noire aux boutons d'argent, une émeraude brillait à sa cravate. Elle-même se pavanait dans une robe de soie ivoire, toute constellée de perles.

Ils étaient seuls à danser, dans toute leur gloire, sur la musique du torrent familier qu'accompagnaient les trilles des oiseaux cajoleurs. Leurs lèvres s'effleuraient parfois, leurs deux corps n'en faisaient plus qu'un, réunis par la langueur du rythme.

Comme il était beau, élégant, sublime, cet Anglais au grand cœur, si distingué, si aimant ! Ses baisers avaient la douceur d'un bonjour, la tendre nostalgie d'un adieu.

Et soudain, du sang sourdait de sa poitrine, sa jaquette devenait écarlate. Serena le serrait contre elle, n'étreignant plus qu'un fantôme qui s'évanouissait. Elle restait seule sur le sable de la rive, continuant à danser malgré elle, au rythme ironique d'un oiseau moqueur.

Le cœur battant à se rompre, le nom de Brigham sur les lèvres, Serena s'éveilla en sursaut. Machinalement, elle regarda ses mains. Non, elles n'étaient pas souillées de sang. Elle tendit l'oreille. Non, les merles joyeux ne sifflaient pas leurs ritournelles, aucune rivière ne murmurait son chant monotone, si apaisant. Au lieu de cela, un rapace nocturne gémissait sa plainte, la bise glacée hurlait sa menace.

Elle devait chasser ce cauchemar. Pour l'exorciser, elle caressa sous sa peau l'enfant qui devait naître. Presque aussitôt, les vagissements du petit Ian la forcèrent à se lever. A tâtons, elle gagna le fond de la caverne. Eclairé d'une seule bougie, le bébé tétait déjà le sein de sa mère avec une gourmandise bien caractéristique des MacGregor.

Encore pâle et affaiblie, Maggie semblait revivre sous cet assaut. Elle souriait.

— Serena, tu crois qu'il ressemble à son père ?

— Non, il te ressemble — heureusement pour lui !

Fiona, qui assistait avec émotion à la scène, eut un sourire complice, heureuse de voir s'égayer la jeune accouchée. Après cette terrible épreuve, Maggie retrouvait en effet de son enthousiasme.

— Je croyais avoir donné tout mon amour à Coll, et je m'aperçois que j'avais des réserves insoupçonnées, dit-elle. Mon petit Ian, je l'adore.

— Le trajet ne t'a pas trop fait souffrir ?

— Vous avez tous été merveilleux. J'ai honte de me sentir si lasse et affaiblie.

— Tu vas bientôt dormir, Maggie, affirma Fiona. Quand le petit aura fini de téter, je le changerai. Ne t'inquiète pas, j'ai l'habitude.

— Coll revient bientôt ?

Serena et sa mère échangèrent un regard. Maggie dodelinait déjà de la tête.

— Il reviendra, bien sûr, murmura Fiona. Comme il va être heureux de voir son fils !

Alors que le bébé s'endormait sur le sein de sa mère, Serena le prit dans ses bras. Fiona en profita pour arranger les couvertures sur le corps épuisé de Maggie.

— Comme il est fragile ! s'émerveilla Serena. Quelle merveille qu'un nouveau-né !

— Chaque naissance est comme un miracle qui nous attache à la vie, lui confia sa mère. Nous sommes promis à la mort, la souffrance et le deuil sont notre apanage, mais un enfant qui naît ranime notre espérance.

Les larmes aux yeux, Serena aida Fiona à langer la petite créature. Elles se taisaient toutes les deux. N'y pouvant plus tenir, Serena finit néanmoins par poser la question qui lui brûlait les lèvres.

— Tu crois qu'ils sont morts, maman ?

— Il ne nous reste qu'à espérer, et à prier, ma fille. Je prie sans cesse pour leur retour. Mais au fait, s'écria soudain Fiona, comme heureuse de trouver un dérivatif à ses appréhensions, tu n'as pas mangé ! Tu dois te nourrir, ne serait-ce que pour la santé de ton enfant.

Serena acquiesça de mauvaise grâce et parcourut des yeux les ombres de la caverne. Mme Drummond mijotait un potage sur un petit feu, Gwen semblait toute petite sous sa couverture, et…

— Malcolm ! Où est Malcolm ?

— Il est redescendu à Glenroe avec Parkins dès que tu t'es endormie, pour rapporter d'autres provisions.

Un peu contrariée, Serena accepta le bol que lui tendait Mme Drummond.

— Ne vous inquiétez pas pour eux, dit la cuisinière, aussi épanouie dans cette caverne qu'au manoir, mon Parkins est un homme à la redresse !

— Votre Parkins ?

— Nous allons nous marier, avoua la robuste veuve en rougissant comme une jeune fille.

— Mes félicitations ! Je crois que… Ecoutez ! Vous entendez ce bruit ?

Serena posa son bol et se leva en silence.

— Je n'ai rien entendu, dit Fiona, la gorge soudain nouée.

— Nous avons des visiteurs. Reste au fond de la grotte, maman. Veille à ce que le bébé ne fasse aucun bruit.

— Serena, sois prudente !

Sans tenir compte des frayeurs de sa mère, Serena progressa à pas feutrés vers l'entrée de leur refuge. Dans son cœur et dans ses veines tout son sang se glaçait, mais sa résolution n'en était que plus forte. Elle se disposait à tuer sans merci, de propos délibéré.

D'une main ferme, elle saisit le pistolet chargé et en releva le chien. De l'autre, elle prit l'épée. Un peu en arrière, Mme Drummond brandissait une lardoire et un couteau à découper.

Les bruits de pas, hésitants, ralentis, se faisaient plus nets. De toute évidence, la cachette était repérée. Prête à faire feu, Serena bondit à l'extérieur.

— Rentrez vos griffes, panthère des Highlands !

C'est la voix de Brigham qu'elle venait d'entendre. Eperdue, Serena resta pétrifiée. Coll et Parkins encadraient son mari, qu'ils traînaient sur le sol, tout couvert de sang, méconnaissable.

— Brigham !

Abandonnant ses armes, Serena se précipita pour enlacer le corps de Brigham. Celui-ci n'eut que le temps de murmurer son nom avant de sombrer dans l'inconscience.

15

— Il risque de mourir, n'est-ce pas ?

Redoutant le pire, Serena était agenouillée près de Brigham tandis que Gwen examinait ses blessures. Sans un mot, elle sondait la plaie principale, à la base du thorax, sur le flanc gauche. A quelques pas de là, Fiona pansait les jambes de Coll, qui n'avait d'yeux que pour son fils.

— Cette balle, c'est à moi qu'elle était destinée, répétait-il.

Il s'en voulait de sortir de cette épreuve presque indemne, de jouir de la présence de sa femme et de son fils pendant que son ami le plus cher se trouvait entre la vie et la mort, pour avoir voulu le secourir.

— Il s'est jeté devant la balle, reprit-il, obsédé par cet épisode. Nous allions nous réfugier dans les collines après notre défaite. Une défaite totale, hélas ! Notre régiment n'existait plus. Sur le coup, j'ai cru que Brigham était mort.

— Tu as pu le ramener, grâce à Dieu ! lui dit Serena en jetant un linge souillé du sang de son mari.

Coll ne répondit rien. Partagé entre le désespoir et la tendresse, il se rassasiait du spectacle de sa femme endormie, le petit Ian sur son sein. Que de douceur, après tant de violence et de meurtres !

Jamais il ne pourrait oublier avec quelle fureur démente il s'était acharné à traîner le corps inanimé de Brigham à l'abri des rochers, que les Anglais s'obstinaient à explorer pour massacrer les Ecossais survivants. De cet escarpement, il n'avait pas eu la force de gagner une grange qui servait d'infirmerie, dans la vallée. Et puis, il avait vu les mercenaires de Cumberland investir cette grange, pour y mettre le feu. Les hurlements des blessés qui brûlaient vifs retentissaient encore à ses oreilles.

Le retour à Glenroe, un véritable calvaire, s'était effectué de nuit. Chaque fois que Brigham perdait conscience, Coll avait dû le porter sur ses épaules.

— Nous avions surtout peur pour vous, murmura-t-il enfin. Nous avions peur que les Anglais nous précèdent et vous massacrent. Quelle horreur !

— Et Malcolm, où est-il ?

— Il veille sur Glenroe, à l'écurie. En cas de besoin, il emmènera les chevaux dans la lande.

Gwen, toute pâle, posa une grosse compresse sur la plaie qui saignait encore. Brigham n'avait pas repris connaissance.

— Il faut extraire cette balle d'urgence, dit-elle à tous ceux qui l'entouraient. C'est l'affaire d'un chirurgien, d'un spécialiste.

Tant bien que mal, Serena tenta de maîtriser la terreur qui l'envahissait. Brigham ne lui était-il revenu que pour perdre la vie devant ses yeux ?

— Le chirurgien le plus proche se trouve à Inverness, souligna-t-elle. Si nous allons le chercher, il refusera de venir jusqu'ici — et les Anglais n'auraient qu'à nous suivre pour découvrir notre cachette.

— C'est risqué, reconnut Gwen. Pourtant, il faut tenter le tout pour le tout.

— S'ils découvrent Brigham, ils le tueront, affirma Serena. A l'égard d'un aristocrate de leur pays, ils n'en seront que plus cruels. Je les connais, ils sont bien capables de le maintenir en vie pour pouvoir le décapiter à Londres. C'est à toi de faire cette extraction, Gwen.

— Mais j'en suis incapable. Si j'essaie, je suis presque sûre de le tuer.

En plein désarroi, les assistants se sentirent gagnés par le désespoir. Brigham gémit.

— S'il doit mourir, déclara Serena d'une voix sourde, autant que ce soit parmi nous, et de ma main. Puisque tu t'y refuses, je vais tenter l'opération moi-même.

Au milieu de la consternation générale, Parkins toussota avant de prendre posément la parole.

— Avec votre permission, milady, je vais extraire cette balle.

— Vous ? De quel droit ?

— Que votre seigneurie me pardonne, je ne m'occupe pas seulement de dentelles et de bottes à cirer, repartit placidement le valet. Il m'est arrivé deux fois de tenter cette opération, la première sur un cheval et la seconde sur un domestique, et avec succès, je peux m'en flatter. Lord Ashburn est mon maître, c'est à moi que revient la tâche de préserver sa vie. Je demanderai seulement qu'on l'empêche de s'agiter.

Alors que Parkins tournait les yeux vers Coll, Serena s'interposa.

— C'est moi qui le maintiendrai, et moi seule ! lança-t-elle avec véhémence. La vie de mon mari est entre vos mains, Parkins, ne l'oubliez pas !

— Je n'y manquerai pas, madame la comtesse.

Gwen profita de ce que Brigham revenait provisoirement à lui pour lui faire avaler tout un bol de décoction de pavot. A genoux derrière sa tête, Serena ne cessait de lui essuyer le visage, qui ruisselait continuellement de sueur.

Parkins, qui s'était débarrassé de sa jaquette et avait relevé les manches de sa chemise sur des bras fort maigres, faisait rougir au feu la lame effilée d'une dague, pour cautériser la plaie en l'approfondissant. Quand il s'approcha, Serena eut un frisson.

— Va t'asseoir près de maman, lui dit aussitôt Coll. Laisse-moi ta place, Serena, je suis plus fort.

— Non, je veux aider Brigham moi-même. Parkins, je sais que vous allez le faire souffrir. Alors, je vous en prie, dépêchez-vous.

Quand la pointe rougie à blanc effleura le bord de la plaie, le blessé eut un violent sursaut. Les yeux fermés, Serena appuya de toute sa force sur ses épaules. Le grésillement de la chair ne dura qu'une seconde. Guidant de la main droite la pénétration prudente du bistouri improvisé, Parkins palpait la peau de la main gauche. Brigham, lui, haletait tandis que Serena, pour s'étourdir autant que pour le rassurer, murmurait des mots tendres, décousus, absurdes, des encouragements et des promesses.

L'œil clair, la main sûre, Parkins continuait son exploration sans faiblir. Seule la transpiration qui perlait à la racine de ses cheveux témoignait de son émotion. Quel personnage étrange ! Expert en cravates et en foulards, il était prêt à tous les dévouements, à tous les héroïsmes pour sauver son maître. Il ne vivait presque que pour lui.

Malgré le pavot, Brigham commença à se débattre. Coll se précipita au secours de Serena, mais elle le repoussa bientôt, dès que la crise fut passée.

Dans la caverne, on n'entendait que la respiration sifflante du blessé. Chacun retenait son souffle, et priait silencieusement, avec une telle intensité que cet élan de ferveur en devenait presque palpable. Fascinée par le sang qui coulait sur le sol, Serena aurait voulu communiquer de sa propre vie à Brigham, retenir celle qui s'échappait.

— Je l'ai trouvée, murmura soudain Parkins, il n'y a plus qu'à l'extraire. Tenez ferme, milady.

— Faites vite. S'il souffre trop…

Frappée par l'absurdité de son propos, Serena se tut.

Parkins eût souhaité que son maître s'évanouisse de nouveau et perde toute perception, mais son espoir fut déçu. Brigham gémit, sa bouche s'ouvrit comme pour crier, pendant que la lame contournait la balle pour la faire remonter hors des chairs. Serena serrait les dents. Elle observait la main de Parkins, cette main qu'aucun tremblement n'agitait. La sueur, en revanche, s'accumulait sur le front du valet. D'un geste vif de la main gauche, il sortit enfin l'objet de ses recherches, un morceau de plomb tout déformé. Après quoi, il se releva en respirant profondément.

Aussitôt, Gwen se précipita, des linges, une aiguille et du fil à la main.

— Il faut arrêter l'hémorragie ! indiqua-t-elle. S'il continue à perdre du sang, il ne survivra pas. Maman, il a deux autres blessures, au bras et à la cuisse. Vous voulez bien les nettoyer ? D'abord de l'eau, ensuite du whisky. Madame Drummond, rapprochez mes flacons d'onguents.

Le corps de Brigham se détendit soudain, trop affaibli pour se contracter encore. Serena se redressa, épuisée et courbatue. Elle pensa à son bébé. Pendant l'opération, elle en avait presque oublié la présence, seulement attentive à la survie de Brigham.

— Gwen, dis-moi ce que je peux faire encore.

— Va prendre l'air. Tu es aussi pâle que ton mari, Serena. Nous sommes assez de trois pour le soigner. Le pire est passé. Maintenant, il faut attendre.

A pas lents, Serena sortit de la caverne. Comme les événements se précipitaient ! Un an plus tôt, c'est Brigham qui avait ramené à Glenroe son ami Coll, presque mourant. Maintenant, Coll lui rendait la pareille. Toute cette année, Serena l'avait vécue comme un rêve, rêve d'amour et de larmes, de passion partagée et de détresse.

La forêt, berceau de ses ancêtres, s'étalait de cette hauteur devant ses yeux. Sa terre natale... devrait-elle la perdre à jamais ? Les dernières paroles de son père avaient été : « Nous n'avons pas combattu en vain... »

Mais l'homme qu'elle aimait se débattait contre la mort, et les Anglais allaient sans doute déposséder sa famille de tous ses biens.

— Lady Ashburn ?

C'était la voix de Parkins. Serena se redressa. Oui, elle était lady Ashburn, et fille de Ian MacGregor. Posant la main sur son ventre, elle songea que l'enfant qui allait naître serait à son tour un Ashburn, et un MacGregor. La vie continuait, l'espoir renaissait. Non, son père ne s'était pas battu pour rien.

— J'apporte une boisson chaude à votre seigneurie, si vous le permettez, madame la comtesse.

Dans d'autres circonstances, le dévouement de Parkins l'aurait fait sourire. Il avait remis sa jaquette, et se comportait en valet stylé, comme si rien ne s'était passé, comme s'ils eussent évolué dans un salon plutôt que dans la nature sauvage.

La boisson chaude sentait bon le whisky.

— Je me suis montrée impatiente avec vous tout à l'heure, Parkins. Excusez-moi s'il vous plaît.

— Une comtesse ne s'excuse jamais, milady. C'est contraire à l'étiquette, observa le valet, sans sourire.

— Eh bien, disons que mon éducation n'est pas achevée. Vous avez la main ferme, Parkins, aussi ferme que votre détermination.

— Je tente de faire pour le mieux, milady.

Serena poussa un long soupir et se frotta les yeux du revers de la main.

— Vous avez sans doute un mouchoir à me prêter ?

— Naturellement, madame la comtesse.

En s'inclinant, Parkins présenta un mouchoir de soie brodé.

— Comment vous dire ma reconnaissance ? murmura Serena. Après ce que vous venez de faire pour mon mari et pour moi, nous vous devons tout. Quand les circonstances nous seront plus favorables, j'entends bien récompenser vos mérites.

— Le spectacle de votre bonheur sera ma meilleure récompense, milady.

Serena lui rendit le mouchoir tout mouillé de ses larmes, et retourna au chevet de Brigham.

La brise se leva et, bientôt, le vent souffla en tempête, faisant voltiger la couverture qui occultait l'entrée de la caverne et attisant le feu de tourbe. Jadis, les anciens parlaient des elfes et des djinns qui couraient sur les Highlands. A son tour, Serena entendait leurs rires et leurs gémissements. Sans émoi et sans crainte, elle accueillait leurs cris.

Toute la nuit, elle veilla son mari, sans tenir compte des objurgations de Fiona et de Gwen. La fièvre dévorait Brigham. Il délirait, tantôt lançant des ordres et des menaces, parce qu'il revivait la bataille, tantôt parlant à sa grand-mère, rappelé à son enfance par l'angoisse de mourir. Il appelait aussi Serena, qui tentait de l'apaiser par des mots tendres.

Ses propres forces, cependant, s'épuisaient. Sa mère vint la prendre par le cou.

— Je vais prendre la relève, Serena. Tu dois absolument te reposer, ne serait-ce que pour ton enfant.

— Non, je ne veux pas l'abandonner, maman. Je ne pourrais pas le quitter pour dormir. Il a besoin de moi, il sait que je suis avec lui, que je veille sur lui.

— Alors, tu vas dormir à son côté, rien qu'un moment, la tête dans mon giron, comme autrefois.

Serena se donna le plaisir d'obéir à sa mère et s'étendit sur le sol, sa main sur celle de Brigham.

— Comme il est beau, vous ne trouvez pas ?

En souriant à demi, Fiona lui caressa les cheveux.

— Mais oui, il est très beau, c'est une affaire entendue.

— Je veux que notre petit garçon lui ressemble, avec des yeux gris et une bouche volontaire.

Serena ferma les yeux, à l'écoute des génies du vent et de la forêt.

— Je crois que je l'ai aimé dès le premier jour, avoua-t-elle d'une voix ensommeillée. Quelle folie!

— La plus douce des folies que je connaisse, répondit Fiona avec nostalgie.

— L'enfant s'agite en moi, murmura Serena en sombrant lentement dans le sommeil. L'enfant de Brigham…

Pendant trois jours, Brigham resta suspendu entre la vie et la mort. Dans sa fièvre, les épisodes les plus cruels de la bataille venaient l'obséder. Il cherchait son chemin dans un brouillard de poudre et de poussière, il piétinait les morts et les agonisants, les narines pleines de l'odeur du sang et de celle, plus âcre, des armes à feu. La sonnerie des cornemuses, le roulement lancinant des tambours vibraient encore à ses oreilles, assourdis par le fracas triomphal de l'artillerie anglaise.

Et puis, il courait vers les collines, le corps en feu, d'un feu qui allait embraser les arbres, la forêt, la terre entière.

A d'autres moments, Serena se dressait près de lui, vêtue d'une robe blanche, ruisselante de perles, sa chevelure cascadant jusqu'au sol comme de l'or rouge et liquide.

Il la voyait aussi quelquefois de façon indistincte, agenouillée près de lui, en robe grise, les yeux fatigués d'avoir trop pleuré. Les paupières lourdes, le cerveau embrumé, il retournait à ses rêves, à ses cauchemars, à ses démons.

Trop faible et trop fiévreux, perdu dans les dédales de l'inconscience, Brigham restait étranger au petit monde qui l'entourait. Il ignorait où il se trouvait. Des voix se faisaient parfois entendre, sans qu'il les comprît; des hommes et des femmes allaient et venaient, le touchaient même, sans qu'il les reconnût. De temps en temps, il croyait entendre les vagissements d'un nouveau-né.

Après ces trois jours de délire, la fièvre le quitta. Brigham sombra alors dans un sommeil profond, semblable à celui de la mort.

Quand il s'éveilla, ce fut comme s'il naissait de nouveau, sans souvenirs, dans la souffrance et l'angoisse. La faible lueur du foyer l'éblouit. Il dut fermer les yeux, attentif seulement aux odeurs. Cela sentait la terre, le pavot, l'herbe amère, la viande rôtie. Ensuite, il entendit des chuchotements. Où était-il ? Pendant plusieurs minutes, Brigham se contraignit à garder les yeux fermés, pour se réfugier dans sa solitude.

Et puis, la conscience lui revint. Ces voix, c'étaient celles de Fiona, de Gwen, de Coll. Serena était donc sauve ! Il souleva ses paupières et dut les refermer, ébloui par la lueur du feu.

Alors qu'il cherchait en lui la force de parler, un bruissement de robe lui fit tourner la tête.

Serena dormait près de lui, accotée à une paroi rocheuse. Ses cheveux épars s'étendaient devant son visage, qu'ils dissimulaient comme un rideau d'or fauve. Submergé par un élan d'amour, Brigham eut la force de lui prendre la main.

— Rena, murmura-t-il d'une voix rauque.

Elle sursauta, balayant de la main sa longue chevelure, pour découvrir un visage rayonnant de bonheur.

— Brigham, tu vas donc vivre !

Alors, avec passion, elle lui baisa les lèvres.

Les premiers jours, épuisé par la fièvre, la perte de sang et le manque de nourriture, Brigham ne resta jamais éveillé plus d'une heure de suite. Il se souvenait parfaitement du déroulement de la bataille, mais ne gardait que des images dispersées et rares des événements qui l'avaient suivie. Coll le baignant d'eau fraîche, Coll le portant sur ses épaules... et puis des morts, entassés par dizaines.

Quand son ami lui eut raconté dans le détail à quels spectacles horribles il avait échappé, Brigham fut envahi par le dégoût. Les exactions sauvages des mercenaires de Cumberland, leur acharnement, lui donnaient la nausée, comme aux autres auditeurs. Seules la présence de Serena, et l'attente d'une naissance pouvaient lui faire trouver quelque douceur à la vie.

Trois jours après son réveil, Brigham, pâle et amaigri, mais en bonne voie de guérison, eut enfin la force de faire des projets pour l'avenir.

— Nous devons quitter cette grotte au plus vite, et gagner la côte. Si nous restons confinés ici, les troupes de pillards et d'assassins risquent de nous découvrir.

— Vous êtes encore trop faible pour vous déplacer, mon chéri, lui dit Serena. Et puis, je finis par m'habituer à ce refuge. Il me semble parfois que le monde extérieur n'existe plus.

— Il existe bel et bien, et il nous est hostile, Serena. Voulez-vous accoucher dans cette caverne, comme une ourse ou une louve ? Nous avons de la famille dans l'île de Skye, c'est là que réside notre seule chance de salut. Gwen, est-ce que Maggie peut supporter le voyage ?

— Pas encore. Il serait préférable d'attendre un jour ou deux. Mais vous-même...

— Dans deux jours, je serai prêt. Il le faut.

— C'est à moi d'en décider, objecta Serena.

Une lueur d'ironie brilla dans les yeux de Brigham.

— Vous devenez bien autoritaire, ma chère femme. Aurais-je épousé un tyran ?

— Je vous en avais prévenu, *Sassenach*. Pour l'instant, je vous ordonne de dormir. Dormez, je le veux ! Quand vous aurez recouvré force et santé, je suis prête à vous suivre jusqu'au bout du monde, milord.

Le regard de Brigham se fit si intense et pénétrant que Serena en frissonna.

— Ne vous engagez pas à la légère, milady. Je pourrais bien vous prendre au mot.

Ses yeux brillaient toujours, mais sa voix faiblissait. Serena s'en émut ; cet homme qui, naguère, lui semblait invincible s'apprêtait à courir de nouveaux risques après avoir frôlé la mort. Il ne fallait pas que son entêtement le perdît.

— Reposez-vous, Brigham, je parle sérieusement. Coll et Malcolm doivent nous rapporter du gibier.

Elle lui passa la main sur les paupières. Dès que Brigham eut fermé les yeux, il sombra dans un profond sommeil. Serena s'allongea près de lui, un peu inquiète. Pourquoi ses frères n'étaient-ils pas encore rentrés ?

Bien avant d'arriver à Glenroe, ils avaient aperçu les volutes de fumée qui montaient dans l'air calme. Couchés à plat ventre en haut du promontoire, les deux frères contemplaient le désastre. Il ne restait du village aux toits de chaume que des ruines fumantes. A son tour, le manoir était dévoré par les flammes qui sortaient des fenêtres et léchaient déjà les pentes bleutées des pignons d'ardoise.

— Qu'ils soient maudits ! murmura Coll en serrant les poings. Que Dieu les maudisse tous.

Honteux de verser des larmes contre lesquelles il ne pouvait rien, Malcolm sanglotait.

— Pourquoi ? Mais pourquoi brûler nos maisons ? Et les écuries ? Les chevaux ! Ils vont mourir... J'y vais !

— Ne t'en fais pas pour eux, ces salopards les ont sûrement volés.

Partagé entre une fureur d'homme et un désespoir

d'enfant, Malcolm pressait sa joue mouillée de larmes contre le rocher dur et froid.

Coll, qui se souvenait des atrocités dont il avait été le témoin quelques jours plus tôt, secoua la tête.

— Ces bandits enragent de ne pas nous avoir trouvés. Ils vont sans doute faire des battues dans les collines. Regagnons vite la caverne.

Allongée près de Brigham, Serena goûtait la paix du moment. Comme elle était douce, la vie de famille retrouvée, au sein même de cette nature sauvage ! Elle entendait le petit Ian téter goulûment le sein de sa mère, qui lui fredonnait une chanson. Parkins et Mme Drummond bavardaient en préparant avec compétence le repas du soir, aussi à l'aise devant le feu de tourbe rustique qu'au milieu des cuivres étincelants de la cuisine, à Glenroe. Fiona cousait une brassière pour son petit-fils. Quant à Gwen, elle broyait dans un mortier improvisé les feuilles odorantes des simples qu'elle venait de cueillir.

Souriant avec attendrissement de la posture abandonnée de Brigham, Serena dégagea doucement la main qu'il tenait encore pour aller à la rencontre de ses frères, qui ne tarderaient plus. Précisément, on entendit des pas. Alors que Serena s'apprêtait à les accueillir d'une plaisanterie, sa gorge se noua. Pourquoi les nouveaux arrivants se déplaçaient-ils avec tant de précaution ?

Elle releva le chien du pistolet qui ne la quittait pas et, au même moment, une haute silhouette obscurcit soudain l'entrée de la caverne. Une épée brandie, un habit rouge, un sourire cruel : c'était un dragon anglais.

Visiblement, le succès de ses recherches l'enchantait. Du regard, il balaya l'intérieur de la caverne, l'œil allumé à la vue des femmes. Serena remarqua machinalement que son uniforme était souillé de poussière et de suie.

Sans un mot, le soudard se dirigea vers le frêle Parkins, seul homme présent, l'épée en bataille. Il ne fit que deux pas. Avant qu'il ne s'écroule sur le sol, Serena eut le temps de voir son visage s'épouvanter d'étonnement, à l'instant où la balle lui perça la poitrine. Elle venait de lui tirer un coup de pistolet en visant le cœur.

Une seconde silhouette apparut. La jeune femme souleva la claymore de son grand-père mais, à cet instant, la lourde épée à deux tranchants lui fut arrachée des mains. Brigham intervenait. Avec un ricanement sauvage, le dragon chargea, l'épée haute. Un second coup de feu claqua, brisant net son élan. Plus pâle que jamais, protégeant de son corps Mme Drummond terrifiée, Parkins abaissa son pistolet fumant.

— Rechargez ! cria Brigham. Ils sont au moins trois !

En effet, un troisième soldat s'inscrivait dans l'ouverture, plus circonspect que les précédents, les mains crispées sur son fusil, baïonnette au canon. Il s'affala soudain en avant, et l'on put voir que l'empennage d'une flèche dépassait de son dos.

Le souffle court, Brigham fit une sortie. Il y en avait encore deux. Coll livrait un duel sauvage au premier en tentant désespérément de couvrir Malcolm de son corps. Le second, arrivé en arrière-garde, avançait en courant derrière le jeune garçon, l'épée haute. Son arc désormais inutile à la main, Malcolm restait interdit, comme paralysé.

Aveuglé de rage et de douleur, Brigham s'élança. Comme il allait atteindre son adversaire, celui-ci saisit Malcolm par les cheveux, brandissant son arme contre la poitrine du garçon. Il attendit en ricanant, une seconde de trop. Serena lui avait logé une balle en pleine tête. Le cinquième comparse mourut au même instant, cloué contre un arbre par l'épée de Coll.

Cet épisode dramatique n'avait pas duré deux minutes.

La patrouille ennemie se trouvant anéantie, le reste de la troupe allait sans nul doute organiser des recherches.

Dans l'obligation de quitter leur caverne au plus vite, ses occupants prirent le chemin de l'ouest, vers la mer, dès la nuit tombée. Ils avaient pu récupérer deux juments, volées par les dragons dans les écuries de Glenroe. Elles serviraient surtout au transport des bagages et, occasionnellement, à reposer Maggie et Brigham, sur les sentiers les plus favorables. La plupart du temps, il fallait se déplacer à pied dans les sous-bois, gravir des escarpements avec une lenteur désespérante. Les habitants des pauvres masures éparses leur offraient par bonheur une généreuse hospitalité. Plus d'une fois, Serena se souvint avec incrédulité des fastes de Holyrood en s'endormant près de Brigham dans une bergerie, dans l'odeur de suint des moutons.

La renommée du duc de Cumberland était parvenue de proche en proche jusque dans les profondeurs des Highlands, où on ne l'appelait plus que le boucher de Culloden. Ses troupes poursuivaient leurs exactions dans toute la région, lancées à la poursuite de Charles-Edouard Stuart, qui lui aussi cherchait sans doute à gagner la côte pour s'enfuir à l'étranger.

Les habits rouges rasaient des villages entiers, confisquaient ou massacraient le bétail pour rendre la vie impossible aux Ecossais. Accoutumés à une extrême pauvreté, certains paysans connaissaient maintenant la famine. Mais grâce à leur fidélité à toute épreuve, le prince aussi bien que les membres des clans en fuite pouvaient compter sur leur protection.

Tandis qu'on avançait lentement, de nouveaux dangers se manifestaient chaque jour. Car c'est par milliers que les soldats gouvernementaux ratissaient les Highlands.

Enfin, au mois de juin, Brigham et les MacGregor purent atteindre la côte et gagner de nuit, dans une barque de pêcheur, l'île de Skye, berceau des MacDonald.

*
* *

Quelques jours après cette traversée, Brigham et Serena, debout côte à côte sur l'herbe grasse d'une prairie, admiraient le panorama de Uig Bay.

— Ma grand-mère m'a si souvent décrit ce paysage, murmura Brigham, qu'il me semble le reconnaître. Quand elle était petite fille, elle venait s'asseoir dans cette prairie pour admirer les navires et la mer.

L'air était chaud. Serena, toute baignée de bonheur, aspirait avec joie la brise iodée qui soulevait parfois des mèches dorées sur son front.

— Cette île est une splendeur, acquiesça-t-elle. Aussi bien, tout me semble magnifique quand je me trouve près de vous, Brigham, loin de tous les dangers.

Brigham baisa la tempe de son épouse, s'efforçant de lui cacher son inquiétude. Cette trêve heureuse, combien de temps allait-elle durer ? Des navires anglais surveillaient la mer. Selon certaines rumeurs, le prince n'était pas loin, en quête d'un navire qui l'emmènerait en France afin de rejoindre son père en Italie. La meute qui s'acharnait à le suivre ne manquerait pas de fouiller l'île et, bientôt, il n'y aurait plus de refuge pour aucun insurgé, ni pour Serena et l'enfant qu'elle allait mettre au monde.

Depuis leur départ de la caverne et le début de leur lamentable exode, Brigham n'avait, nuit et jour, que cette préoccupation en tête : comment protéger sa famille, assurer à Serena le confort dont elle avait besoin ? Il n'était plus question de rentrer à Londres ou dans le Kent pour lui faire vivre l'existence luxueuse à laquelle pouvait prétendre une lady Ashburn, de même que les MacGregor devaient renoncer pour longtemps à restaurer leur manoir de Glenroe. Alors, que faire ?

— Voulez-vous vous asseoir sur cette pierre, Serena ? Vous me semblez un peu lasse.

— Je ne suis pas lasse du tout. Il se trouve seulement

que je ressemble de moins en moins à la jolie fille que vous avez épousée, et de plus en plus à une jument poulinière.

— Ne dites pas de bêtises ! Jamais vous ne m'avez paru plus belle, mon amour.

— Menteur ! Vous ne me flattez que pour obtenir un baiser. Le voici.

La tête sur l'épaule de Brigham, elle se perdit ensuite avec lui dans la contemplation du paysage. La mer verte et mordorée par les chauds rayons du soleil lui rappelait les nuances d'une robe de bal, à Holyrood. Tout au bonheur de l'instant, elle regrettait moins que jamais les fastes artificiels de cette cour éphémère.

— Je suis heureuse que vous retrouviez les paysages qu'aimait votre grand-mère, Brigham. Et je suis heureuse de les découvrir avec vous.

La main posée sur son ventre rebondi, elle tressaillit soudain.

— Vous vous sentez mal ?

— Depuis que nous sommes à Skye, je me porte le mieux du monde. L'île est si belle, et les membres de nos familles si prévenants !

— Je sais. Ils méritent notre reconnaissance, comme d'ailleurs tous ceux qui nous ont accueillis au cours de notre exil. Ils savent pourtant que je suis anglais.

Serena lui secoua le bras avec impatience, comme pour le ramener à une vision plus claire de la situation.

— Comment pouvez-vous avoir encore de ces préjugés ? Ce n'est pas l'Angleterre que vous incarnez qui persécute les Ecossais, c'est celle de Cumberland le Massacreur !

— A Londres, on lui fait fête, paraît-il.

— Ecoutez-moi bien, Brigham. Naguère, je haïssais tous les Anglais en souvenir des crimes de quelques-uns d'entre eux. Si vous m'aimez, ne tombez pas dans le même travers. Mon fils est de sang anglais, ajouta Serena en se caressant le ventre, et j'en suis fière.

— Vous avez raison, comme d'habitude, Serena.

Ils se serrèrent encore plus près l'un de l'autre, accrochés tous deux à leurs espérances.

— Si on me trouve ici, qu'adviendra-t-il des MacDonald qui nous hébergent ? demanda Brigham.

Serena préférait ne pas y penser.

— Ils ne vous trouveront pas, assura-t-elle.

— Je ne peux continuer à vivre en proscrit et à vous mettre en danger, vous et tous les amis qui nous protègent.

D'un geste nerveux, la jeune femme pétrit une touffe d'herbe verte et odorante.

— Nous n'avons pas le choix, Brigham. Le prince est aux abois, et je sais combien vous lui êtes attaché.

— C'est vrai. Néanmoins, je me préoccupe surtout de vous, et de notre enfant. Ne vous en défendez pas, Serena, je vous dois tant ! Jamais je n'oublierai ce que vous avez été contrainte d'accomplir dans la grotte pour protéger ma vie. Vous avez dû tuer des soldats, rappelez-vous.

— J'ai fait mon devoir, comme vous avez fait le vôtre. Pendant des mois, je me suis trouvée inoccupée et inutile. Ce jour-là, j'ai pu agir, enfin.

— Je m'en souviendrai toujours. Comme vous étiez belle, la claymore et le pistolet à la main !

Les yeux plongés dans les siens, Brigham embrassa Serena sur les lèvres.

— J'ai juré de vous donner une existence de rêve, de vous offrir tous mes biens. Aujourd'hui, mon patrimoine est confisqué, et nous menons une vie de hors-la-loi.

— Brigham…

— Attendez un instant. Vous avez naguère accepté de me suivre jusqu'au bout du monde. Le feriez-vous encore ?

— Bien sûr, répondit Serena, non sans appréhension.

— Accepteriez-vous alors de quitter l'Ecosse et de venir avec moi en Amérique, dans le Nouveau Monde ? Je ne pourrais pas vous y offrir tout le luxe que je voulais vous donner, mais nous ne serions pas réduits à la pauvreté. Tous mes avoirs immobiliers et fonciers sont perdus, et il n'y a pas de lord ni de lady en Amérique. Je n'y serais qu'un citoyen comme les autres, et vous y deviendriez l'honorable Mme Langston, au milieu de milliers d'immigrés. De toutes les façons, nous pourrions toujours espérer retrouver plus tard la terre de nos ancêtres.

Serena étreignit son mari, le cœur chaviré.

— Avec vous, j'irais jusqu'en enfer, monsieur Langston.

— Il n'en est pas question, mais je sais quel sacrifice je vous demande — et je sais aussi que je ne tiens pas tous mes engagements à votre égard.

— Vous m'avez promis de m'aimer, et de me revenir. Ces deux engagements, vous les avez respectés, Brigham... Non, ne m'interrompez pas, s'il vous plaît ! Pendant les semaines que nous avons passées à Holyrood, je n'ai été heureuse que de votre présence. Je ne suis entichée ni de luxe ni de titres de noblesse, pas plus que de bals de cour ou de mondanités. A la cour du prince, je vivais dans la terreur de commettre un impair qui vous eût embarrassé, de ne pas être digne de ma qualité de lady Ashburn.

— Quelle sottise !

— Je n'ai pas la vocation de l'aristocratie, Brigham. Ma plus grande terreur était que vous veuillez m'emmener en France, pour me présenter à la cour de Versailles !

Brigham sourit à demi.

— On n'y vit pas si mal, reconnut-il avec un peu de nostalgie.

— Mais chez Louis XV, les dames ne montent qu'en amazone, et ne traient pas les vaches !

— Alors, vous acceptez de me suivre en Amérique, avec pour tout viatique un peu d'or et de bijoux ?

— Pas qu'un peu, Brigham, toute une caisse, et elle est lourde, ne soyez pas modeste. Nous avions chacun notre patrie, ajouta Serena en caressant le visage de son époux. Là-bas, nous en trouverons une autre, qui nous sera commune.

Comblé de bonheur, Brigham la regarda avec dévotion.

— Je vous aime plus que jamais, Serena.

— Brigham, et notre enfant ? Nous l'aimerons ensemble.

— Je vous jure de le rendre heureux, dès qu'il naîtra.

— Ce sera plus tôt que nous ne l'espérions, mon chéri. Il manifeste son impatience...

Serena cessa de rire et pâlit soudain, saisie d'une contraction.

— Appelez Gwen, et maman aussi, s'il vous plaît, dit-elle dans un souffle.

— Mais ce devait être dans trois semaines !

— Ce n'est pas moi qui décide, Brigham, c'est lui.

Serena retint sa respiration. Son mari la soulevait dans ses bras.

— Ne me portez pas, Brigham ! protesta-t-elle avec un rire gêné. Je suis trop lourde !

— Son amour et ses espérances, un honnête homme les porte toujours d'un cœur léger !

Chargé de son précieux fardeau, Brigham partit à grands pas vers le château des MacDonald.

Épilogue

Aux derniers jours du mois de juin 1746, quatorze mois après avoir déployé l'étendard de la révolte, le prince Charles-Edouard Stuart parvint à se réfugier à Mugston House, dans l'île de Skye. Pour échapper à ses poursuivants, ce prince naguère si orgueilleux avait dû se déguiser en femme. Flora MacDonald, une nièce du chef de clan, le faisait passer pour sa dame de compagnie, au péril de sa vie et de celle des membres de sa famille.

Plusieurs fois cerné par ses persécuteurs, le prince ne leur avait échappé que par miracle. Il n'avait perdu pour cela ni son énergie ni son ambition d'accéder au pouvoir qui, plus tard, se révélèrent vaines. Héros romanesque jusque dans la défaite, il ne s'était pas fait faute d'offrir à Flora, qui lui sauvait la vie, une mèche de ses cheveux dans un médaillon, avec la promesse de la revoir plus tard à Londres, en des jours meilleurs.

Brigham, qui venait d'être père d'un beau garçon, eut avec le prince une brève entrevue marquée par l'estime et le respect mutuels. Charles, quoiqu'il en eût envie, n'osa pas demander à ce lord anglais qui avait tout abandonné pour lui de l'accompagner dans son exil.

— Avouez que vous allez regretter sa présence, dit Serena à Brigham, qui la regardait avec émotion bercer le jeune Daniel Langston.

— Le prince a beaucoup de qualités humaines, et pour

cela je le regretterai. Par contre, il m'est difficile de lui pardonner toutes les erreurs qu'il a commises. Après tout, reprit Brigham en serrant contre lui le corps de Serena, qui avait repris toute sa sveltesse, je ne vous ai rencontrée que grâce à mon dévouement à sa cause. Je ne saurais donc lui en vouloir, puisque cet engagement m'a apporté le plus grand bonheur qui soit. Votre père avait raison, ma chérie : nous n'avons pas combattu en vain.

Il lui baisa longuement les lèvres. Ce baiser exprimait toute la passion, toute la certitude de félicité, toute la confiance qui fussent au monde.

— Etes-vous prête ?

— Si seulement maman, Coll et Maggie pouvaient nous accompagner ! dit Serena en mettant son manteau de voyage.

— Leur devoir leur dicte de rester, et le nôtre de partir. Songez quelle épreuve nous leur imposons en emmenant Gwen et Malcolm avec nous !

— Je sais, mais...

— Il faut que les MacGregor reconstruisent Glenroe, Serena. Nous y reviendrons un jour.

Serena observa rêveusement son époux. Depuis leur première rencontre, Brigham n'avait guère changé physiquement. Les épreuves et les combats s'étaient chargés d'affermir son caractère, mais son charme et son élégance ne l'abandonneraient jamais.

— Des Langston reviendront à Glenroe, et au manoir des Ashburn, poursuivit-il, comme s'il pensait tout haut. Ce seront les enfants de Daniel, peut-être. Nous avons trop de racines en Ecosse et en Angleterre pour qu'il n'en soit pas ainsi.

Son précieux coffre était déjà à bord du navire tout neuf qui allait les emmener en Amérique. Brigham souleva la malle qui contenait, perdue dans la soie et les souvenirs de sa splendeur passée, la petite bergère de porcelaine. Plus tard, il en ferait don à Daniel.

Au même moment, on frappa discrètement à la porte.

— Que votre seigneurie veuille bien pardonner mon indiscrétion…

— Encore vous, Parkins ?

— La marée haute est étale, milord, il est urgent de monter à bord.

— D'accord, Parkins, occupez-vous du reste des bagages. Je vous rappelle en passant, pour la dixième fois, que désormais je ne m'appelle plus que monsieur, monsieur Langston, tâchez de vous en souvenir.

Depuis que Parkins, récemment marié à Mme Drummond, avait obtenu l'autorisation d'émigrer lui aussi avec son épouse vers le paradis du Nouveau Monde, il semblait un autre homme. Il chargea ses bras frêles de tous les paquets qui restaient et se hâta vers la porte.

— Que monsieur le comte se rassure, dit-il avec componction, je ne manque jamais d'obéir aux ordres de votre seigneurie, milord.

Brigham poussa un cri de rage tandis que Serena éclatait de rire.

— Pour Parkins, vous serez toujours lord Ashburn, déclara-t-elle. On ne se refait pas si facilement, *Sassenach* ! Allons, suivons-le. Notre nouvelle patrie nous attend. En route pour l'Amérique !

CONTRE VENTS ET MARÉES

1

Son nom était MacGregor. Il s'accrochait à cette unique certitude, aussi désespérément qu'aux rênes de sa monture. Une douleur insupportable courait le long de son bras comme une armée de diables. Brûlante, malgré le vent de décembre et les rafales de neige.

Incapable de guider sa jument, il se laissait porter. Shelter saurait retrouver son chemin à travers les traces laissées par un Indien, un daim ou un homme blanc. Il lui faisait confiance. MacGregor était seul dans la lueur du crépuscule, seul avec l'odeur de la neige et des pins, le bruit étouffé des sabots de sa jument. Un monde réduit au silence, traversé par le vent qui balayait les arbres.

Instinctivement, il savait qu'il se trouvait loin de Boston maintenant. Loin de la foule, des foyers chaleureux, loin de la civilisation. Sauvé. Enfin, peut-être... La neige allait effacer les pas de son cheval et les taches de son propre sang.

Sauvé, oui, mais ce n'était pas suffisant. Cela ne l'avait jamais été. Il était résolu à rester en vie pour une raison d'une importance capitale : un homme mort ne pouvait pas se battre. Or, il s'était promis de se battre au nom de la liberté, il en avait fait le vœu sur ce qu'il avait de plus cher au monde.

MacGregor frissonna sous son épaisse pelisse en peau de daim. Il claquait des dents, envahi par un grand froid qui provenait autant de l'intérieur que de l'extérieur. La douleur provoquée par sa blessure le faisait transpirer, mais ses veines étaient aussi glacées que les branches dénudées des arbres qui l'environnaient. Une vapeur blanche sortait des naseaux de sa jument tandis qu'elle avançait avec difficulté dans la couche de neige toujours plus profonde. Il se mit à prier comme seul peut le faire un homme qui sent sa vie s'écouler avec son sang.

Il devait vivre ! Il avait encore une bataille à livrer. Il serait damné s'il mourait avant d'avoir levé son arme contre l'ennemi.

Il se pencha sur l'encolure de Shelter et lui parla doucement en gaélique. La jument hennit, comme pour le réconforter, quand il s'affala sur son cou en haletant. Elle rejeta la tête en arrière et poursuivit sa route, luttant bravement contre la bise glaciale ; elle suivit son propre instinct de survie et se dirigea vers l'ouest.

La douleur était comme un rêve maintenant. Il la sentait flotter dans son esprit, nager à travers son corps. Si au moins il pouvait se réveiller, elle disparaîtrait. Comme font les rêves. Il en avait d'autres, violents et vivaces : combattre les Anglais pour tout ce qu'ils lui avaient volé. Reprendre son nom, sa terre, lutter au nom de tout ce que les MacGregor avaient conquis avec leur sueur, leur sang et leur fierté. Et qu'ils avaient perdu.

Il était né pendant la guerre. Ce ne serait que justice et logique s'il mourait sur un champ de bataille.

Mais pas tout de suite. Il lutta pour se redresser… Pas tout de suite ! La bataille ne faisait que commencer.

Il força un souvenir à remonter à la surface de sa mémoire. Un superbe souvenir. Des hommes vêtus de peaux de daims et de plumes, le visage noirci par du charbon de bois et du suif, à la manière des Indiens Mowhawks, montant à bord des navires *Dartmouth*, *Eleanor* et *Beaver*. Des hommes ordinaires, marchands, artisans, étudiants. Certains encouragés par le grog, les autres par la vertu.

Les coffres remplis de thé, ce maudit breuvage qu'ils détestaient. La satisfaction de les entendre tomber dans les eaux froides du port de Boston, sur le quai Griffin. A marée basse, une partie des coffres avaient été retrouvés dans la vase, éventrés, leur contenu transformé en meules de foin détrempées.

Une belle tasse de thé pour les poissons ! Oui, cela les avait réjouis. Unis comme les doigts de la main, ils étaient prêts à tout, et ils devraient l'être encore pour mener à bien cette guerre, que tant de gens n'avaient pas vue commencer.

Combien de temps avait passé depuis cette glorieuse nuit ? Un jour ? Deux jours ? Il avait joué de malchance en rencontrant deux Tuniques Rouges, alors que l'aube pointait. Les soldats de Sa Majesté étaient complètement éméchés. Ils le connaissaient. Son visage, son nom, ses idées politiques étaient célèbres à Boston. Il n'avait rien fait pour être apprécié des troupes royales.

Peut-être ces deux-là n'avaient-ils voulu que le tourmenter et le bousculer un peu ? Peut-être n'avaient-ils pas vraiment eu l'intention de mettre à exécution leur menace de l'arrêter... Mais quand l'un d'eux avait tiré son épée, sa propre arme avait surgi dans sa main. Le duel avait été bref, et insensé, il fallait l'admettre aujourd'hui. Il ne savait toujours pas s'il avait tué ou seulement blessé son adversaire. Ce qu'il savait, c'est que le camarade de ce soldat avait eu un regard meurtrier en brandissant son arme vers lui.

Au souvenir de la balle de mousquet qui avait pénétré dans son épaule, MacGregor sentit la douleur redoubler. Il avait pourtant sauté en selle pour partir à bride abattue, mais le tireur avait été plus rapide.

Maintenant, il sentait le projectile dans son épaule. Dieu merci, le reste de son corps était engourdi, mais le muscle atteint palpitait sous cette minuscule pointe de feu. Puis son esprit s'engourdit à son tour, et il ne sentit plus rien.

Il se réveilla avec difficulté. Etendu sur la couverture de neige, le visage tourné vers le ciel, il entrevoyait le tourbillon de flocons blancs contre les nuages plombés. Il était tombé de son cheval. La mort n'était pas assez proche pour qu'il ne se sente pas gêné par la situation. Avec un violent effort, il se redressa sur les genoux. La jument attendait patiemment, le regardant avec un air doux et étonné.

— Garde cela pour toi, ma belle, chuchota-t-il.

La faiblesse de sa voix déclencha en lui la première traînée de peur. En serrant les dents, il réussit à saisir les rênes et à se relever péniblement.

— Shelter...

Il chancela tandis que sa vue s'obscurcissait. Jamais il n'aurait le courage de monter en selle. Serrant les rênes, il fit claquer sa langue et se laissa traîner par la jument en s'appuyant de tout son poids sur elle.

Mettant difficilement un pied devant l'autre, il lutta contre l'envie de s'évanouir et de se laisser saisir par le froid. On lui avait bien dit que c'était une mort qui ne faisait pas souffrir. C'était comme le sommeil; un sommeil glacé, indolore.

Mais comment diable pouvait-on le savoir, à moins de renaître pour raconter l'histoire ? A cette idée, MacGregor se mit à rire, mais son rire se transforma bientôt en une toux qui l'affaiblit.

Il avait perdu la notion du temps, des distances, et le sens de l'orientation. Il essaya de penser à sa famille, à la chaleur de leurs sentiments. Ses parents, ses frères et sœurs, là-bas, si loin en Ecosse. Sa chère Ecosse, où ils faisaient tout pour garder l'espoir. Il pensa à ses tantes, ses oncles et ses cousins installés en Virginie, où ils travaillaient pour gagner le droit à une nouvelle vie dans un nouveau pays. Et lui, il était quelque part au milieu, pris entre son amour des traditions et sa fascination pour tout ce qui était inconnu.

Cependant, un ennemi commun existait dans les deux pays. Le seul fait d'y penser lui rendait une partie de ses forces. Les Anglais, maudits soient-ils ! Ils avaient proscrit son nom, et massacré son peuple. Et maintenant, ils étendaient leurs mains cupides de l'autre côté de l'océan pour que leur roi, qui était à moitié fou, puisse imposer ses lois inflexibles et collecter des taxes qui étranglaient les habitants du Nouveau Monde.

Il trébucha et faillit lâcher les rênes. Il se reposa un instant, les yeux fermés, la tête appuyée contre le cou de sa jument. Le visage de son père, les yeux brillant de fierté, lui apparut.

— Trouve une place pour toi, lui avait-il dit. N'oublie jamais que tu es un MacGregor.

Non, il ne l'oublierait jamais.

Il se força à ouvrir les yeux. A travers la neige tourbillonnante, il discerna un bâtiment. Prudent, il cligna des paupières et frotta ses yeux fatigués du revers de la main. La forme était toujours là, grise et un peu floue, mais bien réelle.

— Regarde, ma belle.

Il se laissa aller lourdement contre l'animal.

— Après tout, ce n'est peut-être pas encore le moment de mourir.

Soutenu par sa monture, il se traîna vers l'étable à pas lents. Il était épuisé. C'était une belle construction en rondins de pin. De ses doigts gourds, il essaya maladroitement de soulever le loquet. Ses genoux menaçaient de céder sous son poids. Il y arriva enfin et se retrouva à l'intérieur, accueilli par l'odeur et la chaleur bénies du bétail.

Il faisait sombre. Il se dirigea instinctivement vers un

monceau de paille dans la stalle d'une vache à la robe mouchetée, qui poussa un mugissement nerveux.

Ce fut le dernier son qu'il entendit.

Alanna s'emmitoufla dans sa cape de laine. Dans la cheminée de la cuisine, le feu ardent dégageait une agréable odeur de branches de pommiers. Rien que de très normal, pensa-t-elle, mais c'était si plaisant. Elle s'était réveillée d'humeur joyeuse. A la réflexion, cette bonne humeur était certainement due à la neige. Contrairement à son père, qui s'était levé ce matin en ronchonnant, elle aimait la neige, pour sa pureté et sa façon de s'accrocher aux branches nues des arbres.

Les flocons tombaient déjà plus légèrement. Dans une heure, la cour immaculée serait pleine d'empreintes de pas. Elle fit mentalement le tour du travail qui l'attendait : traire les vaches, collecter les œufs, réparer un harnais et couper du bois. Mais pour l'instant, elle s'offrait le plaisir de contempler ce beau spectacle par la fenêtre.

La jeune femme soupira. Si son père la voyait, il secouerait la tête en la traitant de rêveuse. Il dirait cela d'un ton bourru, sans colère, mais avec une nuance de regret. Oui, elle était peut-être rêveuse, comme sa mère. Mais sa mère était morte avant de voir se réaliser son rêve d'avoir une maison, une terre, et de vivre dans l'aisance.

Alanna eut un sourire attendri. Son père n'était pas un homme dur. Il ne l'avait jamais été. C'était la mort des siens qui l'avait rendu un peu rude et ombrageux. Deux enfants, et ensuite, leur mère chérie. Puis encore un fils, le jeune et beau Rory, tombé sous les balles des Français.

Alanna était songeuse. Son mari, le doux Michael Flynn, avait été emporté lui aussi, de façon moins dramatique peut-être, mais il n'était plus de ce monde.

Elle ne pensait pas souvent à lui. Après tout, elle n'avait

été son épouse que pendant trois mois, et cela faisait trois ans qu'elle était veuve. Mais Michael était un homme bon, généreux, et elle regrettait qu'ils n'aient pas eu le temps de fonder une famille.

Cependant, aujourd'hui, il n'y avait pas de place pour les regrets et les chagrins. Noël approchait, et elle était bien décidée à ce que ce jour de fête soit joyeux.

Elle tira sa capuche sur ses cheveux et sortit de la maison.

Elle avait déjà passé plusieurs heures à son rouet et à son métier à tisser, pour confectionner des moufles, des mitaines et des bonnets destinés à ses frères. Bleus pour Johnny, rouges pour Brian. Pour son père, elle avait peint un portrait miniature de sa mère. Et elle avait donné une belle somme de pennies à l'orfèvre du village pour qu'il lui fabrique un cadre argenté.

Elle sourit. Ses cadeaux leur feraient plaisir, elle le savait. Tout comme le repas de Noël qu'elle avait prévu. C'était la seule chose qui comptait pour elle : garder sa famille unie, heureuse, et en sécurité.

La porte de la grange n'était pas fermée. Avec un petit soupir agacé, Alanna la tira derrière elle. Heureusement qu'elle s'en était rendu compte elle-même, plutôt que son père, sinon Brian, son plus jeune frère, aurait eu droit à une belle semonce.

Comme elle pénétrait dans la grange, elle secoua la tête pour se débarrasser de sa capuche et tendit automatiquement la main vers les seaux de bois suspendus derrière la porte. La grange étant sombre, elle prit aussi une lampe et alluma la mèche avec précaution.

Alanna se mit à fredonner tout en parcourant la large allée qui partageait l'étable en deux. Mais elle s'arrêta brusquement à la vue d'une jument rouanne. Le flanc creux, l'animal baissait la tête et paraissait éreinté.

— Doux Jésus !

Le cœur d'Alanna tressauta dans sa poitrine. La jument souffla et s'écarta en la voyant approcher.

Alanna écarquilla les yeux. S'il y avait un cheval, il y avait sans aucun doute un cavalier. Elle avait vingt ans, ce qui signifiait qu'elle n'était plus assez jeune ni assez naïve pour croire que tous les voyageurs étaient pleins de bonnes intentions, et qu'ils ne présentaient pas un danger pour une femme seule. Elle aurait pu faire demi-tour et partir en courant, appeler son père et ses frères. Mais bien qu'elle eût pris le nom de Michael Flynn, elle était née Murphy. Et un Murphy était capable de se protéger tout seul.

Redressant la tête, elle avança.

— Où êtes-vous caché ? Je veux connaître votre nom et la raison pour laquelle vous êtes ici, déclara-t-elle d'un ton ferme.

Seule la jument lui répondit. Quand elle fut près d'elle, elle posa une main sur ses naseaux.

— Quel genre de maître est le tien pour te laisser ainsi toute mouillée, avec ta selle sur le dos ?

Elle posa bruyamment ses seaux par terre et éleva la voix.

— Sortez de votre cachette ! Vous êtes sur les terres de Cyrus Murphy.

Les vaches poussèrent des meuglements sonores.

Horripilée, Alanna posa ses mains sur ses hanches et regarda autour d'elle.

— Personne ne va vous reprocher de vous être abrité de l'orage ! On ne vous refusera pas un repas, si vous en avez besoin. Mais en ce qui concerne votre pauvre cheval, vous allez m'entendre !

Comme il n'y avait toujours aucune réponse, Alanna commença à s'énerver. En marmonnant, elle entreprit d'ôter la selle de la jument. Et elle faillit tomber en trébuchant sur une paire de bottes.

Elle baissa les yeux. C'étaient de fort belles bottes en cuir marron, tachées de boue et de neige. Alanna se pencha et vit qu'elles étaient solidaires de deux longues jambes musclées gainées d'un pantalon de daim usagé.

Glorieusement masculines dans leurs hauts-de-chausses un peu avachis… Elle s'approcha hardiment, découvrit des hanches minces, une taille étroite entourée d'une ceinture de cuir, et un torse couvert d'un long pourpoint et d'une pèlerine en fourrure.

Une magnifique silhouette, d'un homme qu'elle ne se rappelait pas avoir jamais vu. Et puisqu'il avait choisi sa grange pour dormir, ce n'était que justice qu'elle le contemple jusqu'à satiété.

Les yeux toujours rivés sur lui, elle leva sa lampe un peu plus haut. Il devait être grand, plus grand que ses frères. Elle se pencha en avant pour finir de découvrir ce qu'elle n'avait pas encore vu. Il avait les cheveux en bataille. Alanna fronça les sourcils et ses yeux s'étrécirent. Ces cheveux-là n'étaient pas châtains, mais roux foncé, comme le cheval hongre de Brian. L'intrus avait une barbe naissante au menton et autour de la bouche. Une belle bouche, sensuelle. Alanna hocha la tête. Il avait aussi un visage osseux, aristocratique, aux traits ciselés, aux sourcils très arqués.

Le genre de visage qui pouvait faire palpiter le cœur d'une femme, elle n'en doutait pas. Mais cela ne l'intéressait pas. Elle ne voulait qu'une chose : que cet homme se réveille et déguerpisse pour qu'elle puisse continuer à traire ses vaches.

— Monsieur…

Elle donna un léger coup de pied dans une des bottes. Pas de réaction. Agacée, elle posa encore une fois ses mains sur ses hanches. Cet homme dormait comme une souche, il devait être ivre mort, c'était la seule explication.

— Réveillez-vous, espèce d'ivrogne ! Vous m'empêchez de m'approcher de cette vache pour la traire.

Elle lui donna un coup de pied dans la jambe, un peu

plus énergique que le premier. Un léger grognement se fit entendre.

— Puisque c'est comme ça !

Elle s'accroupit pour le secouer. Alors qu'elle s'attendait à sentir des relents d'alcool, ce fut une odeur de sang séché qui lui monta aux narines.

Oubliant sa colère, Alanna s'agenouilla et repoussa doucement la pèlerine de fourrure qui couvrait les épaules de l'inconnu. Effarée, elle poussa un petit cri. L'homme avait une large tache rouge sur la poitrine. En cherchant son pouls, Alanna se retrouva avec les doigts humides de sang.

— Vous êtes encore vivant, marmonna-t-elle. Si Dieu le veut, et avec un peu de chance, nous allons faire en sorte que cela dure.

Avant qu'elle ait eu le temps de se relever et d'aller chercher son père et ses frères, elle sentit son poignet emprisonné dans une main de fer. L'inconnu venait d'ouvrir les yeux. Des yeux verts, légèrement irisés de bleu. Comme la mer. Mais qui reflétaient une expression de souffrance… Prise de compassion, Alanna se pencha vers lui pour le réconforter.

Brusquement, deux mains s'emparèrent de ses épaules : perdant l'équilibre, elle se retrouva couchée sur l'homme. Elle eut l'impression fugitive d'un corps ferme sous le sien, et d'une chaleur ardente. Elle poussa un cri indigné, vite étouffé par des lèvres brûlantes qui se posèrent sur sa bouche. Le baiser fut bref mais étonnamment ferme. Puis l'homme rejeta la tête en arrière en lui adressant un petit sourire fatigué, et rassuré.

— C'est certain, je ne suis pas mort. Des lèvres comme les vôtres n'auraient pas de place en enfer.

Comme compliment, elle avait connu mieux. Mais elle n'eut pas le temps de le lui faire remarquer avant qu'il s'évanouisse.

2

Il dérivait sur une mer déchaînée où alternaient la douleur et le soulagement. Une bonne rasade de whisky lui réchauffait le cœur et émoussait ses sens. Malgré cela, il se souvenait d'une souffrance aiguë, d'un couteau incandescent enfoncé dans sa chair, de malédictions s'abattant sur sa tête. Une main chaude prenant la sienne pour le réconforter. Un morceau de tissu merveilleusement frais sur son front fiévreux. Un liquide écœurant versé dans sa gorge.

Il avait crié. Mais avait-il vraiment crié ? Quelqu'un était-il venu, mains douces, voix de velours, senteur de lavande, pour le rassurer ? Avait-il vraiment entendu une adorable voix de femme qui fredonnait ? N'avait-elle pas chanté en gaélique ? Ou plutôt en écossais ? Se trouvait-il en Ecosse ? Mais non, quand la voix lui parlait, elle n'avait pas cet accent familier, un peu grasseyant, mais cet étrange accent irlandais.

Le bateau ! Le bateau s'était peut-être égaré et l'avait emmené au sud au lieu de le ramener chez lui. Il se souvenait d'un bateau. Mais il était au port. Il y avait des hommes qui riaient entre eux, le visage noirci et peint. Des haches… Du thé. Ce maudit thé !

Voilà ! Tout lui revenait à la mémoire. C'était assez rassurant. Les hommes avaient pris la barre. Et lui, il avait été blessé. Pas à ce moment-là, mais plus tard. A l'aube. C'était une erreur, une erreur insensée.

Ensuite, la neige et la douleur. Il s'était réveillé et il avait vu une femme. Belle. Un homme ne demanderait pas mieux que de se réveiller auprès d'une femme aussi belle, que ce soit dans ce monde ou dans l'autre. Cette idée le fit sourire. Il leva ses paupières lourdes.

Elle était assise devant un métier à tisser, sous une fenêtre inondée de soleil. Les rayons faisaient briller ses cheveux, qu'elle avait aussi noirs que les plumes d'un corbeau. Elle portait une robe de laine bleu foncé avec un tablier blanc par-dessus. D'où il était, il voyait sa silhouette fine, ses mains gracieuses qui couraient sur les fils. Au rythme du peigne qui claquait en allant et venant, elle dessinait un motif rouge sur l'épaisse laine verte.

Elle chantait en travaillant. Il reconnut sa voix. C'était la même qui l'avait réconforté quand il s'était débattu dans la chaleur et le froid de ses rêves. Il ne voyait que le profil de son hôtesse. Une peau blanc et rose, une bouche aux lèvres généreuses, l'ébauche d'une fossette sur la joue, et un petit nez qui semblait se relever très légèrement.

Le simple fait de la regarder l'emplissait d'un tel sentiment de paix qu'il était tenté de fermer les yeux et de se rendormir. Mais il voulait la voir, la voir tout entière. Et il avait besoin qu'elle lui dise où il se trouvait.

Dès qu'il remua, elle leva la tête et se tourna vers lui. Il pouvait voir ses yeux maintenant. D'un bleu aussi profond que le saphir. Comme il la contemplait en cherchant la force de lui parler, elle se leva, lissa ses jupes et se dirigea vers lui.

Elle posa sa main fraîche sur son front. Cette main lui parut familière. Très doucement, mais avec dextérité, elle vérifia ensuite son bandage.

— Vous avez décidé de rejoindre le monde des vivants ?

Elle s'approcha d'une petite table et versa un liquide dans une tasse d'étain.

— Vous devriez connaître la réponse mieux que moi, parvint-il à dire en faisant un grand effort.

Elle rit tout bas en approchant la tasse de sa bouche. Cette odeur lui était familière, elle aussi, mais désagréable.

— Que diable y a-t-il dans ce breuvage ?

— Quelque chose qui vous aidera à guérir.

Sans lui demander son avis, elle fit couler le liquide dans sa bouche et il ne put faire autrement que de l'avaler. Il la regarda d'un œil sombre. Elle éclata de rire.

— Vous l'avez recraché si souvent que je sais comment m'y prendre désormais.

— Cela fait combien de temps ?

— Que vous êtes chez nous ?

Elle posa de nouveau la main sur son front. Sa fièvre était tombée au cours de la dernière nuit.

— Cela fait deux jours. Nous sommes le 20 décembre.

— Et ma jument ?

— Elle va bien.

Alanna hocha la tête, contente qu'il y ait pensé.

— Vous feriez mieux de dormir encore. Pendant ce temps, je vais vous préparer un bouillon de viande et de légumes qui vous redonnera des forces, monsieur… ?

— MacGregor. Ian MacGregor.

— Eh bien, reposez-vous, monsieur MacGregor.

Il tendit la main vers celle d'Alanna et la prit dans la sienne. « Une si petite main, si compétente », pensa-t-il de façon absurde.

— Et vous, quel est votre nom ?

— Alanna Flynn.

Elle laissa sa main dans celle de Ian, qui était beaucoup moins rugueuse que celles de son père ou de ses frères.

— Vous êtes le bienvenu ici jusqu'à ce que vous soyez guéri.

— Merci.

Il ne la libérait toujours pas, jouant avec ses doigts d'une façon qu'elle aurait qualifiée de provocante dans d'autres circonstances. Brusquement, elle se souvint qu'il l'avait embrassée alors qu'il perdait son sang dans l'écurie. Elle retira doucement sa main. Ian eut un sourire fugitif.

— Je vous suis redevable de tout, mademoiselle Flynn.

— Ah, vous l'avez dit !

Elle se leva, pleine de dignité.

— Et ce n'est pas mademoiselle, c'est madame Flynn.

Ian ne se rappelait pas avoir jamais éprouvé une telle déception. Non pas que cela l'eût dérangé de flirter avec une femme mariée, si elle était agréable. Mais il n'aurait jamais eu l'idée d'aller plus loin que quelques sourires et murmures avec l'épouse d'un autre. C'était sacrément dommage, pensa-t-il tout en observant Alanna Flynn. Sacrément dommage.

— Je vous suis très reconnaissant, madame Flynn, à vous et à votre mari.

— Réservez votre gratitude à mon père.

Alanna adoucit cet ordre avec un sourire, qui creusa un peu plus sa fossette.

Ce MacGregor était un gredin, elle n'en doutait pas une minute, mais pour l'instant, c'était un homme faible, dont la santé était entre ses mains.

— Vous êtes ici dans sa maison, reprit-elle. Il sera bientôt de retour.

Les mains sur les hanches, elle l'examina. Il avait repris des couleurs, mais, Dieu lui vienne en aide, il avait besoin d'une bonne coupe dans cette crinière embroussaillée qui lui tenait lieu de chevelure ! Et un coup de rasoir ne lui ferait pas de mal non plus. Malgré cela, c'était un fort bel homme. Elle était suffisamment femme pour avoir reconnu la lueur qui s'allumait dans ses yeux quand il les posait sur elle ; elle avait intérêt à garder ses distances.

— Si vous ne voulez plus dormir, vous pourriez peut-être manger. Je vais vous chercher du bouillon.

Elle le laissa et se rendit dans la cuisine, en faisant claquer ses talons sur le plancher. Quand il fut seul, Ian resta sans bouger et promena son regard tout autour de la pièce. Le père d'Alanna avait bien œuvré. Les fenêtres étaient vernies, les murs passés à la chaux. Les pierres de l'âtre, près duquel il lui avait installé un matelas, avaient été frottées. Sur le manteau de la cheminée, des chandelles brûlaient, à côté d'une paire de plats chinois peints ; au-dessus étaient accrochés deux fusils de chasse et un solide fusil à silex.

Le métier à tisser était installé sous la fenêtre, et dans un coin, il aperçut un rouet. Il n'y avait pas la moindre trace de poussière sur le mobilier, rehaussé par quelques coussins brodés aux vives couleurs. Une odeur de pommes au four flottait, mêlée à celle de la viande épicée. C'était une maison confortable, un havre de paix. Un homme capable de réussir ainsi méritait le respect. Et il devait être prêt à se battre pour garder ce qu'il avait créé.

Ian soupira. Il y avait des choses qui valaient la peine qu'on se batte pour elles. Qu'on aille même jusqu'à mourir pour elles — sa femme, son territoire, sa liberté. Ian se sentait plus prêt que jamais à utiliser son arme. Croyant que ces pensées lui rendaient ses forces, il voulut s'asseoir, mais la confortable chambre se mit à tourner autour de lui.

Alanna revint à cet instant précis.

— Ah, voilà bien le comportement d'un homme ! Vous allez ruiner tout mon travail. Asseyez-vous et restez tranquille. Vous êtes aussi faible qu'un nouveau-né, et deux fois plus agité.

— Madame Flynn…

— Mangez d'abord, vous parlerez ensuite.

Par sécurité, il avala la première cuillerée de bouillon qu'elle lui enfourna dans la bouche.

— Ce bouillon est excellent, mais je peux m'alimenter moi-même.

— Et en faire couler partout sur mes draps propres. Non merci.

Lui adressant un bref sourire, Alanna prit un ton apaisant.

— Vous avez perdu beaucoup de sang avant d'arriver chez nous, et encore plus quand la balle a été extraite.

Elle lui donna une autre cuillerée de bouillon, s'étonnant de voir la fermeté de sa main, qui ne tremblait pas. Cependant, elle n'aurait pu en dire autant de son cœur.

De son côté, Ian décida qu'il valait mieux abdiquer, et apprécier la situation à sa juste valeur, même si elle lui paraissait un peu humiliante. La jeune femme dégageait une douce odeur de lavande, et, de si près, il avait tout loisir de contempler ses yeux.

— S'il avait fait moins froid, continua-t-elle, vous auriez saigné encore plus abondamment et vous seriez mort dans la forêt.

— Je dois donc remercier aussi la nature.

Elle lui adressa un regard entendu.

— Les voies du Seigneur sont impénétrables. Apparemment, il a trouvé préférable de vous garder en vie, bien que vous ayez fait de votre mieux pour mourir.

— Et il m'a mis entre les mains d'une adorable voisine, ajouta Ian avec un sourire désarmant. Je ne suis jamais allé en Irlande, mais il paraît que c'est très beau.

— C'est ce que dit mon père. Je suis née ici.

— Mais vous avez un léger accent irlandais.

— Et vous, un accent écossais.

— Je n'ai pas revu l'Ecosse depuis cinq ans.

Son regard se voila.

— J'ai passé quelque temps à Boston. J'y ai fait mes études, et j'ai des amis là-bas.

Alanna hocha la tête. Elle s'était bien doutée qu'il avait

de l'éducation, à la façon dont il s'exprimait. Elle l'envia d'avoir pu étudier.

— A Harvard, ajouta-t-il.

— Je vois.

Elle l'envia d'autant plus. Si sa mère avait vécu... Mais elle était morte, et elle-même n'avait jamais eu qu'un seul livre écorné pour apprendre à lire et à écrire.

— Vous êtes loin de Boston, ici. A une journée de cheval. Avez-vous de la famille ou des amis qui risquent de s'inquiéter ?

— Non, personne, se contenta-t-il de répondre.

Il ne quittait pas Alanna des yeux. Il avait une folle envie de la toucher. C'était mal, c'était contre son propre code de l'honneur. Mais il aurait aimé voir si ses joues étaient aussi merveilleusement satinées qu'elles paraissaient l'être. Si sa chevelure était aussi épaisse et lourde. Sa bouche aussi douce.

Elle leva les paupières, et ses yeux, calmes et limpides, rencontrèrent les siens. Pendant un instant, il ne put voir que son visage qui glissait au-dessus du sien. Et il se souvint : il avait déjà goûté ces lèvres une fois.

En dépit de ses meilleures résolutions, il laissa son regard errer sur elles. S'y attarder. Comme Alanna se raidissait, il battit des paupières et les releva rapidement. Avec un regard où se mêlaient le regret et l'amusement, il dit à voix basse :

— Je dois vous demander pardon, madame Flynn. Je n'étais plus moi-même quand vous m'avez trouvé dans l'étable.

— En tout cas, il ne vous a pas fallu longtemps pour revenir à vous, répliqua-t-elle sèchement.

Il se mit à rire, mais la douleur le fit bientôt tressaillir.

— Eh bien, je vous demande d'autant plus pardon, et j'espère que votre mari ne voudra pas me chasser.

— Il y a peu de danger. Il est mort il y a trois ans.

Il voulut parler, mais une nouvelle cuillerée de bouillon l'en empêcha. Même si Dieu devait le foudroyer sur-le-champ, il n'aurait pas pu dire qu'il était navré d'apprendre que Flynn était retourné vers son Créateur.

Après tout, ce n'était pas comme s'il l'avait connu. Et quel meilleur moyen de recouvrer rapidement la santé que de se retrouver entre les mains d'une jeune et jolie veuve ?

Sentant monter le désir de Ian comme une meute sent sa proie, Alanna se redressa et s'écarta hors de sa portée.

— Maintenant, reposez-vous.

— J'ai l'impression de m'être reposé pendant des semaines.

Il soupira. Bon sang ! Alanna était vraiment adorable, tout en courbes et en couleurs. Il lui offrit son sourire le plus reconnaissant.

— Puis-je vous importuner encore une seconde ? J'aimerais que vous m'aidiez à m'asseoir sur une chaise. Je me sentirais mieux si je pouvais regarder par la fenêtre.

— Comme vous voudrez. Mais vous allez prendre votre temps, et vous appuyer sur moi.

— Avec plaisir.

Alanna n'eut pas le temps de réagir. Il lui prit la main et la porta à sa bouche. Avant qu'elle puisse la retirer, il la retourna et l'effleura de ses lèvres, comme aucun homme ne l'avait jamais fait. Alanna sentit son cœur bondir dans sa poitrine.

— Vos yeux ressemblent aux joyaux que j'ai vus un jour sur la couronne de la reine de France. Des saphirs, murmura-t-il. C'est un mot séduisant.

Elle ne bougea pas. Elle en était incapable. Jamais de sa vie un homme ne l'avait regardée de cette façon. La chaleur l'envahissait, montant du nœud qui s'était formé dans son ventre jusqu'à ses seins brusquement tendus, et jusqu'à sa gorge que son pouls martelait. Ian eut un sourire bref tandis qu'elle libérait vivement sa main.

— Vous êtes un gredin, monsieur MacGregor, dit-elle d'une voix moins cinglante qu'elle l'aurait souhaité.

— Eh oui, madame Flynn. Mais il n'empêche que ce que j'ai dit est vrai. Vous êtes belle. Comme le dit votre nom... Alanna.

Il s'attarda sur chaque syllabe.

Alanna se redressa. Elle n'était pas idiote au point de se laisser séduire par des paroles flatteuses. Mais la paume de sa main était brûlante.

— C'est mon nom, et vous êtes prié d'attendre que je vous donne l'autorisation de le prononcer.

Soulagée, elle entendit des bruits à l'extérieur de la maison. Visiblement, ils étaient aussi arrivés aux oreilles de Ian, qui semblait occupé à rassembler ses esprits.

— Voilà mon père et mes frères. Si vous avez toujours envie de vous asseoir près de la fenêtre, ils vous aideront.

Sur ce, elle se dirigea vers la porte.

Il fallait qu'elle mette le couvert, ses hommes devaient être affamés. Ils allaient dévorer les tourtes à la viande et les tartes aux pommes sans accorder une pensée au mal qu'elle s'était donné pour les préparer. Comme toujours, son père remarquerait davantage ce qui restait à faire. Johnny serait impatient de retourner au village pour courtiser la jeune Mary Wyeth. Quant à Brian, il n'attendrait que le moment de pouvoir se livrer à son occupation favorite : lire au coin du feu jusqu'à ce qu'il dodeline de la tête.

Ils entrèrent dans la cuisine, apportant avec eux un grand coup de vent froid, de la neige fondue et de grosses voix masculines.

Ian se détendit. Apparemment, il s'agissait bien de la famille d'Alanna. C'était peut-être ridicule de craindre que les Anglais l'aient suivi à la trace, mais il n'était pas de ceux qui baissent la garde. Il vit trois hommes, ou plutôt deux hommes et un garçon presque adulte. Le plus âgé des trois, à peine plus grand qu'Alanna, était râblé. Son visage était rougi et boucané par des années de vent et d'intempéries, ses yeux une pâle réplique de ceux de sa fille. Il ôta sa casquette de travail, laissant apparaître des cheveux blond-roux clairsemés.

L'aîné des garçons lui ressemblait, mais il était plus grand, moins costaud. Son visage exprimait une tranquillité et une patience qui semblaient faire défaut à son père.

Le plus jeune était le portrait craché de son frère, mais ses joues étaient ombrées d'une barbe légère.

— Notre hôte s'est réveillé, annonça Alanna.

Trois paires d'yeux convergèrent vers Ian.

— Ian MacGregor, voici mon père, Cyrus Murphy, et mes frères, John et Brian.

— MacGregor, dit Cyrus d'une voix grondante. Drôle de nom.

Malgré la douleur, Ian se raidit et se redressa autant que possible.

— J'en suis fier, dit-il d'un ton âpre.

— Un homme doit être fier de son nom, répliqua Cyrus tout en toisant Ian. C'est tout ce qu'il a en naissant. Je suis content que vous ayez décidé de vivre, car le sol est gelé et nous n'aurions pas pu vous enterrer avant le printemps.

— C'est un soulagement pour moi aussi.

Satisfait de cette réponse, Cyrus hocha la tête.

— Nous allons nous laver avant de souper.

— Johnny !

Alanna retint son frère en posant une main sur son bras.

— Tu veux bien aider M. MacGregor à s'installer sur la chaise qui est près de la fenêtre, avant de manger ?

Johnny ébaucha un sourire en regardant Ian.

— Vous êtes bâti comme un chêne, monsieur MacGregor. Nous avons eu un mal de chien à vous porter à l'intérieur de la maison. Brian, viens me donner un coup de main.

— Merci.

Ian ravala un gémissement quand il leva les bras pour

les poser sur les épaules des deux frères. Maudissant ses jambes en coton, il se promit d'être debout et de marcher tout seul dès le lendemain. Mais quand les garçons le firent asseoir sur la chaise, il était couvert de sueur.

— Vous vous en tirez assez bien pour un homme qui a vu la mort de près, commenta Johnny, comprenant la frustration qu'il devait éprouver.

— J'ai l'impression d'avoir bu un tonneau de rhum et d'être ensuite sorti en mer par gros vent.

Johnny lui donna une bourrade amicale sur son épaule valide.

— Rassurez-vous, Alanna va vous guérir.

— Monsieur MacGregor ?

Brian posa sur lui un regard à la fois timide et intense.

— Vous êtes trop jeune pour vous être battu dans le Quarante-Cinquième ?

Comme Ian relevait un sourcil, Brian s'empressa d'ajouter :

— J'ai lu tout ce qui a été écrit à ce sujet : la rébellion des Stuarts, le beau prince et toutes les batailles. Mais vous êtes sûrement trop jeune pour y avoir participé.

— Je suis né en 46, déclara Ian. Pendant la bataille de Culloden. Mon père faisait partie de la rébellion. Mon grand-père aussi, il est mort en se battant.

Les grands yeux bleus de Brian s'élargirent.

— Alors, vous pourrez me raconter ce qui n'est pas dans les livres.

— Bien sûr…

Ian eut un léger sourire.

— Je pourrai t'en raconter plus.

— Brian !

La voix d'Alanna était autoritaire.

— M. MacGregor a besoin de se reposer ! Et toi, tu dois venir manger.

Brian s'éloigna de Ian, mais il continua à le regarder.

— Nous pourrions discuter après le souper si vous n'êtes pas trop fatigué.

Ignorant le coup d'œil noir d'Alanna, Ian sourit au garçon.

— J'en serais enchanté.

Alanna attendit que Brian ne puisse plus l'entendre. Puis elle se tourna vers Ian. Etonné, il décela dans sa voix une fureur à peine contenue.

— Je vous défends de lui bourrer le crâne avec des histoires héroïques de guerre, de batailles et de grandes causes.

— Il me paraît assez grand pour décider lui-même de ses sujets de conversation.

— C'est encore un jeune homme, et il se laisse facilement tourner la tête avec des idées absurdes.

Nerveusement, elle se mit à faire des plis à son tablier, mais elle ne détourna pas les yeux. Ian put y lire qu'elle ne tolérerait aucun compromis.

— Je serai peut-être incapable de l'empêcher de courir vers la prairie pour participer aux manœuvres, mais tant qu'il sera sous le toit paternel, il n'entendra pas parler de guerre, ajouta-t-elle d'un ton ferme.

— Il y aura plus que des conversations, et sans tarder, dit doucement Ian. C'est ridicule de ne pas s'y préparer.

Alanna pâlit mais garda la tête haute.

— Il n'est pas question de parler de guerre dans cette maison, répéta-t-elle.

Et elle se dirigea d'un pas décidé vers la cuisine.

3

Ian se réveilla tôt le lendemain, sous la pâle clarté du soleil hivernal. Une bonne odeur de pain chaud et de levain vint lui chatouiller les narines. Il avait une faim de loup. Pendant un instant, il resta immobile, jouissant des bruits et des odeurs de la matinée. Il sentait derrière lui la chaleur réconfortante des bûches qui se consumaient lentement dans le foyer de la cheminée. De la cuisine lui parvint la voix d'Alanna. Cette fois, elle chantait en anglais. Les premières minutes, Ian fut trop ravi par la mélodie elle-même pour prêter attention aux paroles. Mais quand elles pénétrèrent dans son esprit, il écarquilla les yeux de surprise, puis d'amusement.

C'était une chanson paillarde, qui aurait été plus à sa place dans la bouche d'un marin que dans celle d'une respectable jeune veuve.

Il ne put s'empêcher de rire tout haut. Ainsi, l'adorable Alanna avait un sens de l'humour bien particulier, elle ne détestait pas la grivoiserie. Elle ne lui en paraissait que plus aimable, bien qu'il doutât qu'elle puisse chanter avec une telle assurance si elle avait su qu'il l'écoutait. Essayant de se mouvoir sans bruit, il glissa ses jambes hors du lit. Ce ne fut pas une mince affaire d'arriver à se tenir debout, mais il y parvint, et sentit aussitôt sa tête tourner. Il était faible comme un oisillon. Furieux, il dut s'appuyer d'une main contre le mur. Quand la chambre autour de lui voulut bien se stabiliser, il fit un timide pas en avant. La pièce recommença à chavirer, et il serra les dents jusqu'à ce qu'elle se remette d'aplomb. La douleur, dans son épaule blessée, était lancinante. En se concentrant sur elle, il réussit à faire encore un pas, puis un autre, heureux que personne ne soit là pour le voir marcher comme un vieillard.

C'était vraiment humiliant de penser qu'une malheureuse petite balle d'acier pouvait abattre de la sorte un MacGregor.

Le fait que cette petite balle fût anglaise le poussa à mettre un pied devant l'autre. Ses jambes paraissaient être remplies d'eau, et une sueur froide se répandait sur sa nuque et son front. Mais, au fond du cœur, il éprouvait une fierté immense. Si la mort l'avait épargné pour qu'il se batte encore, eh bien, il se battrait, de toute son âme ! Mais tant qu'il serait incapable de marcher, il ne pourrait rien faire.

Quand il atteignit la porte de la cuisine, épuisé par l'effort et trempé de sueur, Alanna avait entonné un chant de Noël. Apparemment, elle n'était pas gênée de passer d'une chanson gaillarde à un hymne traditionnel.

Mais Ian se moquait bien de cela. En regardant Alanna, en l'écoutant, il sut qu'il se souviendrait de cette voix jusqu'à l'heure de sa mort. Il n'oublierait jamais cette tonalité claire et riche, ce léger voile qui lui donnait envie de voir la jeune femme avec les cheveux détachés, éparpillés sur un oreiller.

Sur son oreiller… Ian tressaillit en faisant cette constatation. C'était là qu'il voulait voir Alanna, inutile de le nier, et avec une telle force qu'il pouvait sentir la douceur soyeuse de ses cheveux entre ses doigts.

Pour l'instant, la plupart des épaisses boucles noires de la jeune femme étaient dissimulées sous une coiffe blanche. Cela aurait dû lui donner un air très convenable, voire collet monté; cependant, quelques mèches s'étaient échappées sur son cou. C'était charmant, et très séduisant. Il ne put s'empêcher d'imaginer la sensation qu'il aurait en laissant ses doigts suivre le même chemin. En sentant la chaleur de sa peau, et le corps d'Alanna remuer contre le sien.

Etait-elle aussi agile au lit qu'elle l'était à ses fourneaux ?

Ian eut un petit rire silencieux. Après tout, il n'était peut-être pas aussi faible qu'il le croyait si son sang se mettait à circuler plus vite chaque fois qu'il voyait cette femme. S'il n'avait pas craint de tomber, il aurait traversé la pièce et lui aurait volé un baiser. Mais c'était impossible. Il devait encore patienter, et prier le ciel que ses jambes ne tardent pas à se raffermir.

Alanna préparait une miche de pain tandis que d'autres étaient déjà en train de cuire. Il voyait ses petites mains habiles pousser, enfoncer, façonner la pâte. Patiemment. Inlassablement. Pendant qu'il l'observait, son esprit s'emplit de pensées si vigoureuses qu'il émit un léger grognement.

Alanna fit volte-face, sans lâcher la boule de pâte. Quand elle le vit sur le seuil, dans son justaucorps défraîchi, avec sa chemise ouverte, elle eut une idée qui lui fit honte : comment pourrait-elle l'amener à lui embrasser de nouveau la main ? Rougissante, elle laissa tomber la pâte sur la table, et se précipita vers Ian, qui chancelait, le visage livide. D'après sa précédente expérience, elle savait que s'il s'affalait par terre, elle aurait un mal fou à le remettre au lit.

— Que faites-vous dans ma cuisine, monsieur MacGregor ? Vous n'êtes vraiment pas raisonnable. Allons, appuyez-vous sur moi.

Comme Ian pesait un poids considérable, elle le conduisit vers la chaise la plus proche. Puis elle se retourna vers lui et s'écria, le soulagement l'emportant sur la colère :

— Quel idiot vous faites ! Mais j'ai constaté que la plupart des hommes sont stupides ! J'espère que vous n'aurez pas rouvert votre blessure. Je viens de laver le carreau et je n'ai pas envie de le voir taché de sang !

— Oui, madame.

C'était une faible repartie, mais c'était tout ce qu'il pouvait faire quand le visage d'Alanna était si près du sien qu'il aurait pu compter ses longs cils noirs veloutés.

Alanna vérifia son pansement. Il était sec.

— Vous n'aviez qu'à appeler, reprit-elle, un peu calmée.

Comme s'il s'était agi d'un de ses frères, elle commença à boutonner sa chemise. Il dut retenir un autre grognement.

— Il fallait que je voie si mes jambes voulaient me porter, marmonna-t-il.

Son sang ne se contentait pas de circuler plus vite, maintenant qu'Alanna était près de lui, il bouillonnait. Et, conséquence prévisible, sa voix prit un accent rauque.

— Je ne recouvrerai jamais mes forces si je reste au lit.

Faisant de son mieux pour ignorer le regard pénétrant de Ian, elle rétorqua :

— Vous vous lèverez quand je vous le dirai, pas avant.

Elle versa un liquide jaunâtre dans une tasse d'étain. En reconnaissant l'odeur, Ian grimaça.

— Je ne boirai plus une goutte de ce poison !

— Vous le boirez, et vous m'en serez reconnaissant si vous voulez vous mettre autre chose sous la dent.

Elle fit claquer la tasse sur la table et soutint son regard.

— Vous êtes en colère parce que j'ai parlé avec Brian, hier soir, dit Ian.

Relevant légèrement le menton, Alanna prit un air arrogant.

— Et vous, si vous vous étiez reposé au lieu de jacasser au sujet de la guerre, vous ne seriez pas aussi faible et irritable ce matin.

— Je ne suis ni faible ni irritable.

Comme elle ne reculait pas d'un pouce sur ses positions, il regretta de ne pas avoir la force de lui prouver qu'elle se trompait. Il l'aurait embrassée jusqu'à la faire se pâmer, elle aurait vu de quel bois un MacGregor se chauffait.

— Si je suis irritable, dit-il entre ses dents serrées, c'est parce que je meurs de faim.

Alanna lui sourit, ravie d'avoir le dessus.

— Vous prendrez votre déjeuner dès que vous aurez avalé le contenu de cette tasse, dit-elle, inflexible.

Faisant virevolter ses jupes, elle retourna pétrir le pain. Pendant le bref instant où elle lui tourna le dos, Ian chercha un endroit à sa portée où il pourrait cracher cette horrible boisson. N'en trouvant pas, il croisa les bras et regarda Alanna d'un air frustré. La jeune femme retint un sourire. Elle n'avait pas grandi dans une maison pleine d'hommes sans savoir comment ils fonctionnaient. Elle devinait exactement ce qui se passait dans la tête de Ian. Il était têtu, mais il avait affaire à plus têtu que lui.

En pétrissant la pâte, elle se mit à fredonner.

Furieux, Ian ne pensait plus du tout à l'embrasser. A cet instant précis, il lui aurait volontiers tordu le cou. Il était là, mourant de faim dans l'odeur appétissante du pain tout frais. Et tout ce que cette femme trouvait à lui donner, c'était une tasse de breuvage répugnant !

Sans cesser de fredonner, Alanna déposa la pâte dans une terrine pour la laisser lever et la recouvrit d'un torchon propre. Ignorant Ian, elle vérifia la cuisson des miches de pain dans le four et jugea qu'il était temps de les sortir. Quand elle les déposa sur une grille pour qu'elles refroidissent, leur odeur envahit la cuisine.

Ian en avait l'eau à la bouche. Il n'en pouvait plus, mais il avait sa fierté. Cependant, à quoi rimait la fierté pour un homme à deux doigts de mourir de faim ? Soupirant silencieusement, il leva la tasse et la vida à contrecœur en regardant Alanna d'un œil noir. Elle le lui paierait, elle ne perdait rien pour attendre !

Alanna lui tourna le dos avant de se laisser aller à

sourire triomphalement. Elle réchauffa une montagne d'œufs brouillés dans un poêlon. Puis elle les versa dans une assiette qu'elle posa devant lui, avec une épaisse tranche de pain croustillant. Elle ajouta un morceau de beurre et une tasse de café très chaud.

Pendant qu'il mangeait, elle continua de s'affairer, gratta le poêlon, nettoya la table pour qu'il ne reste pas une once de pâte ou de farine. Elle aimait travailler seule dans sa cuisine, le matin. Cependant, la présence de Ian ne la dérangeait pas, bien qu'elle sentît son regard intense constamment fixé sur elle. Curieusement, cela lui procurait une sensation familière, comme si c'était normal qu'il soit assis là, à sa table, et qu'il goûte la nourriture qu'elle avait cuisinée.

Non, sa présence ne la dérangeait pas, mais elle ne la détendait pas non plus. Le silence qui se prolongeait entre eux ne paraissait plus être dû à la mauvaise humeur. Il était teinté de quelque chose d'indéfinissable qui la rendait nerveuse, et qui faisait cogner son cœur un peu trop fort dans sa poitrine.

Eprouvant le besoin de rompre ce silence, elle se tourna vers Ian. Effectivement, il la regardait. Non pas avec un air frustré, mais avec intérêt maintenant. C'était un mot bien faible pour ce qu'elle lisait dans ses yeux, mais c'était un mot sans danger. Alanna éprouvait brusquement le besoin de se sentir en sécurité.

— Un gentleman me remercierait pour ce repas ! dit-elle d'un ton un peu ironique.

Le sourire qui retroussa les lèvres de Ian était éloquent : il se conduisait en gentleman quand cela lui chantait.

— Mais je vous remercie, madame Flynn, très sincèrement. Et je me demande si je peux vous prier de me donner une autre tasse de café.

Alanna lui jeta un regard soupçonneux. Il parlait convenablement, mais elle ne faisait pas entièrement confiance à ses yeux. Elle prit sa tasse tout en veillant à rester hors de sa portée.

— Le thé serait meilleur pour vous, dit-elle à voix très basse, comme si elle se parlait à elle-même. Mais nous n'en buvons pas dans cette maison.

— Par protestation ?

— Oui. Nous ne boirons plus de ce maudit breuvage tant que le roi ne sera pas revenu à la raison. Il y a des protestations plus folles et plus dangereuses.

Ian la regarda prendre la cafetière sur le feu.

— A quoi faites-vous allusion ? interrogea-t-il.

Elle haussa les épaules.

— Johnny a entendu dire que les Fils de la Liberté s'étaient arrangés pour détruire des caisses de thé qui se trouvaient dans les cales de trois bateaux, dans le port de Boston. Ils se sont déguisés en Indiens et sont montés à bord, avec à leur tête trois combattants armés de fusils. Avant le petit matin, ils avaient jeté à la mer toute la cargaison de l'East Indian Company.

— Et vous trouvez que c'est de la folie ?

— C'est certainement très courageux, répondit-elle avec un autre geste d'impatience. Même héroïque, surtout aux yeux de Brian. Mais c'est de la folie car cela va uniquement inciter le roi à imposer des mesures encore plus draconiennes, dit elle en posant un peu brusquement la tasse de café devant lui.

— Alors vous trouvez qu'il vaut mieux ne rien faire face à une injustice aussi scandaleuse ? D'après vous, il est préférable de rester assis comme un chien bien dressé et d'accepter les coups de bâton ?

Le sang des Murphy monta aux joues d'Alanna.

— Aucun roi n'est éternel !

— Evidemment. Alors, d'après vous, il vaut mieux attendre que ce fou de George ait passé l'arme à gauche plutôt que d'exiger la justice ?

— Nous avons vu assez de guerres et de cœurs brisés dans cette maison.

— Il y en aura encore plus, Alanna, tant que la question ne sera pas réglée.

— Réglée ! répliqua-t-elle en le regardant siroter tranquillement son café. Réglée en se mettant des plumes dans les cheveux et en envoyant des caisses à la mer ? Réglée comme cela l'a été pour les femmes et les mères de ceux qui sont tombés à Lexington ? Et au nom de quoi, vous pouvez me le dire ?

— Au nom de la liberté et de la justice.

— Ce sont des mots !

Elle secoua la tête.

— Les mots ne meurent pas, eux. Ce sont les hommes qui meurent.

— C'est inévitable, que ce soit à cause de leur grand âge, ou sur le champ de bataille. Préférez-vous que nous acceptions les chaînes que les Anglais nous imposent, que nous fassions le gros dos jusqu'à en être brisés ? Ne devons-nous pas plutôt nous battre pour ce qui nous revient de droit ?

Alanna sentit un frisson de peur en voyant la lueur qui brillait dans ses yeux.

— Vous parlez comme un rebelle, MacGregor.

— Comme un Américain, corrigea-t-il. Comme un Fils de la Liberté.

— J'aurais dû m'en douter, dit-elle d'une voix à peine audible.

Elle ramassa son assiette d'un geste brusque, la mit de côté. Puis, incapable de se maîtriser, elle se pencha vers lui.

— Est-ce que le fait d'envoyer le thé à la mer aurait valu la peine que vous y laissiez votre vie ?

Il porta une main à son épaule.

— Ce n'était rien qu'une erreur de calcul, dit-il, rien à voir avec notre petite *Tea Party*.

— Votre petite *Tea Party*!

Alanna ricana en levant les yeux au plafond.

— C'est bien d'un homme de présenter une rébellion comme un moment de plaisir.

— Et c'est bien d'une femme de se tordre les mains en y pensant.

Elle baissa les yeux et les planta dans les siens.

— Je ne me tords pas les mains, dit-elle lentement en détachant chaque syllabe. Et je ne verserais pas une larme sur quelqu'un comme vous. Vous pouvez bien vous faire étriper!

Ian changea si rapidement de ton qu'elle cligna des paupières.

— Je suis sûr que je vais vous manquer quand je serai parti.

— Certainement pas!

Elle retint un sourire.

— Maintenant, allez vous mettre au lit.

— Je crains de ne pas être assez fort pour y aller tout seul.

Elle poussa un profond soupir, mais elle s'approcha de lui pour lui offrir son aide. En un clin d'œil, il l'attira vers lui et elle se retrouva sur ses genoux. Elle se débattit en jurant avec une aisance qui le fit éclater de rire.

— Mis à part nos divergences politiques, vous êtes un beau brin de femme, Alanna, et je viens de découvrir qu'il y a trop longtemps que je n'en ai pas tenu une dans mes bras.

— Fils de crapaud, dit-elle en se débattant.

Il tressaillit. Alanna avait réveillé la douleur dans son épaule.

— Mon père vous pardonnerait s'il vous entendait, mon ange.

— Je ne suis pas votre ange, espèce de vaurien.

— Continuez comme ça, et vous allez rouvrir ma blessure. Le carreau de votre cuisine sera rougi par mon sang !

— Rien ne me ferait plus plaisir !

Amusé, il sourit et prit le menton d'Alanna entre deux doigts.

— Pour quelqu'un qui ne veut pas entendre parler des horreurs de la guerre, vous êtes plutôt assoiffée de sang.

Elle le couvrit d'imprécations à en perdre le souffle. Son frère John n'avait dit que la vérité quand il avait affirmé que Ian était construit comme un chêne. Elle avait beau se débattre — ce qui apparemment le réjouissait fort —, il la tenait toujours aussi fermement.

— Soyez maudit ! réussit-elle à souffler. Vous et tout votre clan d'Ecossais !

Ian l'avait attirée sur ses genoux uniquement pour la mettre dans l'embarras, pour se venger gentiment du fait qu'elle l'avait forcé à boire le médicament nauséabond. Mais quand elle avait commencé à se débattre, il s'était dit qu'elle avait bien mérité qu'il la taquine un peu et qu'il se fasse plaisir. Avec un seul baiser. Un baiser volé, furtif. Après tout, elle fulminait déjà, alors un peu plus, un peu moins !

Il riait encore quand il posa sa bouche sur celle d'Alanna. Ce n'était qu'une innocente plaisanterie, autant pour lui-même que pour elle. Et il était curieux d'entendre le nouveau chapelet d'injures qu'elle ferait pleuvoir sur lui quand il aurait fini.

Mais son rire s'éteignit rapidement dans sa gorge. Et Alanna cessa de se débattre.

La tête en feu, il s'exhorta à suivre ses bonnes résolutions. Rien qu'un baiser, rapide, inoffensif. Mais il se retrouva pris de vertige, et aussi dénué de forces qu'au moment où il avait remis les pieds par terre pour la première fois.

Cependant, cela n'avait rien à voir avec une blessure vieille de plusieurs jours. Et pourtant, il avait mal, d'un mal très doux qui se répandait dans tout son être. Ebahi, il se demanda si la mort l'avait épargné non seulement pour qu'il se batte encore, mais aussi pour qu'il puisse recevoir le cadeau de ce merveilleux baiser.

Alanna ne cherchait plus à se débattre. Elle aurait dû continuer, elle le savait au fond de son cœur de femme. Mais c'était impossible. Elle l'avait compris dès que Ian avait posé ses lèvres sur les siennes.

Des lèvres à la fois douces et fermes ; sa barbe de plusieurs jours lui chatouillait la peau. Elle entendit son propre soupir quand elle entrouvrit les lèvres et qu'elle goûta celles de Ian du bout de la langue.

Pendant un instant éblouissant, il lui donna un baiser plus profond, qui l'emporta bien au-delà de ce qu'elle avait jamais connu, dans un monde qu'elle n'avait vu qu'en rêve. Elle goûta la richesse de sa bouche sensuelle, sentit son souffle. Puis elle entendit le bref juron qu'il poussa en relevant la tête.

Il la regarda, pétrifié. Il avait bousculé sa coiffe, faisant ruisseler ses cheveux comme une pluie d'ébène sur ses épaules. Elle avait des yeux si grands, si bleus et profonds qu'il eut peur de se noyer en eux.

Cette femme pouvait lui faire tout oublier : son devoir, son honneur, son amour de la justice.

Elle était capable de le faire mettre à genoux par un seul mot tendre.

Mais lui, il était un MacGregor. Il ne devait pas l'oublier. Il ne pourrait jamais se mettre à genoux.

— Je vous demande pardon, madame.

Sa voix tendue était polie, mais si froide ! Alanna sentit la chaleur se retirer de ses veines.

— C'est inexcusable, ajouta-t-il.

Lentement, Alanna se mit debout. La vue brouillée, elle chercha sa coiffe sur le carreau de la cuisine, la ramassa et se redressa.

— Je vous demande encore une fois de vous mettre au lit, monsieur MacGregor, dit-elle d'une voix étranglée.

Elle resta sans bouger jusqu'à ce qu'il soit sorti de la cuisine en s'appuyant au mur. Puis elle essuya une larme malencontreuse et se remit au travail. Elle n'allait plus penser à Ian MacGregor, c'était promis. Il n'en valait pas la peine. Elle ne penserait plus jamais à lui.

Forte de cette bonne résolution, elle se remit à pétrir le pain.

4

Alanna avait toujours aimé préparer les fêtes de Noël, qu'il s'agisse de cuisiner, de faire des pâtisseries, ou de coudre et de nettoyer la maison. Depuis longtemps, c'était un jour où elle pardonnait toutes les offenses, dans un esprit de générosité. De plus, elle attendait impatiemment de porter sa plus belle robe et de se rendre au village en voiture attelée pour assister à la messe.

Mais cette année, au fur et à mesure que Noël approchait, elle se sentait tour à tour déprimée et irritée. Plus d'une fois, elle se surprit à parler à ses frères sur un ton cassant, et à faire preuve d'impatience envers son père. Elle se mettait à pleurer pour un oui ou pour un non, et elle sortait en trombe de la maison si Johnny essayait de plaisanter sur ce qui avait provoqué ses larmes. Ce jour-là, c'était un gâteau qu'elle avait fait brûler.

Assise sur un rocher au bord du fleuve où flottaient des glaçons, elle posa son menton sur ses mains et prit le temps de réfléchir.

C'était injuste qu'elle passe ses nerfs sur sa famille. Ni ses frères ni son père n'avaient mérité cela. Ils lui servaient de têtes de Turc, alors que celui qu'elle avait vraiment envie de passer sur le gril, c'était ce MacGregor. En soupirant, elle donna un coup de pied dans la neige durcie.

Oh, il avait gardé ses distances, ces deux derniers jours, le lâche ! Il avait réussi à se lever et à se faufiler hors de la maison comme le chenapan qu'il était. Il avait même donné un coup de main en s'occupant des animaux, et Cyrus Murphy lui en était reconnaissant. Mais elle, elle ne s'en était pas laissé accroire. Elle connaissait la véritable motivation qui avait poussé Ian MacGregor à nettoyer l'écurie et à réparer les harnais.

Il avait peur d'elle. Elle pinça les lèvres en un sourire ironique. Oui, il avait peur qu'elle fasse pleuvoir sur sa tête la colère de l'enfer. Et elle aurait pu. Quel genre d'homme pouvait embrasser une femme jusqu'à ce qu'elle devienne sourde et aveugle à tout ce qui l'entourait, pour finalement s'excuser poliment comme s'il lui avait marché sur les pieds par inadvertance ?

Il n'avait pas le droit de l'embrasser, et encore moins le droit d'ignorer ce qui s'était passé quand il l'avait fait.

Alanna secoua la tête. Elle lui avait sauvé la vie. C'était la vérité. Elle l'avait sauvé, et il l'avait remerciée en provoquant en elle un désir qu'aucune femme vertueuse n'avait le droit d'éprouver pour un homme qui n'était pas son mari.

Et, Dieu lui pardonne, elle le désirait ! D'une manière si différente de celle dont elle avait désiré Michael Flynn qu'elle aurait été incapable de la décrire.

Bien sûr, c'était insensé. Ian était un rebelle, et il le serait toujours. C'étaient des hommes comme lui qui faisaient l'histoire, et qui laissaient des veuves. Tout ce qu'elle demandait à Dieu, c'était de pouvoir mener une vie tranquille, avoir des enfants, une maison. Elle voulait un homme qui rentrerait tous les soirs, toute sa vie, pour dormir près d'elle. Un homme qui serait heureux de s'asseoir près du feu, le soir venu, et de parler avec elle de la journée écoulée.

MacGregor ne serait jamais ainsi. Non, elle avait reconnu en lui la même flamme que celle qui brûlait dans les yeux de Rory. Il y avait des hommes nés pour défendre de grandes causes et mourir sur un champ de bataille, et rien ni personne ne pouvait les en détourner. Le destin en avait décidé ainsi, bien avant leur naissance. Rory, son frère aîné, celui qu'elle préférait, avait été de ceux-là. Et Ian MacGregor en faisait partie lui aussi ; elle ne pourrait jamais se permettre de l'aimer.

Tandis qu'elle méditait tristement, une ombre se dessina devant elle. Tendue, elle se retourna et afficha un sourire en voyant son jeune frère Brian. Il paraissait hésitant.

— Tu ne risques rien, dit-elle. Je n'ai plus envie de jeter quelqu'un dans le torrent.

— Le gâteau n'était pas si mauvais, il suffisait d'enlever la partie brûlée.

Elle plissa les yeux et dit en plaisantant :

— Après tout, je vais peut-être t'envoyer nager !

Brian se mit à rire. Il connaissait bien sa sœur. Une fois qu'elle avait recouvré sa bonne humeur, c'était rare qu'elle se laisse de nouveau aller à la colère.

— Regarde, je t'ai apporté un cadeau, dit-il.

Il lui tendit une couronne de houx, qu'il avait jusque-là cachée derrière son dos.

— Tu pourrais lui ajouter des rubans et l'accrocher à la porte pour Noël.

Alanna la prit et l'examina d'un air attendri. La couronne était confectionnée maladroitement, mais elle n'en avait que plus de valeur. Brian était plus doué avec son esprit qu'avec ses mains.

— J'ai vraiment été si méchante ?

— Oui.

Il se laissa tomber à ses pieds dans la neige.

— Mais je sais que tu ne peux pas rester de mauvaise humeur à l'approche de Noël.

Il fit une pause.

— Alanna, crois-tu que Ian sera encore avec nous pour le repas de Noël ?

Le sourire de la jeune femme s'évanouit. Elle répondit

en faisant un effort pour ne pas laisser transparaître ses sentiments.

— Je n'en ai aucune idée. Il semble reprendre des forces assez rapidement.

— Papa dit qu'il est très efficace, bien qu'il ne soit pas fermier.

L'esprit ailleurs, Brian prit de la neige pour en faire une boule.

— Et il sait tant de choses ! Tu te rends compte, il est allé à Harvard, et il a lu des tas de livres !

Pleine de regrets pour elle-même et pour son frère, Alanna dit en soupirant :

— Oui, je sais.

Elle regarda tendrement Brian dans les yeux.

— Si les récoltes sont bonnes, ces deux ou trois prochaines années, tu iras à l'école. Je te le promets.

Brian hocha la tête sans rien dire. C'était quelque chose dont il avait tant rêvé, mais il avait déjà accepté de vivre sans avoir cette chance.

— Avec Ian, c'est presque aussi bien. Il sait tellement de choses, dit-il.

Alanna pinça les lèvres.

— Oui, je n'en doute pas.

— Il m'a prêté un livre. *Henry V*, de Shakespeare. C'est la vie du jeune roi Henry, et il y a des batailles magnifiques.

Alanna se raidit. Des batailles, encore ! Apparemment, les hommes ne s'intéressaient pas à autre chose dès le moment où ils étaient sevrés. Sans se laisser décourager par son silence, Brian continua avec enthousiasme :

— Il m'a raconté comment sa famille s'était battue en Ecosse. Sa tante a épousé un Anglais, un jacobite, et ils sont partis en Amérique après que la rébellion a été écrasée. Ils ont une plantation de tabac en Virginie. Ian a un autre oncle et une tante qui vivent en Amérique, mais son père et sa mère sont restés en Ecosse, dans les

Highlands. Cet endroit paraît être merveilleux, avec des falaises abruptes et des lacs profonds. Ian m'a dit qu'il était né dans une maison forestière pendant que son père se battait contre les Anglais à Culloden.

Alanna eut la vision d'une femme luttant pour mettre son bébé au monde. Décidément, les femmes comme les hommes avaient leur propre bataille à livrer. La femme se battait pour la vie, l'homme pour la mort.

Mais Brian n'avait pas terminé.

— Après la bataille, les Anglais ont massacré les survivants.

Il regardait au loin, par-dessus le fleuve étroit pris par les glaces, et il ne vit pas sa sœur poser les yeux sur lui.

— Les blessés, ceux qui s'étaient rendus, même les gens qui travaillaient dans les champs d'à côté. Ils ont poursuivi les rebelles et les ont abattus sur place. Quand ils en trouvaient dans des granges, ils mettaient le feu et les faisaient brûler vivants.

— Doux Jésus !

Alanna avait toujours fermé ses oreilles aux récits de guerre, mais cette fois elle en fut incapable. Elle était horrifiée. Brian continua :

— La famille de Ian se cachait dans une grotte pendant que les Anglais cherchaient les rebelles dans les collines. Sa tante, celle qui a la plantation, en a tué un elle-même. Elle lui a tiré dessus alors qu'il voulait assassiner son mari, qui était blessé.

Alanna avait la gorge sèche.

— Je pense que MacGregor exagère, murmura-t-elle.

Brian tourna vers elle son regard bleu, et secoua tristement la tête.

— Non, je ne pense pas. Crois-tu que ce genre d'événement risque de se produire ici quand la rébellion va commencer ?

Alanna serra si fort la couronne de houx dans ses

mains que les feuilles lui piquèrent les doigts à travers ses mitaines.

— Il n'y aura pas de rébellion. Le gouvernement va être raisonnable. Et si Ian MacGregor te dit…

— Il n'y a pas que Ian. Même Johnny le pense, et tous les hommes du village. Ian dit que la destruction du thé à Boston n'est que le début d'une révolution qui était inévitable pour repousser le joug britannique et prendre notre destinée en mains. Pour devenir un peuple libre. Ian dit aussi…

— Ian dit… Ian dit… !

Les sourcils froncés, Alanna se leva brusquement.

— Je trouve que Ian parle beaucoup trop ! Emporte cette couronne à la maison, Brian. Je l'accrocherai à la porte dès que je reviendrai.

Sans attendre la réaction de son frère, elle s'éloigna à grandes enjambées. Brian soupira. Qu'arrivait-il à sa sœur ? Elle n'en finissait pas d'être irritable, cela ne lui ressemblait pas.

Ian aimait travailler dans la grange. Mais, surtout, il était heureux de constater qu'il était de nouveau capable de se rendre utile. Bien qu'encore raides, son bras et son épaule ne le faisaient plus souffrir. Il esquissa un sourire. Ce matin, que tous les saints en soient loués, Alanna n'avait pas essayé de lui faire absorber une de ses infectes décoctions !

Mais il préférait ne pas penser à elle. Pour se libérer l'esprit, il mit de côté la selle qu'il était en train de nettoyer au savon et prit une brosse. Il allait étriller sa jument pour la préparer au voyage qu'il aurait déjà dû entreprendre depuis deux jours.

Aujourd'hui, il avait certainement recouvré suffisamment de forces pour parcourir de courtes distances. Bien sûr, il était préférable qu'il ne se montre pas à Boston, mais il pouvait se rendre en Virginie en faisant plusieurs étapes. Il passerait quelques semaines en compagnie de son oncle, de sa tante et de ses cousins.

La lettre qu'il avait confiée à Brian pour qu'il l'emporte au village devait maintenant être sur le bateau voguant vers l'Ecosse. Sa famille saurait bientôt qu'il était toujours vivant et qu'il allait bien. Et qu'il ne passerait pas Noël avec elle.

Ian soupira. Sa mère allait pleurer, il le savait. Bien qu'elle ait d'autres enfants, et des petits-enfants, elle serait triste que son fils aîné soit absent pour la fête sainte qui les réunissait tous chaque année.

Il pouvait la vivre en pensée, cette merveilleuse fête de Noël. Il voyait le feu dans la cheminée, la lueur des chandelles. Il sentait les riches odeurs qui s'échappaient de la cuisine, il entendait les rires et les chants. Et, brusquement, il eut un coup au cœur ; cet éloignement provoquait en lui un manque plus important qu'il n'aurait cru.

Ian se ressaisit. Il aimait tendrement sa famille, mais sa place était ici. De l'autre côté de l'océan.

Il flatta l'encolure de Shelter. Oui, il y avait du travail à faire en Amérique. Il devait contacter des hommes dès qu'il serait sûr de ne pas courir de danger. Samuel Adams, John Avery, Paul Revere. Et il fallait qu'il connaisse les répercussions de leur action à Boston et dans d'autres villes.

Cependant, il s'attardait, alors qu'il aurait déjà dû être loin. Il rêvassait, alors qu'il aurait dû mettre au point une conspiration. S'il avait eu le bon sens de garder ses distances par rapport à Alanna, elle n'était malheureusement jamais très éloignée de son esprit.

— Ah, vous êtes là ! A nous deux !

La voix d'Alanna le tira de ses réflexions. Visiblement essoufflée, la jeune femme posa ses poings sur ses hanches, dans une attitude qu'il connaissait bien maintenant, et le scruta d'un air furieux. Sa capuche avait glissé, laissant ses cheveux tomber librement, noir d'encre contre le tissu bleu clair de sa robe.

Ian fit un effort pour détendre sa main qui s'était crispée sur la brosse.

— Oui, c'est bien moi ! dit-il en riant.

— A quoi pensez-vous, MacGregor ? On n'a pas idée de remplir la tête d'un gamin avec toutes ces horreurs ! Vous voulez le voir porter un mousquet sur l'épaule et mettre en joue la première Tunique Rouge qu'il rencontrera ?

— Je crois deviner que vous parlez de Brian, dit Ian dès qu'elle lui laissa placer un mot pour reprendre son souffle. Mais quant au reste, je m'y perds.

— Que ne vous êtes-vous perdu avant d'arriver ici !

Hors d'elle, Alanna se mit à marcher de long en large. Ses yeux bleus lançaient des éclairs. Ian se demanda en riant intérieurement s'ils allaient mettre le feu à la paille.

— Je n'ai que des ennuis depuis que je vous ai trouvé à moitié mort dans les bottes de foin. Si j'avais su, j'aurais oublié mon devoir de chrétienne et je vous aurais laissé pourrir !

Ian ne put s'empêcher de sourire devant sa véhémence. Il voulut parler, mais son hôtesse ne lui en laissa pas le temps.

— Vous avez commencé à m'attirer dans la paille en m'embrassant, alors que vous aviez une balle dans la peau. Ensuite, presque à l'instant même où vous avez ouvert les yeux, vous m'avez embrassé la main en me disant que j'étais belle.

— En effet, quelle audace ! Je devrais être fouetté, dit-il en souriant malicieusement.

— Le fouet est trop doux pour ceux de votre espèce ! lança-t-elle férocement en rejetant la tête en arrière. Pour finir, il y a deux jours, alors que je vous avais préparé votre déjeuner — ce qu'un homme comme vous ne méritait pas...

— C'est tout à fait vrai, dit-il d'un ton ironique.

— Taisez-vous, je n'ai pas fini ! Je vous prépare votre repas et vous m'attirez sur vos genoux comme si j'étais une vulgaire...

Elle fit une pause.

— Que vous arrive-t-il ? Vous êtes à court de mots ? dit Ian, sarcastique.

— Une vulgaire prostituée ! cracha-t-elle en lui jetant un regard qui le mettait au défi de rire. Et comme le mufle que vous êtes, vous m'avez embrassée contre ma volonté.

— Dois-je vous rappeler que vous m'avez embrassé aussi, mon ange ?

Il passa la brosse sur la robe de Shelter.

— Et quel baiser ! ajouta-t-il en la regardant du coin de l'œil.

Suffoquant d'indignation, elle s'écria :

— Comment osez-vous ?

— Il est difficile de répondre, à moins que vous me donniez quelques précisions. Si vous me demandez comment j'ai osé vous embrasser, je vous avouerai que je n'ai pas pu résister. Votre bouche est faite pour les baisers, Alanna.

Se sentant rougir, Alanna recommença à aller et venir, les jambes soudain en coton.

— Eh bien, vous avez vite recouvré vos esprits !

Ian releva un sourcil amusé. Ainsi, elle n'était pas furieuse qu'il l'ait embrassée, mais qu'il se soit arrêté. Il l'observa sous la lumière tamisée de l'écurie. Effectivement, c'était surprenant qu'il ait pu mettre si rapidement un terme à ce baiser. Maintenant, il en serait incapable.

— Si c'est ma retenue qui vous ennuie, mon ange...

— Je vous interdis de m'appeler ainsi !

De plus en plus amusé, il refréna une envie de rire.

— Comme vous voulez, madame Flynn. Je disais donc…

— Je vous ai demandé de vous taire tant que je n'avais pas fini.

Elle fit encore une pause pour respirer.

— Où en étais-je ?

— Nous parlions de ce baiser.

Les yeux brillants, il fit un pas vers elle.

— Voulez-vous que je vous rafraîchisse la mémoire ?

— Ne m'approchez pas !

Elle s'empara d'une fourche.

— Je ne parlais de cela que pour donner un exemple des ennuis que vous m'avez apportés. Et maintenant, pour couronner le tout, vous avez tourné la tête de Brian avec cette idée de révolution. Je ne vous laisserai pas faire, MacGregor. Brian n'est encore qu'un enfant.

— S'il me pose des questions, je lui répondrai par la vérité.

— En lui faisant croire qu'elle est romantique, et héroïque par-dessus le marché ! Je ne veux pas voir mon frère entraîné dans une guerre déclarée par des hommes irresponsables. Je ne veux pas le perdre comme j'ai perdu Rory.

— Ce ne sera pas une guerre déclarée par des hommes irresponsables, Alanna.

Il la contourna, en restant à distance respectable de la fourche.

— Quand le jour viendra, nous la ferons tous, et nous la gagnerons, ajouta-t-il.

— Vous pouvez épargner votre salive.

— Parfait.

Rapide comme l'éclair, il attrapa la fourche par le manche, la prit des mains d'Alanna, la jeta sur une botte de foin et attira la jeune femme contre lui.

— Assez parlé ! dit-il.

Il croyait savoir quelle réaction il allait éprouver en l'embrassant, et, pourtant, ce fut encore plus violent, plus excitant que la première fois. Le visage d'Alanna était froid; il le réchauffa avec ses lèvres, effleurant voluptueusement ses joues. Il passa une main dans ses cheveux et la posa en coupe sur sa nuque. De son autre bras, il la serra fort contre lui.

— Pour l'amour du ciel, embrassez-moi, Alanna, murmura-t-il contre sa bouche.

Il la regardait avec des yeux brûlant de désir.

— Je vais devenir fou si vous ne m'embrassez pas, mais je vais devenir fou aussi si vous le faites.

Brusquement, Alanna lui enlaça le cou et répondit passionnément à son baiser. Sans hésitation, sans remords. Les lèvres d'Alanna étaient aussi affamées que les siennes, sa langue aussi audacieuse. Elle se laissa aller contre lui, et leurs cœurs se mirent à battre follement, à l'unisson.

Alanna avait le vertige. Le corps de Ian était solide, et dur contre le sien. Jamais elle n'oublierait cette sensation, ni la chaleur de sa bouche sur la sienne, ni les soupirs de plaisir qu'il laissait échapper.

Elle n'oublierait jamais cette minute d'abandon, parce qu'elle savait qu'elle ne se renouvellerait pas.

— Laissez-moi, murmura-t-elle, à demi défaillante.

Il enfouit son visage dans la courbe parfumée de son cou.

— Je doute que j'en sois capable, dit-il.

— Vous devez. Je ne suis pas venue ici dans ce but.

Il lui effleura l'oreille du bout des lèvres et la sentit frémir entre ses bras.

— Aviez-vous réellement l'intention de me tuer, Alanna ?

— Oui.

Comme il la croyait, il sourit de nouveau.

— Vous n'êtes pas une jeune femme ordinaire, dit-il en lui mordillant le lobe de l'oreille.

— Arrêtez !

Mais elle laissa retomber sa tête en arrière. Que Dieu lui vienne en aide, elle voulait que cela ne cesse jamais.

— Ce n'est pas bien, chuchota-t-elle.

Il la regarda sans sourire et dit d'un ton convaincu :

— Je crois que si. Je ne sais pas pourquoi, mais je crois que c'est bien.

Elle voulait qu'il l'embrasse encore, qu'il ne s'arrête plus. Mais elle se ressaisit.

— Ce n'est pas possible. Vous avez votre guerre à faire, et moi, je dois m'occuper de ma famille. Je ne donnerai pas mon cœur à un homme qui ne pense qu'à guerroyer.

— Bon sang, Alanna, je...

— Ecoutez, je vais vous faire une proposition.

Elle se retira vivement de ses bras. Encore un moment, et elle aurait tout oublié : sa famille et tous les espoirs qu'elle nourrissait en secret pour son propre avenir. Prenant son courage à deux mains, elle déclara :

— Considérez que ce sera mon cadeau de Noël.

Ian la regarda d'un air interrogateur. Se doutait-elle qu'à cet instant précis il lui aurait sacrifié tout ce qui faisait sa vie, y compris sa vie elle-même ?

— Que voulez-vous ?

— Que vous restiez pour les fêtes de Noël. C'est important pour Brian. Et je veux que vous me promettiez de ne pas parler de guerre ni de révolution jusqu'à ce que Noël soit passé.

— Vous me demandez peu de chose.

— Détrompez-vous. Pour moi, c'est très important.

— Eh bien, j'accepte sans hésiter.

Elle recula d'un pas. Relevant un sourcil, Ian prit fermement sa main dans les siennes, la porta à ses lèvres et l'embrassa.

— Merci, dit-elle doucement en la libérant.

Elle la cacha derrière son dos.

— Je vous laisse. J'ai du pain sur la planche.

Elle se rua vers la porte. La voix de Ian l'arrêta.

— Alanna... croyez-moi, nous n'avons rien fait de mal.

Elle tira sa capuche sur sa tête et sortit précipitamment.

5

La veille de Noël, la neige tomba sans discontinuer. Alanna était aux anges. Au fond de son cœur, elle espérait que la tempête ferait rage pendant des jours, empêchant ainsi Ian de partir le surlendemain, comme il l'avait prévu. Elle soupira. Ce souhait était aussi fou qu'égoïste, mais elle s'y accrochait comme à une planche de salut.

Alanna serra son châle autour d'elle et se dirigea lentement vers l'écurie. Elle soupira, plongée dans ses réflexions. Quelle que soit sa façon d'envisager l'avenir immédiat, elle le redoutait. Si Ian restait, elle allait être mal à l'aise. S'il partait, elle allait avoir le cœur brisé. La seule solution était de l'oublier, de se concentrer sur les tâches qu'elle devait accomplir et sur ses responsabilités.

Elle poussa la porte de la grange, qui grinça en tournant sur ses gonds. Elle prit les seaux et s'apprêtait à commencer la traite quand une main se posa sur son épaule. Elle sursauta en poussant un petit cri et laissa tomber les récipients.

— Excusez-moi, madame Flynn.

Ian sourit en la voyant porter ses deux mains à son cœur.

— Je vous ai fait peur.

Elle l'aurait volontiers insulté si elle n'avait pas eu le souffle coupé par la surprise. Et elle n'aurait jamais osé le regarder en face s'il s'était douté qu'elle était en train de soupirer à son sujet. Prenant une profonde inspiration, elle secoua la tête.

— Que faites-vous là ?

— Je suis sorti de la maison juste derrière vous. La neige vous aura empêchée d'entendre mes pas.

« La neige, ou ma rêverie ? » s'interrogea-t-elle tout en faisant un effort pour recouvrer son sang-froid.

Elle se baissa pour ramasser les seaux au même moment que Ian. Ils se cognèrent l'un contre l'autre. Alanna s'exclama, furieuse :

— Que diable espérez-vous, monsieur MacGregor ? Vous ne trouvez pas que vous m'avez suffisamment empoisonné l'existence ?

Ian ne se laissa pas démonter. En se frottant la tête, il se promit d'être patient. Même si cela devait lui coûter la vie. Il répondit humblement :

— Je voulais vous aider pour la traite.

Les yeux d'Alanna s'élargirent de stupeur.

— Pourquoi ?

Ian soupira. Il allait avoir du mal à rester patient si chaque parole d'Alanna prenait la forme d'un interrogatoire ou d'une accusation.

— Parce que j'ai remarqué, depuis quelques jours, que vous aviez beaucoup trop de corvées à faire.

Alanna redressa fièrement le menton.

— Je suis capable de m'occuper de ma famille toute seule.

— Je n'en doute pas.

— J'apprécie votre offre, mais…

— Je vais seulement traire une vache, Alanna ! Ne pouvez-vous accepter mon aide de bonne grâce ?

— Naturellement.

Raide comme un piquet, elle tourna les talons et se dirigea vers la première stalle.

S'asseyant sur le tabouret, elle ôta ses mitaines d'un geste nerveux. Elle n'avait absolument pas besoin de l'aide de Ian MacGregor. Pour qui se prenait-il, à la fin ? Elle était parfaitement à la hauteur de ce qu'elle avait à faire. Et au printemps, il y aurait deux fois plus de travail avec les semailles, le jardin, les fenaisons. Elle était forte, et capable ; la voyait-il comme une de ces femmelettes qui passaient leur temps à se lamenter ?

Ian MacGregor avait probablement l'habitude de fréquenter des dames. Alanna émit un petit ricanement. Des dames au visage poudré, qui papillonnaient derrière leurs éventails. Eh bien, elle ne portait pas de robe de soie ni de souliers de satin, mais elle n'en avait pas honte.

Après avoir jeté un regard assassin à Ian, elle se mit à presser le pis de la vache à la robe mouchetée, envoyant des jets de lait chaud et odorant dans le seau.

De son côté, Ian s'était attelé à la même tâche, qu'il effectuait avec moins de dextérité que sa belle hôtesse. Il secoua légèrement la tête. Il ne comprenait pas la réaction d'Alanna. Quelle femme ingrate ! Il ne souhaitait que la soulager d'une partie de son travail. N'importe quel imbécile pouvait se rendre compte qu'elle n'arrêtait pas, de l'aube au crépuscule. Quand elle avait fini de traire les vaches, elle se mettait à faire le pain, puis à filer la laine. Si elle ne filait pas, elle tissait, ou frottait et cirait les meubles.

Les femmes de sa propre famille n'avaient jamais été oisives, mais elles étaient nombreuses et pouvaient s'entraider. Alors qu'Alanna devait s'occuper à elle seule de trois hommes, qui ne se rendaient pas compte un seul instant de tout ce qui retombait sur ses épaules.

Eh bien, il l'aiderait, qu'elle le veuille ou non.

Ayant fini de remplir son seau, la jeune femme se leva et tapa impatiemment du pied en attendant que Ian ait fini de remplir le sien. Quand ce fut fait, elle se pencha pour l'attraper.

— Laissez, je vais le porter, et le vôtre aussi, dit Ian.

— Pour quelle raison ?

— Parce qu'ils sont lourds ! cria-t-il, horripilé.

Il partit à grands pas, un seau à chaque main.

— Continuez à les balancer de cette façon, MacGregor, et tout le lait va tomber par terre !

Elle ne comprit pas ce qu'il marmonnait, mais ce n'était certainement pas un compliment.

— Puisque vous insistez, je vais ramasser les œufs, lança-t-elle.

Ils partirent chacun de leur côté.

Quand Alanna revint dans la cuisine, Ian était encore là. Il alimentait le feu avec des bûches.

— Si vous attendez le déjeuner, il faudra patienter un peu plus longtemps.

— Je vais vous aider, dit-il, les dents serrées.

— A quoi faire ?

— A préparer le repas.

C'en était trop. Sans se préoccuper du nombre d'œufs qui allaient se casser, Alanna laissa tomber son panier sur le carreau.

— Ma cuisine ne vous plaît pas, MacGregor ?

Ian n'avait qu'une envie : la prendre aux épaules et la secouer. Au lieu de quoi, il prit une profonde inspiration et se contenta de répondre :

— Bien sûr que si.

— Mmm…

Elle s'approcha du poêle pour préparer le café. En se retournant, elle faillit trébucher dans les pieds de Ian.

— Si vous restez dans ma cuisine, MacGregor, mettez-vous dans un coin.

— Etes-vous toujours aussi aimable, le matin, madame Flynn ?

Ignorant sa question, elle s'empara d'un jambon qu'elle avait pris dans le fumoir et entreprit de le découper. Faisant de son mieux pour ignorer Ian, elle remua ensuite la pâte à crêpes, qu'elle considérait être sa spécialité. Elle allait montrer à MacGregor ce que c'était que de faire la cuisine.

Sans rien dire, Ian mit le couvert en faisant claquer les assiettes en étain sur la table. Quand les autres membres de la famille Murphy arrivèrent, la cuisine était pleine d'odeurs appétissantes, et d'une tension à couper au couteau.

— Des crêpes ! dit joyeusement Johnny. Quelle bonne idée pour la veille de Noël !

— Tu es bien rouge, dit Cyrus en examinant le visage de sa fille. Tu ne vas pas tomber malade, au moins ?

— Non, c'est la chaleur du poêle, répondit-elle sèchement.

Voyant son père l'observer d'un œil préoccupé, elle se mordit la lèvre.

— Voici de la compote de pommes pour accompagner les crêpes. Je l'ai faite hier.

Elle posa le bol sur la table et retourna préparer le café.

Troublée par le regard de Ian, qui ne la quittait pas des yeux, elle prit la cafetière en oubliant d'envelopper la poignée avec un chiffon. Elle se brûla les doigts et poussa un cri, suivi d'un juron.

— Inutile de t'en prendre au Seigneur parce que tu n'as pas pris de précautions, dit doucement son père.

Il se leva et étala du beurre fondu sur ses doigts, pour apaiser la brûlure.

— Tu es bien nerveuse, depuis quelques jours, Alanna.

— Ce n'est rien.

De l'autre main, elle lui fit signe de se mettre à table.

— Asseyez-vous tous, et mangez. Dépêchez-vous, je ne veux pas que vous traîniez dans ma cuisine, j'ai encore des gâteaux à faire.

— J'espère qu'il y en aura un aux raisins, dit Johnny.

Il sourit en versant de la compote sur sa crêpe.

— Personne ne le fait mieux que toi, Alanna. Même

quand tu le laisses brûler, ajouta-t-il avec un sourire malicieux.

Alanna eut un rire forcé. Elle les rejoignit à table, mais elle n'avait pas beaucoup d'appétit.

Les hommes en eurent pour elle. Ils jacassèrent comme des pies pendant tout le repas tout en engloutissant les tourtes qu'elle avait préparées le matin, sans rien laisser aux oiseaux. Soulagée, elle les vit se préparer à repartir pour leur travail de l'après-midi. Elle aurait bientôt la cuisine et toute la maison à elle seule et pourrait réfléchir à ce qu'elle éprouvait pour Ian MacGregor.

Mais Ian était à peine parti qu'il revint, portant un seau rempli d'eau.

— Qu'est-ce que vous faites encore ? demanda-t-elle sans cacher son agacement.

Elle essaya vainement de dissimuler ses cheveux rebelles sous sa coiffe.

— Je vous apporte de l'eau pour la vaisselle, répondit-il calmement.

Sans lui laisser le temps de réagir, il versa l'eau dans un pot et la mit à chauffer.

— J'aurais pu aller la chercher moi-même.

Puis, se sentant injuste :

— Mais je vous remercie.

— Je vous en prie.

D'un coup d'épaule, il se débarrassa de sa pèlerine qu'il suspendit à une patère, derrière la porte.

— Vous n'allez pas aider les autres ? s'enquit Alanna, inquiète.

— Ils sont trois, et vous, vous êtes toute seule.

— Et alors ?

— Aujourd'hui, c'est vous que je vais aider.

Alanna savait que sa patience était mince. Elle laissa passer un instant avant de parler.

— Je suis parfaitement capable de…

— Je l'ai bien vu.

Il se mit à empiler les assiettes qu'il fallait laver.

— Vous travaillez dur comme une mule.

— Bigre ! Voilà une comparaison ridicule, et peu flatteuse.

Elle releva le menton.

— Maintenant, sortez de ma cuisine !

— Je le ferai, si c'est ce que vous voulez.

— J'ai du travail !

— Parfait. Nous allons nous y mettre sans plus attendre.

— Vous allez me gê…

Avant qu'elle puisse aller jusqu'au bout, il prit son visage entre ses mains et lui donna un baiser fougueux. Puis il releva la tête et dit d'un ton péremptoire en plongeant ses yeux dans ceux d'Alanna :

— Je reste près de vous, Alanna. Un point, c'est tout.

— Vous croyez ?

Elle avait eu l'intention de mettre une menace dans sa voix, mais elle n'entendit qu'un vagissement. Mortifiée, elle s'éclaircit la gorge, s'écarta de Ian et lissa ses jupes.

— Allez me chercher des pommes dans le cellier, dit-elle sans le regarder. Je vais préparer des tartes pour Noël.

Elle mit à profit le temps pendant lequel Ian s'absenta pour composer son attitude. Que lui arrivait-il ? Elle perdait complètement l'esprit à cause d'un baiser ? Oui, mais pas n'importe quel baiser. C'étaient les lèvres de Ian. Tout cela était confondant. Elle avait des réactions inattendues depuis que cet homme était sous son toit. Elle priait le ciel pour qu'il reste plus longtemps, et, la seconde suivante, elle avait du ressentiment contre lui et souhaitait qu'il se trouve à des milliers de kilomètres. Puis elle acceptait qu'il l'embrasse, et elle espérait qu'il allait recommencer à la première occasion, tout en étant furieuse contre lui.

Née dans les colonies, elle était une femme du Nouveau

Monde, mais elle avait du sang irlandais, et les mots « destin » et « fatalité » avaient gardé un sens profond pour elle.

Alanna se mit à gratter les plats en soupirant. Si son destin prenait la forme d'un MacGregor, alors elle n'était pas au bout de ses peines.

Ian revint en portant un panier de pommes et commença à les éplucher. Voyant ses tentatives maladroites, Alanna dit d'un ton rogue :

— Ce n'est pourtant pas compliqué d'éplucher une pomme, vous n'avez qu'à passer le couteau sous la peau.

— C'est ce que je fais.

— Et vous emportez toute la chair avec !

Il lui adressa son sourire le plus charmeur.

— Je vais m'appliquer, madame Flynn, je vous le promets.

— Et vous ramasserez toutes ces épluchures que vous avez fait tomber par terre.

— Oui, madame Flynn.

Le rouleau à pâtisserie à la main, elle l'incendia du regard.

— Essayez-vous de me mettre en colère, MacGregor ?

Il reluqua l'arme culinaire.

— Je tiens à la vie, mon ange.

— Je vous ai déjà prié de ne pas m'appeler ainsi !

— C'est vrai.

Il la regarda s'attaquer à la pâte à tarte. C'était un plaisir d'observer ses petites mains habiles. Rien qu'en allant du four à la table, Alanna faisait preuve d'une souplesse dans ses mouvements qui lui faisait battre le cœur plus vite.

Qui eût cru qu'il avait dû frôler la mort et se retrouver gravement blessé au fond d'une écurie pour tomber amoureux ?

Malgré les critiques d'Alanna à son égard, il passait les plus beaux jours de sa vie. L'épluchage des pommes ne le passionnait pas particulièrement, mais c'était un moyen simple de rester près d'elle, de respirer cette douce odeur de lavande qui semblait émaner de sa peau. Tout en elle était grisant, jusqu'à son caractère bien trempé qui agissait sur lui comme un aiguillon ; et Dieu sait qu'elle était encore plus belle quand elle se mettait en colère !

Mais elle n'avait pas cru qu'il voulait vraiment l'aider. Il était plus à l'aise dans une réunion politique ou avec un fusil à la main que dans une cuisine, mais il avait voulu la soulager de ce qu'il considérait comme un injuste fardeau de responsabilités.

Cependant, Alanna ne semblait pas considérer les choses de cette façon. Au contraire, elle paraissait heureuse de remplir ces tâches, heure après heure. Il désirait lui montrer qu'il y avait autre chose dans la vie. Il s'imaginait chevauchant à côté d'elle à travers champs, l'été, quand la verdure luxuriante pourrait lui donner une idée de ce qu'était l'Irlande, qu'elle n'avait jamais vue. Il voulait aussi l'emmener en Ecosse, vers les merveilleux Highlands. Il rêvait de s'étendre avec elle dans les bruyères pourpres, près d'un lac, pour écouter chanter le vent dans les pins.

Il voulait lui offrir une robe de soie, des bijoux qui s'harmoniseraient avec la couleur de ses yeux. C'étaient des idées sentimentales, romantiques, il le savait bien. S'il essayait de les exprimer, les mots l'étrangleraient certainement.

Mais il voulait lui donner tant de choses, de cela il était certain… S'il pouvait trouver le moyen de les lui faire accepter.

Alanna sentit son regard dans son dos, aussi sûrement que si une main s'était posée sur elle. Elle aurait préféré sa main. Elle aurait pu la repousser énergiquement. Faisant un effort pour l'ignorer, elle recouvrit la première tarte et fit quelques stries à l'aide d'une fourchette sur la couche supérieure.

Puis, n'y tenant plus, elle lança par-dessus son épaule :

— Vous allez finir par vous couper un doigt à force de me regarder.

— Vos cheveux s'échappent de votre coiffe, madame Flynn.

Elle leva machinalement une main pour les remettre en place, mais elle ne réussit qu'à les éparpiller un peu plus.

— Et je n'apprécie pas le ton que vous prenez quand vous m'appelez madame Flynn.

Avec un large sourire, Ian mit de côté une pomme abîmée.

— Comment voulez-vous que je vous appelle ? Vous protestez quand je vous dis « mon ange », alors que cela vous va si bien. Vous prenez un air offensé quand je vous appelle « Alanna » sans votre permission. Et maintenant, vous allez vous mettre en colère parce que, très respectueusement, je vous dis « madame Flynn ».

— Respectueusement ! Laissez-moi rire. Vos mensonges vous mèneront en enfer, Ian MacGregor.

Elle se tourna vers lui en brandissant le rouleau à pâtisserie.

— Il n'y a pas une once de respect dans le ton que vous prenez. Vous avez un sourire ironique, et une drôle de lueur dans les yeux. Si vous croyez que je ne sais pas ce qu'elle signifie, cette lueur, vous vous trompez. D'autres hommes s'y sont essayés, et ils ont reçu un bon coup de gourdin pour leur peine.

— Je l'apprends avec grand plaisir, madame Flynn…

Elle émit un son qu'il ne put comparer qu'à un jet de vapeur sortant d'une bouilloire.

— Je me demande pourquoi j'ai pris le parti de Brian en vous demandant de rester pour Noël. C'est un vrai mystère, mais Dieu sait que je n'ai aucune envie de vous voir ici. Vous encombrez ma cuisine, et vous êtes une bouche supplémentaire à nourrir, et, par-dessus le marché, vous vous permettez de m'imposer vos soi-disant attentions.

Il s'appuya contre la table et dit en riant :

— Attention, ce gros mensonge va vous conduire tout droit en enfer, mon ange !

Ce fut un simple réflexe. Alanna ne put retenir le rouleau à pâtisserie, qui partit voltiger vers la tête de Ian. Elle regretta aussitôt son geste. Et elle le regretta encore plus vivement quand Ian rattrapa le rouleau juste avant qu'il vienne percuter son front. S'il avait été atteint, elle aurait pu se confondre en excuses et soigner son ecchymose. Déçue, elle se déchaîna contre lui.

— Maudit Ecossais. Fils du diable ! Que tous les fléaux s'abattent sur vous et sur tous les MacGregor, jusqu'au jour du jugement dernier !

Comme elle l'avait manqué avec le rouleau de bois, elle attrapa la première chose qui lui tomba sous la main. Heureusement, le lourd moule de métal était vide. Ian le repoussa d'un coup de rouleau.

— Alanna…

— Ne m'appelez pas ainsi.

Elle souleva une chope d'étain et le visa. Cette fois-ci, Ian ne fut pas aussi rapide et il reçut l'objet sur la poitrine.

— Mon ange…

Le son qu'elle émit aurait fait frémir un bataillon entier d'Ecossais. Le plat qu'elle lança vint frapper Ian au tibia. Il se mit à clopiner en riant tandis qu'elle cherchait une autre arme.

— Arrêtez !

Se tordant de rire, il l'attrapa par la taille et la fit tournoyer, tandis qu'elle continuait à lui assener des coups de plat sur la tête.

— De satanées têtes dures, ces Ecossais ! fulmina-t-elle.

— Dieu merci ! Sinon, je serais à dix pieds sous terre à cette heure-ci.

Il la souleva et planta son regard dans le sien.

— Epousez-moi, madame Flynn. Il y a une erreur dans votre nom. Vous auriez dû vous appeler MacGregor.

6

Ian était abasourdi. Cette demande en mariage n'était pas préméditée. Il était tombé amoureux, c'est vrai, et c'était bien assez stupéfiant. Mais jusqu'à cet instant, son cœur n'avait pas communiqué à son cerveau que la seule solution était de passer la bague au doigt d'Alanna. Epouser Alanna ? Il éclata encore de rire. C'était une fine plaisanterie que Dieu leur faisait à tous les deux.

Alanna était pétrifiée. Les paroles de Ian résonnaient encore dans sa tête, rebondissaient comme une balle. « Epousez-moi ». Elle ne s'était certainement pas méprise sur ce qu'il lui avait dit. Mais c'était impossible, de la folie à l'état pur, ils ne se connaissaient que depuis quelques jours. Cependant, cela lui avait suffi pour comprendre que MacGregor n'était pas le compagnon de ses rêves. Avec lui, elle ne passerait jamais de soirées paisibles au coin du feu. Il y aurait toujours une cause à défendre, une bataille à mener.

Et pourtant... Pourtant, elle l'aimait d'une façon qu'elle n'aurait jamais imaginée. D'un amour qui ne lui laissait jamais de répit, un amour ardent, dangereux. La vie avec lui serait... c'était impossible à imaginer ! Alanna porta une main à sa tête dans le vain espoir de chasser le vertige qui s'était emparé d'elle. Elle avait besoin d'un instant de calme pour recouvrer ses esprits et réfléchir. Après tout, quand un homme demandait à une femme de l'épouser, la moindre des choses était de…

Brusquement, elle prit conscience que Ian la tenait toujours à plusieurs centimètres du sol, et qu'il riait comme un fou.

Il riait ! Elle plissa les paupières. Quelle idiote elle était ! MacGregor venait de lui faire une bonne plaisanterie, tout en la soulevant en l'air comme un sac de patates. Il s'offrait une bonne partie de rigolade, voilà tout. Et dire qu'elle avait failli le croire !

Suffoquant d'indignation, elle serra le poing et lui administra de tout son cœur un grand coup sur le nez.

Il poussa un petit cri et la posa si brusquement sur ses pieds qu'elle faillit tomber. Les poings sur les hanches, elle le dévisagea d'un air furieux.

Ian tâta son appendice nasal. Il saignait. Cette femme avait une sacrée droite. En la surveillant, de peur qu'elle ne recommence, il sortit un mouchoir de sa poche.

— Est-ce que cela signifie que vous acceptez ma proposition ? demanda-t-il d'un ton ironique.

— Sortez !

Elle était tellement déchaînée que sa voix tremblait.

— Sortez de ma maison, allez au diable !

Elle ravala les larmes qui jaillissaient sous ses paupières. Des larmes de colère, parfaitement justifiées !

— Si j'étais un homme, je vous tuerais et je danserais une gigue sur votre dépouille !

Ian hocha la tête.

— Vous avez besoin d'un peu de temps pour réfléchir. C'est parfaitement compréhensible.

Alanna resta muette de saisissement.

— Je vais parler à votre père, continua Ian sur un ton respectueux.

— Cessez ce petit jeu ! Je vous tuerai, je le jure sur la tombe de ma mère !

— Ma chère madame Flynn, je comprends qu'une femme puisse parfois être stupéfaite par une demande en mariage, mais dans votre cas...

Il se tut en voyant les larmes qui coulaient sur ses joues.

— Qu'avez-vous ?

Mal à l'aise, il passa un pouce sur son visage mouillé.

— Alanna, mon amour, ne pleurez pas. Poignardez-moi, mais ne pleurez pas, je vous en supplie !

— Laissez-moi. Allez-vous-en. Comment osez-vous m'insulter de la sorte ? Maudit soit le jour où j'ai sauvé votre misérable vie !

Cette accumulation de malédictions l'atteignit en plein cœur. Il l'embrassa doucement sur le front.

— Vous insulter ? Mais comment ?

— Comment ?

Derrière le voile de ses larmes, ses yeux brillaient comme des soleils bleus.

— Vous vous moquez de moi. Vous me parlez de mariage sur le ton de la plaisanterie. Vous pensez que je n'ai pas de sentiments parce que je ne porte pas de beaux habits ni de chapeaux extravagants.

— Qu'est-ce que les chapeaux viennent faire ici ?

— Je suppose que les belles dames de Boston se contentent de sourire avec indulgence en vous donnant un petit coup d'éventail sur la main quand vous voulez les séduire, mais moi, je considère le mariage comme une chose sacrée, et je ne supporte pas que vous le piétiniez en voulant en faire une farce.

— Seigneur Dieu.

Ian secoua la tête. Lui qui avait toujours eu la réputation d'être doux et prévenant avec les femmes, il venait de gâcher la seule relation qui avait jamais compté dans sa vie.

D'une main légère, il prit le poignet d'Alanna.

— Je me suis conduit stupidement, Alanna. Pardonnez-moi, et écoutez-moi.

— Je n'ai rien à écouter. Ôtez vos sales pattes !

Il l'attira contre lui.

— Laissez-moi vous expliquer.

Avant qu'il en ait eu le temps, la porte s'ouvrit. Cyrus Murphy entra. Il embrassa du regard le chaos qui régnait dans la cuisine, sa fille qui cherchait à échapper à Ian MacGregor, et sortit calmement le couteau de chasse qu'il portait à sa ceinture.

— Laissez ma fille tranquille, MacGregor, et préparez-vous à mourir.

— Papa !

Les yeux élargis de stupeur à la vue de son père blanc comme un linge et brandissant son arme, Alanna se jeta devant Ian.

— Papa ! Non !

— Ecarte-toi, ma fille. Un Murphy se doit de protéger sa famille.

— Papa, écoute-moi.

— Laissez-nous, Alanna, dit tranquillement Ian. J'ai un mot à dire à votre père.

— Vous, taisez-vous !

Elle se planta résolument sur ses pieds et se tourna vers son père.

— Nous nous sommes disputés, papa. Je peux me débrouiller seule. Il était en train de…

— Je proposais à votre fille de l'épouser, l'interrompit Ian.

Alanna fit volte-face pour le regarder.

— Espèce de sale menteur ! Vous ne pensiez pas un mot de ce que vous m'avez dit. Vous riiez comme un idiot en parlant. Je ne tolérerai pas d'être insultée, d'être humiliée.

— Vous pouvez vous rassurer, rugit-il. J'étais sincère. Si je riais, c'était de moi-même, parce que j'étais assez stupide pour tomber amoureux d'une femme têtue comme une mule, une mégère à la langue de vipère, capable de me sourire et de me donner un coup de couteau deux secondes après.

— Une mégère ?

La voix d'Alanna fit un couac.

— Une mégère ?

— Oui, confirma Ian avec un hochement de tête. C'est bien ce que j'ai dit, et c'est bien ce que vous êtes. Une...

— Assez ! tonna Cyrus.

Il secoua la neige de ses cheveux.

— Doux Jésus, quel couple vous faites !

Un peu à contrecœur, il rengaina son couteau.

— Prenez votre manteau, MacGregor, et suivez-moi. Alanna, finis de préparer les gâteaux.

— Mais, papa, je...

— Fais ce que je te dis, ma fille.

Il fit signe à Ian de prendre la porte.

— Avec tout ce remue-ménage, c'est difficile de se rappeler que nous sommes à la veille de Noël, ajouta Cyrus en fronçant les sourcils.

Il s'arrêta sur le seuil et planta ses poings sur ses hanches, dans un geste dont sa fille avait hérité.

— J'ai un travail à faire, MacGregor. Vous allez venir avec moi et vous expliquer.

— Oui.

Ian jeta un dernier coup d'œil furibond vers Alanna.

— Oui, je viens avec vous.

Ils s'éloignèrent dans la neige, sous les flocons qui continuaient à tomber en formant un rideau serré. Ian n'avait pas pris la peine de fermer sa pelisse. Il fourra ses mains nues dans ses poches.

— Attendez-moi là, dit Cyrus.

Il disparut dans un petit appentis et réapparut presque aussitôt en portant une hache. Remarquant le regard étonné de Ian, il la bascula sur son épaule.

— Je ne vais pas m'en servir contre vous. Pas encore, du moins.

Il se dirigea vers la forêt, Ian sur ses talons.

— Alanna est très à cheval sur les traditions. Comme l'était sa mère.

Cyrus éprouva un coup au cœur, comme chaque fois qu'il pensait à sa femme.

— Elle voudra un sapin… et, de toute façon, il vaut mieux lui laisser le temps de se calmer.

Poussé par l'habitude, Cyrus chercha des traces de gibier dans la neige. Ils auraient bientôt besoin de venaison fraîche.

— C'est vous qui avez eu l'idée de lui mettre un fil à la patte. Comment cela se fait-il ?

— Si je pouvais trouver une seule bonne raison, je vous la dirais.

Il souffla entre ses dents serrées.

— Je lui demande de m'épouser, et elle me donne un coup de poing en pleine figure.

Il porta une main à son nez encore douloureux en riant tout bas, encore incrédule.

— Seigneur, Murphy, je suis fou d'amour pour votre fille. Je veux l'épouser.

Cyrus s'arrêta devant un sapin, l'examina, décréta qu'il ne ferait pas l'affaire et reprit sa marche.

— Il faut voir.

— Je ne suis pas pauvre, dit Ian. Ces sanguinaires d'Anglais ne m'ont pas tout pris, et j'ai pu me refaire, grâce à de bons investissements. Alanna ne manquera de rien.

— Elle a pris Michael Flynn, et il n'avait rien de plus qu'un lopin de terre rocailleuse et deux vaches.

— Elle n'aura plus à travailler de l'aube au crépuscule.

— Le travail ne lui fait pas peur. C'est sa fierté.

Cyrus s'arrêta devant un autre arbre, hocha la tête et tendit la hache à Ian.

— Celui-ci fera l'affaire. Quand un homme est frustré,

il n'y a rien de tel que quelques bons coups de hache pour le remettre en forme.

Ian écarta les jambes, planta fermement ses pieds dans la neige et logea la hache dans le tronc. Des éclats de bois voltigèrent.

— Je lui plais, j'en suis certain.

— Ce n'est pas impossible, reconnut Cyrus.

Il sortit une pipe de sa poche et la bourra soigneusement.

— Elle traite toujours ceux qu'elle aime le plus en les frappant et en leur criant après, précisa-t-il.

— Alors elle doit m'aimer à la folie.

La hache entra dans l'arbre. Ian avait l'air triste.

— Je l'aurai, Murphy, avec ou sans votre accord.

— Cela va sans dire.

Cyrus continua à bourrer patiemment sa pipe.

— Elle est adulte, elle peut décider toute seule. Dites-moi, MacGregor, allez-vous combattre les Anglais avec la même passion que vous mettez à courtiser ma fille ?

Ian attaqua encore une fois l'arbre. Le son du métal contre le bois siffla à travers la forêt.

— Oui, répondit-il avec conviction.

— Alors, laissez-moi vous dire que ce sera difficile pour vous de gagner les deux.

Sa pipe étant remplie, Cyrus frotta une allumette contre un rocher.

— Alanna refuse de croire qu'il y aura la guerre, dit Ian.

Il fit une pause.

— Et vous ? interrogea-t-il.

— Je n'aime ni les Anglais ni leur roi.

Cyrus tira sur sa pipe et envoya la fumée rejoindre le rideau de neige.

— Et même si je les aimais, j'ai une vision assez précise de la situation. Cela peut prendre un an ou deux, ou plus, mais il y aura la guerre. Elle sera longue et sanglante.

Quand elle éclatera, je risque de perdre mes deux autres garçons.

Il poussa un long soupir.

— Je ne veux pas de votre guerre, Ian MacGregor, mais il arrive un moment où un homme doit se lever et prendre les armes pour défendre ce qui lui revient de droit.

— La guerre a déjà commencé, Murphy ; qu'on le veuille ou non, rien ne changera l'histoire.

Cyrus l'observa pendant que l'arbre tombait sur le moelleux tapis de neige.

« C'est un homme fort, pensa-t-il, un de ces satanés géants écossais, avec un physique qui plaît aux femmes. Une tête bien faite, et un nom. » Mais ce qui l'inquiétait un peu, c'était son esprit rebelle.

— Dites-moi : est-ce que vous allez attendre de voir ce qui va se passer, ou préférerez-vous aller au-devant ?

— Les MacGregor n'attendent pas pour défendre ce en quoi ils croient.

Avec un hochement de tête, Cyrus l'aida à soulever le sapin coupé.

— Je n'interviendrai pas en ce qui concerne Alanna. C'est à vous de jouer.

Alanna se précipita vers la porte dès qu'elle entendit la voix de Ian.

— Papa, je veux te… oh !

Elle s'arrêta net en les voyant porter le sapin.

— Vous m'apportez un arbre de Noël !

— Croyais-tu que j'allais oublier ? dit Cyrus d'un ton bourru tout en lui lançant un coup d'œil complice.

Il ôta sa casquette et la fourra dans sa poche.

Soulagée et heureuse, Alanna vint l'embrasser sur la joue.

— Merci, papa ! Il est magnifique.

Il la serra dans ses bras.

— Et je suppose que tu vas vouloir le décorer avec des rubans et Dieu sait quelles fanfreluches... J'ai la boîte de décorations de maman dans le placard de ma chambre.

Alanna l'embrassa encore tendrement.

— J'irai la chercher après le souper, dit-elle.

— Bon, j'ai encore des choses à faire. Tu pourrais demander à MacGregor d'installer l'arbre à l'endroit qui te convient.

Il lui donna une petite caresse sur la main avant de s'éloigner.

Alanna s'éclaircit la gorge.

— Près de la fenêtre, s'il vous plaît.

Ian traîna l'arbre à l'endroit indiqué en le balançant sur les planchettes que Cyrus avait clouées au bas du tronc. Le silence qui régnait dans la pièce n'était troublé que par le bruissement des branches et le feu qui crépitait dans la cheminée.

— Merci, dit-elle vivement. Vous pouvez retourner à votre travail, maintenant.

Avant qu'elle puisse s'échapper vers la cuisine, Ian l'attrapa par la main.

— Votre père m'a donné son accord.

Elle voulut se dégager, mais elle abandonna.

— Je suis assez grande pour me décider toute seule, MacGregor.

— Vous serez à moi, madame Flynn.

Bien qu'il la dépassât d'une tête, elle arriva à lui donner l'impression qu'elle le toisait de haut en bas.

— Autant épouser le diable en personne !

Résolu à faire ce qu'il fallait cette fois-ci, il porta la main d'Alanna à ses lèvres.

— Je vous aime.

— Taisez-vous !

— Je le dirai tant que je respirerai.

Démontée, elle plongea ses yeux dans le regard vert qui

hantait ses nuits depuis bientôt une semaine. Elle pouvait résister à son arrogance. Mais cette simple déclaration, cette dévotion sincère la laissaient sans défense.

— Ian, je vous en prie.

Ian reprit courage. Alanna l'avait enfin appelé par son prénom. Et le regard qu'elle posait sur lui ne pouvait être mal interprété.

— Ne me dites pas que je vous laisse indifférente, murmura-t-il.

Incapable de résister, elle leva une main vers son visage.

— Non, je ne vous le dirai pas. Vous voyez bien comment je réagis chaque fois que je vous regarde.

— Nous sommes faits l'un pour l'autre.

Sans quitter ses yeux bleus du regard, il déposa un baiser brûlant dans la paume de sa main.

— Je le sais depuis l'instant où je vous ai vue penchée sur moi dans la grange.

— Tout est allé si vite, dit-elle en luttant contre un élan de panique mêlé d'impatience.

— Je veux vous rendre heureuse, Alanna. Vous choisirez notre maison à Boston.

— A Boston ?

— Dans un premier temps. J'ai du travail à accomplir là-bas. Ensuite, nous irons en Ecosse et vous découvrirez la patrie de vos parents.

Mais Alanna n'avait pas entendu la dernière phrase. Elle secoua la tête.

— Du travail ? Quel genre de travail ?

Le regard de Ian s'assombrit.

— Je n'en parlerai pas avant que Noël soit passé, je vous ai donné ma parole.

— Ah oui...

Alanna sentit son cœur frémissant se geler dans sa poitrine. Elle prit une profonde inspiration et baissa les yeux sur ses mains jointes.

— J'ai des tartes à sortir du four.

— Vous n'avez rien d'autre à me dire ?

Elle posa des yeux tristes sur le sapin, encore dénudé, mais plein de promesses.

— Laissez-moi le temps de réfléchir. Demain, c'est Noël. Je vous donnerai ma réponse.

— Il n'y en a qu'une que je veux entendre.

Elle ébaucha un sourire.

— Je ne vous en donnerai qu'une.

7

Une odeur de pain doré et de bûches brûlées se mêlait à celle du ragoût. Sur la grande table installée devant l'âtre, Alanna avait déposé le bol à punch qui avait appartenu à sa mère. Aussi loin que sa mémoire remontât, elle avait toujours vu son père ajouter une généreuse rasade de whisky irlandais au punch de Noël. Elle contempla le liquide ambré qui reflétait la lueur des flammes et des chandelles déjà allumées sur le sapin.

Elle s'était fait la promesse de n'avoir que des pensées joyeuses au cours de cette veillée et pendant la journée de Noël.

Apparemment, elle n'était pas la seule. Quelles qu'aient été les paroles échangées entre Cyrus et Ian ce matin, ils semblaient maintenant s'entendre comme larrons en foire. Cyrus avait mis une tasse de punch dans la main de Ian avant de s'en remplir une, et il en avait fait goûter à Brian avant qu'elle ait eu le temps de dire ouf.

Tant mieux, ils allaient tous dormir sur leurs deux oreilles cette nuit. Alanna allait se servir à son tour quand elle entendit le bruit d'une voiture attelée.

— C'est Johnny. J'espère qu'il aura une excuse valable pour être aussi en retard.

— Il aura fait la cour à Mary, marmonna Brian, le nez dans sa tasse.

— Peut-être bien, mais en tout cas...

Elle fit une pause en voyant Johnny entrer, Mary Wyeth à son bras et, machinalement, jeta un coup d'œil circulaire dans la pièce. Dieu merci, tout était en ordre.

— Mary, je suis si heureuse de te voir !

Alanna se leva pour embrasser la jeune fille. Mary était plus petite qu'elle. Elle avait des cheveux dorés, un teint laiteux et des joues roses. Alanna sourit intérieurement. Les joues de Mary étaient plus colorées que d'habitude. Et ce n'était sans doute pas dû uniquement à la température extérieure.

— Joyeux Noël ! dit timidement Mary.

Puis, découvrant l'arbre :

— Quel beau sapin !

— Viens t'asseoir près du feu, dit Alanna. Donne-moi ton bonnet et ton châle.

Alanna jeta un coup d'œil exaspéré à Johnny. Planté dans l'entrée, il souriait d'un air stupide.

— Johnny, bouge-toi un peu ! Sers une tasse de punch à Mary avec quelques cookies que j'ai fait cuire ce matin.

— Oui.

Il parut sortir de transe et se mit en mouvement. Dans sa hâte de servir Mary, il fit couler du punch sur ses doigts.

— Nous allons porter un toast ! annonça-t-il.

Puis il passa un certain temps à s'éclaircir la voix.

— A ma future épouse !

Il prit les petites mains de Mary dans les siennes.

— Ce matin, Mary a accepté de m'épouser !

— Oh !

Alanna s'approcha de la jeune fille et la prit par les épaules.

— Bienvenue, Mary. Mais je te souhaite bon courage pour le supporter ! dit-elle en riant.

Cyrus, qui était toujours gêné quand l'émotion s'emparait de lui, déposa un rapide baiser sur la joue de Mary et donna une bourrade sur le dos de son fils.

— Buvons à ma belle-fille ! Voilà un beau cadeau de Noël que tu nous offres, John.

— Il faut de la musique pour fêter cela ! s'écria Alanna. Brian, va chercher ta flûte ! Joue un air entraînant. Les jeunes fiancés doivent danser les premiers !

Brian disparut et revint presque aussitôt avec son instrument. Il posa un pied sur une chaise et se mit à jouer. Quand la main de Ian vint caresser son épaule, Alanna passa ses doigts légers sur son poignet.

— La perspective d'un mariage vous plaît-elle, madame Flynn ?

— Je suis très heureuse pour Johnny.

Elle eut un sourire ému en regardant son frère danser avec Mary.

— Ils créeront un beau foyer, une famille. C'est ce que j'ai toujours souhaité pour lui.

Ian sourit en voyant Cyrus avaler une autre tasse de punch et commencer à taper dans ses mains au rythme de la musique.

— Et pour vous-même ? demanda-t-il encore.

Elle se tourna vers lui, plongea ses yeux dans les siens.

— C'est ce dont j'ai toujours rêvé.

Il se pencha vers elle.

— Si vous me donniez votre réponse maintenant, nous pourrions avoir une double cérémonie en cette veille de Noël.

Elle secoua la tête tandis qu'une ombre passait dans ses yeux.

— Non, c'est la cérémonie de Johnny.

Elle retrouva son sourire quand son frère l'attrapa par une main et l'entraîna dans la danse.

Dehors, la neige s'était remise à tomber, silencieuse. Mais la maison était remplie de chaleur, de rires et de musique. Alanna pensa à sa mère. Comme elle aurait été heureuse de voir sa famille réunie pour cette nuit sacrée entre toutes ! Et Rory... son frère adoré, si beau, si charmant. Alanna eut brusquement le cœur serré. Il aurait dansé mieux que quiconque, et il aurait chanté de sa voix claire de ténor.

— Sois heureux, dit-elle en se jetant au cou de Johnny. Et prends bien soin de toi !

— Hé, qu'est-ce qui t'arrive ?

Touché et un peu mal à l'aise par cette démonstration sentimentale, il embrassa sa sœur.

— Je t'aime, idiot !

— Je le sais. Je t'aime aussi, Alanna.

Leur père était en train d'apprendre à Mary à danser la gigue. Johnny sourit de toutes ses dents.

— Ian, débarrasse-moi de cette femme, dit-il en riant.

Ian prit Alanna par la main.

— Personne ne danse mieux cette danse qu'un Irlandais, dit-il. Sauf un Ecossais.

— Vous croyez ?

Alanna sourit, rejeta la tête en arrière et releva ses jupes pour entrer dans la danse, prête à lui prouver qu'il se trompait.

Bien que les chandelles aient brûlé entièrement avant que la maison et ses occupants ne s'endorment, la fête reprit le lendemain dès l'aube. A la lumière du feu et du sapin, les Murphy échangèrent des cadeaux, et Alanna offrit à Ian une écharpe de laine bleu et vert, qu'elle avait tissée à ses moments perdus. Le résultat en valait la peine. Quand Ian partirait, il emporterait avec lui une partie d'elle-même.

Son cœur finit de fondre quelques instants plus tard. Ian avait des cadeaux pour sa famille. Une pipe pour son père, une belle bride en cuir pour le cheval favori de Johnny, et un livre de poèmes pour Brian.

Plus tard, Ian se rendit avec eux à l'église du village.

Elle écoutait l'histoire de la naissance du Sauveur avec le même émerveillement que lorsqu'elle était enfant, mais il aurait fallu qu'elle soit aveugle pour ne pas remarquer les coups d'œil que les femmes du village jetaient de son côté. Des regards d'envie et de curiosité. Elle ne fit pas d'objection quand la main de Ian se referma sur la sienne.

— Vous êtes très belle, Alanna.

Elle avait revêtu sa plus belle robe, en laine bleu nuit bordée de dentelle gris perle. Elle savait qu'elle avait belle allure.

Sur le parvis de l'église, où les villageois échangeaient les vœux de Noël, Ian déposa un baiser sur ses mains. Bien qu'elle sût que les langues iraient bon train pendant des semaines, elle le laissa faire.

— Et vous, vous êtes très élégant, Ian MacGregor.

C'était la première fois qu'elle le voyait si bien habillé; une dentelle vaporeuse ornait les poignets de son pourpoint, et il avait posé un tricorne sur sa crinière rousse. Alanna le dévorait des yeux. Ce serait encore un souvenir de lui qu'elle chérirait, plus tard.

— Quelle belle journée! dit-il.

Il regarda le ciel.

— Il va neiger avant la nuit. Et quel meilleur jour que Noël pour que la neige tombe?

Elle retint le bonnet bleu que Johnny lui avait offert.

— Mais le vent est fort.

Elle sourit en voyant son frère et Mary entourés de gens qui leur présentaient leurs vœux de bonheur.

— Nous devrions rentrer, dit-elle. La dinde doit être cuite.

Ian lui offrit son bras.

— Permettez-moi de vous escorter vers votre équipage, madame Flynn.

— C'est très gentil à vous, monsieur MacGregor.

*
* *

Ian ne se rappelait pas avoir jamais vécu une journée si parfaite. Pourtant, il avait encore des tâches à accomplir, mais il se débrouillait pour passer chaque moment libre avec Alanna. Il y avait bien une part de lui qui aurait souhaité que la famille de la jeune femme soit à des milliers de kilomètres, pour qu'il se retrouve enfin seul avec elle quand elle lui donnerait sa réponse. Mais il avait décidé d'être patient, ne doutant pas une seconde de l'heureuse issue qui l'attendait. Alanna ne pouvait pas le regarder comme elle le regardait, lui sourire, l'embrasser de cette façon si elle n'était pas aussi amoureuse de lui qu'il l'était d'elle. Il aurait pu l'enlever, l'emporter sur son cheval, mais il voulait faire les choses convenablement.

Si elle le souhaitait, ils pourraient se marier à l'église où ils avaient assisté à la messe de Noël. Puis il louerait, non, il achèterait plutôt un attelage bleu et argent, qui s'accorderait aux couleurs d'Alanna. Ils voyageraient jusqu'en Virginie, où il la présenterait à sa tante, son oncle et ses cousins.

Puis il l'emmènerait en Ecosse, où elle ferait la connaissance de ses parents et de ses frères et sœurs. Il y aurait une seconde cérémonie de mariage, sur la terre où il était né.

Il voyait déjà tout cela. Ils s'installeraient à Boston, où il lui achèterait une belle maison. Ils fonderaient une famille pendant qu'il se battrait, par la voix ou par les armes, pour l'indépendance de son pays d'adoption.

Le jour, ils discuteraient, et le soir, ils se coucheraient côte à côte dans un grand lit de plume, et Alanna enroulerait ses longues jambes fines autour des siennes.

Depuis qu'il la connaissait, il ne voyait rien d'autre dans son avenir qu'une vie avec elle.

Toute la famille se retrouva autour de la table. La neige recommença effectivement à tomber, mais doucement.

Quand la dinde, les pommes de terre, la choucroute et les biscuits furent dévorés, Ian ne se tenait plus d'impatience.

Plutôt que de se joindre aux hommes près de la cheminée, il attrapa la cape d'Alanna et la lui posa sur les épaules.

— Je veux être seul avec vous un instant.

— Mais je n'ai pas fini…

— Le reste peut attendre. Je veux vous parler en tête à tête.

Alanna ne put objecter. Elle avait déjà la gorge nouée quand il l'entraîna avec lui dans la neige. Il avait à peine pris le temps de se mettre un chapeau sur la tête. Elle lui fit remarquer qu'il n'avait pas boutonné sa pelisse pour se protéger du vent, mais il ne l'écouta pas et la souleva dans ses bras. Il partit vers la grange à longues enjambées.

— Que faites-vous ? Je peux marcher !

— Vous allez mouiller votre robe.

Il embrassa sa bouche, où quelques flocons s'étaient posés.

— Et j'aime vous porter, ajouta-t-il d'une voix chaude.

Dans la grange, il la remit sur ses pieds et ferma la porte. Puis il alluma la lampe. Sans un mot, Alanna attendit en serrant ses bras autour elle. Elle était fermement décidée à lui parler. C'était maintenant que la fête de Noël prenait fin.

— Ian…

— Non, attendez.

Il s'approcha d'elle, posa doucement les mains sur ses épaules. Sa tendresse la rendit muette.

— Vous ne vous êtes pas demandé pourquoi je ne vous avais pas fait de cadeau, ce matin ?

— Vous me l'aviez déjà fait. C'était votre promesse de ne pas parler de la guerre.

— Vous avez cru que je n'avais rien d'autre pour vous ?

Il lui prit les mains. Elles étaient glacées. Bien sûr, il

ne lui avait pas laissé le temps de prendre des mitaines. Il les réchauffa dans les siennes.

— Pour notre premier Noël ensemble, le cadeau doit être spécial.

— Non, Ian, c'est inutile.

Sans la quitter des yeux, il glissa une main dans la poche de son pourpoint d'où il sortit une petite boîte.

— J'ai envoyé un garçon du village chez moi, à Boston, pour qu'il me la rapporte.

Il glissa la boîte entre ses mains.

— Ouvrez-la.

Alanna secoua la tête. Il ne fallait pas, elle le savait. Mais son cœur refusait d'entendre raison. Presque malgré elle, elle l'ouvrit et découvrit une bague en or en forme de tête de lion couronnée.

Pendant une seconde, elle resta bouche bée, puis elle serra les lèvres.

— C'est le symbole de mon clan, dit Ian. Le grand-père dont je porte le nom l'avait fait confectionner pour sa femme. Avant de mourir, elle l'avait donnée à mon père afin qu'il la garde pour moi. Quand j'ai quitté l'Ecosse, mon père m'a dit qu'il souhaitait que je l'offre à une femme aussi forte, aussi sage et aussi loyale que sa mère.

Une boule au fond de la gorge, Alanna resta muette pendant quelques secondes. Puis elle se força à parler.

— Oh, Ian. Ce n'est pas possible. Je ne veux…

— Aucune autre femme que vous ne la portera.

Il sortit la bague et la lui passa au doigt. Elle lui allait à la perfection, elle semblait avoir été faite pour elle. A cet instant, il eut l'impression que le monde lui appartenait.

— Je n'aimerai jamais une autre femme que vous.

Il embrassa sa main avec ferveur.

— Avec cette bague, je vous offre mon cœur.

— Je vous aime, murmura-t-elle.

Elle avait l'impression que son univers se partageait en deux.

— Je vous aimerai toujours.

Elle ne détourna pas son visage quand il se pencha vers elle. Le moment viendrait où elle verserait des larmes de chagrin, de regrets. Mais ce soir, pendant les quelques heures qui restaient, elle allait lui offrir un cadeau supplémentaire.

Lentement, elle posa ses mains sur la pelisse de Ian et la fit glisser de ses épaules. Elle commença à déboutonner son pourpoint.

De ses mains tremblantes, il immobilisa les siennes.

— Alanna…

Elle secoua la tête et posa un doigt sur ses lèvres.

— Je ne suis pas une jeune fille. Je viens à vous en tant que femme, et je vous demande de me prendre en tant que telle. Je veux que vous m'aimiez, Ian. Ce soir, en cette nuit de Noël, j'en ai besoin.

Cette fois, ce fut elle qui captura les mains de Ian dans les siennes. Elle les porta à ses lèvres. C'était téméraire, elle en avait conscience, mais c'était légitime.

— Et j'ai besoin de vous aimer ce soir.

Ian ne s'était jamais senti aussi maladroit. Ses mains semblaient trop grandes, trop rudes, son envie trop profonde et intense. Il se jura que s'il ne devait accomplir qu'une seule chose dans sa vie, ce serait d'aimer tendrement Alanna et de lui montrer ce qu'il avait au fond du cœur.

Avec d'infinies précautions, il la coucha dans le foin. Ce n'était pas le lit de plume qu'il avait rêvé pour elle, mais les bras d'Alanna venaient de l'enlacer, et elle souriait en lui offrant sa bouche. Avec un soupir émerveillé, il se noya en elle.

Alanna était éperdue d'amour. C'était au-delà de tout ce qu'elle avait rêvé. Ian l'embrassait avec une telle ferveur qu'elle en oubliait les chagrins enfouis au fond d'elle.

Quand il eut délacé son cache-cœur, il le fit glisser sur ses épaules qu'il embrassa en murmurant des mots fous. Alanna avait envie de pleurer et de rire en même temps.

Elle lui ôta son pourpoint, ouvrit sa chemise et caressa doucement sa poitrine du bout des doigts.

Lentement, il la déshabilla, en s'arrêtant, en s'attardant pour lui donner du plaisir et en prendre. Chaque fois qu'il la touchait, qu'il l'embrassait, Alanna répondait plus généreusement. Il entendait sa respiration rapide, et bientôt elle le mordilla pendant qu'il se plongeait dans les délices de son corps.

Une senteur de lavande se mêlait à l'odeur du foin. La peau claire et soyeuse d'Alanna brillait sous la lumière tamisée, qui envoyait des reflets sur son abondante chevelure noire ; les soupirs d'Alanna faisaient écho à ses propres murmures.

Alanna frissonnait. Mais elle avait chaud. Tellement chaud. Elle voulut prononcer le nom de Ian, mais elle n'arriva qu'à enfoncer ses ongles dans ses épaules. D'où venait ce tourbillon, cette rivière sauvage qui coulait en elle ? Où finissait-elle ? Elle s'arc-bouta contre lui tandis que les mains de Ian voyageaient comme la foudre sur des zones de plaisir dont elle n'avait jamais soupçonné l'existence.

Elle scella sa bouche sur la sienne, avide, altérée. Et bientôt il la pénétra, profondément. Eblouie, elle ouvrit pourtant les yeux. Le visage de Ian était au-dessus du sien, ses cheveux flamboyants scintillaient à la lueur de la lampe.

— Maintenant, nous ne formons qu'un.

Il parlait à voix basse, rauque de passion.

— Maintenant, tu es à moi.

Il prit ses lèvres tandis qu'ils s'offraient l'un à l'autre.

8

Ils s'assoupirent, la cape d'Alanna négligemment jetée sur leurs corps emmêlés, chauds, repus d'amour.

Ian murmura son nom.

Alanna se réveilla.

Minuit était passé. Elle voulait rester encore un moment. Profiter de cet instant magique, qui allait bientôt prendre fin. Ian s'était rendormi. Elle observa son visage. Elle voulait se rappeler plus tard chaque trait, chaque détail, bien qu'ils soient déjà gravés dans son cœur.

Des lèvres, elle effleura sa bouche. Un dernier baiser. Un dernier instant de bonheur.

Quand elle bougea, il marmonna et tendit le bras vers elle.

— Vous ne vous échapperez pas aussi facilement, madame Flynn.

Son cœur se serra quand elle entendit la façon malicieuse dont il prononça son nom.

— L'aube approche. Nous devons sortir d'ici, dit-elle.

— Très bien.

Il s'assit pendant qu'elle commençait à s'habiller.

— Je suppose que, même dans ces circonstances, votre père pourrait bien tirer de nouveau son couteau s'il me trouvait nu dans le foin avec sa fille.

A regret, il enfila ses hauts-de-chausses. Il aurait aimé trouver les mots pour lui faire comprendre ce que cette nuit signifiait pour lui. Sa chemise encore ouverte, il se leva pour lui embrasser la nuque.

— Vous avez de la paille dans les cheveux, mon ange.

Elle s'écarta de lui et enleva les brins.

— J'ai perdu mes épingles.

— Je les préfère dénoués.

Il enfonça les mains dans sa chevelure luxuriante.

— Dieu, je les aime comme cela.

Elle faillit tomber dans ses bras mais elle se ressaisit.

— Où est mon bonnet ?

Obligeant, il se mit à sa recherche.

— Pour vous dire la vérité, je n'ai jamais passé un aussi beau Noël. Je croyais avoir atteint le sommet à huit ans, quand j'ai reçu en cadeau un cheval bai. Il avait un caractère de chien, mais quel tempérament !

Il trouva son bonnet et le lui tendit.

— Mais vous le battez largement !

Alanna esquissa un sourire.

— Je suis flattée, pour sûr, monsieur MacGregor. Maintenant, je dois aller préparer le déjeuner.

— Parfait. Pendant le repas, nous pourrons annoncer à votre famille que nous devons nous marier.

Alanna prit une profonde inspiration.

— Il n'en est pas question.

— Nous n'avons aucune raison d'attendre, Alanna.

— Non, répéta-t-elle. Je ne vais pas vous épouser.

Il la regarda fixement, puis il se mit à rire.

— Qu'est-ce que vous me chantez là ? C'est absurde.

— Ce n'est pas absurde. Je ne vais pas vous épouser, un point, c'est tout.

Il l'attrapa furieusement par les épaules.

— On va voir si vous n'allez pas m'épouser ! Je n'aime pas ce genre de plaisanteries.

— Ce n'est pas une plaisanterie, Ian.

Bien qu'elle commençât à claquer des dents, elle réussit à trouver un ton calme.

— Je ne vous épouserai jamais !

Ian en eut le souffle coupé. Si elle lui avait plongé un couteau dans le cœur, elle ne l'aurait pas fait souffrir davantage.

— Vous mentez. Vous me regardez en face et vous osez mentir. Vous n'auriez pas pu m'aimer comme vous l'avez fait si vous ne vouliez pas m'appartenir.

Alanna avait le cœur déchiré, mais elle garda les yeux secs, si secs qu'ils étaient brûlants sous ses paupières.

— Je vous aime, mais je ne vais pas me marier avec vous.

Elle secoua la tête et continua avant qu'il puisse protester :

— Mes sentiments pour vous n'ont pas changé, pas plus que les vôtres. Mais comprenez-moi, Ian, je suis une femme simple, avec des espoirs simples. Vous allez faire votre guerre et vous ne serez pas satisfait tant qu'elle ne sera pas terminée. Vous continuerez, qu'elle dure un an ou dix ans. Je ne veux pas perdre un autre être que j'aime, j'en ai déjà trop perdu. Je ne vais pas prendre votre nom et vous offrir mon cœur pour vous voir mourir à la guerre.

— Ainsi, vous me faites du chantage. Vous ne partagerez pas ma vie tant que je n'accepterai pas d'ignorer tout ce en quoi je crois ! Pour vous avoir, je dois tourner le dos à mon pays, à mon honneur et à ma conscience...

— Non !

Alanna serra ses mains très fort l'une contre l'autre.

— Je ne vous fais pas de chantage. Je vous laisse votre liberté, de tout mon cœur et sans regretter ce qui s'est passé entre nous. Nous n'avons pas la même conception du monde, Ian. Je ne peux pas vivre dans le vôtre, et vous ne pouvez pas vivre dans le mien. Tout ce que je demande, c'est que vous m'accordiez la même liberté que celle que je vous laisse.

— N'y comptez pas.

Il lui prit le bras. Ses mains si douces la nuit précédente semblaient maintenant forgées dans l'acier.

— Comment pouvez-vous croire que nos divergences politiques puissent m'empêcher de vous emmener avec moi ? Votre place est près de moi, Alanna.

— Il ne s'agit pas uniquement de divergences politiques.

Alanna sentait les larmes lui monter aux yeux. Elle se força à parler sèchement.

— Nous n'avons ni les mêmes espoirs, ni les mêmes rêves. Je ne vous demande pas de sacrifier les vôtres, Ian, mais je ne sacrifierai pas les miens.

Elle recula, raide comme une épée.

— Je ne veux pas vivre avec vous. Rien de ce que vous pourriez dire ou faire ne pourrait me faire changer d'avis. Et si vous m'aimez vraiment, vous n'essaierez pas.

Elle lui arracha son bonnet des mains et en fit une boule.

— Vos blessures sont guéries, Ian MacGregor. Il est temps que vous partiez. Je ne vous reverrai pas.

Sur ces mots, elle lui tourna le dos et sortit précipitamment.

Une heure plus tard, depuis sa chambre, elle l'entendit partir à cheval. Elle se laissa tomber sur son lit et éclata en sanglots. Les larmes inondèrent ses mains, et ce n'est qu'à ce moment-là qu'elle s'en rendit compte : elle n'avait pas rendu à Ian la bague qu'il lui avait offerte. Et il ne la lui avait pas demandée.

Ian mit trois semaines pour se rendre en Virginie, et une semaine supplémentaire avant de pouvoir parler à quelqu'un autrement que par monosyllabes. Dans la bibliothèque de son oncle, il participa aux discussions sur les événements qui se déroulaient à Boston et dans d'autres colonies, ainsi que sur les réactions du Parlement. Bien que Brigham Langston, quatrième comte d'Ashburn, soit en Amérique depuis près de trente ans, il avait gardé des liens en haut lieu, en Angleterre. Il s'était battu pour ses idées dans la rébellion des Stuarts, et il était déterminé à résister à son pays natal pour faire régner la liberté et la justice sur sa terre d'adoption.

— Messieurs, assez de secrets et de complots pour ce soir !

Serena MacGregor venait d'entrer en coup de vent dans la bibliothèque.

Ian se leva pour la saluer, mais son oncle resta appuyé contre le manteau de la cheminée. Serena posa sur lui un regard alangui. A ses yeux, Brigham était toujours aussi beau que lorsqu'elle l'avait rencontré, quelque trente années plus tôt. Il avait gardé sa silhouette mince et musclée, son visage était buriné par le soleil du Sud, et ses cheveux argentés ne faisaient qu'ajouter à son charme naturel. Serena tourna les yeux vers leur fils aîné, Daniel, qui l'embrassa sur la joue et lui tendit un verre de brandy.

— Tu sais que nous sommes toujours heureux de te compter parmi nous, maman.

— Tu parles comme ton père.

Elle était ravie qu'il ait également hérité la belle allure de Brigham.

— Je sais très bien que tu souhaites me voir au diable. Mais je te rappelle encore une fois que j'ai déjà participé à une rébellion. N'est-ce pas, *Sassenach* ?

Brigham se mit à rire. Dès le premier jour où ils s'étaient connus, elle l'avait souvent affublé du nom péjoratif que les Ecossais donnaient aux Anglais.

— Ai-je jamais essayé de te changer ? demanda-t-il.

— Tu n'es pas homme à essayer en sachant que tu vas perdre.

Elle l'embrassa puis se tourna vers son neveu.

— Ian, tu as maigri !

Elle venait de décider qu'il avait suffisamment broyé

du noir. Tant que sa mère serait de l'autre côté de l'océan, elle s'occuperait elle-même de lui.

— Ma cuisine ne te plaît pas ?

— Ta table est magnifique, comme toujours, tante Serena.

Elle sirota son brandy et posa un regard scrutateur sur son neveu.

— Ta cousine Fiona regrette que tu n'aies pas encore fait de randonnée à cheval avec elle.

Elle parlait de sa fille cadette.

— J'espère qu'elle n'a rien fait pour te déplaire ?

— Non, rassure-toi.

Il se balança d'un pied sur l'autre.

— Non, j'ai seulement été un peu… distrait. Je vais me promener avec elle un de ces prochains jours.

— Très bien.

Elle sourit malicieusement. Il valait mieux attendre d'être seule avec Ian pour essayer de le faire parler.

— Brig, Amanda aimerait que tu l'aides à choisir un poney pour Colin. Et toi, Daniel, ton frère t'attend à l'écurie. Il veut te parler.

— D'accord, maman, j'y vais de ce pas.

Quand elle se retrouva seule avec Ian, elle s'assit confortablement et lissa sa robe d'un air satisfait.

Ian, est-ce que tu me fuis ? Nous n'avons pas discuté en tête à tête depuis que tu es arrivé. Reprends un peu de brandy et tiens-moi compagnie un petit moment, veux-tu ?

Elle lui adressa un sourire charmant. C'était encore une façon qu'elle avait d'obtenir ce qu'elle voulait, sans cri, sans menaces.

— Raconte-moi tes aventures à Boston.

Elle se débarrassa de ses chaussures et cacha ses pieds nus sous sa jupe, dans une attitude à la fois digne et très jeune. Malgré son humeur sombre, Ian ne put s'empêcher de lui sourire.

— Tante Serena, tu es très belle.

— Et toi, tu essaies de me détourner de mon idée.

Elle secoua la tête, faisant ruisseler ses cheveux sur ses épaules. Si l'on faisait exception de quelques mèches grisonnantes, ils n'avaient pas subi l'outrage du temps, ils étaient encore d'un roux lumineux.

— Je sais tout sur tes petites *Tea parties*, mon garçon.

Elle leva son verre à sa santé.

— En tant que MacGregor, je te félicite. Et je sais que les Anglais commencent à rouspéter. Qu'ils s'étranglent avec leur maudit thé !

Elle leva une main.

— Mais ne parlons pas de cela. J'ai vraiment envie d'écouter ce que tu as à dire sur les sentiments de ceux qui sont dans la Nouvelle-Angleterre et dans d'autres parties de l'Amérique, mais pour l'instant, je veux que tu me parles de toi.

— De moi ?

Il haussa les épaules et fit tourner sa boisson dans sa tasse.

— Tu es au courant de mes activités, tante Serena. Tu connais mon allégeance à Sam Adams et aux Fils de la Liberté. Nos projets s'élaborent lentement, mais sûrement.

— Je sais cela. C'est passionnant, mais ce n'est pas ce que je veux entendre pour l'instant, Ian.

Elle se pencha en avant et prit sa main dans les siennes.

— Tu es l'aîné de mon frère, et mon filleul. Je t'ai aidé à venir au monde. Aussi vrai que je suis assise là à côté de toi, je sais que tu as des ennuis qui n'ont rien à voir avec la politique ni avec les révolutions, quelles qu'elles soient.

— Et qui ont pourtant tout à voir avec elles, murmura-t-il avant de boire une gorgée d'alcool.

— Parle-moi de cette femme ! dit brusquement Serena.

Ian jeta un coup d'œil acéré à sa tante.

— De qui ?

— Pour qui me prends-tu, Ian ? Tu l'as mentionnée mille fois par ton silence. Inutile d'essayer de me le cacher, mon garçon. N'oublie pas que nous sommes du même sang. Comment s'appelle-t-elle ?

— Alanna.

Il prononça son nom avant de savoir qu'il en avait l'intention.

— Qu'elle aille au diable ! ajouta-t-il.

Avec un rire de gorge, Serena s'enfonça dans son siège.

— Tout cela me paraît passionnant. Je t'écoute.

A contrecœur, Ian finit par obéir. Il raconta tout à Serena, depuis le moment où il avait repris vaguement conscience dans l'écurie, jusqu'au moment où il était parti de chez les Murphy, furieux et frustré.

— Elle doit beaucoup t'aimer, murmura sa tante.

En parlant, Ian s'était levé pour arpenter la pièce.

— Drôle d'amour ! dit-il avec un rire amer.

— Un amour profond, mais craintif.

Serena se leva et lui tendit les mains.

— Je comprends cela, Ian, plus que je ne peux l'exprimer.

Peinée pour lui, elle porta les mains de son neveu à ses joues.

— Je ne peux pas me changer. Je suis comme je suis, dit-il.

— Naturellement.

Avec un soupir, elle l'attira près d'elle en se rasseyant sur le canapé.

— Moi non plus, je ne pouvais pas. Nous sommes des enfants de l'Ecosse, mon chéri. Nous avons en nous l'esprit des Highlands.

Sa voix trahissait la nostalgie de son pays.

— Nous sommes nés rebelles, nous nous battons depuis le début des temps. Cependant, nous ne luttons que pour ce qui nous appartient de droit. Notre terre, notre foyer, notre peuple.

— Elle ne comprend pas cela.

— Oh ! si, je crois qu'elle le comprend fort bien. Peut-être ne peut-elle l'accepter, tout simplement. Mais dis-moi pourquoi toi, un MacGregor, tu l'as quittée quand elle t'a prié de partir ? Tu ne t'es donc pas battu pour la garder ?

— C'est une folle à la tête dure qui ne veut pas entendre raison.

— Ah, je vois !

Dissimulant un sourire, Serena hocha la tête. Elle aussi avait été accusée plus d'une fois d'avoir la tête dure, et par un homme, notamment. Si Ian avait sauté sur son cheval pour venir panser ses blessures en Virginie, c'était par orgueil. Mais l'orgueil était aussi quelque chose qu'elle comprenait très bien.

— Tu l'aimes.

— Je ne souhaite qu'une chose : l'oublier. Mais je ne peux pas.

Il serra les dents.

— Je vais peut-être retourner là-bas pour la tuer.

— Je doute que tu en arrives là.

Elle se leva et lui caressa la main.

— Reste le temps que tu voudras chez nous, Ian. Et fais-moi confiance, tout va s'arranger.

Serena le laissa le front rembruni, à contempler le feu. Elle se dirigea tout droit vers sa chambre et s'assit à son bureau pour rédiger une lettre.

— Non ! Je ne peux pas y aller !

Les joues écarlates, les yeux brillants, Alanna se tenait devant son père, la lettre serrée convulsivement dans sa main.

— Si, tu iras ! insista Cyrus. Lady Langston t'a invitée chez elle pour te remercier de vive voix d'avoir sauvé la vie de son neveu.

Il coinça sa pipe entre ses dents et soupira en baissant les yeux. Pourvu qu'il ne fasse pas une erreur en incitant sa fille à partir !

— Ta mère voudrait que tu y ailles, ajouta-t-il.

Mais Alanna avait encore des arguments.

— Le voyage est trop long. Dans près de deux mois, il sera temps de fabriquer le savon, de faire les semailles et de carder la laine. J'ai trop de travail pour entreprendre un tel voyage. Et de toute façon… je n'ai rien de convenable à me mettre sur le dos.

Son père balaya ses objections d'un geste de la main.

— Tu vas y aller, au nom de ta famille !

Il se redressa de toute sa hauteur.

— Il ne sera pas dit qu'un Murphy aura eu peur de rencontrer le beau monde !

— Je n'ai pas peur !

— Tu trembles, ma fille, et cela me fait honte. Lady Langston souhaite faire ta connaissance. Après tout, j'ai des cousins qui se sont battus au côté de son clan dans le Quarante-Cinquième. Un Murphy vaut bien un MacGregor. Je sais que je n'ai pas pu t'envoyer à l'école comme ta mère le souhaitait…

— Oh, papa !

Il secoua fortement la tête.

— Si je ne te pousse pas à accepter cette invitation, ta mère me tournera le dos quand je la rejoindrai dans l'au-delà. Avant que ma vie s'achève, je veux que tu connaisses autre chose du monde que ces rochers et cette forêt. Alors tu vas y aller pour ta mère et pour moi, si tu n'y vas pas pour toi-même.

Alanna se sentit faiblir.

— Mais si Ian est chez lady Langston ?

— Ecrit-elle qu'il y est ?

— Eh bien, non, mais…

— Alors, il n'y est probablement pas. Il doit être en train de faire du remue-ménage quelque part.

— Oui, sans doute.

Lugubre, elle baissa les yeux sur la lettre froissée entre ses mains.

— Oui, sans doute, répéta-t-elle.

Elle secoua la tête en soupirant. Son cœur se gonflait de sentiments contradictoires. Comment ignorer l'excitation qu'elle ressentait à l'idée de voyager, de voir la Virginie, où la campagne était, paraît-il, si verte ?

Elle regarda son père.

— Qui va faire la cuisine pendant mon absence ? Qui va faire la lessive, traire les vaches ?

— Nous ne sommes pas manchots, ma fille.

Mais Alanna lui manquait déjà. Il soupira.

— Mary pourra nous aider, maintenant qu'elle est mariée à notre Johnny. Et la veuve Jenkins propose toujours de donner un coup de main.

— Je sais, mais pouvons-nous nous permettre…

— Nous ne sommes pas non plus sans le sou, coupa Murphy. Va écrire ta réponse à lady Langston. Dis-lui que tu acceptes son invitation avec joie. A moins que tu n'aies peur de la rencontrer.

— Bien sûr que non !

Alanna se frotta le front. Tout était allé si vite ! Son père la regardait d'un air obstiné. Elle ne pouvait pas le décevoir. Prenant une profonde inspiration, elle murmura :

— Très bien, je vais y aller.

Elle monta lentement l'escalier. Son écritoire était dans sa chambre.

— Parfait, marmonna Cyrus à voix basse. Mais reviendras-tu ?

9

Alanna était sûre que son cœur allait exploser dans sa poitrine. Il battait si vite ! Jamais elle n'était montée dans un fiacre attelé à des chevaux aussi bien assortis que ces deux bais qui l'emportaient à vive allure. Et guidés par un cocher en livrée ! Le simple fait d'imaginer que les Langston avaient envoyé cet équipage avec des postillons et une servante lui donnait le vertige.

Elle avait roulé jusqu'à Boston, où elle avait pris le bateau pour Richmond ; et maintenant, elle avait retrouvé la route pour rejoindre Glenroe, la plantation des Langston, à laquelle ils avaient donné le nom d'une forêt des Highlands, en Ecosse, leur pays natal.

Alanna s'enfonça dans son siège capitonné et se laissa aller à sa rêverie. Dieu, comme cela avait été excitant de voir le vent gonfler les voiles du navire, de découvrir sa cabine particulière et de rencontrer la jeune servante chargée de veiller à ses besoins ! Jusqu'à ce que la pauvre petite ait le mal de mer. Les rôles s'étaient alors inversés, et elle avait dû veiller elle-même aux besoins de la jeune fille. Mais elle n'en avait cure. Pendant que la servante se reposait, Alanna s'était promenée sur les ponts du grand bateau d'où elle avait contemplé l'océan, apercevant de-ci de-là une étendue de côte.

Elle était allée d'émerveillement en émerveillement

en découvrant l'immensité et la beauté de cette terre de Virginie.

C'était vraiment magnifique. Elle aimait la ferme, la forêt et les rochers de son Massachusetts natal, mais ici, la terre était encore plus splendide dans sa variété. Quand elle était partie de la maison paternelle, le sol était encore blanc de neige. La chaleur arrivait timidement, faisant fondre la glace qui formait des stalactites sur l'auvent du toit et les branches nues des arbres.

Mais dans le Sud, les arbres étaient déjà verts, et elle avait pu laisser sa cape ouverte pour profiter de l'air qui entrait à flots dans la voiture attelée. Partout dans les prés, des petits veaux tétaient leur mère. Les champs étaient de véritables ruches où des dizaines et des dizaines de mains noires faisaient les semailles de printemps. Et on était seulement au mois de mars !

Il y avait trois mois que Ian était parti. Le cœur serré, Alanna effleura la bague qu'elle portait à une cordelette sous sa robe de voyage. Elle la rendrait à lady Langston, bien sûr, car Ian ne serait certainement pas à la plantation. C'était impossible. Elle soupira, partagée entre le soulagement et le regret. Elle rendrait cette bague à la tante de Ian en lui expliquant pourquoi elle était en sa possession. Cependant, elle se garderait de lui dire toute la vérité, ce serait trop humiliant, et trop douloureux.

Elle redressa les épaules. Inutile de nourrir des pensées aussi tristes pour l'instant. Croisant ses mains sur ses genoux, elle examina les collines ondoyantes déjà couvertes de verdure. Elle devait considérer ce voyage comme une aventure, qu'elle n'aurait certainement pas l'occasion de vivre deux fois.

Et elle devait mémoriser le moindre détail pour pouvoir faire un récit fidèle à Brian, le plus curieux de ses deux frères. Elle soupira. Elle n'aurait certainement aucune difficulté à se souvenir de tout. Ce voyage n'était pas ordinaire. Elle était invitée par la famille de Ian, des gens qui l'avaient connu bébé, puis jeune homme.

Pendant les quelques semaines qu'elle allait passer chez eux, elle se sentirait certainement proche de lui. C'était inévitable, mais ce serait la dernière fois. Elle se le promettait. Ensuite, elle retournerait à la ferme, vers sa famille et vers son devoir, et elle pourrait s'estimer heureuse.

Il n'y avait pas d'autre possibilité. Cependant, alors que le fiacre brinquebalait dans un chemin plein d'ornières, Alanna garda sa main droite posée sur la bague que Ian lui avait offerte.

Quelques minutes plus tard, l'attelage tourna entre deux grands piliers reliés par une grille en fer forgé, au-dessus de laquelle était inscrit en lettres immenses : « GLENROE ». La servante, plus éprouvée qu'Alanna par la route, sembla reprendre vie.

— Vous allez bientôt voir la maison, madame.

Visiblement heureuse que ces semaines de voyage prennent fin, elle tendit le cou par la fenêtre.

— C'est la plus belle maison de toute la Virginie, ajouta-t-elle.

Le cœur battant, Alanna se mit à tripoter le galon noir bordant sa robe de voyage, qu'elle avait cousue pendant les trois nuits qui avaient précédé son départ. Puis ses doigts agités jouèrent avec les rubans de son bonnet, lissèrent sa robe avant de retourner vers le galon. Elle regarda dehors.

La large allée était bordée de chênes couverts de minuscules feuilles vert clair. Alanna se pencha par la fenêtre. Aussi loin que portait sa vue, les immenses pelouses étaient entretenues à la perfection. De-ci de-là, des arbres fruitiers resplendissaient de bourgeons roses et blancs. Et brusquement, sur une petite crête, la maison lui apparut dans toute sa splendeur.

Alanna en oublia de respirer. C'était un majestueux édifice d'un blanc éclatant, orné d'une dizaine de colonnes fines et élancées. Des balcons qui ressemblaient à de la dentelle noire bordaient les hautes fenêtres aux deuxième et troisième étages. Un gigantesque porche courait sur toute la façade et les côtés de la maison, et de gros bouquets de fleurs rouge vif étaient disposés dans de grands vases posés de chaque côté de l'escalier de pierre, qui conduisait à des portes-fenêtres aux vitres étincelantes.

Alanna serra frénétiquement ses mains l'une contre l'autre. Elle dut prendre sur elle pour ne pas crier au cocher de faire demi-tour et de la ramener chez son père.

Doux Jésus, que venait-elle faire ici ? Qu'allait-elle bien pouvoir dire à des gens qui vivaient dans un tel luxe ? Le fossé entre Ian et elle semblait s'élargir tandis que les chevaux fougueux avançaient inexorablement.

Avant que l'équipage s'arrête au tournant de l'allée, une femme apparut sur le seuil de la maison. Sa robe vert d'eau bordée de dentelle ivoire se gonflait au vent. Ses cheveux, d'une belle nuance dorée, étaient enroulés sur sa nuque. Alanna était à peine revenue de sa stupeur que la dame s'avança vers elle, les mains tendues.

— Madame Flynn, vous êtes aussi belle que je m'y attendais.

Elle parlait avec une voix légèrement rauque, rappelant celle de Ian. Alanna eut le cœur serré.

— Permettez-moi de vous appeler Alanna, je sens que nous sommes déjà amies, continua lady Langston en la prenant dans ses bras. Je suis Serena, la tante de Ian. Bienvenue à Glenroe.

— Lady Langston, commença Alanna, intimidée.

Elle était mal à l'aise dans ses vêtements froissés et couverts de poussière. Mais Serena ne semblait pas y prêter attention. Elle la prit par la main et l'entraîna vers la maison.

— Appelez-moi Serena, je vous en prie. J'espère que votre voyage a été agréable.

— Oui. Et je vous remercie de votre générosité en m'ouvrant votre demeure.

— C'est moi qui vous remercie.

Serena fit une pause avant d'entrer dans la maison.

— Vous avez sauvé la vie de Ian. Il m'est aussi précieux que mes propres enfants. Venez, je vais vous montrer votre chambre. Je suis sûre que vous avez envie de vous rafraîchir avant de rencontrer le reste de la famille à l'heure du thé. Naturellement, nous ne servirons pas cette horrible boisson.

Elles pénétrèrent dans un hall spacieux au plafond élevé. Un escalier à double circonvolution conduisait à l'étage. Alanna n'avait pas assez d'yeux pour admirer.

— Je m'en doute, parvint-elle à dire d'une voix faible tandis que Serena la prenait par un bras.

Elles montèrent la volée de marches qui partait à droite. Brusquement, des cris s'élevèrent des profondeurs de la maison.

— Ne vous inquiétez pas. Ce sont mes deux petits monstres. Ils se chamaillent sans arrêt, comme des chiots.

Alanna s'éclaircit la voix.

— Combien d'enfants avez-vous, lady Langston ?

— Six.

Serena la guida le long d'un corridor aux tons pastel, recouvert de tapis moelleux.

— Ce sont Payne et Ross que vous entendez. Ils sont jumeaux. Ils passent leur temps à s'envoyer au diable puis à jurer qu'ils se défendront mutuellement jusqu'à la mort.

Alanna entendit distinctement un objet se fracasser. Serena resta indifférente. Elle ouvrit une porte et s'effaça pour la laisser entrer.

— J'espère que vous serez confortablement installée ici. Si vous avez besoin de quoi que ce soit, n'hésitez pas à me le demander.

Alanna sourit. Elle allait de surprise en surprise. De

quoi pourrait-elle bien avoir besoin ? La chambre était au moins trois fois plus grande que la sienne, et parfumée de bouquets de fleurs fraîches. Et dire qu'on n'était qu'au mois de mars !

Le lit, assez grand pour trois personnes, était couvert d'un tissu de soie bleu clair. Il y avait une armoire de bois ouvragée et un grand bureau orné d'un miroir dans un cadre d'argent, une coiffeuse délicate et une chaise recouverte de brocart. Les grandes fenêtres ouvertes laissaient entrer la chaude brise parfumée qui soulevait doucement les rideaux de voile blanc. Avant qu'Alanna retrouve sa langue, une servante se précipita, armée d'un pichet d'eau chaude.

Serena passa devant une cheminée magnifiquement sculptée.

— Voici Hattie.

Elle sourit à la petite servante noire.

— Elle s'occupera de vous pendant votre séjour. Hattie, vous prendrez soin de Mme Flynn, je compte sur vous ?

— Oh oui, ma'ame ! répondit Hattie en souriant.

— Parfait.

Serena tapota le bras d'Alanna.

— Y a-t-il autre chose que je puisse faire pour vous ?

— Certainement pas, vous en avez fait plus qu'il ne faut.

« Je n'ai même pas commencé », songea Serena, mais elle se contenta de secouer la tête en la regardant avec sympathie.

— Je vous laisse vous reposer. Hattie vous montrera le chemin quand vous voudrez nous rejoindre.

Quand la porte se referma derrière lady Langston, Alanna s'assit sur le bord du lit. Elle était épuisée. Comment allait-elle tenir le coup ?

Hattie l'aida à se débarrasser de ses vêtements de voyage et à revêtir sa plus belle robe. La jeune servante la coiffa avec beaucoup d'habileté, tout en parlant sans arrêt, d'une voix chantante. Alanna se regarda dans le miroir de la coiffeuse. Ses boucles noir corbeau étaient domptées en accroche-cœurs retombant sur son épaule gauche.

Alanna était en train de suspendre à ses oreilles les boucles en grenat de sa mère, faisant appel à tout son courage pour descendre l'escalier, quand elle entendit des cris et des coups sourds dans le corridor. Intriguée, elle entrouvrit la porte, puis elle l'ouvrit en grand à la vue de deux jeunes corps masculins qui roulaient sur le tapis.

Etonnée, elle toussota.

— Bonjour, messieurs !

Les garçons, qui se ressemblaient comme deux gouttes d'eau, avec des cheveux noirs en bataille et des yeux topaze, se relevèrent immédiatement et s'inclinèrent en même temps devant elle.

— Qui êtes-vous ? demanda celui qui avait une lèvre fendue.

— Je suis Alanna Flynn.

Alanna sourit, amusée.

— Et vous, vous devez être Payne et Ross.

— Oui.

La réponse venait de celui qui avait un œil au beurre noir.

— Je suis Payne, et je suis l'aîné. Je vous souhaite la bienvenue à Glenroe.

— Moi aussi, je lui souhaite la bienvenue, intervint Ross en donnant une bourrade dans les côtes de son frère.

Il s'avança et tendit la main à Alanna.

— Je vous remercie tous les deux, dit-elle, soucieuse de maintenir la paix. J'allais descendre pour rejoindre votre mère. Vous pourriez peut-être m'accompagner ?

— Elle doit être dans le salon. C'est l'heure du thé.

Ross lui offrit son bras.

— Evidemment, nous ne buvons pas cette satanée boisson.

Payne lui offrit aussi le sien. Alanna prit les deux.

— Si les Anglais nous forçaient à en boire, nous le leur cracherions à la figure.

— Naturellement, dit Alanna en fronçant les sourcils.

Quand le trio entra dans le salon, Serena se leva.

— Alanna, je vois que vous avez déjà fait la connaissance de mes deux petits démons.

Elle nota au passage l'œil au beurre noir et la lèvre fendue.

— Si vous voulez du gâteau, espèces de chenapans, il faudra vous laver avant de passer à table.

Serena se tourna vers Alanna et la présenta au reste de la famille : un jeune homme d'environ dix-huit ans, nommé Kit, qui ressemblait beaucoup à sa mère et qui lui adressa un bref sourire; et une jeune fille, Fiona, qui devait avoir l'âge de Brian. Elle avait les cheveux plus blonds que roux, et les joues creusées de fossettes.

— Ma fille Amanda espère se joindre à nous avec sa famille pour le dîner. Ils vivent sur une plantation voisine, dit Serena.

Elle remplit une tasse de café qu'elle lui offrit.

— Nous n'attendrons pas Brigham et les autres. Ils sont partis superviser le travail de la plantation, et Dieu seul sait à quelle heure ils vont revenir.

— Maman m'a dit que vous vivez dans une ferme, dans le Massachusetts, dit Fiona.

— C'est vrai.

Alanna sourit et commença à se détendre.

— Il y avait encore de la neige quand je suis partie. Là-bas, la saison chaude est beaucoup plus courte que chez vous.

La conversation allait bon train quand les jumeaux revinrent, se tenant mutuellement par les épaules; apparemment, ils étaient réconciliés. En adressant à leur mère un sourire identique, ils s'approchèrent d'elle pour l'embrasser.

— C'est trop tard, dit Serena en faisant semblant d'être fâchée. Je sais déjà que vous avez cassé le vase.

Elle remplit de chocolat deux grandes tasses.

— Heureusement qu'il était laid. Maintenant, asseyez-vous, et débrouillez-vous pour ne pas renverser vos tasses sur le tapis.

Alanna se sentait bien. Elle sirotait sa deuxième tasse de café quand un éclat de rire masculin se fit entendre dans le hall.

— Papa !

Les jumeaux se précipitèrent vers la porte. Serena jeta un rapide coup d'œil sur les éclaboussures de chocolat maculant le tapis et soupira.

Brigham entra, encadré par les deux garçons. Il leur ébouriffa les cheveux.

— Alors, quelles bêtises avez-vous faites aujourd'hui ?

Alanna tourna la tête vers lui. Il posa d'abord les yeux sur sa femme. Il avait l'air amusé. Mais il y avait autre chose dans ses yeux, une expression profonde, sincère, qui fit naître tout au fond d'elle une étincelle d'envie. Puis il la regarda et traversa le salon.

— Alanna, je vous présente mon mari, Brigham.

— Je suis ravi de vous connaître enfin, dit Brigham en prenant sa main dans les siennes. Nous vous devons tant !

Alanna se sentit rougir. Brigham aurait pu être son père, et pourtant il dégageait un magnétisme qui lui fit battre le cœur plus vite.

— Je vous remercie pour votre hospitalité, lord Langston.

— Ne me remerciez pas.

Il jeta à sa femme un regard étrange, qui paraissait presque exaspéré.

— J'espère seulement que vous passerez un excellent séjour.

— Le contraire me paraît impossible. Vous avez une demeure magnifique, et une famille adorable.

Il voulut dire encore quelque chose, mais sa femme l'interrompit.

— Veux-tu du café, Brig ?

Elle avait déjà rempli une tasse, qu'elle lui tendit en lui jetant un coup d'œil plein de sous-entendus.

— Où sont passés les autres garçons ?

— Ils étaient derrière moi. Ils ont fait un détour par la bibliothèque.

Alors qu'il parlait, deux hommes entrèrent dans la pièce. Alanna eut un vague aperçu de celui qui avait les cheveux noirs, et qui ressemblait à Brigham, en plus jeune. Puis son regard fut attiré irrésistiblement par l'homme qui l'accompagnait. Elle ne se rendit même pas compte qu'elle venait de se mettre debout et que le silence s'était abattu sur le salon.

Elle ne voyait que lui. Il était en costume d'équitation, et le vent avait ébouriffé sa crinière rousse. Il se figea sur place, le visage traversé par une foule d'expressions, les mêmes que celles qu'elle ressentait. Puis il esquissa un sourire, mais un sourire dur, qui la piqua au vif.

— Ah, madame Flynn. Quelle… extraordinaire surprise !

— Je… je…, bafouilla-t-elle.

Elle jeta un regard affolé autour d'elle, à la recherche d'un coin où se cacher. Mais Serena s'était déjà levée et lui prenait la main. Elle lui donna une pression légère mais ferme.

— Alanna a eu la gentillesse d'accepter mon invitation, Ian. Nous voulions la remercier de vive voix de s'être occupée de toi, et de t'avoir sauvé la vie afin que tu puisses continuer à empoisonner la nôtre.

Elle se mit à rire.

— Je vois, dit Ian.

Quand il put détourner les yeux d'Alanna, il envoya un coup d'œil furibond à sa tante.

— Tu es très maligne, tante Serena.

— Ce n'est pas moi qui dirai le contraire !

Ian serra les poings.

— Eh bien, madame Flynn, puisque vous êtes ici, je me dois de vous souhaiter la bienvenue à Glenroe.

— Je…

Alanna avait la gorge sèche. Elle savait qu'elle allait pleurer et se ridiculiser devant tout le monde.

— Excusez-moi.

Arrachant son regard à celui de Ian, elle sortit précipitamment du salon.

— Comme tu es agréable, Ian ! persifla Serena.

En secouant la tête, elle partit sur les talons de son invitée.

Elle trouva Alanna en train de sortir ses vêtements de l'armoire.

— Que faites-vous donc ?

— Je m'en vais. Je ne savais pas que… Lady Langston, je vous remercie infiniment pour votre hospitalité, mais je dois rentrer immédiatement.

— Quelle absurdité !

Serena la prit fermement par les épaules et la fit asseoir sur le lit.

— Maintenant, reprenez votre souffle. Je comprends que vous ayez été surprise de voir Ian, mais…

Elle fit une pause en voyant Alanna se couvrir le visage de ses mains et éclater en sanglots.

Dans un geste maternel, elle posa un bras sur ses épaules et la serra contre elle.

— Là, là… A-t-il été si désagréable ? Les hommes sont ainsi, vous savez. Cela signifie simplement que nous devons être les plus fortes.

— Non, non, tout est ma faute.

Alanna était secouée de sanglots convulsifs. Cette situation était humiliante, mais elle n'arrivait pas à retenir ses larmes. Elle posa la tête contre l'épaule de Serena.

— Que ce soit votre faute ou non, une femme ne doit jamais admettre ce genre de chose. Puisque les hommes ont l'avantage des muscles, nous devons mieux utiliser notre cerveau qu'eux.

En souriant, elle lui caressa les cheveux.

— Je voulais voir de mes propres yeux si vous l'aimiez autant qu'il vous aime. Maintenant, je le sais.

— Non, maintenant, il me déteste. Et qui pourrait l'en blâmer ? Mais c'est mieux ainsi.

Elle eut un hoquet.

— C'est mieux ainsi, répéta-t-elle, désespérée.

— Vos sentiments pour lui vous font peur ?

— Oh ! oui. Je ne veux pas l'aimer. Vous savez, il ne changera jamais. Il ne sera pas heureux tant qu'il ne se sera pas fait tuer ou pendre pour trahison.

— On ne tue pas aussi facilement un MacGregor. Ma chérie, je voudrais vous offrir un mouchoir, mais je n'en trouve jamais au moment où j'en ai le plus besoin.

En reniflant, Alanna hocha la tête et sortit le sien.

— Je vous demande pardon de m'être donnée en spectacle, lady Langston.

— Oh, j'adore les scènes, et j'en provoque chaque fois que c'est possible.

Elle attendit qu'Alanna se ressaisisse.

— Je vais vous raconter l'histoire d'une jeune fille qui vouait à un homme un amour déraisonnable. C'était une époque où la guerre, la rébellion et la mort régnaient partout. Elle le refusa plusieurs fois. Elle était persuadée d'agir au mieux.

Se séchant les yeux, Alanna poussa un profond soupir.

— Que sont-ils devenus ?

— Oh, il était aussi entêté qu'elle, alors ils se sont mariés et ils ont eu six enfants. Et deux petits-enfants.

Serena eut un sourire radieux.

— Je n'ai jamais regretté, pas une seule seconde.

— Mais c'est différent.

— L'amour est toujours le même. Et il n'est jamais le même. Moi aussi, j'avais peur.

— Vous ?

— Oh ! oui. Plus j'aimais Brigham, plus j'avais peur. Je nous punissais tous les deux en niant mes sentiments pour lui. Voulez-vous me parler des vôtres ? C'est souvent d'un grand secours de pouvoir parler entre femmes.

Alanna hocha la tête. Serena avait peut-être raison. De toute façon, elle ne souffrirait pas plus qu'elle ne souffrait déjà. Un peu rassérénée, elle se confia à sa nouvelle amie.

— J'ai perdu un de mes frères pendant la guerre contre les Français. Je n'étais qu'une enfant, alors, mais je me souviens bien de lui. Il était si brillant, si beau. Et, comme Ian, il ne pensait qu'à défendre sa terre, à se battre pour elle. Il est mort pour ses convictions. Un an plus tard, ma mère s'est éteinte. Elle avait eu le cœur brisé, et cela a fini par l'emporter. D'année en année, j'ai été témoin de la douleur de mon père.

Serena hocha la tête.

— Il n'y a pas de plus grande perte que celle d'un être aimé, dit elle. Mon père est mort sur le champ de bataille il y a vingt-huit ans, et je vois toujours son visage. Peu de temps après, j'ai laissé ma mère en Ecosse. Elle est morte avant la naissance d'Amanda, mais elle continue à vivre dans mon cœur.

Elle prit les mains d'Alanna dans les siennes et elle plongea dans ses yeux son regard brouillé par les larmes.

— Quand la rébellion fut écrasée, mon frère Coll a ramené Brigham qui venait d'être blessé. Je portais son premier enfant dans mon sein. Pour nous cacher des Anglais, nous nous étions réfugiés dans une grotte. Brigham est resté plusieurs jours entre la vie et la mort.

Alanna retenait son souffle. Ainsi, l'histoire que Ian avait racontée à Brian n'était pas exagérée. Elle observa la frêle silhouette de Serena.

— Comment avez-vous pu supporter cela ? interrogea-t-elle.

— Comment ne pas le supporter ?

Serena eut un sourire espiègle.

— Brigham dit souvent que je l'ai fait revenir à la vie pour pouvoir le persécuter. Il a peut-être raison. Mais je connais la peur, Alanna. Quand cette révolution va éclater, mes fils vont aller se battre, et mon sang se glace à la pensée que je risque de les perdre. Cependant, si j'étais un homme, je prendrais mon arme et je les rejoindrais.

— Vous êtes plus courageuse que moi.

— Je ne crois pas. Si votre famille était menacée, iriez-vous vous cacher dans un coin, ou prendriez-vous les armes pour la protéger ?

— Je mourrais pour la protéger, mais...

Le sourire de Serena s'épanouit de nouveau, mais il était plus doux, plus sérieux qu'avant.

— Le jour viendra, bientôt, où les hommes des colonies prendront conscience que nous sommes tous unis. Comme un clan. Nous nous battrons pour nous protéger mutuellement. Ian sait cela désormais. N'est-ce pas la raison pour laquelle vous l'aimez ?

— Si.

Alanna baissa les yeux sur leurs mains jointes.

— Si vous niez cet amour, serez-vous plus heureuse que si vous prenez le temps que Dieu veut bien vous accorder de passer avec Ian ?

Alanna secoua la tête.

— Non.

Elle ferma les yeux et se remémora les trois derniers mois. Des mois de tristesse.

— Je ne serai jamais heureuse sans lui. Je le sais maintenant. Cependant, toute ma vie, j'ai rêvé d'épouser un homme fort, mais tranquille, qui se contenterait de travailler à mon côté et d'élever ses enfants. Avec Ian, il y aurait tant d'exigences et de risques. Je ne connaîtrais pas un moment de répit.

— C'est vrai, Alanna. Mais cherchez au fond de votre cœur et posez-vous une seule question : si vous en aviez le pouvoir, changeriez-vous Ian ?

— Oui, répondit Alanna sans hésiter.

Elle releva brusquement la tête. Son cœur, plus honnête, venait de lui donner une autre réponse.

— Non ! s'écria-t-elle. Doux Jésus, suis-je donc stupide au point de ne pas avoir compris que je l'aime pour ce qu'il est, et non pour ce que j'aurais aimé qu'il soit ?

Satisfaite, Serena hocha la tête.

— La vie est pleine de risques, Alanna. On peut les accepter en faisant contre mauvaise fortune bon cœur, et aller de l'avant. On peut aussi se cacher et rester sans rien faire. De quel côté êtes-vous ?

Alanna resta longuement silencieuse.

— Je me le demande, lady Langston.

— Appelez-moi Serena.

— Je me le demande, Serena.

Alanna esquissa un pâle sourire.

— Si j'avais pu discuter plus tôt avec vous, aurais-je renvoyé Ian ?

Serena la serra contre son cœur.

— C'est une bonne question. Maintenant, reposez-vous, et laissez-le mijoter un peu.

— Il ne voudra plus jamais m'adresser la parole, murmura-t-elle.

Elle redressa le menton.

— Mais je le forcerai !

— Je n'en doute pas, dit Serena avec un petit rire. Non, je n'en doute pas.

10

Ian n'apparut pas au dîner, ni au petit déjeuner du lendemain. Cette désertion aurait découragé la plupart des femmes, mais Alanna y trouva un défi qui l'aida à vaincre son anxiété.

De plus, il était difficile, voire impossible, de vivre entourée de la famille Langston sans se rendre compte du pouvoir de l'amour, de la détermination et de la confiance. Quelles qu'aient été les vicissitudes rencontrées par Brigham et Serena, ils avaient passé leur vie ensemble. Ils avaient tous les deux perdu leur pays et des gens chers, mais ils avaient reconstruit leur existence grâce à leur volonté et à leur amour.

Avait-elle le droit de se refuser une chance avec Ian ? Il la ferait certainement, cette guerre, si elle éclatait, mais à la réflexion, il était trop têtu pour mourir. Et si elle devait le perdre, pourquoi se priver du bonheur de passer un an, un mois ou même un seul jour près de lui ?

Elle allait le lui dire. Si toutefois elle arrivait à le voir. Elle lui présenterait ses excuses, elle irait même jusqu'à lui demander pardon, bien que cette idée soit plutôt vexante.

Mais au fur et à mesure que la matinée se déroulait, elle se sentait de plus en plus irritée. Où diable Ian se cachait-il ?

Ce fut grâce aux jumeaux qu'elle obtint la réponse. Ils arrivaient dans le jardin en se disputant, selon leur habitude.

— Allons, les garçons, allez vous battre ailleurs, dit Serena.

Elle interrompit la taille de ses fleurs et se tourna vers eux.

— C'est sa faute à lui, déclarèrent-ils d'une seule voix.

Alanna ne put s'empêcher de sourire.

— Je voulais aller à la pêche, se lamenta Ross. Ian m'aurait emmené si Payne ne s'était pas mis à faire l'imbécile.

— A la pêche ! répéta Alanna.

Elle écrasa une fleur dans sa main avant de reprendre le contrôle d'elle-même.

— Ian est au bord de la rivière ? interrogea-t-elle en essayant de vaincre le tremblement de sa voix.

— Il va toujours vers la rivière quand il est de mauvaise humeur.

Payne envoya un coup de pied dans un caillou.

— Je voulais qu'il nous emmène, mais cet idiot de Ross...

— Allez-vous-en, les garçons, je ne veux plus vous voir au milieu de mes fleurs, interrompit Serena.

Quand ils eurent disparu, elle se tourna vers son invitée.

— Aimez-vous chevaucher, Alanna ?

— Oui, mais chez moi, je n'en ai jamais le temps.

— Alors, profitez-en !

Elle lui adressa un sourire radieux.

— Demandez à Jem de seller Prancer pour vous. Vous pouvez prendre le sentier qui part à travers bois, juste derrière l'écurie. La rivière est très belle à cette époque de l'année.

— Merci, Serena. Mais je n'ai pas de... de costume d'amazone.

— Hattie va y pourvoir. Elle vous prêtera celui d'Amanda. Il doit vous aller.

— Merci encore.

Elle embrassa Serena.

— Merci du fond du cœur.

Une demi-heure plus tard, Alanna partait au triple galop.

*
* *

Ian avait jeté un hameçon dans l'eau, mais ce n'était qu'un prétexte pour rester là à méditer. Il avait d'abord eu envie d'étrangler sa tante en découvrant son petit manège, mais avant qu'il en ait eu l'occasion, elle était entrée en coup de vent dans sa chambre et lui avait reproché son attitude avec tant de véhémence qu'il avait bien dû se défendre.

En effet, il avait été rude envers Alanna, mais c'était tout ce qu'elle méritait.

Si cela n'avait pas été si dur, il serait reparti à bride abattue jusqu'à Boston. Et, cette fois, Alanna aurait bien pu partir, et aller au diable. Mais, pour cela, il n'aurait pas fallu qu'il la regarde. Elle était si belle, dans sa robe bleue, quand il l'avait vue dans le salon de sa tante.

Il donna un coup de pied dans un caillou. Après tout, quelle importance ? Il ne voulait plus entendre parler d'elle. Il n'avait pas besoin d'une mégère à la langue bien pendue. Il avait trop de travail qui l'attendait.

Dire qu'il l'avait suppliée ! Sa fierté en avait pris un coup. Alanna s'était couchée dans le foin pour se donner à lui, en lui faisant croire que c'était important pour elle. Il avait été si doux, si attentif. Jamais il n'avait ouvert son cœur de la sorte à une femme. Et cela pourquoi ? Pour qu'elle se moque de lui.

Eh bien, qu'elle trouve une mauviette sur laquelle exercer son autorité !

Entendant un cheval approcher, il poussa un juron. Si ses deux petites pestes de neveux venaient déranger sa solitude, il allait les renvoyer sans ménagement d'où ils venaient. Il releva sa ligne et se prépara à leur crier de retourner à la maison.

Mais la canne à pêche faillit lui glisser des mains. Alanna venait de sortir du bois au triple galop. A quelques mètres, elle arrêta sa monture. Même en étant un peu éloigné, Ian voyait scintiller ses yeux bleus.

Quand il eut repris son souffle, il lui envoya un regard assassin.

— Bravo, vous avez fait fuir tous les poissons à un kilomètre à la ronde. Où avez-vous la tête, à galoper à cette vitesse sur des sentiers que vous ne connaissez pas ?

Alanna ne répondit pas. Ce n'était pas l'accueil qu'elle avait espéré.

— Prancer connaît le chemin, dit-elle doucement.

Elle attendit qu'il l'aide à mettre pied à terre. Comme il restait là sans bouger, elle se débrouilla pour descendre seule, en fulminant.

— Vous n'avez pas changé, MacGregor. Vos manières sont toujours aussi détestables.

— Vous avez fait tout ce chemin pour me dire cela ?

Alanna attacha les rênes à une branche avant de faire volte-face et de planter son regard furieux dans le sien.

— Je suis venue sur l'invitation de votre tante. Si je m'étais doutée que vous étiez sur ses terres, je me serais abstenue. Vous voir a été la seule chose qui a gâché mon voyage. J'avoue ne pas comprendre comment un homme comme vous peut avoir une famille si délicieuse. Ce serait mon vœu le plus cher de…

Elle se reprit et se força à se rappeler sa résolution.

— Mais je ne suis pas venue pour me battre avec vous.

Il lui tourna le dos et saisit sa canne à pêche.

— Vous avez réussi à descendre seule de cheval, madame Flynn. Je suppose que vous pourrez vous remettre seule en selle et retourner d'où vous venez.

— Je veux vous parler.

— Vous en avez déjà dit plus que je ne veux entendre, maugréa-t-il entre ses dents serrées.

Dieu lui vienne en aide ! S'il la regardait encore une fois, il allait se mettre à ramper.

— Maintenant, repartez avant de me pousser à bout.

— Ian, je voulais seulement…

— Allez au diable !

Il lança sa ligne dans le courant.

— De quel droit êtes-vous venue ici ? Est-ce pour me faire souffrir ? Si je vous avais tuée avant de partir, je serais un homme heureux aujourd'hui. Vous m'avez fait croire que je comptais pour vous, que ce qui s'était passé entre nous était important à vos yeux, alors que tout ce que vous désiriez, c'était vous faire culbuter dans le foin !

Alanna devint livide. Elle se jeta sur lui.

— Comment osez-vous me parler ainsi ?

Elle ressemblait à un chat sauvage, toutes griffes dehors.

— Je vous tuerai, MacGregor, Dieu m'est témoin. Vous m'avez insultée, je vous tuerai !

Il leva un bras pour se protéger le visage et perdit l'équilibre. Ils tombèrent tous les deux dans l'eau, mais ce bain imprévu ne fit rien pour calmer Alanna.

— Arrêtez, pour l'amour du ciel. Vous allez nous noyer tous les deux, dit-il, haletant.

Il se mit à tousser, à recracher l'eau tout en empêchant Alanna de couler. Il ne vit pas arriver le coup de poing qui lui frôla les oreilles.

— Parbleu, si vous étiez un homme ! s'écria-t-il.

— Ne vous arrêtez pas à cela !

Elle brandit encore le poing vers lui, le manqua et se retrouva la tête sous l'eau.

En prenant le ciel à témoin, Ian la traîna vers le rivage, et s'affala près d'elle hors d'haleine.

— Je vous déteste, dit Alanna en essayant de reprendre son souffle. Je maudis le jour de votre naissance. Et je maudis le jour où j'ai laissé vos sales pattes se poser sur moi.

Elle s'assit et ôta d'un geste rageur son bonnet trempé.

Ian eut le malheur de la regarder. Elle était si belle, même décoiffée et en colère. Mais il garda un ton glacial.

— Je vous rappelle que c'est vous qui m'avez demandé de les poser sur vous, mes sales pattes, madame Flynn.

— Oui, c'est ce que j'ai fait, et j'en suis dégoûtée! D'autant qu'il n'y avait pas de quoi perdre la tête!

— Vraiment? Ce n'est pas le souvenir que j'en ai. Voulez-vous que je vous rafraîchisse la mémoire?

La saisissant rudement dans ses bras, il plaqua sa bouche sur la sienne. Alanna enfonça férocement ses dents dans sa lèvre inférieure. Il émit un grognement, réunit ses cheveux ruisselants dans une main et emprisonna de nouveau sa bouche.

Alanna se débattit, luttant contre les sentiments qui montaient en elle, luttant contre Ian, contre ce corps chaud et nerveux qui couvrait si intimement le sien. Comme des gosses déchaînés, ils roulèrent dans l'herbe, cherchant aveuglément à se punir pour les blessures qu'ils s'étaient infligées.

Et, brusquement, Alanna se rendit en poussant un gémissement de bonheur. Elle l'enlaça et laissa ses lèvres répondre à ce baiser brûlant. Toute la force de son amour éclata, nourrissant le feu qui brûlait déjà en elle.

Ils arrachèrent leurs vêtements. Bientôt, le soleil vint caresser leur peau trempée.

Cette fois, Ian n'était plus doux. Elle ne le souhaitait pas. Toute la frustration qu'ils avaient enfermée en eux se libéra dans un accès de folle passion.

Ses mains dans les cheveux de Ian, Alanna l'attira contre elle.

Le visage enfoui dans son cou, Ian huma son odeur, qui l'avait hanté pendant des semaines. Il caressa la peau laiteuse dont il avait rêvé nuit après nuit.

Quand elle s'arc-bouta contre lui, il plongea en elle en murmurant son nom.

Alanna avait le sien sur les lèvres quand elle enroula ses membres effilés autour de lui. Ensemble, ils chevauchèrent vers le pays dont ils avaient tant rêvé. Jusqu'à ce qu'ils se retrouvent épuisés et radieux, baignés par les rayons du soleil déclinant.

Ian se releva sur un coude et prit le visage d'Alanna dans sa main. Elle plongea ses yeux dans les siens. Ceux de Ian étaient remplis d'une détermination farouche.

— Cette fois, je n'attends pas votre réponse, Alanna. Que vous le vouliez ou non, nous allons nous marier.

— Ian, j'étais venue vous dire...

— Je me moque éperdument de ce que vous êtes venue me dire.

Elle sentit les doigts de Ian se resserrer sur son menton.

— Vous pouvez me haïr et me maudire jusqu'à la fin du monde, vous êtes à moi. Et, par Dieu, vous allez me prendre tel que je suis, ajouta-t-il.

Alanna serra les dents.

— Si vous me laissiez placer un mot...

Mais un homme désespéré n'écoute pas.

— Je ne vous laisserai pas repartir. Je n'aurais pas dû m'éloigner de vous, mais vous avez une façon de mettre un homme à bout de nerfs. Je ferai l'impossible pour vous rendre heureuse. Sauf trahir ma propre conscience. Et cela, je ne le ferai jamais. Même pour vous.

— Je ne vous le demande pas, je ne vous le demanderai jamais. Je veux seulement vous dire...

— Bon sang, qu'est-ce que vous avez là ?

Il referma lentement sa main sur la bague suspendue au cou d'Alanna. Il regarda tendrement la jeune femme.

— Pourquoi...

Il hésita, attendit que sa voix se raffermisse.

— Pourquoi la portez-vous ?

— J'essayais de vous le dire, mais vous ne m'avez pas laissée parler.

— Maintenant, je vous écoute.

— Je voulais vous la rendre.

Elle remua impatiemment.

— Mais je n'ai pas pu. Je trouvais que c'était malhonnête de la porter au doigt, c'est pourquoi je l'ai attachée à cette cordelette. Je la porte sur mon cœur, là où je vous ai gardé.

Il ouvrit la bouche pour parler.

— Laissez-moi finir ! Quand je vous ai entendu partir, ce matin-là, j'ai compris tout de suite que je me trompais, et que vous aviez raison.

L'ombre d'un sourire glissa sur les lèvres de Ian.

— J'ai de l'eau de rivière dans les oreilles, madame Flynn. Pouvez-vous répéter ce que vous venez de dire ?

— Je l'ai dit une fois, je ne le répéterai pas.

Si elle s'était trouvée debout, elle aurait relevé le menton.

— Je refusais de vous aimer. Cela fait peur de trop aimer. J'ai perdu Rory à la guerre, ma mère est morte de chagrin, et le pauvre Michael Flynn a eu une mauvaise fièvre. Aussi vrai que je les ai tous aimés, je sais que vous comptez encore plus pour moi.

Il l'embrassa doucement.

— Je croyais désirer une vie paisible, un mari qui serait heureux de travailler près de moi et de s'asseoir près du feu chaque soir.

Elle sourit et caressa ses cheveux.

— Mais apparemment, l'homme que je veux ne sera jamais content, il voudra toujours combattre les injustices. C'est un homme près duquel je serai fière de vivre.

— Maintenant, vous mettez ma modestie en péril, murmura-t-il en posant son front contre le sien. Dites-moi seulement que vous m'aimez.

— Je vous aime, Ian MacGregor. Maintenant et à jamais.

— Je jure de vous donner ce foyer, cette famille, et de m'asseoir près du feu avec vous chaque fois que ce sera possible.

— Et je promets de me battre à votre côté quand le besoin s'en fera sentir.

Ian cassa la corde et libéra l'anneau. Sans quitter Alanna des yeux, il lui glissa la bague au doigt.

— Ne l'enlevez plus jamais.

— Non, je vous le promets.

Elle prit sa main dans les siennes.

— A partir de cet instant, je suis une MacGregor.

Épilogue

Boston, veille de Noël 1774

Aucun argument n'aurait pu faire sortir Ian de la chambre où sa femme connaissait les douleurs de son premier accouchement. Bien qu'il eût le cœur glacé en la voyant souffrir, il tint bon. Sa tante Gwen tenta de le persuader, à sa manière très douce, mais elle échoua elle aussi.

— C'est mon enfant, dit-il. Et je ne sortirai pas d'ici avant qu'il soit né.

Il prit la main de sa tante et pria pour avoir autant de courage que sa femme.

— Je fais confiance à tes talents, tante Gwen. Après tout, je ne serais pas ici sans toi.

— Ne te fatigue pas, Gwen, dit Serena en riant. Il est aussi entêté que n'importe lequel des MacGregor.

Gwen sourit.

— Alors, va lui tenir la main, Ian, cela allégera ses douleurs. Le bébé ne va pas tarder, maintenant.

Alanna ébaucha un sourire crispé en le voyant à son chevet. Elle n'avait jamais pensé que cela pouvait être si long de mettre au monde un être aussi minuscule. Dieu merci, Ian était près d'elle, et la présence de Gwen était rassurante. Elle avait aidé des dizaines de bébés à naître.

Son mari, qui était médecin, aurait assisté à l'accouchement également, s'il n'avait pas été appelé pour une urgence.

— Tu négliges nos invités, murmura Alanna à Ian entre deux contractions.

— Ne vous inquiétez pas, dit Serena, ils se débrouillent très bien tout seuls.

Alanna ferma les yeux. Gwen passa doucement un linge humide sur son front ruisselant de sueur. Alanna sourit faiblement. Elle était heureuse que les deux familles soient réunies sous son toit : les Murphy et les Langston. C'est elle qui aurait dû les recevoir pour cette première fête de Noël dans la maison que Ian et elle avaient achetée près de la rivière, mais le bébé, pourtant prévu dans trois semaines, en avait décidé autrement.

Les contractions se firent plus rapprochées. Alanna serra la main de Ian de toutes ses forces.

— Détendez-vous, respirez à fond, conseilla Gwen d'une voix douce. Là, comme cela, c'est très bien.

Alanna ouvrit les yeux, et les referma aussitôt sous l'assaut d'une nouvelle contraction, plus douloureuse. Penché sur elle, anxieux, Ian lui caressait le bras en murmurant des paroles apaisantes.

C'était un homme merveilleux, un mari solide. Vivre avec lui n'était pas de tout repos, mais c'était une vie riche en événements. Alanna poussa un petit soupir attendri. Ian l'avait gagnée à ses convictions. Ou peut-être avait-elle toujours porté en elle la graine de la révolte, qui n'attendait qu'à être cultivée ? Elle s'était surprise à écouter le récit des réunions auxquelles Ian participait, avec un intérêt qu'elle n'aurait jamais imaginé, et elle était fière quand les autres demandaient conseil à son mari. Elle ne pouvait qu'être d'accord avec lui sur le fait que la taxe portuaire était injuste. Comme Ian, elle refusait de payer pour le thé qui avait été détruit dans le but d'échapper à cette taxe.

Non, ils n'avaient pas eu tort. Elle avait appris qu'il y

avait souvent du bon dans la témérité. La sienne l'avait amenée ici, pour mettre au monde leur enfant. Elle en remerciait le ciel.

Elle se remémora leur voyage de noces en Ecosse, où elle avait fait connaissance avec la famille de Ian, et marché dans les forêts de son enfance. Un jour, ils y retourneraient avec leur propre enfant, pour lui montrer où se trouvaient ses racines. Ils iraient en Irlande aussi. Leur enfant n'oublierait pas ses ancêtres. Et tout en se rappelant le passé, il pourrait choisir sa vie, son pays. Par leurs luttes, ils lui auraient donné ce droit.

— Le bébé arrive !

Gwen adressa un sourire rassurant à Ian.

— Vous allez bientôt être papa.

— La naissance de notre bébé, dit Alanna, épuisée. Et bientôt, la naissance de notre nation.

Malgré son inquiétude pour elle, Ian se mit à rire.

— Tu deviens plus radicale que moi, madame MacGregor.

— Je ne fais rien à moitié.

Elle poussa un cri.

— Doux Jésus ! Il se bat pour la vie !

Elle saisit la main de son mari.

— Ce sera bien le fils de son père !

— Ou la fille de sa mère, murmura-t-il en regardant Gwen d'un air désespéré. Est-ce que ce sera encore long ? Elle souffre.

— Non, le bébé commence à se montrer.

Un coup fut frappé à la porte. Gwen poussa un petit soupir d'impatience.

C'était Brigham.

— Brig, le bébé n'est pas encore là. Je n'ai pas de temps à te consacrer en ce moment, dit Serena.

Sans l'écouter, il entra dans la pièce et enlaça sa femme.

— Je viens juste de recevoir le message que j'attendais, une confirmation de Londres…

— Au diable les messages de Londres, marmonna sa femme en entendant gémir Alanna.

— Mon oncle, les nouvelles peuvent attendre, dit Ian.

— Ian, il faut que tu entendes cela toi aussi, cette nuit entre toutes.

— Alors dépêche-toi de le dire et va-t'en, dit sèchement Serena.

— Le mois dernier, une pétition a été soumise au Parlement.

Brigham prit Serena par les épaules et la regarda droit dans les yeux.

— L'acte de proscription a été abrogé.

Il prit son visage dans ses mains en voyant ses yeux s'embuer de larmes.

— Le nom des MacGregor est libre.

Eclatant en larmes, Serena se libéra d'un poids qu'elle avait porté toute sa vie.

— Gwen, Gwen, as-tu entendu ?

— Oui, j'entends, et je remercie Dieu, mais pour l'instant, j'ai les mains pleines.

Entraînant son mari avec elle, Serena se précipita vers le lit.

— Puisque tu es là, dit-elle, tu vas nous aider.

Quelques minutes plus tard, les cloches de minuit annonçaient Noël. Et des cris perçants annonçaient une vie nouvelle.

— C'est un garçon, dit Gwen en prenant le bébé hurlant dans ses bras.

— Est-ce qu'il va bien ? s'enquit Alanna.

Elle pleurait de bonheur.

— Il est parfait, affirma Serena.

— Je t'aime, murmura Ian en embrassant la main d'Alanna. Et je te remercie de m'avoir fait le plus beau cadeau qu'un homme puisse recevoir.

— Prenez votre fils, dit Gwen en posant le nouveau-né dans les bras de son père.

— Dieu tout-puissant, il est si petit !

Il était ému jusqu'aux larmes. Alanna ne les quittait pas des yeux. Ce serait une image qu'elle chérirait toute sa vie.

— Il va grandir, dit Serena en souriant à Brigham. Ils le font tous, on ne peut pas les en empêcher !

Elle passa un bras sur les épaules de sa sœur tandis que Ian posait le bébé sur le ventre d'Alanna.

— Il est si beau.

Caressant son bébé d'une main, Alanna tendit l'autre vers son mari et l'attira vers elle.

— A Noël dernier, nous nous sommes donnés l'un à l'autre. Et ce Noël, un fils nous est donné.

Elle caressa très doucement le duvet brun qui ombrait la tête du nouveau-né.

— J'ai hâte de voir ce que l'avenir va nous offrir.

— Nous allons vous laisser tranquilles tous les trois, dit Brigham.

Il prit sa femme et sa belle-sœur par la main.

— Allons annoncer la nouvelle aux autres.

Ian se leva. Alanna lui tendit le bébé.

— Dites-leur que Murphy MacGregor est né en ce jour de Noël, dit Ian.

Il embrassa son fils, qui recommença à crier.

— Un MacGregor, qui dira fièrement son nom à tous ceux qui voudront bien l'entendre. Et qui marchera sur une terre libre. Annoncez-leur tout cela !

— Oui, annoncez-leur tout cela, renchérit Alanna. De notre part à tous les trois !

Composé et édité par HarperCollins France.

Achevé d'imprimer en août 2019.

CPi
BLACK PRINT

Barcelone

Dépôt légal : septembre 2019.

MIXTE
Papier issu de sources responsables
FSC® C108412
www.fsc.org

Pour limiter l'empreinte environnementale de ses livres, HarperCollins France s'engage à n'utiliser que du papier fabriqué à partir de bois provenant de forêts gérées durablement et de manière responsable.

Imprimé en Espagne.